有爱的青春陪伴者

喜春光

豆黎 著

江苏凤凰文艺出版社

图书在版编目（CIP）数据

喜春光 / 豆黎著. -- 南京：江苏凤凰文艺出版社，
2024. 9. -- ISBN 978-7-5594-8767-4
Ⅰ. I247.5
中国国家版本馆CIP数据核字第202449UU38号

喜春光

豆黎 著

责任编辑	王昕宁
特约编辑	年　年
出版发行	江苏凤凰文艺出版社
	南京市中央路165号，邮编：210009
网　　址	http://www.jswenyi.com
印　　刷	天津睿和印艺科技有限公司
开　　本	880mm×1230mm　1/32
印　　张	11
字　　数	407千字
版　　次	2024年9月第1版
印　　次	2024年9月第1次印刷
书　　号	ISBN 978-7-5594-8767-4
定　　价	45.80元

江苏凤凰文艺版图书凡印刷、装订错误，可向出版社调换，联系电话025-83280257

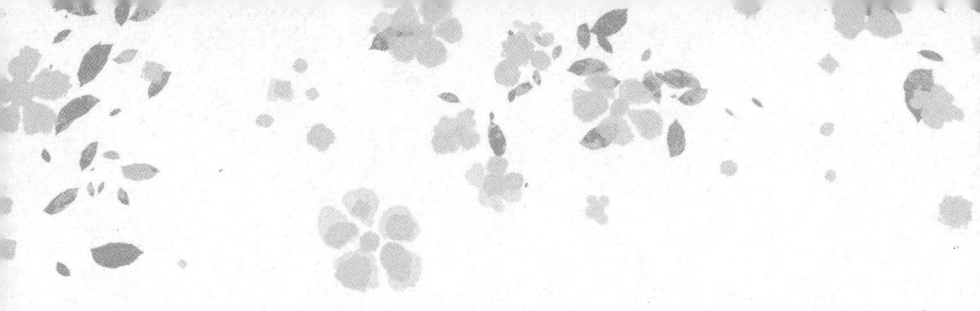

001 / 第一章·再见他
她和梁津轻有多久没见了?

016 / 第二章·是初见
脾气再差能有那个病恹恹的人差?

030 / 第三章·新同桌
龟毛、洁癖、冷漠,就脸还行。

052 / 第四章·不相欠
去你家又不是上战场,我至于临阵脱逃吗?

064 / 第五章·恩人情
酒窝轻轻一荡,几乎要晃晕她的眼。

093 / 第六章·可怜人
如果拿一种动物来形容梁津轻,
那他应该是一只领地意识极强的猫。

131 / 第七章·不喜欢
没结果的人,趁早忘记。

150 / 第八章·过新年
"梁津轻,新年快乐。"

172 / 第九章·喜欢你
"我也喜欢你,跟吃皮蛋还是
吃豆腐都没关系。"

187 / 第十章·做大人
那些被她刻意遗忘的过去就如同电影重映一般,
一遍遍在她脑子里逐帧播放。

目 录
CONTENTS

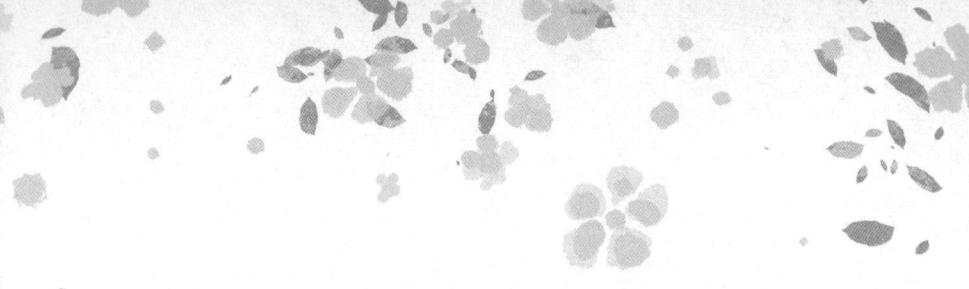

目录
CONTENTS

202 / 第十一章 · 新邻居
"谈过，未婚，已育，有一孩！"
"情况就是这么个情况，你爱信不信！"

237 / 第十二章 · 游故地
"你来了啊。"

257 / 第十三章 · 故人来
"你不要哭，我现在抱不了你。"

292 / 第十四章 · 春天到
因为有你，春天真好。

314 / 番外一 · 好日子
可明白的人是他，
被迷魂汤一灌就晕的人也是他。

319 / 番外二 · 我爱你
喜欢啊，你怎么样我都喜欢。

325 / 番外三 · 婚礼日
而她，值得这样的美好

332 / 番外四 · 宜开心
原来她也被很多人爱着，一直。

338 / 番外五 · 好春光
夏夜的晚风很温柔，
就像初遇梁津轻时的那样。

第 一 章
再见他

十一月末,这场连下三天的雨,让漉水镇提前进入到冬季。

昏昏沉沉的天,路上一个人都看不到,宋禧快走几步,推开诊所的大门,抖落一地绵密的雨滴。

"回来了?情况怎么样?"

方谊接过伞和她身上的医药箱。宋禧把全是黄泥巴的雨胶鞋脱下,放在小水坑里荡,水全浑浊了,鞋底也没洗干净。

"不行了,估计就这几天。"

宋禧的语气平静得仿佛在谈论天气,方谊知道她有事喜欢憋着,不放心地看了她好几眼。

似乎是知道方谊在想什么,宋禧抬头,露出一张苍白却精致的小脸,鼻尖冻得通红,反倒安慰起她来:"两年了,这种事我看多了,早习惯了。"

宋禧是两年前来的漉水镇。那个时候也是冬天,她被牛车送到镇头的桥上,原地呆愣了好久都没有迈出第一步。

来之前,她就听说这里不太好,但她想着好歹是个镇,再差能差到哪儿去。

漉水镇说是镇,但其实镇中心就只有一条主街,居住人口还不到五十户,其他居民都住在镇下面的乡里。

十里八乡,乡乡都隔着山和河。

而宋禧的工作就是在镇上坐诊,或者下乡出诊。

"我先去冲个澡。"

下午三四点的光景,天阴沉得像是傍晚时分。

宋禧吹干头发出来,脸上多了丝血气。她坐在桌前开始写今天的出诊记录,写着写着,她又想起那个躺在床上瘦到干瘪的女人。

女人佝偻着身子,侧卧在床上,见到宋禧后的第一句话就是:"小宋大夫，我想死，我疼得受不了了，你别救我了，你让我去死吧——"

宋禧有很多安慰的话想说，但她怎么都没办法对一个饱受病痛折磨一心求死的人说出口。

最后她要离开时，那个女人一下子就哭了，拉着她求她："小宋大夫，求求你救救我，我不想死。我死了，我的女儿怎么办？她还那么小，没有妈妈她要怎么活啊——"

窗外雨势渐大，寒风呼啸，像极了临走前那个女人的呜咽声。

方谊给宋禧端了碗姜汤，想起一事来，问她："你不是今天还要去同学会吗，什么时候走？"

宋禧顺手拭了把眼角，看了眼墙上的日历，竟然已经周五了。

毕业四年，大学同学每年都会搞一场同学会，之前由于种种原因，宋禧从来不去，但这一次，她有不得不去的理由。

从漉水镇到南陵市区，有将近三个小时的车程。同学聚会定在晚上八点，宋禧算了下时间，也到点该出发了。

方谊："如果太晚就在那边住一晚，还下着雨，晚上开车不安全。"

宋禧给自己苍白的唇色添了点朱红，整个人的气色看着好了些，但眉眼间的疲惫显而易见。

方谊："不管成不成都放宽心，东边不亮西边亮，总能想到别的办法的。"

宋禧是要去拉赞助，说直白点就是找人要钱。

漉水镇的医疗体系太落后，这两年她接触的很多病人包括今天那个患胰腺癌的女人，如果他们每年都有一次体检机会，也就不会像这样小病拖成大病，直到无法医治了才被发现。

她知道这不是件容易的事，要是容易之前的村干部早就做了，也不会等到现在。

所以宋禧早就做好了被拒绝的心理准备。

宋禧笑了笑："我知道，诊所就暂时拜托师姐了。"

雨还在下。

乡路泥泞，宋禧前半段开车开得小心翼翼，就怕一不小心车子陷进泥坑，后面进了城又遇到周五下班高峰，车子走走停停，路上就耽搁了。最后，宋禧抵达聚会的酒店时，已经是八点一刻了。

宋禧推开云山厅的大门时，原本热闹的寒暄气氛有一瞬间的凝滞。

她脸色不变，笑着跟大家打招呼："大家好，路上碰到点事来迟了。"

"宋禧，我这儿有空位，来这里坐——"

梁小柯站起来一挥手，桌上气氛稍微松动了些。

宋禧走到梁小柯身边。短短十几步的距离，她像是走了一段颁奖典礼的红毯，在场所有人的目光都跟着她走了一路。

梁小柯："我还以为你没时间来呢。身上怎么都湿了，没带伞吗？"

宋禧接过纸巾："刚路上跟人追尾了。"

"啊——"梁小柯拉着她检查了一番，"那你没事吧，有没有受伤？"

"没事，就是车剐蹭了一下，所以稍微耽搁了一会儿。"

"在说什么悄悄话呢，说大声让大家也一起听听呗。"

宋禧望过去，坐在她斜对角的汪南和举起手里的红酒，朝她挑了挑眉。

宋禧也举起了手边的酒杯，大方一笑："老同学见面，就简单叙了叙旧，你如果想听，可以坐近些。"

在座很多都知道他俩那点过往，她这话一出，席间所有人都愣住了。包括坐在汪南和右手边的女伴。

汪南和闻言笑了，他作势真准备起身过去，下一秒却被旁边的女人死死地拽住了胳膊："都快开席了，我们坐这儿就好。"

汪南和笑得一脸无奈，他又重新解开西装扣，坐下来："不好意思，女朋友太黏人。"

宋禧被那女人一瞪，反而笑了，之后她如常跟梁小柯聊天，完全没把刚才的那个小插曲当一回事。

反而是汪南和，服务员上菜间隙，他的眼神始终在宋禧身上打转。

"宋大系花——"

酒过三巡，场子里气氛正热，宋禧刚吃下去一口东西，就看见汪南和端着酒杯朝她走来。

宋禧不急不缓地擦了擦嘴，站起身。

"这么多年没见，咱们是不是该喝一杯？"

宋禧也不客气，她把酒杯矮三分，主动和汪南和的酒杯一撞，叮的一声后，她仰头把酒灌了。

似是没想到她会这么爽快，汪南和一扯嘴角，把自己杯里的酒也干了。

喝完第一杯，他作势又要来倒酒，宋禧见了也没拦，杯子再次被斟满。

他们这架势，跟要准备斗酒似的。旁边其他同学嗅到一丝八卦的气息，纷纷停了交谈，把看热闹的目光投向了他俩。

"大家都知道吧，咱们的宋大系花有多难追！当年，我可是足足追了她三年！三年来，她为了拒绝我，什么理由没用过——什么有男朋友，什么男朋友在国外，什么分手了但还是忘不了前任，什么前任太好了觉得谁也比不上他……

"还有啊——她从前什么时候跟我喝过一杯酒？可就刚刚——刚刚你们看到了吧，她敬我酒，杯子还故意矮了这么多！"

汪南和边说，边用小拇指比了个几乎看不见的距离："你们知道这是为什么吗？"

梁小柯有些担心地拉了拉宋禧的袖子。宋禧拍了拍她的手，让她放心。

"因为她有事求我啊！高高在上、自命清高的宋禧宋大系花宋大天才，竟然有事求我！

"果然这老话说得好啊，风水轮流转。可能咱们清高的宋大系花自己也想不到，堂堂N大医学系的年级第一、传说中的医学天才，如今会沦落到去镇上做一名小小的乡村医生吧。"

现场一片寂静。

服务员出门时可能没有把门拉实，中间留了一条缝，走道上的冷风灌进来，中和了室内混浊又黏稠的空气。

只是吹得人后脖颈发凉。

今天这样的情形，宋禧其实来之前就有预料。

汪南和那样的人，不会轻易放过任何一个可以找回面子的机会。

堂堂汪阳医药集团的二公子，含着金汤匙出生，众星捧月地长大，想要什么从来都是勾勾手指头就得到了。

唯独宋禧是个意外。

他说大学追了宋禧三年，但其实从大一到大三，他身边的女朋友从来没断过。

他并不见得有多喜欢宋禧，多半是自尊心作祟，只因宋禧没搭理过他，才让他耿耿于怀到今天。

"这样吧，你不是想要找我拉赞助吗，乡村医疗公益活动，是这么个事是吧？你今天当着在场所有人的面，喝了面前这三杯酒，我给你一个明天到我办公室面谈的机会。怎么样？"

汪南和在宋禧面前摆了三个酒杯，他一杯杯亲自斟满，三杯整整齐齐，红色的酒液满满当当。

有人看不惯想要上前阻止，却被身边的人拉住，小幅度地摇了摇头，示意不要掺和。

这种男女私怨，旁观者插手也没用。

"说话算数？"宋禧面色平静地反问道。

这酒她可以喝，不喝汪南和心里不会痛快，但她喝要喝得值。

宋禧眼睛扫了一圈所有人："在场的各位同学，麻烦大家一起帮我做个见证。"

汪南和双手抱臂，有些好笑地看着她。

他的话算不算数，今天这酒宋禧都必须喝，因为现在除了求他，她别无他法。

汪南和就是算准了这一点。

宋禧端起满得快要溢出来的酒杯，深深地看了一眼，然后她冲着汪南和的方向，仰头一口干下。

这一杯喝得太急，残留的红色酒渍顺着她嘴角滑落，像被玫瑰刺破的血迹。她刚喝完还没来得及喘口气，汪南和马上又给她递上来下一杯。

宋禧的那点酒量都是小时候跟在她外公屁股后偷尝黄酒练出来的。后来外公去世，自己酿黄酒的人也越来越少，宋禧就很少碰酒了。

两杯红酒，三罐啤酒，是她的极限。

她抹了把嘴边的酒渍，刚把酒杯接过来，一阵强劲的寒风猛然从身后袭来。

"很热闹啊你们这里。"

门被人从外面彻底推开，有眼尖的同学认出了来者，赶忙从座位上起身，率先跑着迎了上去。

"赵主任、罗校长，您二位今天怎么有空过来？"

赵平阳和罗校长走在前面，后面还有个人被人群挤散，懒懒地走在最后。

包厢的灯有点晃眼，宋禧闭了闭眼，又睁开。

她感觉自己可能是酒上了头，要不然，她怎么会在这里，见到梁津轻。

包厢里的一切都像是被定了帧的画面，她的视线里只能看到队末那个穿着手工定制的长款黑呢大衣、表情淡漠、疏离矜贵的男人。

她和梁津轻有多久没见了？

久到宋禧都必须掰着手指好好数一数，才能算得清楚。

六年，超过半数的手指了。

这六年里，宋禧其实很少想起他。因为她太忙了，刚开始是忙学业，后来是忙实习，再是忙工作。

忙到她根本没有空余的时间用来想一个人。

但当他真的站在自己面前,闻到他身上已经淡到几乎闻不到的中药味时，宋禧才突然意识到，她是真的非常想他。

赵平阳："我和你们罗校长正好在这儿吃饭，听说你们在这儿办同学聚会，就过来看看。"

赵平阳："来，给你们都介绍下，这位是梁氏的梁总。"

宋禧身后有两位同学在偷偷咬耳朵。

"梁氏，是那个我们都知道的梁氏吗？妈呀，怎么长这么帅啊，那些八卦记者竟然一次都没挖到过吗？"

"能出动赵主任和罗校长的，还能是哪个梁。咱们这算是够到一手八卦了吗？"

宋禧嘴角发苦。赵主任拉她过去时，她费了很大的力气，才能忍住不让自己去看梁津轻。

"这是宋禧，N大非常优秀的毕业生，现在是一名出色的乡村医生。"

宋禧抿着唇，手指紧紧扣住发汗的掌心。他们站得这么近，近到宋禧几乎能看到他微皱的眉头，还有那不带任何情绪的眼神。

仿佛她跟在场任何一个人都没什么两样。

"宋小姐，你好。"

他的声音还是记忆中的清洌干净，像草原疾驰而过的风，不带一丝温度。

"梁总，您好。"

赵平阳："小宋可是个很优秀的小姑娘，年纪不大，做的工作却比我们这些老头子的都要有意义，有格局，有志向！"

这话像是在向梁津轻介绍，但所有同学都知道这也是在跟他们说。

赵平阳端起宋禧面前那两杯没动过的酒："来，我跟你们罗校长一起，跟大家一起喝一杯。"

汪南和将酒杯举得很低，过来跟赵主任还有罗校长碰完杯，又转向梁津轻的方向。

有人眼尖，立马给梁津轻倒了一杯。梁津轻端起酒杯，冲着汪南和微微举起，汪南和立马仰头灌下了一整杯酒。

再看过去时，梁津轻杯里的酒量一点没少……

"见谅，我们做生意的跟你们学医的一样，酒喝多了容易不清醒。"

梁津轻的话太过直白，在座的也都不是傻子，自然明白他话里的意思。

汪南和的脸色有点难看，但不知道是碍于两位老师的面子，还是碍于梁津轻的身份，他扯了个非常难看的笑，什么话都没说。

赵平阳："行了，我们在这儿你们也拘束，你们继续玩，我们还有事就先走了。"

一群人簇拥着两位老师往外走，梁津轻落在靠后的位置。

他在这群人当中依然瞩目，黑色大衣衬得他整个人身挺肩宽，就算他没走在正中间，但他自带的矜贵气场也让他轻而易举地成为所有人目光的焦点。

趁着没人注意，宋禧的目光肆无忌惮地停留在他身上，还想继续顺着大衣往下时，他像是背后突然长了眼睛，猛地一回头，将她的视线捕捉得严严实实。
　　宋禧应该再淡定些的，至少不应该在他发现的下一秒就迅速避开视线。
　　感觉像是做贼心虚。

　　汪南和时刻注意着梁津轻，见他突然笑了一下心情应该还不错，就赶紧迎上去跟他搭话。
　　"梁总，刚才是我有眼不识泰山，您大人有大量别跟我一般见识，看您哪天有空我设宴请您和二位恩师一起吃个便饭？"
　　梁津轻两指夹过汪南和递上来的名片。
　　"汪阳医药总经理，汪总年轻有为啊。"
　　"哪里哪里，我是沾家里的光，跟您还是没法比。"
　　汪南和是想趁机找回一点面子的。他们两个，都是沾家里的光，谁也不比谁高贵。
　　梁津轻点了点下巴，赞同道："也是。"
　　汪南和有点无语。
　　见他要走，汪南和只能硬着头皮继续问："那这饭？"
　　梁津轻走到两位老师身边，端得一副官方客套的模样。
　　"饭——我就不吃了。最近集团有几笔上百亿的生意，得盯着。"

　　老师走后没多久，他们的聚会也散了。
　　宋禧和梁小柯一起往外走，遇到其他陆续离席的同学，有人过来跟宋禧打招呼，宋禧也像没事人一样跟他们聊着天气。
　　"刚才——对不起，以后有什么我们可以帮忙的，你随时说，能帮的我们一定尽力。"
　　宋禧真诚地表达谢意。
　　普通同学，能这样已经可以了，不管是看在谁的面子上。
　　推开酒店的门，宋禧才发现南陵竟然下雪了。
　　今年的初雪竟然这么早。
　　梁小柯："你今晚还回去吗？你晚上喝了酒也开不了车了吧？"
　　宋禧被冷风一吹，刚才的酒劲又有点冒头："没事，你先走吧，我一会儿找个酒店住一晚，明天再说。"
　　梁小柯男朋友的车到了，打着双闪停在路边。梁小柯拿包挡在头顶走了两步，又跑回来抱了抱宋禧。
　　"你辛苦了，照顾好自己。"
　　宋禧鼻子一酸，泪瞬间溢满眼眶："哎呀，你这是做什么，搞得怪煽情的……"

"我走了。"梁小柯一路小跑着上了车。车启动时，她冲还站在原地的宋禧挥了挥手。

他们出来得算晚，很多人都在本地工作，要么开车走了，要么打车走了。这个时候，酒店门口只剩下宋禧一个人。

天上飘着雪，她喝了一点酒，脸还红着，所以并不觉得冷，有送完人的出租车开过来按着喇叭示意：走不走？

宋禧摇摇头。

她沿着酒店门口那条街，漫无目的地往前走。

雪慢慢下大了起来，站在路灯下，能清楚地看见雪像是被人往下撒一般，绵绵密密地往下落。

雪落在脸上，落到脖子里，冻得她直哆嗦，但她又舍不得躲进屋子里。宋禧仰着头，恨不得用脸积满一层厚厚的雪。

雪花肆无忌惮地往她脸上砸的时候，她兜里的手机突然响了起来。

宋禧掏出来看，是方谊。

"你那边结束了没有？我们这里刚下雪了，南陵下了吗？"

"下了，好大，好冰。"

方谊沉默了两秒，然后肯定道："你喝酒了。你现在在哪儿？"

"我在看雪呢，师姐。南陵很久没下这么大的雪了，你是不是也没见过，我拍给你看看。"

方谊耐着性子哄她："我把我家的钥匙放你包里了，你去那儿住一晚，顺便明天再帮我带点东西过来。"

沉默。

方谊甚至都开始怀疑，宋禧是不是打瞌睡直接睡大马路上了。

"喂？宋禧？"

"……师姐，我又看到他了。"宋禧轻轻吐出一句话。

"他回来了，"宋禧喃喃，"他终于肯回来了。"

前一晚宋禧喝多了，但第二天一早，她的生物钟依然在五点准时叫醒了她。

宋禧揉了揉像被铁锤暴打过的太阳穴。连打三个喷嚏后，宋禧坐在床上难受得直哼哼。

手机被甩在床边，她试着按了按，毫无反应，估计是昨晚没电自动关了机。

她又想到了昨晚。

她在电话里和方谊絮絮叨叨说着梁津轻。

说他看她的眼神像是在看一个完全不认识的陌生人。

说他个子又长高了很多,她必须仰头看他。

说他出去吃了几年外国饭,身体倒是更结实了。

…………

说着说着,她真的又见到了梁津轻。

他穿着黑大衣,举着黑色长柄伞,从车里下来,一步步朝她走来,像从天而降般,踏着漫天肆意的雪花,慢慢向她靠近。

"你还是跟以前一样,做什么事都喜欢逞能。"

他一句话,差点又逼出宋禧今晚忍了好几次的眼泪。

伞柄在他们中间,伞面遮在他们头顶,从远处看,他们和谐得就像一对甜蜜的小情侣。

实际上,时隔六年,他们之间横亘的除了疏离,还有过去无数个日夜对彼此的埋怨和愤怒。

"不比你,脱胎换骨。"

这话放在宋禧清醒时,她是不会轻易说出口的,但酒精到底给了她冲破束缚的勇气和胆量,让她在看到梁津轻冰冷的眼神时,有一种想要不断试探和挑战的兴奋感。

"在我面前倒是伶牙俐齿。"

梁津轻又朝她走近一步。两人之间的距离缩短到,她眼前就是他做工精良的黑呢大衣,近到她都能看清他胸口那颗纽扣的纹路。

他们在雪中对峙了好一会儿,直到宋禧先扛不住打了个冷战。

眼睛进了冷风,水光潋滟。

梁津轻把伞给她。宋禧没反应过来,呆呆地伸手就去接,两人的手指碰上,一个冰冷,一个温热,两人俱是一愣。

等宋禧回过神时,他留下一句话,转身走了。

"在这儿等着,我去开车。"

喝了酒的宋禧脑子转得很慢,她还在琢磨他为什么要说这句话时,梁津轻已经把停在不远处的车开了过来。

见宋禧举着伞站着不动,梁津轻伸手帮她开了副驾驶座的车门:"这里不能停车。"

宋禧收了伞上车。

在外头冻了太久,刚接触到暖气,她鼻子有点发痒,手刚捂住鼻子还没来得及打喷嚏,她面前就多了一张纸巾。

宋禧愣了一会儿,才接过来:"谢谢。"

后来喷嚏也再没打，像是被吓走了一样。

"车不错。"

宋禧想了半天，才憋出这么一句话。车厢空间小，暖气烘得人昏昏欲睡，宋禧一直拼命掐自己，告诉自己千万不能睡着。她想说说话缓解一下这尴尬的气氛，结果说完之后，更尴尬了。

"不知道说什么，可以不说。"

宋禧不为难自己，彻底闭了嘴。

车开出去一段，梁津轻才想起来没问她要去哪儿，再想问，她已经靠在车窗上睡着了。

她呼出的热气在车窗上形成了一小片明显的水珠，随着她一呼一吸，水珠的范围时大时小。

梁津轻勾唇浅笑，防备心还是这么低。

宋禧晃了晃头，强迫自己从昨晚的情绪中缓过来。

她打开床头柜，从里头翻出一根充电线，给手机充上电后，才从床上爬起来。

方谊的这套房子是她工作后自己攒钱买的，老小区的小户型一居室，但胜在生活便利，楼下就是烟火气息很足的小吃街，随便走一圈就能买上一堆南陵特色早点。

宋禧吃完早餐回来，手机充电之后自动开了机，她翻看了一下微信，里面有方谊给她的留言：要是不舒服就在我那儿休息一晚。这里雪下得大，暂时也出不了诊，你不用着急回。

话是这么说，但宋禧也不能真把诊所完全扔给方谊不管。

她收拾收拾后，准备先打车去酒店开车。

昨天的雪到底还是没积起来，路上湿漉漉的全是踩化的水。

走了一路，宋禧的裤脚被打湿，她在弯腰擦拭的时候突然想到昨晚聚会上的事，头又是一阵疼。

她看了看时间，九点过十分。

一直到酒店停车场，宋禧都没有想好要不要给汪南和打这通电话。

他昨晚不痛快是肯定的，但让他不痛快的应该不是她。

没人知道她和梁津轻的关系，所以公益活动的事是不是可能还有转机？

宋禧坐上车，右手捏着手机敲敲打打，等分针终于转到"6"的位置，她闭闭眼把电话拨了出去。

"喂，你好，我是宋禧。"

"知道，你号码我倒着都会背。"汪南和把手机开了外放，扬手挥了一杆，把球打了出去。

"你昨天说的还算数吗？公益活动的事，找机会跟我面谈一次。"

"算啊——"汪南和接过球童递来的毛巾，擦了把汗，"你喝完三杯酒就算。但如果我没记错的话，你就喝了一杯吧。"

宋禧没说话。

"你跟那个梁津轻认识吧？呵，在我面前玩'英雄救美'，他不过跟我一样，一个靠家里的富二代他跩什么！"

宋禧觉得这通电话好像也没必要聊下去了。

"这样吧，我现在在紫荆山庄，你来，陪我打两局高尔夫，咱们晚上找个地方再好好聊。"

宋禧礼貌地听完他的话，然后假装电话信号不好，"喂喂"了两声直接把电话挂了。

宋禧发动车子时，突然注意到停在她右前方的一辆车。

黑色，奔驰。

她下车走近了看，对方的车牌她不记得，但对方车屁股后的划痕形状她还有印象。

宋禧绕到车后，打开手机的手电筒照着瞧了瞧，果然是她昨天来的路上追尾的那辆。

这也太巧了。

但昨天事发突然，最后离开时，她只留下了自己的联系方式，倒是忘记了留对方的。

这么近距离一看，划痕还是挺明显，希望修理费用别太高才好。

刚下车忘了穿外套，上车后，宋禧又打了几个喷嚏。

她用手摸了摸自己的额头，有点低烧。估计还是昨天又喝酒又吹风，"作"回自己身上了。

在回漶水镇前，宋禧先导航去了附近的药房。她买了盒退烧药，付了钱后直接抠了一颗干咽了下去。

她怕吃了药犯困，又去隔壁便利店买了杯咖啡。

昨天一场雪，让出城的高速堵成了一片红，宋禧给车载音响连上了劲爆的摇滚乐。

路上堵得厉害，车速也提不起来，平时三个小时的车程，宋禧足足开了六个多小时。

最后到漶水镇时，已经到了晚饭时间，好多村民家的烟囱已经开始冒白烟了。

而宋禧，除了早上那顿早餐和退烧药，粒米未进。

到诊所时，她看大门没关，细听里面有很热闹的交谈声，其中方谊的笑声格外明显。

宋禧推门的声音引得里头的声音稍缓，随后，方谊从里面走了出来："你回来了？怎么弄这么晚，我还以为你今天不回了。"

宋禧："下雪，高速堵得一塌糊涂。"

漉水镇的气温比南陵还要低几摄氏度，刚下车走过来的这段路，她露在外面的手指被风吹得通红，额头好像也更烫了。

宋禧："有病人？"

方谊"啊"了声："你说里面啊，是刚搬来的邻居，拿了礼物来说跟我们提前认识认识。"

宋禧进去，西装革履的男士起身和她握手。

"您好，我们是旁边刚搬来的邻居。过几天搬家可能会有点吵，到时候还请您多见谅。"

宋禧："您客气了。如果有需要帮助的地方可以跟我们说。"

"他们是个艺术工作室……"方谊了解得多一些，在旁边帮宋禧做着介绍。

方谊："没想到这漉水镇地方不大，竟然还能吸引你们这种艺术家。"

西装男说："是我们老板选的，他说，这里对他有特殊的意义。"

方谊见宋禧脸色不太好，一张小脸毫无血色，额头上还有密密麻麻的汗。这个天，显然不该流这么多的汗。

"你不舒服？"方谊探了把宋禧的额头，"你在发烧怎么不早说。"

西装男见状也不便多留。方谊囫囵把人送到门口，再进来时看到宋禧已经脱力地趴在了桌子上。

"你真是！"方谊扶着她往里间走，"这么大的人了，不舒服不知道说吗？还开了这么长时间的车，这好歹是到家了，万一在半路上……"

宋禧想说不会的，但实在没力气再说话。她张了张嘴，被方谊止住："你闭嘴，别说话了。"

方谊把她扶到床上，又去给她拧了条湿毛巾盖在额头上。

看她的症状应该就是普通的风寒感冒，方谊却不放心，又把她的右手从被子里抓出来，两指按在她手腕处，细细把了好一阵。

把完脉，方谊的眉头才稍微松快些："应该就是受了风寒。一会儿吃点药，散了热就好了。"

"师姐，你有快十年没给人看过病了吧？"

"就算是二十年不看，你师姐我的童子功也还在。"方谊给她把被子掖好,"你先睡一觉,我去给你煎药。"

喝完药后,宋禧一觉睡到了半夜。

烧退了,一天只吃了一顿的肚子不甘寂寞地嗷嗷叫,宋禧披着衣服起床,去厨房看了一圈,干干净净,一点可以吃的东西都没有。

方谊不会做饭,也不知道这一天她是怎么过来的。

泡面在锅里咕噜咕噜沸腾时,方谊披头散发地从旁边的房间出来,眼睛都没睁开就在问:"好香啊,你在吃什么?"

宋禧临时又加了一包方便面。

两个人蹲在火炉前边看雪边吃泡面时,方谊突然感慨了一句:"我们上一次这么半夜偷吃东西,还是我读高中你读初中的时候,这一晃都十来年了。"

这事宋禧也还记得:"还差点被外公发现,最后是师兄帮忙打的掩护。"

她们已经很久不聊过去了,这个话题聊到最后总会让人很难受。

"找个时间再去看看师父吧。"方谊撑着头,眼睛里闪着水光,"许见川那个臭小子一走这么多年也不说回来看看我们,下次我要当着师父的面骂死他!"

方谊主动刷了碗,收拾好准备回屋睡觉时,方谊突然叫住了宋禧。

"喜喜——"

方谊虽然长宋禧三岁,但她向来是嬉嬉闹闹的性子,就算宋禧闯了捅破天的祸,她都会把宋禧护在身后,然后笑着安慰宋禧:没事,喜喜别怕,师姐在呢。

她从没训过宋禧,也不允许别人训,许见川都不行。

对方谊来说,她的底线从来只有一条,那就是宋禧。

"师父之前教过我们,人不能踏进同一条河流两次。"方谊透过窗户的雪光,深深地看向宋禧,语气难得严肃,"你要记得。"

方谊曾见过梁津轻,也承认他很优秀,但也是因为他,才让宋禧的初恋伤筋动骨,并在此后很长时间都无法走出来。

本就瘦弱的宋禧那段时间暴瘦,把自己扔实验室一待就是好几个通宵,最后,她打不通电话直接坐高铁列车过来把宋禧从实验室挖出来。见到她,宋禧立马就哭了。

后来,方谊辞去高薪工作,搬回南陵,每天按点去学校逼宋禧吃饭,花了大半年,宋禧才终于缓过来。

宋禧心底怎么样方谊不清楚,至少表面上她已经伪装得很好。

方谊在宋禧的卧室里烧了个暖炉,屋里暖烘烘的,窗外正下着鹅毛大雪,房间的窗玻璃上结了一层层雾气珠子。

宋禧在床尾坐着，坐得整个人要发麻的时候，才起身去了旁边的杂物房。

其实这间诊所并不大，前院用来看病工作，后院就是宋禧平时生活起居的地方。

她隔了三间房出来，一间她住，一间现在是方谊住，还有一间小杂物房里面堆满了她的书。

杂物房在阴面，前几天下雨，她把窗户关上了，现在一进去，里面阴冷阴冷的。

宋禧走到一个高木箱子前。那是一只印着富贵牡丹的老式红木箱子，外公说这是她妈妈当年的嫁妆，后来外公去世就留给了她。

里面是一些有些年头的旧书，她的小人书、漫画书，还有外公生前经常看的书，什么《黄帝内经》《伤寒论》之类的。

宋禧从箱底翻出一本《本草纲目》，扉页已经泛了黄，前些年没保护好，书的边角被虫子咬得坑坑洼洼，翻开里面几乎每一页都有她外公的标注。

在《本草纲目》第 197 页的位置，夹着一枚书签。

——叶脉画书签。

画上的女孩是宋禧。

当时的她还是短发，画中的她额前落了几缕碎发，正低头搅动着火炉上的中药。

后来工作忙了，她没有时间再去修剪，头发也就慢慢蓄了起来，现在长发已经快齐腰，时常被她扎成麻花辫搭在身后。

十年过去，菩提叶依然鲜亮，没有丝毫岁月侵蚀过的痕迹。外面塑封的那层薄膜是宋禧后来自己加的。

梁津轻随性惯了，连当时把书签送给她，都是趁课间休息她在做习题时，直接扔到她面前的。

宋禧惊讶极了，瞪着双眼小声问他："这是什么？"

"书签都不知道，读书读傻了？"

她当然知道是书签，她只是不知道他为什么会送她这个，上面还画着她的像。

宋禧还想再问，被他喝住："给你你就拿着，不想要就还给我。"

宋禧当然不肯，她一下子把手背到身后："送给我就是我的了，哪有还回去的道理。"

那天剩下的课，宋禧都听得云里雾里。她把书签放在笔袋里，一低头就能看到，她时不时摸两下。旁边的梁津轻看到她这样，嗤笑一声，从鼻子里发出气音来笑话她。

后来见她还小心翼翼地给书签塑封,梁津轻插着兜,下巴都快扬到天上去。

"就这么喜欢啊?喜欢以后再送你。"

书签右下角,靠近叶蒂的位置,刻着三个小小的字。

不仔细看根本看不见。

宋禧手指放在那里,细细抚摸。那里像是火山口刚刚迸发出的熔岩,几乎是一寸寸灼伤着她的手指。

　　赠喜喜。

他也曾这么亲昵地唤过自己。

第 二 章
是初见

八月盛夏。

刚下过雨的天空澄澈碧蓝,还没开学的校园里,除了香樟树下不知疲倦的蝉鸣声,几乎看不到人影。

这里真热。

这是宋禧下火车的那一刻,对南陵最直观的第一印象。

办公室的门没关严,里面空调机的冷风顺着门缝钻出来,连同飘出来的还有里面的对话声。

"……宋总工作忙,这不这两天又飞国外去了,我也是临时代宋总先送这孩子过来认个路。

"她之前是在镇上念的书,那里师资力量肯定是比不上咱们重点高中,刚开始这学习上还得年级主任和各科老师多费心……"

…………

办公室的聊天声和外面的蝉鸣声混在一起,像一支白日催眠曲,哄得人昏昏欲睡。

在宋禧快要睡着的时候,里面的对话终于停了下来。

门从里面被拉开,出来了三个人,打头的是高二的年级主任和送她过来的陈秘书,后面跟着的是她之后的班主任罗老师。

陈秘书:"那我们今天就先告辞,之后这孩子就麻烦各位老师了。"

又是一阵客套。

宋禧很少见到这种场面。

其实,她小学五年级也转过一次学。那时候,天没全亮,她外公就骑辆自行车把她往校门口一扔,跟她说了一句自己进去找老师,还没等她问具体是找哪个老师,他已经蹬上车跑远了。

结果因为说不出自己的班级和班主任的名字,她被拦在了校外。校门口的学生一拨接一拨地进去,最后还是班主任半天见不到人,自己出来找,才找到的她。

就这事,每年开学那会儿宋禧总会拿出来反复说,最后非得她外公塞一点好处给她,她才肯罢休。

一起下楼往校门口走的时候,陈秘书的手机一直在响,重复单调的电话铃声跟催命符一样。

"下周一开学,你到了学校就先去办公室找罗老师,她会带你去教室。你有什么事随时给我打电话,我给你的名片你还留着吧?"

宋禧刚想点头,陈秘书终于受不了,接起电话:"马上回,马上回,别催了,我这边刚弄完。"

宋禧:"您先去忙吧,我正好逛逛校园提前熟悉一下。"

看陈秘书一脸的不放心,宋禧又道:"我逛完会自己回家的,紫金路171号对吧?"

她今天第一天到南陵,陈秘书不放心她一个人,但不放心也没办法,他手里的电话就一直没停过,挂了一个又来一个。

"那你自己注意安全,有事给我打电话。"陈秘书掏出兜里的钱夹,抽了两张一百的硬要塞给她,"逛完了打个车回去,家里阿姨会准备晚饭,记得回家吃饭。"

为了让他安心地走,宋禧只能把钱先接了。

"陈叔叔——"临走之前,宋禧又叫住他,"您要多注意休息。"

陈秘书明显一愣,似是很意外。

"我外公是老中医,他说过,您这种——"宋禧在自己眼下划拉一圈,又指了指他的,"主要是心火内滞、心神扰动所致。"

陈秘书摸了摸自己的黑眼圈,突然被她说得有点不好意思。这段时间工作忙,他确实每天到凌晨才囫囵躺两三个小时。

"行行,我记住了。谢谢你。"

宋禧在校园里随便走了走。这实在不是一个适合闲逛的天,她走了两步身上的汗就没停过,脸上跟下雨似的。

再说,她以后得在这儿待上两年,熟不熟悉也不在乎这一时半刻。

估摸着陈秘书的车应该已经走了,宋禧转了个身也出了校门。

她也没有目的地,天太热就一直沿着墙角的树荫往前走,看到一条背阴的小巷子就拐了进去。

如果不是有连坐十几个小时火车的记忆,还有这热到喘不过气的潮热天气,宋禧会以为自己还在乡下那个小镇里。

明明离南陵一中不远，但这里的一切都和大城市没有太多关系——小巷子陈旧潮湿，头顶的电线杂乱，地上阴暗的角落里随处可见不知名的野草。

等绕过了那条街，进入临河道的主街后，视野才豁然开朗起来。

宋禧在小卖部买了根一块钱的老冰棒，边吃边继续往前走。

老槐树下有老人在下象棋，宋禧围观了两分钟很快确定了胜方，觉得没意思又继续再往前。

河边有妇女三三两两在清洗衣物，不知道是谁家油坊开始工作，芝麻香味飘得好远，宋禧闭眼狠狠吸了一口。

再睁眼，她就看见了那个采桑叶的黑衣少年。

那棵桑树长在人家的院墙里，他搭着梯子，黑色长袖滑落到手肘处，午后炽烈的阳光透过树影洒在他身上，露出的半截胳臂白得晃眼。

"桑叶要嫩的，你摘的这些——蚕吃了会不消化。"

少年听到声音，回头瞥了她一眼。

宋禧呼吸一滞。

他的脸，甚至比他的手臂还要白。

眼皮浅浅一道褶，到眼尾才劈开成两道，站在梯子上垂眼看人时，眼皮一张一合，长而深的睫毛帘跟着掀起打开。

漆黑的眼珠像一幽碧潭，轻易将人拉扯进去。

他又转头继续去薅那些老到不行的桑叶。

宋禧被他轻飘飘的一眼看得耳热。天热到一丝风都没有，她抬手给自己扇了扇风。

再看看梯子上的人，他一身黑色长衣长裤，但浑身干爽得仿佛跟她处于不同的时空里。

真有人不怕热吗？

宋禧把最后一口冰棍全塞进嘴里，稍微凉爽了一点点。

见他不理人，她转身准备离开，这时恰好有一阵风吹过，她鼻尖动了动，似乎闻到了浅浅淡淡的中药味。

不明显，但确实有。

宋禧踮着脚四处张望，但这里的巷子很深，每家每户门前的围墙都差不多，根本看不到有什么不一样的地方。

"请问——"宋禧停住脚，再次回头问，"这里有中医馆吗？"

这次那个少年连头都懒得回，他右手遥遥往后一指，就一个大概的方位，也不清楚他具体指的是哪家。

宋禧还想再问，但他明显一副不想多言的模样。宋禧撇撇嘴，只能自己去找了。

宋禧觉得自己就像是迷宫里一只无头的苍蝇。

这里主街连小巷,小巷又分支巷,她顺着他指的方向前前后后绕了一圈,最后中医馆没找到,倒把自己累得够呛。

宋禧走得口干舌燥,又去那间小卖部买了一瓶冰水和一根冰棍。一口气喝完半瓶冰水之后,她跳上河边的横杆上吹河风,眼一瞥,又看见了那个害她瞎跑一通的"罪魁祸首"。

"麻烦问一下,理发店在哪儿?"

少年在河边蹲着,正理头清洗刚摘下来的老桑叶,一片一片用河水洗过之后再整整齐齐地码在一起,搁在一旁冲洗得相当干净的石板上。

听到问话,他头都没抬,手随意地往背后一指——

还正好是之前给她指的中医馆那个方向。

"……小卖部呢?"

他顿了两秒,手再次抬起指的方向稍微比刚才偏了那么三十度,但那个方向只有那一条巷子。

那里宋禧全跑过了!

那条巷子里没有中医馆,更没有理发店,而小卖部——则在他们的右后方。

宋禧刚过来的方向。

和他指的路完完全全,没有一毛钱关系。

"……你家呢?"

这回他终于肯抬起头,和宋禧气愤的眼神接触上时,他面上没露出任何羞愧的表情,甚至半分表情都欠奉。

午后的河边,他周身没有一丝遮挡,整个人完全暴露在太阳下,晒得人蔫蔫的,眉头耷拉着,黑到发亮的微卷头发在水面的映射下闪着细碎的金光。

他张了张嘴,宋禧以为他是准备向她道歉。

结果——

"想去我家?"

他洗好最后一片叶子,抖抖水,撑着膝盖站起来。似乎是站起的动作过于猛了,他闭上眼在原地缓了好一会儿。

"——没门。"

宋禧本来还想问他有没有事的。

得。

就他这张嘴,有事也活该。

他把洗好的叶子用手帕包好,又小心翼翼地放进一侧的黑色书包里。

宋禧吃着冰棍,看他跟小洁癖似的,弄完了又蹲下洗手,洗完站起来又是一阵闭眼眩晕。

他累不累!

终于,他忙活完,背上书包从河道的台阶上来。经过宋禧身边时,他脚步没停,直接越了过去。

她再一次闻到了那股若有似无的中药味。

"喂——"

他脚步顿了顿,但没回头。

宋禧:"你是不是有病?"

他的脸色比之前她见到他时要更白了,本来宋禧以为大城市的孩子皮肤都是这么水灵,白嫩得跟从不见阳光一样。

但刚这么擦身而过的一瞬间,宋禧偷偷又瞧了他好几眼,这才发现他的白,根本就不是皮肤自然的白皙度。

像是生病了。

或者说,像是生病很久了。

少年转头,冷冷地看着她,眼睛里像是淬了冰,在逼近四十摄氏度的地表温度下,宋禧脚底板却突然冒起了一阵凉气。

比她手里的冰水还要凉。

宋禧被他一瞪,再一回味自己刚才的话,确实非常有歧义。

她摆摆手想解释:"你别误会啊!我不是骂你有病,我是看你的脸色真的很不好,我外公是老中医,我从小跟着他长大的……"

"咚——"

她解释的话还没说完,那个前一秒还向她发射冷气的人,下一秒直接倒在了她面前。

这——

是病的?

还是被她气的……啊?

竟然有人睡着了还这么好看。

宋禧偷偷从口袋里掏出手机。

她的这部诺基亚,还是许见川上大学后打工赚了钱给她买的。

好几年前的旧款手机,拍照像素并不算高,但就算如此,依然能看出屏幕里那个躺在病床上的人,流畅瘦削的面部轮廓和高挺的鼻梁。

"还没有联系上他的家人吗?住院费用出来了,需要尽快去窗口缴一下。"护士过来递给她一张缴费单,一共三百六十五元。

"还有,这里是急诊病房不能久住,费用尽快缴了我们好给他安排住院病床。"

宋禧把身上的钱都拿出来清点了一遍,加上陈秘书给的那两百,一共三百一十六元。

本来应该有三百二十元的,她买了两根冰棍、一瓶冰水,花了四块钱。

宋禧连他的名字都不知道,更别提联系他的家里人了。

她眼睛转了一圈,目光落到床尾沾了一层浮灰的黑色书包上。

他现在昏迷不醒,为了通知他的家人,去翻一下他的书包,应该不算过分吧。

宋禧把他的书包抱在怀里,打开手机的视频功能,确保视角能正好录到自己打开书包和病床上的他。

"护士来催好几次了,让我去缴费。但我身上钱不够,我翻你的书包实属无奈之举,以视频为证。好了,我要开始翻了啊。"

书包一打开,最显眼的就是那块深蓝色的手帕,里面的桑叶还是宋禧看着他包的。

她小心翼翼地把手帕拿出来,这一下之后,书包瞬间空了很多。

书包里面有一个钱夹、一本书和一部崭新的智能手机。

她打开钱夹,谢天谢地,里面有好几张红色的票子。

还有他的身份证。

梁津轻。

原来他不仅睡觉好看,就连身份证照片也相当标致。

宋禧从钱夹里抽出三张一百元,后来想了想又放回去两张,她把自己的钱带上,先去一楼大厅把费用交了。

再回来时,他还闭着眼睛半点没有要醒来的意思。

天色渐晚,窗外西落的夕阳余晖像橙海一般洒进来。

宋禧记得陈秘书说的家里阿姨会做晚饭等她,她今天第一天到,下午又这么长时间没到家,到时候再让人担心不太好。

她又从他的书包里把他的手机拿出来,随便一点,竟然没有密码直接就打开了。

宋禧点了通讯录,都不需要滑动,一个屏幕装了他所有的联系人。

梁A、梁B、梁哥、梁青山、肖萍如……

宋禧从没见过这么存手机号的。

她咬着手指头琢磨了很久,最后决定给"梁哥"打电话。

他姓梁,又给人备注"梁哥",那不是亲哥也至少是堂哥之类的吧。

电话嘟嘟嘟响了快十声,等到快要自动挂断时,那头终于有人接了电话。

"你好,这里是幸福烧烤,烧烤、炒饭、炒面都有,请问你需要点什么?"

宋禧沉默了两秒。

最后,宋禧没办法,只好给"梁青山"打过去,这个名字备注得"整整齐齐",应该是他的某位家人吧?

又是一阵漫长的嘟嘟声后才被接起。

"您好,请问是梁津轻的家里人吗?"

那边半天没说话,宋禧挪开手机看了一眼,还在通话中。

宋禧:"……那个,您好?"

"你是谁?那小子的小女朋友?"

宋禧惊得差点没从凳子上摔下去:"不不不,您误会了,我不认识他,我就是路过……他在路上晕倒了,现在在中心医院急诊病房……"

"我马上到!"

她话还没说完,那头已经挂了电话。

时间越来越晚,宋禧等了近一刻钟还没等到他家人来,只能给护士留了个自己的联系方式,让对方如果有事可以联系她。

从医院出来,天已经黑透了。

宋禧打开手机,并没有人找她。她稍稍松了口气,没找她说明还不算晚。

她用付医药费剩下的钱打了车。好在这个点的南陵不算太堵,最后到目的地时,出租车的打表器刚好停在"30"那里。

宋禧第一次来这个小区,门口保安见她是个生面孔,拦住她问了好一会儿,最后她把身份证掏出来确定自己和171号的男主人同姓后,她才被放了进去。

171号并不难找,顺着指示牌很快就找到了。

这是一栋两层楼高的漂亮别墅,还带有一个大院子,两个人高的大喷泉滋滋地往外喷着水。

只是,里面一片漆黑。

从外往里看进去,屋里连个应急灯都没有,黑黢黢的,完全不像是等人回家的样子。

宋禧没有钥匙。

陈秘书也没想起给她钥匙,因为家里一直会有人在,主人不在,阿姨也会在。

陈秘书大概也没想到家里会一个人都没有。

宋禧坐在门口的台阶上给陈秘书打电话。

这次电话接得快。

"宋禧?你到家了吗,吃过晚饭了没有?"

"陈叔叔，您有171号的钥匙吗？现在家里没人，我在门口进不去。"

陈秘书说立马给她送钥匙过来，让她稍微等他一下。

挂了电话，宋禧抬手精准地拍死了一只吸她血的蚊子，正准备伸手打脖子上那只时，她的手机又响了。

是许见川。

"师兄？"

"喜喜，你到南陵了吗？学校手续办完了吗？安顿下来了没有？"

"嗯嗯，到了，办完了，安顿了。"

"怎么感觉兴致不太高啊，晚饭没吃好？"

宋禧的手掌用"静音模式"继续跟蚊子战斗："哪有，晚饭吃得可好了，有螃蟹、有狮子头，还有红烧小排，我现在都撑死了，才没力气讲话。"

宋禧肚子里的馋虫被她自己勾起来，咕咕叫起来就不消停。

"师父一直说，饮食七分饱，你都记狗肚子里去了？"

"哎呀，你一给我打电话就教训我，我不想跟你说话了，我挂了。"

"行行，你自己一个人在那边，要吃好喝好，钱没了就跟我说，别省着听到没？"

宋禧摸摸口袋里的最后二十一块，强撑着眼底的酸意。

"好啦，我知道的。我亲爸那么有钱，以后他会给我零花钱的，你的钱你自己留着用。"

挂断许见川的电话没多久，陈秘书就赶到了。

他一脸的风尘仆仆，上午见他还规规矩矩系在脖子上的领带，此刻已经松到了一边。

"等久了吧？"陈秘书帮她把门打开，"实在是不好意思，我刚才联系了才知道阿姨家里有点事，今天刚回老家了。"

陈秘书说："你是不是还没吃晚饭？我给你叫了外卖，应该一会儿就到了。"说着，他又掏出钱包，"这两天的饭可能要你自己解决一下。这些钱你拿着，想吃什么就给自己买。"

宋禧不想要他的钱，但是不要他的就得找许见川要。

"我……爸他们，什么时候回来？"

陈秘书一副欲言又止的样子，实话说出来太伤人，但是这么瞒着她也不太好。

"估计还要过几天，但过两天你开学的时候阿姨肯定可以回来。先委屈你两天哈。"

五百块，两天。

这哪里是"委屈"。要知道，她之前一个月的零花钱都不到一百块。

吃完陈秘书给她点的外卖，要睡觉时，宋禧又犯了难。

她不知道自己要睡哪个屋。

宋禧楼上楼下走了一圈，看到所有的门都紧闭，她试探性拧了一下其中一扇，拧不动，除了一楼靠楼梯的那个房间。

倒是省了她挑房间的时间。

第一次一个人住这么大的别墅，宋禧还有些不适应。晚上，她洗完澡躺在床上，四周静得没有一点声音，窗外黑黢黢的，连点光影都看不到。

不知道梁津轻怎么样了。

他家里人到底去医院了没有？

还有他身上的中药味……

宋禧闻了闻自己的指尖，也有一股常年不散的草药味。但她是因为每天泡在药馆里，帮她外公抓药导致的。

他的话——估计就是从小喝中药，在药罐子里泡大的。

也不知道他是哪里不舒服。

宋禧想着，明天再去看看他好了，反正开学之前她也没事做。

宋禧第二天到医院时，在病房没看到人，一问，护士说他家里人昨天来连夜给他办转院了。

宋禧："转院？转去哪儿了他们有说吗？"

"这个我不清楚。"护士翻了翻记录表，"上面也没写。"

昨天的值班护士和今天的并不是同一个，再详细的情况她也说不清楚。

宋禧有些后悔，昨天都点开他的手机了，应该留一下他的电话号码。

周末两天宋禧无事可做，家里除了她的房间和洗手间、厨房，其他地方全锁着门。

她每天起床就出门晃荡，一直到天黑才回家。

因为对南陵不熟，那两天她去得最多的地方竟然还是遇到梁津轻的那条巷子。

后来她知道了，那条巷子叫南枝巷。住南枝巷的老人说老早就听说这里要拆，但一年两年地过，到现在还一点动静都没有。

宋禧试着向他们打听梁津轻，他们倒是记得有个长得比姑娘还白的学生经常来，但他住哪儿、在哪儿上学，他们也不知道。

夏天的傍晚格外耀眼，夕阳很久都没落下，一直挂在西边。

宋禧迎着晚霞，一个人走到家。看着那栋漆黑又空洞的大房子，她突然心里空落落的。

九月一日，南陵一中的开学日。

宋禧早早就出了门，在堵得水泄不通的马路边的铺子里吃完了一屉小笼包和一碗牛肉面，最后捧着没喝完的豆浆进了学校。

和其他同学的全家出动相比，宋禧一个人在校园里穿梭显然格外突兀。

校园里人头攒动，进了教师办公楼四周倒一下子就安静下来了。

宋禧上次提前来认了路，所以没怎么费力气就站在了高二班主任办公室的门口。

她刚准备敲门，突然门从里面被拉开，罗淑荣打着电话从里面走出来。

"……请假？他是身体不舒服吗？住院了啊，行行，可以理解可以理解……那让他先好好养伤，好嘞好嘞！"

罗淑荣收了电话，没等宋禧跟她问好，她立马说："你进去稍等我一下，楼下出了点事，我得先过去处理处理，很快回来。"

她说"很快"，果然很快。

宋禧坐下不到五分钟，罗淑荣已经风风火火地回来了，跟着一起的，还有她恨铁不成钢骂人的声音。

她骂五句，后面跟着十句顶嘴。

声音越来越近，宋禧立马收回视线，在沙发上端正坐好。

"……上学第一天就跟人吵吵闹闹起矛盾，这一天天的你能不能让我省点心？去年带了你们一年，我白头发都长了半脑袋。"

"我看还行啊，暑假去染头了？"

罗淑荣脸色铁青。

一开门，看到乖巧文静的宋禧，罗淑荣火气熄了熄。她对身后比她还高的男生没好气地道："你给我在一旁待着，等我忙完再跟你算账！"

说完，她脸色一变，挂上和蔼可亲的笑容转头跟宋禧讲话。

"宋禧是吧？从今天开始，你就是我们班的一分子了。你从其他地方转过来，刚开始可能进度会稍微跟不上，课上有什么不懂的可以随时来问老师。不过我看了你过往的考试成绩，还不错，所以也不用有压力。"

宋禧柔顺的黑发扎成马尾，低低垂在肩头。听人说话时，她礼貌地看着对方。

她的一双黑眼珠透亮清澈，罗淑荣是越看越喜欢她。刚被班上那群浑小子气够了，这下来了个听话又乖巧的，罗淑荣脑袋瞬间就不疼了。

罗淑荣又说道："你再坐一会儿，等上课了我再带你去教室跟同学们认识认识。"

宋禧点头坐下，眼睛向下垂着，耳朵却支得很直。

"陆其扬，你几岁了啊，你还跟人家刚上高中的学弟们抢篮球场！你一天不打篮球会死啊？早上报到人家家长都还没走，你闹这一出，好，人家背后指不定怎么想我们学校！"

说实话，宋禧很敬佩罗淑荣——她是怎么做到表情、情绪无缝衔接的。这种天赋，感觉去艺考培训当指导老师也够了。

那个叫陆其扬的男生反驳道："我都说了，我真不是欺负小孩子，我客客气气地跟他讲道理，他一言不合非要告老师告家长，什么小屁孩啊，都上高中了还当自己是小学生？"

罗淑荣骂累了，刚端起杯子想喝一口水，又听到那边接着来了一句："屁蛋！"

"陆其扬！"罗淑荣顾忌办公室还有其他老师在，怒音压得极低。

陆其扬无所谓一般，掏掏被震得发麻的耳朵，一转头，视线跟宋禧在半空中相遇。

"哎，罗姐，这是我们班新同学啊？"

宋禧赶紧收回目光，双手摆在膝盖上，瘦削的背挺得笔直。

"……啊，对。"话刚出口，罗淑荣突然回过神，"死小子，没大没小的，你叫谁姐！"

罗淑荣有事被其他老师叫走，办公室就剩下陆其扬和宋禧两人。

"新同学啊，我叫陆其扬。"陆其扬跟回了自己家一样，熟门熟路地去饮水机那儿倒水，喝完了还不忘给宋禧也带了一杯。

"宋禧。"

陆其扬："别误会啊，我们其实都很好相处的。下次有人欺负你，你就报我名字！"

宋禧战术性喝了一口水，心想，报你名字确定不是往火堆里扔鞭炮吗？

但她面上还是承了他这份情："谢谢啊。"

"客气客气。"陆其扬仰躺到沙发上。如果不是又听到罗淑荣的声音，宋禧怀疑他下一个动作就是把脚跷上桌了。

罗淑荣："快上课了，你还坐着干什么？还没被骂够？"

陆其扬背着罗淑荣做了个鬼脸，离开前又跟宋禧说："新同学，一会儿见。"

他转头跟罗淑荣说："罗姐，你待会儿把新同学安排给我做同桌呗，正好我旁边的位置还空着，我保证用我的热情帮助新同学迅速融入咱们七班这个大集体——"

他话没说完，就被罗淑荣拿书赶苍蝇一般赶走了。

"班上的座位是上学期期末就排好的，所以可选的位置不太多。"罗淑荣领着宋禧往班上走，怕她多想又继续道，"不过你也不用担心，这周我们有个开学考,到时候会按考试成绩来分座位。"

本来宋禧是不担心的,听老师说完之后,她开始担心了。

怎么这里的重点高中还有开学考试这种东西啊?考高二的知识点,她还没学;考高一的知识点,一个暑假过完她已经都"还"给老师了。

罗淑荣简单地给同学介绍过宋禧后,就指着教室后排仅剩的三个位置让她选。

"你选一个喜欢的。"

三个座位,一个在陆其扬旁边,还有两个在他的后座——也是教室最后一排。

陆其扬热情地冲宋禧招手,宋禧刚想往那儿走,就被罗淑荣拉住。

罗淑荣指着最后一排左边的位置,对宋禧说:"你先坐那儿吧。"

宋禧坐下后才发现,她旁边的座位并不是空位,但显然主人也不是个认真学习的人。

不然不会开学第一天就迟到。

还一迟到就是半天。

"坐你旁边的是我兄弟,他脾气不太好,要不你还是坐我旁边来吧。"第一节课间休息,陆其扬扭着身体,跟斜后方的宋禧搭话。

宋禧:"没事,我脾气也不太好。"

陆其扬见她不信,一本正经地跟她打预防针:"那你到时候被骂了,别哭啊。"

宋禧看陆其扬难得郑重的表情,觉得有点好笑,脾气再差能有那个病恹恹的人差?

后来事实证明,还真是不相上下。

宋禧的同桌是下午第一节课上到一半时到的。

那节课也是罗淑荣的语文课。

这里所有的老师讲课速度都非常快,以前那个学校的老师需要讲三堂课的内容,在这里半节课就讲完了。

宋禧上了半天的课,比她之前连上一周的课都还要累。

为了不落后太多,她只能一边跟着老师的进度,一边自己吸收巩固前面的知识点。

门口突然响起一声"报告"时,宋禧正忙着在书上做笔记画重点,完全没注意到班上其他人的目光都转到了教室门外。

"你来啦?"

罗淑荣的扩音器电流声滋滋往外冒。宋禧抽空抬头看了一眼,只看见罗淑荣捏着粉笔走到门边的背影,罗淑荣对面是什么人,她看不清。

那里正好是她的视线盲区。

她也没在意。

"早上你爷爷打电话来请假,我以为你还得过几天才能到校呢。也好,正好不耽误周四的开学考。快进去坐吧。"罗淑荣调整了一下扩音器,"好,咱们继续上课。"

宋禧听到这句话,立马坐直身体。

然后,她就这么突然地、毫无准备地再次见到了梁津轻。

他比她上次见到他的时候,脸色还要更差几分。

梁津轻眼睛微微向下垂着,看不清里面的情绪。

他身上穿着学校统一的蓝白校服,衣襟敞开,里面还是那件不变的纯黑色长袖。

背上的那只书包上次还被她翻过。

他径直向她——旁边的座位走来。

但直到他坐下,他都没有抬眼看她,仿佛她这个同桌是空气一般。

宋禧眼睛看着黑板上的板书,余光却总有意无意地落在旁边人的身上。

他从书包里掏出一包消毒纸巾,仔仔细细、前前后后地把桌子和凳子都擦了一遍。

他可真爱干净。

擦桌子椅子也就罢了,刚从书包里拿出来的笔袋和笔,有必要也擦一遍吗?

等他擦完所有的笔,这堂课也上到了尾声。

"阿轻,你可算是来了——"

下课铃一响,还没等老师走出教室,陆其扬就转过来撑着头跟梁津轻说话。

"你没事了吧,前两天我跟你打电话没打通又给你家打,听你家阿姨说你生病住院了,我都要担心死了……"

"嗯。"梁津轻换了张干净的纸巾,继续在那儿擦着课本。

"对了,这是我们班新来的同学,也是你的同桌,叫叫叫——"陆其扬"叫"了半天也没想起来宋禧的名字。

"宋禧。"宋禧在一旁适时出声提醒。

宋禧在心里默念了三个数,梁津轻终于第一次抬起了眼。

"哦,对对,宋禧。"陆其扬又指着梁津轻给宋禧介绍,"这就是我好兄弟,梁津轻。"

"嗨！"

宋禧笑得一脸灿烂，牙都快咧上耳垂了。

结果——

梁津轻看了她一眼，又低头继续擦他那些没消毒完的课本。

宋禧在心底狠狠翻了个大白眼。

拜托，你的救命恩人就在眼前，不说热情拥抱、感恩戴德，起码也要回以同等的真诚笑容吧。

还有，就算人不欢迎不感恩，你欠我的医药费总得主动还给我吧！

"哦——"宋禧把语文书一合，啪的一声脆响。

"——你那个脾气不太好的兄弟啊！"

第三章
新同桌

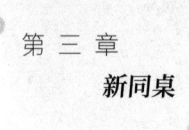

这话一出，陆其扬差点惊得没跳起来。

梁津轻最讨厌别人说他脾气差。

陆其扬觑起眼睛看梁津轻的表情，好在他只是手微微顿了顿，面上并没有什么多余的情绪。

这新同学，怎么有点"虎"啊。

陆其扬趁梁津轻不注意，拼命地给宋禧使眼色。

宋禧看他挤眉弄眼的，好奇道："你眼皮咋了？抽抽了？"

她从课桌里摸出一个脉枕，灰扑扑的样式，边上缝线的地方还有几处脱线，一看就是用了很多年的东西。

"来，我给你脉脉。"

"啊？"陆其扬没懂。

宋禧拍了拍脉枕："给你把把脉。"

"看不出啊，你还会这个？"陆其扬把凳子一拖，坐到宋禧的正对面，把手递给她。

"左手。"

陆其扬本来还是吊儿郎当的神情，他觉得宋禧哪里真的会中医把脉那些，不过就是陪她玩玩。

宋禧把脉时习惯闭眼，这还是跟她外公学的。

一是可以更集中注意力，二是年少不懂事时她觉得这样显得更厉害。

宋禧把脉差不多把了两分钟，再睁眼时差点没被周围突然围上来的一圈黑脑袋给吓死。

她就说怎么刚才突然有一秒周围的空气都变稀薄了。

以她和陆其扬为圆心，他俩旁边围了大半圈同学，除了梁津轻的座位附近。

"怎么样,怎么样?我没什么毛病吧?"陆其扬见她不说话,还以为自己出了什么大问题。

"脉象不浮不沉,和缓有力。"宋禧一边收脉枕,一边下结语,"是难得的好脉。"

听完,陆其扬才松了口气,人也开始嘚瑟起来:"我就说嘛,我从小不生病不进医院,壮得跟小牛犊似的,肯定没问题!"

昨天才从医院出来的梁津轻不想说话。

不知道是陆其扬的宣传效果太明显,还是宋禧的状态让人信服,其他本来是在围观的同学纷纷上前,把自己的胳膊伸过来。

"宋禧,宋禧,你也帮我看看吧,我今天觉得嗓子疼得厉害……"

"也帮我看看。我一到冬天就可爱感冒生病了,一直往医院跑,快烦死我了!"

"我也是,我也是。我平时吃一点冰的就爱拉肚子,然后晚上总是容易失眠多梦,你也帮我看看呗。"

宋禧被围在人群中间,声音一出口瞬间就被淹没,根本没人听她在说什么。

"咳咳——"陆其扬这时从座位上起身,他个子本来就高,站起来几乎可以俯视其他所有人,"你们都别急。再说都要上课了,你们打算不上课让宋禧当着老师的面给你们把脉吗?"

陆其扬继续道:"一个个来啊,一天看诊两人,时间是中午午休期间。想要找她看的人先来我这里登记排队,哪轮轮到你了我会提前叫你。"

话音刚落,上课铃也响了,同学们无奈只能先回自己座位。

陆其扬:"阿轻,你想看吗?我给你插个队,排第一个怎么样?"

宋禧假装没听到他俩私下商量走后门这事,实际耳朵早就支得高高的,就想听梁津轻怎么说。

"不用。"

宋禧忍不住"喊"了声。

他在瞧不起谁呢!

还不用……她还不乐意给他看呢!

陆其扬:"你别误会啊宋同学,阿轻他从小看老中医,不像我们没见过,所以觉得好玩。"

宋禧瞪他:"你觉得我看病是好玩?"

陆其扬:"哎呀,不是不是——"

正巧英语老师进来,看到陆其扬还半截身子没回来,开始点他的名:"陆其扬,要不我把讲台搬你后面去?这样你更听得进去课是不是?"

英语是宋禧最头疼的科目了。

她英语打基础时还是在城里上学的,后来她转学去外公家那边的学校,在那儿读了几年,英语口音全被老师半普半乡的口音给带跑偏了。

这路一走偏,再想被拉回来可就难了。

她最害怕上课被老师点起来读课文,可偏偏他们班就她一个刚转学来的新学生。

几乎每一个老师点人起来回答问题时,扫视那么一圈,都会来一句:"那就新同学来回答一下吧,也让我们再认认识识你,加深下印象。"

宋禧心里想,这个印象也不是非要加深不可的。

她心里怯得要死,站起来时拿书的手都在抖,但面上丝毫不显露。

宋禧做人有个原则,那就是人可以丢,但脸绝不能丢!

她开口之前还清了清嗓子,随后眼一闭心一横,用最自信又洪亮的声音朗读完了那一段课文。

全场集体寂静了三秒。

宋禧这下坐也不是,站也不是。幸好英语老师没让她尴尬太久,带头给她鼓了鼓掌。

紧接着,其他同学也纷纷鼓起掌来,尤以陆其扬最为卖力,他边鼓掌还边转头冲她喊:"宋姐厉害!"

宋禧觉得丢脸,刚想坐下来,发现旁边的梁津轻竟然也难得地勾了勾嘴角。

很浅的一道弧度,但在他那张脸上也极为难见了。

当时不知道是哪根筋给了宋禧这种莫名的信心,可能是氛围过于热烈,让她瞬间迷失了自己。

宋禧凑近梁津轻,小声问他:"我读得还挺好的吧?"

梁津轻转头,深深地看了她一眼。

就在宋禧以为他不会回答的时候,他才悠悠道:"挺好。"

宋禧还没开始笑,他又补了一句:

"有自信挺好。"

"咱们的新同学,有点意思!"陆其扬一脸的兴奋。

放学时间,人潮集中着往校门口移动,梁津轻不喜欢跟人挤,所以两人故意晚了几分钟才出来。

没得到回应,也不影响陆其扬的谈兴:"你说,她是真的会把脉吗?我感觉看着还挺真的,不然也不会有人随身携带看病用的那个小枕头,是吧?"

陆其扬:"你真不用她给看一看?之前不是还听梁奶奶说,想给你换个方子吃药的吗？"

傍晚的气温也不低，梁津轻走了两步觉得气不太顺，也没什么聊天的欲望。

"不用。"

出了校门之后往右走，在一条转角的十字路口停了辆黑色的轿车。

是梁家的车。

陆其扬瞬间就钻了进去："李叔，我又来蹭您的车了。"

梁津轻拉开另一侧的车门，也坐了上去。

放学的点，学校附近的几条主街全被塞得满满当当的，他们的车被堵在中间，只能一点一点地跟着往前挪。

梁津轻闭着眼睛，陆其扬无聊只能拉着司机李叔聊天，说着说着，他突然拍了拍梁津轻。

"你看，那是你同桌吗？"

梁津轻眼睛睁开，顺着陆其扬手指的方向看过去。

不是她是谁。

宋禧把身上的校服外套脱了，搭在书包上，和一帮初中生挤在小卖部的冰柜前，不一会儿抢了两根冰棍出来。

她左手拿着碎碎冰，右手拿着"绿舌头"，左右开弓，哪个都不落下。

陆其扬舔了舔自己的嘴唇："怎么还给我看馋了呢？"

只见她边吃边走，接着脚一转，进了一条小巷子，没一会儿就不见了人影。

宋禧在外面吃了晚饭就回了家。

家里还是没人，阿姨也还没来。

她心想，小学生难道不也是九月一号开学吗？

宋禧坐在客厅的茶几旁做作业，她想着是不是要找陈秘书要一下宋海东的另一个手机号，问问他到底什么时候回来。

不然她怕自己现在手上的钱撑不了太久。

实在不行，她要是去找梁津轻让他还钱，他应该不会不认账吧。

宋禧抓了抓头发，真头疼，得想点办法赚钱才行。

这是那天入睡前，宋禧脑子里唯一的想法。

第二天早上上学时，宋禧在校门口碰到骑着山地车的陆其扬。

"早啊，新同学。"

他下了车，推着车子跟宋禧并排往校园里走。

"你的好兄弟呢？"

"他啊，他上午请假，估计中午才会来。"

宋禧其实心底有个疑问很久了,但也不能直接去问梁津轻,现在这个时机,刚刚好。

"他是不是身体不太好?"

见陆其扬看过来,宋禧怕他误会,赶紧解释道:"你别多想啊,我外公是个老中医,我从小在他身边长大的,望闻问切我也多少会一点。"

"难怪了!"陆其扬感慨,"我就说你昨天给我把脉的那架势,一看也不像是糊弄人的花架子。"

陆其扬:"阿轻确实体质弱,娘胎里带出来的。这些年他一直在喝中药调理,现在还稍微好一点了,原来上小学的时候他一个学期都上不了几节课,净在家养病了。"

等他把车锁好,两个人又一起往教室去。

"对了,你住南枝巷啊?"

宋禧奇怪:"不啊。"

"昨天放学我们在路上看到你了,我看你进了南枝巷还在说你是不是住在那里,结果阿轻非常肯定地说不是,我就跟他打了个赌。所以,你真不住那儿?"

宋禧:"真不住。我现在住紫金路。"

陆其扬低骂了声:"又被他给蒙对了。"

"哎,不对。"陆其扬突然反应过来,"你也住紫金路?"

到了座位上,宋禧把书包取下来放进课桌:"对啊,还有谁也住那儿?"

"阿轻啊。他爷爷奶奶就住那里,他一周七天有四五天都在那儿,你没偶遇过他?"陆其扬悔恨得要命,想不通自己为什么非要和梁津轻打这个赌。

明明他一次都没赢过梁津轻。

"他是不是早就见过你,昨天故意搁那儿钓我的鱼呢!"

宋禧很是好奇:"你俩打什么赌了?"

"……输的人,要到主任办公室门口大喊三声'我是猪',还得叫对方三声'哥哥'。"

宋禧:够有童趣的!

宋禧又要愁即将到来的开学考,又要愁快要见底的钱包,每天一双眉头就没痛快舒展过,很快眼下就挂上了黑眼圈。

陆其扬:"怎么回事啊,宋大夫,你这医者不自医啊!我跟你说啊,你眼圈再这么黑下去,咱们的中医小铺子该没人来光顾了!"

宋禧破罐子破摔:"倒闭算了。"

陆其扬:"你怎么了,怎么如此颓废不堪,说出来让我陆大师帮你排排忧解解难！"

宋禧一听，眼睛猛地就亮了，问："我想赚钱，你知道哪里可以打工赚钱吗？"

"赚钱？"陆其扬很是好奇，"你很缺钱吗？每天放学吃两根冰棍这么费钱的吗？"

宋禧："我家里人最近不在，我身上的钱快用光了。"

"那你直接打电话找他们要啊。我以前一没钱就打电话给他们，后来他们烦了就直接给我开了张副卡，很好使。"

这是哪里来的活在天上不知人间疾苦的大少爷啊！

宋禧不想跟他讲话了。

"你不是会中医把脉吗？要不要找家中医馆试试？"

宋禧一听，觉得似乎可行："你知道哪里有中医馆招人？"

"这个嘛，我也不知道——"

宋禧一颗心被他两句话扯得乱七八糟。

"但我兄弟肯定知道啊！"陆其扬敲了敲梁津轻的空桌，"他要是不知道，他奶奶也肯定知道。"

陆其扬保证："我跟他奶奶熟，我帮你打听！"

宋禧感动坏了。

不得不说，就做人这块，陆其扬绝对比他兄弟要来得优秀。

今天，梁津轻来得要稍早一点。

下午上课的铃声刚落，他不急不缓地从后门走进来，这回好歹是抢在了老师前面，不用在前门喊报告。

趁老师还没来，陆其扬瞅着空和他聊天。

"你身体还没恢复吗？还有哪儿不舒服？"

"头。"

"啊！"陆其扬赶紧看向宋禧，"头的话是不是还有点严重？"

宋禧刚想点头，梁津轻又说话了："没睡好，头疼。"

宋禧和陆其扬一时有点无语。

他一上午没来上课，竟然还说自己没睡好头疼？

宋禧用刚好三个人能听到的声音，跟陆其扬说着悄悄话："他这样，成绩应该也不大好吧？"

"我身子是不太好，但耳朵还没聋。"梁津轻拿眼横她。

宋禧非常坦然："那你就说，我说得对不对？"

也不是她未卜先知，而是午休时罗淑荣叫她去了趟办公室，她提前看到了周四开学考的考场分布表。

宋禧被分在了最后一个考场。罗淑荣怕她心里有波动,特地叫她过去,又好好开解了一番。

"考场是按上学期期末考试成绩来分的,你因为是临时转学过来的,所以就直接顺位排在了最后一名。"

"这两天感觉怎么样?还适应吗?"

宋禧还挺喜欢罗淑荣的,虽然她平时骂起学生来是半点情面都不留。

宋禧:"挺好的,同学们都很好,前桌很好,同桌也很好。"

罗淑荣:"我看,你最近又在课间休息时帮同学们看病把脉是吧?"

说了这么半天,到这句话时,宋禧才终于回过味来。

她就说,罗淑荣那么忙,应该不会因为考场的事专门叫她来解释一遍。

宋禧解释:"我们就是闹着好玩。我没有真给他们开方子。"

宋禧跟着她外公接触中医这么多年,也知道有的人对中医并不理解,所以在开方诊断方面,她一向谨慎。

"你别紧张,这不是什么坏事,我也不是怪你。"罗淑荣琢磨了一会儿,到底要怎么开口才不会伤害到宋禧。

"……你最近,是家里人还没回来吗?"罗淑荣从桌上拉了张表过来,"你还没充饭卡是吧,那你每天中午是怎么吃的饭?"

"我手上的钱够的,我这两天是忘记去充了……"

"那就行,有什么困难记得跟老师说。"

"阿轻的成绩可不差!"

宋禧故意挑衅梁津轻,谁知他还没反驳,第一个跳出来反驳的竟然是陆其扬。

"数学 115 分,英语 98 分,语文 56 分……这成绩,嗯,是不差。"

和陆其扬在一个考场,宋禧毫不意外,最让她意外的是竟然梁津轻也在。

她之前还以为,梁津轻坐在最后一排是他主动要求的。

毕竟,他长了一张年级第一的学霸脸。

"他就是有点儿偏科。"陆其扬趁老师板书没注意,索性扭过头,"要不是作文偏了题,他肯定可以考 90 分。"

宋禧:"哦,那好了不起。"

说着,她故意看了梁津轻一眼。结果他跟没事人一样,手撑着头,又闭上了眼。

放学铃一响,梁津轻又跟突然通了电的小程序机器人一样,自动开启了。

陆其扬收拾书包时问宋禧:"你回家吗?让阿轻带你一程。"

陆其扬追上梁津轻，不知道跟梁津轻说了什么。等宋禧过去时，陆其扬落后几步跟她说："他答应了。不是要问他奶奶是在哪里拿药嘛，正好一会儿一起问了。"

陆其扬十分有风度地把车后座的位置让给了宋禧，自己去了副驾驶座。

宋禧上车时，梁津轻已经坐好了，虽然他连眼睛都没抬一下，但毕竟是蹭了他的车，宋禧还是礼貌性地跟他打了声招呼。

"谢谢你让我蹭车。"

"不用。"梁津轻转头看她，"我语文成绩不好，但也还懂助人为乐。"

他特意在"助人为乐"四个字上加重了语气。

这人，真记仇。

司机李叔问："小姑娘住哪里啊？之前好像没见过你，是小津他们的新同学吗？"

宋禧："叔叔，我住紫金路171号。我是才转来南陵的，之前一直在老家读书。"

"171号啊，那离得不远，一会儿刚好会经过。"

一路上，宋禧和李叔、陆其扬相谈甚欢，车里欢声笑语不断，除了靠在窗边打盹儿的梁津轻。

夕阳的余晖透过车窗映照在他苍白瘦削的面部轮廓上，又透过睫毛在他眼下投下一小片阴影。

从宋禧的角度看过去，正好能看到他圆润饱满的喉结——微微凸起，会随着他的吞咽动作而小幅度移动。

他好像真的特别容易犯困。

车轮胎不小心磕碰到路上的小石子，轻微颠簸了一下，梁津轻眼睛睁开，正好和宋禧偷看他的眼神对上。

他没说话，黑白分明的眼睛就那么静静地看着她。

但不知怎的，宋禧竟意外读懂了他眼里的意思。

她喊冤："我可没偷看！"

陆其扬正在给车载音响换歌，闻言，他转头，视线在后排的两人身上来回打转。

梁津轻双手抱臂，语气淡淡地道："你是没偷看，你是趁我睡着光明正大地看。"

"你少自恋了，我根本没看！"宋禧也学他的样子，双手抱臂。

"呵。"梁津轻冷笑一声，又合上了眼。

"呵呵！"宋禧丝毫不露怯，立马冷笑了回去。

"你俩——"陆其扬看着像小学生吵架的两人,"之前结过仇?"

宋禧:仇倒是没有,就是有人欠钱不还,还恩将仇报。

本来陆其扬就是随口一说,见两人都不搭话茬就自动略去了这段不再提。

快到家时,陆其扬得知这几天宋禧家都没人,就竭力邀请宋禧去梁津轻家吃晚饭。

"他家阿姨做的糖醋小排和酸菜鱼可是一绝!"

宋禧偷偷瞟了眼梁津轻,人家压根儿没睁眼接话。

她说:"不用了,我之前买了泡面,回家吃完泡面要抓紧时间赶作业。"

陆其扬:"也不急这一时半会儿。放心,有我给你垫底呢,你不会是最后一名的。"

宋禧大为感动:"跟你做朋友真好。"

旁边突然又冒出"嗾"的一声冷笑。

宋禧看过去,有人眼睛还闭着,但也不忘继续嘲笑她。

宋禧不理他。

这时,车刚好快到 171 号,眼前突然闪过一片灯光耀眼的白,刚开始宋禧还以为自己看花了眼,揉了揉眼再看,真的是灯光。

他们——回来了?

梁津轻本来靠得好好的,脸颊上猛地出现了一团毛茸茸的触感,还没等他彻底避开,腿上又多了一副柔软的身子。

发丝在他鼻尖下来回扫动,若有似无的中药味像是从她发丝根处被激发起的一般。他一时有些分不清,这个味道到底是他身上的,还是她的发丝传过来的。

他僵直着身子,一动不敢动,等他回过神刚想推开她,她又马上坐正了身体:"停车,李叔麻烦停一下车!"

车停下后,她说:"家里人回来了,我今天就先回家了。谢谢你们带我一程,下次请你们吃饭!"

说完,她也不等其他人反应,抓起书包就跑下了车。

院门还是锁着的,但站在外面已经能听到屋内的喧闹声。

这还是这么多天以来,宋禧第一次听到。

她理了理自己跑动间被风吹乱的头发,又低头看了下,身上的校服整整齐齐的,她把书包也重新好好背到了肩上。

她用钥匙开了院门,穿过院子时,她一路上都在练习嘴角的弧度,确保一会儿叫人时能最大程度展现自己的活泼大方和礼貌得体。

站在正厅大门前,门没关实,她刚准备上手推门,有个穿着围裙的中年妇女正好开了门。

"你好,你找谁?"

宋禧的手僵在半空,她尴尬地收回来捏了捏书包肩带:"那个……我是宋禧。"

"宋禧?"中年妇女又重复了一遍,应该还是没对上号,于是她回头扬声道,"夫人,有位客人,她说她叫……"

宋禧见对方实在想不起来,又在旁边小声提醒了一句:"宋禧。"

"哦,对,宋禧。"

"宋禧?"身穿紫色包臀连衣裙的女人从客厅走出来,一步一摇,风情万种。

宋禧走近了才发现,她手上做的是跟裙子颜色同款的紫色美甲,纤纤玉指,搭在白皙的手臂上,显得更加富贵了。

"芳姨,你眼神越发不好了。"向棠隔着不远不近的距离,上下打量着宋禧。

"这可是宋总好多年没见的亲闺女。"

宋禧被请进家门。

她端坐在沙发一角,书包被暂时搁在她的脚边。

向棠坐在她对面的单人沙发上,还有个半人高的小男孩满屋子惊叫大喊不肯吃最后一口饭。

她昨天刚买回家的泡面,出门前被她暂时放在了客厅茶几上,但现在它们却出现在了垃圾桶里。

向棠:"不好意思啊,宋禧,我们之前也没见过,所以刚才第一眼没认出来你。"

"没事的,向姨。"

"吃过晚饭没有啊?你看我们也不知道你几点回来,吃饭就没等你。要不我让阿姨再给你做一点,你喜欢吃什么?"

宋禧赶紧摆手拒绝:"没事没事,我刚放学时在学校附近吃过了。您不用管我。"

"因为你弟弟年纪还小,正是长身体的时候也饿不得,所以我们家晚饭是固定六点开始,你们学校一般几点放学呀?到时候我让阿姨提前帮你留一点?"

宋禧虽然人看着没那么机灵,但向棠话里的弦外之音她还是听懂了:"我们下课很晚,以后还有晚自习,晚饭就不用等我了,我会自己解决的。"

向棠嘴角一直带着笑,但宋禧坐在她对面,看得很清楚,她眼里冷冰冰的,一点笑意都没有。

向棠:"那就太好了,可别把自己饿坏了,到时候你爸爸知道了可要心疼的。今天坐了一天飞机,我累了,就先上楼了。你也收拾收拾,赶紧去休息吧。"

宋禧拎上书包关上房间门时,还能听到她弟弟跑跳哭闹的声音。

如果她没记错,宋宵晨今年都八岁了。

她上小学三年级时,不仅会下厨蒸鸡蛋,吃完还知道把碗洗干净。

果然,有妈的孩子是个宝。

住了这么多天,宋禧第一次知道原来这里的门也不太隔音。

客厅里走动的脚步声和上楼下楼的动静,她躺在床上都能听得一清二楚。

宋海东不知道是不是去了公司,回国第一天竟然也没回家。

宋禧卷着被子在床上翻来覆去睡不着,她翻出手机给许见川发短信:师兄,今年过年你和师姐回来吗?

等了五分钟没收到回信,宋禧改了下称呼又转发给了方谊。

这次没等太久,方谊直接给她回了个问号。

没两秒,方谊又发来第二条、第三条。

方谊:这暑假才刚过完你又开始琢磨寒假了?

方谊:你怎么了?在新家受委屈了?

宋禧把头埋进被窝,吸了吸鼻子,回了两个字:没有。

怕她担心,宋禧又接着回了一句:就是想你和师兄了。

消息刚发出去,下一秒,方谊的电话就进来了。

宋禧仔细清了清嗓子,确保没什么奇怪的鼻音后,才大大咧咧地接起电话。

"师姐,你怎么这么晚还没睡?"

"你一个高中生都不睡,我这个大学生睡什么?"方谊咬了口苹果,含糊道,"说说吧,你怎么了?"

"我真没事,我就是突然想到了才这么问。"方谊太不好糊弄,宋禧怕她一直在这个问题上打转,不得不祭出自己新鲜出炉的八卦,"师姐,我跟你说,我同桌太帅了。"

方谊:"真的啊?多帅?什么类型的?金城武、吴彦祖还是小栗旬?"

金城武、吴彦祖和小栗旬是宋禧常挂在嘴边的三个大帅哥。

"都不是!"宋禧在脑子里又细细过了遍梁津轻的脸,"如果非要找一种类型的话,我觉得他像《情书》里的柏原崇。"

"《情书》?之前我记得是谁说,《情书》的男主一看就感觉身子骨不太好的样子。"方谊毫不客气地揭穿她,"怎么,美貌蒙蔽了你的双眼吗?"

"什么啊，他是真的长得帅。"

方谊可不信她这套说辞："哦。"

宋禧打了个哈欠，方谊在电话那头立马让她去睡觉。

"国庆我跟许见川去南陵找你。"

因为方谊的这句话，宋禧一直到第二天起床嘴角都没下来过。

早上，她出房间时，餐桌上已经摆上早餐，中餐包子油条、西餐咖啡三明治，正中间的主位旁还有份报纸。

看来宋海东昨晚回来了。

她有事跟他说，所以收拾时故意拖慢了一些，等她背上书包在玄关换鞋时，二楼台阶那儿终于出现了人。

宋海东和向棠一起下楼。

见到宋禧时，宋海东明显一愣，好像压根儿就忘了家里还有她这么一号人。

宋禧："爸、向阿姨，早上好。"

宋海东回应："早。吃早餐了吗？没吃的话，坐下来一起吃点。"

宋禧看了眼时间，其实已经快迟了，但她还是重新换了鞋，又坐上了餐桌。

"怎么样，这几天在学校还习惯吗？"宋海东捏着包子咬了一口，顺手接过向棠递来的咖啡。

宋禧："挺好的，老师和同学都很好。"

"那就好。"

仔细算来，从她妈妈去世到搬到外公家再到现在，她和宋海东已经有五六年没见过面了，更别提一起坐下来好好说话。

前面那两年，他偶尔出差或是过年过节时也会顺路去看看她，然后偷偷给她塞点零花钱和小礼物，之后他好久都没再去。起初，宋禧还会缠着外公问，后来才知道把她送走的时候宋宵晨都一岁多了，她就再不问了。

有时候人的情感很复杂，一段时日不见，感情也会慢慢疏远和变淡，就算他们是有血缘关系的亲父女也一样。

没人维护的感情，起初再浓烈，最后也会归于平淡。

就像此刻的他们，虽是父女，但他们之间的陌生和疏离，倒像是不太熟的普通远房亲戚。

"陈叔叔那天给了我七百块钱生活费，爸，你记得把钱还给他。"宋禧放下手里的筷子站起来，"我快迟到了就先走了，爸、向阿姨你们慢慢吃。"

宋海东："等我一会儿，让司机顺路送你一程。"又说，"我这段时间公司比较忙，可能不常在家，你有什么需要的就直接跟你向阿姨说……"

宋海东从钱包里抽出一沓钱，递给宋禧前他又收了一半回去："你身上带太多钱也不太好，这些你先拿着，用完了你再跟我说。"

宋禧也没跟他客气，接过来时她还没忘记点一下数量，有七张。

"那陈叔叔的钱，你记得还给他。"

下车前，宋禧又提醒了宋海东一遍，就怕宋海东贵人多忘事，转头再把这事给忘了。

"行，一会儿我到公司就还。"

最后紧赶慢赶，宋禧还是迟到了。

她晚了老师一步，眼睁睁地看着老师进了教室站在讲台上，她就只能在门口喊"报告"。

也不知道是第二天即将要考试的压迫感，还是终于睡醒了，梁津轻今天意外地没有再请假。

陆其扬笑嘻嘻地看着宋禧："难得啊，你竟然在开学第三天就完美传承了我们后排的'优良作风'。"

宋禧用书挡住嘴，对陆其扬做了个"滚"的口型。

下课时，宋禧在笔记本上记账，被陆其扬偷看到，他非常好奇地凑过来，问："你这是找谁借钱了，为什么还在记账？"

"我爸。"

陆其扬"啊"了声，没反应过来，下意识地和梁津轻对视了一眼，本来想冲他使个眼色，结果他很快又移开了视线。

陆其扬嘀咕："你这是……要还钱啊？"

"对啊。"宋禧的语气很是平静，"不然我记来干什么。"她想起什么，"哦，对了，你不是说要帮我问那什么吗，问到了吗？"

怕陆其扬想不起来，宋禧疯狂地往旁边梁津轻的方向眨眼睛。

"问到了。"陆其扬从书包里摸出一张被挤压得皱巴巴的便笺纸，递给宋禧，"在这上面。"

便笺纸上是一串漂亮飘逸的瘦金体，写着一家中医馆的地址。

"字不错啊！"宋禧毫不吝啬自己的赞美和夸奖，"你专门练过的吧？都说人如其名，你的字可比你的脸好看！"

陆其扬："我谢谢你啊，既没看上我的脸，也没看上我的字。"

宋禧"啊"了声。

"那是他写的。"

陆其扬指了指梁津轻。

"谢谢啊。"

宋禧捏着便笺纸，冲梁津轻道谢。

梁津轻矜贵地"嗯"了声，眼都没抬。

宋禧的笑意僵在脸上。她在心里暗忖，难怪他长得尚可，但在女同学那儿好像没什么人缘的样子，甚至连陆其扬都不如，就他这样谁想来吃冻钉子啊？

脸重要，性格也很重要啊！

结果腹诽完不久，午休时，宋禧就在楼道处被人堵了。

"同学，这瓶饮料可以帮忙交给梁津轻同学吗？"

一瓶乌龙茶。

宋禧刚开始没反应过来，下意识就准备伸手接，快接到的时候她觉得不大对劲，又赶紧把手缩了回去。

如果只是帮忙递个东西当然没什么问题，但"饮料"和"女生"这个组合，难免不让她想到一些可能。

没吃过猪肉，她也是见过猪跑的。

"那个，你还是自己给吧。"宋禧婉拒，"我跟他，也不太熟。"

"求求你啦！你再不熟肯定也比我熟。"那女生自来熟地拉上宋禧的手腕，边说话边轻晃她的胳膊。

"你就帮帮她吧，同学。"那女生的同伴适时出声，帮她一起求情。

"你就帮忙把东西给梁津轻，或者放他桌上也行。"

宋禧本来从食堂回来，是准备去厕所的，现在在这儿被堵着，厕所也去不了，只能说："那说好，我帮你把饮料放他桌上，其他的我就不管了。"

那女生一听，赶紧把饮料给她："我叫裴嘉菲，高二（3）班的，谢谢你啊同学！"

宋禧把饮料放校服口袋里揣好，回到教室发现梁津轻正好不在座位上。

这个点大家都还在食堂，教室里只有寥寥几个人，有的在午休，有的在看书，总之没人注意到她。

她经过他的座位时，顺手就把饮料搁到了他的桌上。她左右扫了一眼，并没有人注意到她。

宋禧在座位上坐好，刚准备趴下休息一会儿，梁津轻和陆其扬就从外面回来了。

"这么快就睡着了？"陆其扬在宋禧旁边站着，舔了口冰激凌，非常可惜地跟梁津轻说，"看样子这冰激凌我得自己吃了。"

宋禧本来就是在装睡，听到他这么说差点没忍住睁眼。

结果下一秒，就听到梁津轻在问："谁放的？"

宋禧赶紧闭紧眼,彻底不敢醒了。

"什么啊?乌龙茶?"陆其扬凑近看,"不是你昨天买的吗?哦,不对,这瓶还没开封啊,谁给你的?"

梁津轻环顾了一周,最后视线落到旁边宋禧的身上。

她眼睛闭着,但闭得太紧,眼皮子支撑不住还在微微颤抖,鸦羽般的睫毛跟着一块儿抖动。

跟着梁津轻的视线,陆其扬也看了过来。

"好啊,大家都是朋友,她为什么只给你一个人买饮料?"陆其扬生气了,"亏我买冰激凌还想着她,太过分了!"

梁津轻看了他一眼,没说话。

等陆其扬走后,梁津轻用瓶身轻敲宋禧的桌子:"你放的?"

宋禧一副被吵醒的样子,假装揉了揉眼睛才睁眼道:"嗯,什么?"

梁津轻指了指两人桌缝间的乌龙茶。

"哦,那什么,刚我在教室外面碰到两位同学,是你的朋友吧,长得挺漂亮的,说让我把这个给你……"

她话没说完,梁津轻就突然起身,拎起乌龙茶,转身,手一扬,一套流畅又利索的动作后,那瓶饮料就进了教室后排的垃圾篓里。

很准,很无情。

"你!"

午后的阳光正透过窗户,射到教室后排的角落,阳光洒下的那一片,有微小的灰尘在浮动。

梁津轻坐回到阳光里,嘴角很轻地勾了一下,弧度很小,但宋禧之前没见过,一下子看呆了。

"怎么?"

宋禧:"那是别人给你的,新的。"

"嗯,但是我不想要。"梁津轻看都没看她,低头从课桌里掏出下午要用的课本,"所以——"

梁津轻看她,脸上没有任何表情,阳光此刻正好落进了他的眼瞳里。

宋禧这个时候分神地发现,他的瞳孔颜色竟然是浅棕色。

"——以后,也请你不要随便放一些莫名其妙的东西在我桌上。"

"你!"宋禧胸腔里顿时涌起一股莫名的气愤,"你真的,配不上别人的心意。"

宋禧一下午都很沉默,陆其扬几次想跟她搭话,都被她冷漠对待。

他再一转头想跟梁津轻说话,结果梁津轻脸色也不好看,跟梁津轻说话也一样不理人。

搞得陆其扬也难得安静了半天,坐在座位上跟屁股长了针眼似的,怎么都不舒坦。

下午放学时,陆其扬叫住宋禧:"一起走吧,跟昨天一样。"

宋禧埋头往书包里塞课本,明天就是开学考了,她晚上回去还得多看看书,道:"不了,我有点事。"

"有什么事啊,太晚了你一个人回家不安全。"陆其扬跟着她往外走。梁津轻收拾得慢,落在了后面。

"我去那个中医馆看看。"宋禧从口袋里掏出那张保护得很好的便笺纸,看到上面的瘦金体,气又上来了。

"我先走了,明天见。"

说完,她也不等陆其扬,抓着书包就跑了。

等梁津轻出来,陆其扬装作不经意地跟他感慨:"你同桌,好像很缺钱哪!昨天说的那个中医馆,她还真去了。"

梁津轻没接他的话,自顾自地往校门口的方向走。

陆其扬难得一次没跟梁津轻回家蹭饭,因为李叔在车上说,梁津轻的爷爷回来了。

他一听,吓得恨不得半路跳车,中途让李叔随便停了个位置,他就赶紧下了车。

梁津轻到家时,梁青山和肖萍如已经上了桌,等他一到就开饭。

肖萍如问:"今天其扬那孩子没跟你一起回来?我还特意让厨房给他做了小排。"

梁津轻把书包放了,先去洗了手,再回来时肖萍如已经帮他盛好了一碗海带汤。

"他怕见人。"

梁青山在主位上冷哼了一声。

肖萍如被逗笑:"那孩子,都这么大了还那么怕你爷爷。"又对自己老伴说,"你也是,下次他来你别再板着脸训他。"

梁青山觉得自己很冤枉:"我哪有训他,我不过就是考他几道题,做不出来还不让人说?"

梁青山和肖萍如在那儿说话时,梁津轻也不插话,在那儿安静地坐着,一口一口地喝着汤。

梁青山:"你再多吃点菜,别只顾着喝汤。"

梁津轻点点头,但筷子也没往菜盘里伸。

"对了,上次那医药费,你还给人家女同学了没有?"

.045.

梁津轻拿勺子的手一顿,梁青山话题转得太快,他有点没明白这话里的意思。

"真没还?"梁青山吃了口米饭,才慢慢悠悠地张口,语气里净是看热闹不嫌事大的八卦之意,"那人家女同学该觉得你不识好歹、忘恩负义了。"

梁津轻非常肯定地回击道:"您没跟我说过。"他只是生病了,脑子并没有失忆,还不至于忘事到一丁点儿印象都没有。

"啊?我没有说吗?"梁青山非常遗憾的样子,"那我现在说了,你知道了?"

"赶紧把钱给还了,还是欠人女孩子的钱,不好。"

"救你的那位女同学你还记得是谁吧,不会连人都找不到了吧?"

梁津轻一口气堵在胸口,上不来下不去的,这顿饭他是一口都吃不下去了:"我吃饱了,奶奶您慢慢吃。"

说完,他就推开椅子回了卧室,关门之前还听到肖萍如在怨梁青山:"……你为什么非要在这时候跟他说,饭都没吃两口,他身体还没好透呢。"

"你看他那样,像好好吃饭的样子吗?不吃更好,他不吃我多吃一点!"

梁津轻把门一关,也顾不上外衣脏不脏了,直接把自己摔到了床上。

——"你同桌,好像很缺钱哪!"

所以,她真的帮他垫了医药费?

那她为什么没说?

梁津轻坐起身,拉开门又冲到了梁青山面前。

"医药费,垫了多少?"

梁青山喝了口汤,坐得四平八稳的,完全当他不存在。

肖萍如咳了一声。

梁津轻低下头,叫了声"爷爷"。

"也不多,两三百吧。"

梁津轻想了半夜,最后决定凑个整。他拿了个红包,在里面封了五百块钱,想了想,又在封面上写了"谢谢"两个字。

弄完之后,他左看右看觉得红包的红有点过于扎眼。他在书房找了半天,最后找了个常规又普通的黄色信封。

够低调,也不会引人注目。

考虑到明天去别的教室考试,梁津轻又在信封上写了"宋禧收",这下就可以确保钱能第一时间还到她本人手上了。

只是他千算万算,没算到考场人多眼杂,而且他准备的信封虽然足够低调,但他忘了,他本人就是个走到哪儿都自带关注点的高调的存在。

宋禧昨晚回家有点晚，加上抱佛脚抱到后半夜，早上闹钟响的时候她摁灭了想再多眯五分钟，再醒来时已经快迟到了。

等到了考场，她刚坐下气还没喘匀，监考老师就抱着试卷进了教室。

上午考的语文是宋禧最有把握的一门，所以就算她早餐没来得及吃，肚子饿得咕咕叫，她手里的笔也没停过。

等写完作文，又仔细检查卷面两遍后，宋禧紧绷的情绪稍微放松下来，这才觉得自己的胃在隐隐作痛。

她喝了口矿泉水，稍微把那股难受劲压了压。

距离考试结束还有一刻钟，宋禧没有提前交卷的习惯，就算闲到发呆她也还是安静地坐在座位上。

和她一样闲的还有坐她左前方的梁津轻。

他们之间隔得不算近，宋禧看不清他的卷子，但卷面上的黑和白对比还是相当分明的，她用 5.0 的视力确定他的作文起码还有一半没写。

他竟然还有闲情转笔。

难怪他语文考试不及格。

离考试结束还有三分钟时，宋禧提前交了卷。如果准点交卷，再跑到食堂，打菜窗口肯定会排大长队，她实在是太饿了，一分钟都等不了了。

经过梁津轻身边时，宋禧特意放慢步子看了一眼他的卷面。作文那页依然没多少内容，如果她是改卷老师，估计只会给他一个卷面分。

2 分。

宋禧打完饭悠哉地选了个座位，食堂里的人才渐渐多了起来。

陆其扬端着饭盘子挤到她旁边，一屁股坐下，顺利地把另一个试图抢位置的男生挤了出去。

宋禧："今天怎么就你一个？"

平时他和梁津轻比双胞胎兄弟还要黏糊，吃饭在一起、走路在一起，连上厕所都要一起去。

陆其扬："阿轻心情不好，说不想吃。"

梁津轻竟然还有心情的好坏之分吗？脸一直那么臭，她还以为他整日心情都不好。

宋禧："怎么了，考试没考好？"

要是她是梁津轻，她也吃不下去。

陆其扬往嘴里塞了个大鸡腿："他就算考试考零分，也不会心情不好。"

"那他心态挺好。"

"那个——"陆其扬一脸的欲言又止。

宋禧挑眉看他，示意他继续说。

"你觉得阿轻怎么样？"

"龟毛、洁癖、冷漠。"宋禧顿了两秒，又加了一句，"不好相处。"

陆其扬的脸有点僵："就……就没什么优点？"

"优点？"宋禧咬着筷子想了半天，"哦，他的脸还行。"

陆其扬不敢继续问下去了，他赶紧扒了几口饭，然后丢了句"我先走了"就溜了。

宋禧觉得莫名其妙，想了一会儿没想通，也就不想了。

在回教室的路上，宋禧又碰到了裴嘉菲。

认出她的那一秒，宋禧下意识就转开了头，刚想绕道避开，就被她追了上来。

"嗨，同学！"

宋禧只好扯了个不太自然的笑容，跟她挥手打招呼："你好。"

"你还认识我吗？三班的裴嘉菲，昨天见过的。"

宋禧点头。

她现在一看到裴嘉菲的脸，就想起那瓶躺在教室垃圾篓里的乌龙茶。

"那个……饮料我帮你放了，但是，就那个……"

"我懂！我懂！"裴嘉菲非常开朗，完全没有昨天见面时的那种娇柔感，"他就那样，如果他真收了我的饮料，我还会觉得奇怪呢。"

宋禧的嘴巴半天没合拢，合着这送礼物的和收礼物的都没把这礼物当一回事，只有她这个帮忙递的人在用心地上头生气？

裴嘉菲："我请你吃雪糕吧。"

宋禧连连摆手："不用了，不用了。"

"别跟我客气啦。"裴嘉菲坚持要拉宋禧去小卖部，起初宋禧还挣扎了两下，后来发现挣不脱就只能随她去了。

裴嘉菲："你跟梁津轻，是不是关系还挺好的啊？"

"我跟他才同桌几天。"加上转学那天，他们总共也没说上几句话。

"他们都说——"裴嘉菲凑上来，贴近宋禧的耳朵，和她说悄悄话。

雪糕刚从冰柜里拿出来，开口的位置结了霜，手使不上劲。宋禧力没收住，手一滑，雪糕包装袋撕过了头，雪糕直接从里面飞了出去。

"你说谁，梁津轻？"

宋禧顾不上夭折的雪糕，一脸的不可思议。

裴嘉菲："是啊，你在十一考场吧。我听我们班同学说，他早上往你桌子里放了一封信。"

宋禧的第一反应是，不是威胁信之类的？

第二反应是，他又不知道我坐哪儿，认错座位了吧？

这句还被她嘀咕出声。

裴嘉菲舔着自己手里的雪糕，跟看傻子一样看她："他可是梁津轻，又不是傻子。

"据看到的同学说，他当时脸色也不自然，放之前还四处看了一眼，确定没人后才塞进你书桌的。"

宋禧早上到考场后，还把书包放进了桌子里，她非常确信，当时书桌里什么东西都没有。

"我桌子里什么都没有。"宋禧丝毫没信裴嘉菲说的话，"你同学肯定看错了！"

裴嘉菲耸了下肩，完全没有继续跟她争论的势头："可能吧。"

宋禧像是一拳头砸进了棉花里。

她本就不太冷静的心被裴嘉菲这番话又弄得七上八下的。

"下午还要考试，我先回教室复习了。"

宋禧回到教室就趴在了桌上，她想不明白裴嘉菲为什么要跟她说那些话。

她的手往桌子里摸了摸，除了她的书包，什么都没有。

怕自己的手错过了没摸到，宋禧弯着腰就差把脑袋埋进桌洞里去了，还是什么都没有。

裴嘉菲在开玩笑？还是梁津轻拒收她饮料这件事，她根本就不像表现出来的那般不在意？

宋禧烦躁地揪了揪自己的头发。

好在她并没有多少时间来想这些事，下午的数学考试就开始了。

南陵一中的数学学习进度很快，才开学几天就教完了半本书的内容。

这么几天时间，宋禧完全赶不上他们的进度。在考数学前，她就已经做好了只做选择题的准备。

当然，她也做好了当倒数的准备。

考试时间刚过半，宋禧就已经把会做的全都做完了。剩下的解答题，不会答的，她就算抠破脑袋也答不出来。

她的目光又不可抑制地落到了梁津轻身上。

宋禧坐的这个方位，是偷看他的最佳视角。

一想到裴嘉菲说的话，宋禧赶紧制止自己继续想下去，她晃了晃脑袋，企图把脑子里的水全晃干净。

宋禧，你在想什么！

别想了！

宋禧摇头晃脑的幅度有点大，前面的梁津轻突然一回头，正好被他看见了她那傻样。

宋禧自觉丢了脸,但是又不想承认,她梗着脖子,用口型回了他一句:"看什么。"

梁津轻嘴角一勾,把头转了回去。

下一秒,他从座位上起了身。

宋禧还沉浸在他刚才的那一瞥里,人没回神就见他把卷子一拎,干净利落地走到讲台边,把卷子交给了老师。

宋禧看了眼手表,距离考试结束,还有四十分钟。

刚才她只顾看他的人去了,忘记看他的卷面了。

不知道他是答完了提前交卷,还是不会做索性就交了。

宋禧没他心态好,就算剩下的题她一道也不会做,但她还是坐足了两个小时。

放学的时候,再次落单的陆其扬非要跟宋禧搭伴回家。

宋禧:"我一会儿要去中医馆。"

陆其扬:"你真上那儿打工去了?"

"老板说先让我试岗三天。"宋禧没跟他多解释,"我先走了。"

"你很缺钱啊?"陆其扬追上她,跟她一起往校门口走。

这是个好问题。

宋海东回来了,她之后肯定不至于过得太拮据,但要说多有钱,那也不至于。

宋海东再婚了,也有了亲儿子,以后他的钱都是他们家的钱。

跟她也没什么太大的关系。

她可以在他家生活到十八岁,但之后呢?上大学的学费,以及生活费,她不能全指望宋海东。

"缺啊。"宋禧非常坦诚,"这世上真有人不缺钱的吗?"

"那你怎么——"

陆其扬说到一半,又不说了。

他把书包挂到胸前,拉开拉链,从里面掏出一个黄色信封,递给宋禧。

宋禧接过来,首先看到的是信封封面"宋禧收"三个大字。

她的心蓦地一跳,像是突然被攥紧了一般,呼吸都快停滞:"这、这是什么?"

"阿轻让我交给你的。"

裴嘉菲中午的话,像是不断循环的电台一样,在她耳边反复来回播放。

"他……为什么不自己给我?"宋禧的手在微微抖动,她不敢拆开。

"他家有点事，他交完卷就回家了。"陆其扬见她还愣着，连忙催她，"你打开看看。"

宋禧不想当着他的面打开，正好她要坐的公交车进站了，她赶紧朝陆其扬挥了挥手，捏着信封匆匆跳上了车。

车子再次动了起来。

没开空调的公交车闷热得像一屉蒸笼，宋禧找了个靠窗的位置，把窗户微微推开，窗外不太凉爽的风顺着车窗灌了进来。

宋禧低头看手里的信封。

不知什么时候，她手心里的汗已经把信封的边缘氲出了湿气。

她小心翼翼地拆开信封，在看到里面装着的东西之前，她的手指先感受到了那一沓硬挺的触感。

那一瞬间，她的心几乎沉到了底。

她把那一沓抽出来，果不其然——

是钱。

宋禧数了数，刚好十张。

非常吉利的数字。

是她借给他的四倍还多。

第 四 章
不相欠

周五上午最后一门考试结束,宋禧抱着一摞参考书从考场回到教室。

在教室门口碰到正好要出去的梁津轻,宋禧迅速侧身,把门口的位置让给了他。

宋禧等了几秒,面前的人丝毫没有要走的意思。

手上的书压得她手腕酸软,她往上颠了颠,客气地问:"走不走?"

梁津轻想伸手:"要不要帮忙?"

宋禧下意识地退了一步,没让他碰到书,一副避之不及的模样:"不用。"

可能是觉得自己的语气过于生硬,说完后,她又加了句:"谢谢。"

生疏又客套。

宋禧坐下后,从语文书里掏出被捏得皱巴巴的信封,她试图用手抻平上面的褶皱,但效果不大。

就算她将信封夹在书里一晚上,还是皱得像用了很多次一样。

趁梁津轻不在,宋禧把信封往他桌上一放,但封面那三个"宋禧收"的大字过于显目,想了想她还是将它塞进了他的桌洞。

梁津轻回来时,宋禧正在跟邻座的男同学江成秋对数学卷子的答案。

其实这答案也没什么好对的,只做了几道选择题的宋禧不用等成绩出来也知道自己肯定考不及格。

但下午的课老师要改卷出分数,所有的课都给他们换成了自习课,她反正闲着也是闲着。

"你最后一道大题的第三问,答案写的是多少?"

江成秋成绩不差,本来之前还对自己挺有信心,结果跟宋禧对了几道题,总共也没几道能对得上的,脸都快皱成包子褶。

宋禧:"……最后一道题的题目是什么来着?"

江成秋沉默了两秒。

这时，他看见梁津轻跟看到救命稻草一样，忙拉着梁津轻问："梁津轻，你最后一道大题第三问做出来了吗？"

梁津轻手里捏着从桌洞里掏出来的信封，眉头皱着，他说了个"二分之一"，紧接着，他拿着信封问宋禧："这是什么意思？"

"耶！"听到梁津轻的答案与自己相同，江成秋在旁边忍不住惊呼了一声，还准备问点什么却发现那两人状态不对，就赶紧回了位置上。

宋禧低着头故意不看梁津轻，说："你欠我的钱我收了，那里面的——是多的。"

梁津轻把信封打开，里面的钱果然有零有整。

梁津轻不知道要说什么，那多出来的钱是他特意放的，她很缺钱这事陆其扬在他耳边念叨过好几次了。

虽然他不知道她缺钱的原因是什么，但既然她缺，他也正好要感谢她，这样难道不是两全其美的结果吗？

下午的自习课，梁津轻上了两节就请假走了，他一走宋禧才终于又活泛了起来。

她戳了戳在认真做题的江成秋："所以最后那道题，答案是多少？"

江成秋："我问了一圈平时数学成绩好的人，最后的答案应该就是二分之一。"

宋禧不敢相信："这么说，梁津轻他做对了？"

她还记得考数学那场，他提前四十分钟交卷的事。

江成秋跟看怪物一样看她："他可是拿过初中奥数冠军的人，这道题肯定难不倒他。"

宋禧被他这句话刺激到，下午的自习上得比谁都认真，连陆其扬的插科打诨都没空理。

习题一页页地做，她恨不得一口能吃个大胖子赶紧追上班上的进度。

周五放学后，宋禧又要去中医馆。

陆其扬好奇她在那儿到底做的什么工作："你今天最后一天试岗了吧？怎么样，他们让你留下来了吗？"

宋禧"嗯嗯啊啊"了一通，没等他再细说就赶紧溜了。

那家中医馆在市中心最繁华的步行街上。平日里来来往往的人很多，为了宣传，店门口还专门摆了张台子，有个穿中式长衫的花白胡子老人坐在那里，偶尔有路过的人看热闹，老人会请人坐下帮对方把脉看诊。

这个时候旁边的小医童就会十分有眼力见儿地上来，帮老人摆好脉枕，然后拿着药方单站在一侧，随时听吩咐安排。

宋禧就是那个站旁边的小医童。

那天她来面试，人家一看她还穿着校服二话没说就以店里不招童工给婉拒了。

后来还是她极力自荐，说自己对中医特别感兴趣，想来体验一下生活，才得了这么个兼职小角色。

工作日她会来站三个小时，从晚上六点到九点，周末白天发传单。

宋禧拖着疲惫的身子到家时，客厅里阵阵欢声笑语，她推门进来，屋内瞬间安静了两秒。

向棠：“哦，这是老宋他们家的一个远房亲戚，刚转学过来，在家里借住一段时间。”

宋禧闻言，脸上表情未变，和在场所有人问了声好就回了房间。

她打开书包，把课本从里面拿出来，没看几行字就觉得肚子有点饿，她这才想起来自己还没吃晚饭。

她本来想回家随便找点东西垫一下肚子的，但外面应该是向棠的贵妇朋友们，这个时候她去厨房找吃的，不太好。

她忍着饿继续看书，过了快半个小时外面热闹的声音一直没停，她拿了点零钱决定偷偷溜出去。

好在她的房间靠近大门，开门出去的动静并没有惊扰到客厅的一众人。

高档小区里没有便利店，如果要买东西只能出小区，再往前走五百米，才有一个二十四小时的便利店。

宋禧买了桶泡面，让店员帮忙倒开水时，她又选了三串关东煮。

这个时间点，店内没什么人光顾。宋禧端着泡面在靠窗的位置上坐了下来。

泡面泡好还需要点时间，宋禧边吃着关东煮，边望着路灯发呆。

路上漆黑一片，只有路灯下是亮的，不知名的小虫子纷纷往上撞，密密麻麻地挤成了一团。

几分钟后，便利店的自动门感应到有人，叫了声"欢迎光临"。

不一会儿，宋禧察觉到旁边有道黑影落进了她的泡面碗里。

她含着半口没咽下去的泡面抬头，看见了梁津轻。

他又穿着一身黑，干净清爽得像是从一个空调房换到了另一个空调房，站在满头是汗狼狈吃着泡面的宋禧旁边，神清气爽得有些过分了。

尤其是他身上那件薄款的长袖卫衣，在这个三十多摄氏度的夏夜里显得格格不入。

"现在才吃晚饭？"

宋禧擦了把汗，"嗯"了声，又继续埋头吃泡面。

他走开了一会儿，再回来时在她手边放了一杯酸奶和一包纸巾。

宋禧身上带的纸巾刚好用完了，也就没跟他客气。

本来以为他只是路过，好人好事做完了就该离开了，但宋禧后来发现他不但没走，还在她旁边坐了下来。

最后的泡面汤宋禧没再好意思喝完，她擦了擦嘴角，旁边的梁津轻顺势把酸奶也推了过来。

宋禧："谢了。"

泡面吃得她胃里火烧火燎地难受着，酸奶一下肚，瞬间舒服了很多。

"你，才打完工回来？"

宋禧都不用问他为什么会知道，肯定是陆其扬那个大嘴巴说的。

他又说："如果你缺钱，我可以帮你。"

宋禧觉得有点好笑，她虽然缺钱但也不至于什么人的钱都会要。

"如果你是因为那天我送你去医院这事想要感谢我，真的不用，那天换成别人，我也一样会救。"

宋禧看着他的眼睛，里面那个小小的她必须眯着眼睛的主人低着头才会出现："而且钱你已经还给我了，你不欠我的。"

梁津轻也说不好自己听到她这番话时的感受。

他在知道宋禧帮他垫了医药费后，先往信封里塞了五百，后来想了想又多放了五百进去。起初他的想法很简单，如果她缺钱那他就用钱来感谢她，他是个怕麻烦的人，这样情债两清，他也一劳永逸。

但没想到她会拒绝。

而且这两天她对他的态度明显过于客套又疏离，完全不想多跟他扯上关系的感觉。

"谢谢你的纸巾和酸奶。"宋禧举起酸奶冲他粲然一笑，"今天你也帮了我。

"我们两清了。"

周末步行街的人流量大，宋禧的工作除了在老中医旁边扮小药童，还要兼职叫喊吆喝的工作。

虽然她也不太懂，为什么一家中医馆还需要人站在大街上揽客。但她只是个打工的，老板说什么就是什么。

宋禧穿着一身青色长布衫，头发梳成高高的丸子顶在脑后，丸子头上还绑着同款青色头巾，看起来倒还颇有几番世外小药姑的风采。在一众吊带长裙美女云集的繁华街道上，她这身打扮格外引人注目。

接近中午的时间，室外温度直逼四十摄氏度，宋禧那身衣服不透气，在外面站一会儿就浑身是汗。

没有任何消暑降温的工具,宋禧只能趁老板不注意,拿手上的传单扇一扇。

宋禧被太阳烤得受不住了,她找了个老板看不见的避阳的角落,撩起长衫边扇风边张着嘴吐气。

"你们这儿看个病,要多少钱啊?"

闻言,宋禧随意抽了张传单,递了出去,连身后的人长什么样都没看,培训过的活动内容一股脑就丢了出来——

"上面都有。今天店内有活动,原价899元的看病套餐今天只要进店就享半价优惠……"

她回头一看,竟然是陆其扬和梁津轻。

"你看病还是看热闹呢。"

宋禧把陆其扬手里的传单又收了回来。

"怎么啦,我们真是来看病的!"陆其扬昂着下巴点了点落在他身后的梁津轻,"他来抓药。"

宋禧:"抓药直接进去吧。这活动他也享受不了。"

她头一偏,看见站在店里巡视的老板要看过来,赶紧把衣服理好,小跑几步到老板视线刚好能看到的位置,拔高音调大声喊着:

"走过路过不要错过!今日店内特价活动,原价899元中医套餐,只要进店立享半价优惠!"

宋禧喊得嗓子冒烟,额头上的汗就没停过,她刚想偷空进店去喝口水,老板眼睛一瞪,她只好站回去继续吆喝。

"喝口水吧。"

闻声,宋禧回头一看,是梁津轻。

他手里拿着一瓶矿泉水,这么热的天,矿泉水的瓶壁上一点水珠都没有。

宋禧道了声谢接过来,果然,是常温水。

她也管不了那么多,刚想拧开,却发现瓶口是松的。

她轻松拧开,仰头一口气灌进去大半瓶。

宋禧长舒一口气,唇边落了些水迹,她不甚在意刚准备拿手去擦,面前突然多了一张叠得方方正正的帕子。

深蓝色、浅金边,宋禧莫名觉得有点眼熟。

"不用了,擦完了。"宋禧说完把虎口给他看,水迹在上面,被她甩一甩,很快就挥发了。

梁津轻默默把帕子收进口袋:"这天真热。"

宋禧望望天又看看他,很是纳闷:"热你进屋啊。"

是不是傻？

梁津轻愣住，好几秒没说出话来。但他也没急着进去，和宋禧一前一后站在店门口。

宋禧热得汗流浃背，再反观梁津轻，脸上只有薄薄一层汗意，而且不凑近看根本看不清，就那层水光反而让他的脸越发白里透着光。

还真是人比人，气死人。

但也多亏他多站了这么一小会儿，宋禧手上的传单跟雪花似的很快就散出去好多。

好多是路过的人直接上来拿的，宋禧就手松的速度晚了那么几秒，还有急性子的姑娘直接上手来抢。

很快，宋禧手上的传单就发完了。

原本计划要发一下午的传单，因为梁津轻在她旁边站着，不到一刻钟，她一天的工作就完成了。

"果然啊，还是美人的脸好使。"

梁津轻本来往店里走的脚步一顿，回头看她时，眉头明显不悦地皱着，似乎很不赞同她的这句话。

"我夸你呢。"

"美人是形容女生的。"

"美女是指女生，美人男女皆可形容。"宋禧摇头晃了晃脑袋，非常遗憾地表示，"你这语文没学好啊。"

宋禧借梁津轻的光，提前完成了工作，脸上一扫前几日的阴霾，连笑容都变得格外明朗起来。

加上她难得看到梁津轻的脸上终于不是那病弱似的深沉疏离，就越发想要逗他。

梁津轻没跟她继续争论，他拉开中医馆的玻璃门，也没急着进去，等后面的宋禧跟上来，把着门让她先进。

"老板，我提前发完了所有的传单！"宋禧喜滋滋地跑到老板身旁，跟老板汇报自己这半天的工作成果。

"做得不错，做得不错。"老板赞许地夸了她两句，又指着桌上的另一沓传单，道，"现在天正热，你先喝口水休息休息。那里还有五百份，你休息好了就继续去把它发了吧。"

宋禧："……老板，早上我来上班时，您明明说的是我今天只用发完之前的那一千份。"

"是吗？"老板看了眼周围的其他员工，开口询问他们，"我早上有说过这句话吗？你们谁听到了？"

当然无人出来应答。

其实如果他一开始就让宋禧发一千五百份传单，宋禧心里会喊累，但忙到再晚她也会发完。

但明明就说好的一千份，不能因为她提前完成了工作，就临时给她加任务吧？

"老板，我觉得做人要讲诚信。"宋禧眼睛里敛了笑意，仰着小脸非常严肃地跟老板讲道理，"您开着中医馆，更应该恪守诚信和仁爱……"

"你等等，你等等！"老板被她说得面子挂不住，他一抬手不耐烦地让她闭嘴，"你就说，剩下的传单你发不发，能干就干不能干就滚，一句话的事你别跟我在这儿扯这些乱七八糟的。"

宋禧几天前来找工作时的样子他还记得，他就笃信她不会轻易逞一时之快，放弃这份工作。

"我们不发。"梁津轻突然站出来，把宋禧往自己身后一扯，几乎挡住了老板大半的视线。

这时候刚上完厕所的陆其扬正好出来，一见这剑拔弩张的气氛以为他们要打架，二话没说就冲了过来。

他们俩跟左右护法似的，用后背把宋禧挡得严严实实的。

"传单我们不发了，今天的工钱你现在就结给她。"

梁津轻身形没有陆其扬健壮，但他身上自带的清贵气质自然而然地让他成为人群中瞩目的焦点。

他声线清冷，声音不大，但冰冷金属质感的音调也让对面的人莫名心一紧。

老板还想再说什么，陆其扬往他跟前又走了一步，人高马大带来的压迫感让个子不高的老板下意识地退了一小步。

虽然不情不愿，但老板还是按照一开始说的，把一百块工钱付给了宋禧。

三个人从中医馆出来，宋禧一转头见他俩两手空空，不由得问道："你们抓的药呢？"

刚才闹了这么一出，任凭宋禧如何劝说，梁津轻也不愿再回去买那家中医馆的药。

宋禧："算了，这家中医馆也不行，你以后也别在他们家看病了。"

"嗯。"

宋禧："那老板一看就只是为了赚钱，真正治病救人的中医馆才不是像这样的，摆摊看病吆喝叫卖，这要是被我外公看到，胡子都要气歪——"

"那你帮我看吧。"

梁津轻非常顺口地接下她的话。

宋禧瞪大眼睛，像是听到了什么了不得的话，不可思议地回看他。

因为她仰头的姿势，她眼下的青紫完全显现出来，痕迹明显。

宋禧："看……看什么？"

梁津轻语气很平和："看病。"

"之前不是你说的，我有病。"

宋禧没说话。

"以后你当我的大夫，我听你的。"梁津轻不像是在开玩笑，更不像是随口说说，他的眼神相当诚恳。

他在说这句话的时候，眼睛直直地看着宋禧。宋禧被他清到发亮的黑眼珠看得不好意思，脸一偏，不太自然地看向了别处。

"可以吗？"

梁津轻的提议，宋禧回去后想了想还是拒绝了。

他开的条件确实很诱人，号脉五十块、煎药一百五十块，按次收费。

要知道，她发传单一天也才一百块。

但她没有接受的理由。

如果他这个提议是基于她之前救过他，那就更没有必要了。

她不想反过来又欠他的人情。

宋禧给下午才交换的电话号码发了条短信，她边做作业边等回复，结果等到晚饭时间都没等到。

"不回算了。"

今天周六难得在家看到宋海东，宋禧在房间待到傍晚，等人来敲门喊她吃饭时，她才从屋里出来。

宋海东："听说你们考试了？考得怎么样？"

在她来之前这个家饭桌上的氛围是什么样的，宋禧不太清楚，但她这两次上桌吃饭，最大的感受就是不舒坦。

对，就是不舒坦。

向棠没事不会主动跟她说话，他们一家三口聊天时宋禧也插不进去话。

宋海东可能是察觉到她处境尴尬于是时不时会跟她说两句话，但聊来聊去也找不到什么新鲜的话头。

"成绩还没出来，应该不太好。"这事宋禧也没准备瞒着他，到时候试卷要签名她还是得找宋海东。

宋海东拿筷子的手顿了下，似乎没想到她会这么坦诚："啊，没事没事，你才刚转学过来，适应肯定也需要一点时间——"

宋禧点了点头。

"宋禧高二了吧，这可正是关键的时候，如果实在赶不上来的话，要不要我帮你请个老师补一补啊？"向棠笑意盈盈，语调很是温柔，"不是说你之前成绩一直都很好吗，可不能因为转了个学，还把成绩给耽搁了。"

"谢谢向阿姨，不过不用了，这才转学一周我就是还有点赶不上这里的教学进度，就像我爸说的，适应适应就好了。"宋禧仰着笑脸，水晶灯下的一双鹿眼，纯粹又无辜。

"是的，宋禧的成绩一向很好，从小到大都没怎么让我和她妈操过心。刚开始赶不上很正常，放平心态。"

前面那句宋海东是对着向棠说的。

宋禧趁着扒饭的工夫，假装不经意地看了眼向棠，她嘴角的笑容有点僵。

正好这时候宋宵晨不好好吃饭，闹着要看电视，饭桌上又是一顿鸡飞狗跳。

吃完晚饭，宋海东回书房工作，向棠陪宋宵晨在客厅看动画片，宋禧无事可做又回了房间。

她从书桌抽屉里拿出手机，摁亮看了一眼，还是没有收到任何信息。

刚吃饱宋禧有点犯困，她撑着头无聊地翻了翻从镇上背来的中药典籍。

她没把过梁津轻的脉，也不知道他的身体具体是哪里有毛病，但吃了这么多年的中药都没调理好，不知道是不是什么疑难杂症。

虽然她跟着外公学了这么多年，但以前有外公在她最多就是个打下手当辅助的角色，如果真让她去治病，说实话，她心里还是有点发怵。

宋禧胡乱想着，外头突然多了些动静，她侧耳听了听，应该是来客人了。

她看了眼手机上的时间，晚上八点半。

这个点，竟然有人上门来做客。

没一会儿，宋禧的房门被敲响，外面向棠的声音清晰地传了进来："宋禧，快出来，你朋友来啦。"

宋禧纳闷，她在南陵哪有什么朋友。

她打开门一看，竟然是那个四个多小时不回她信息的人。

他俩什么时候成朋友了，她怎么不知道。

"奶奶，这就是宋禧。"

梁津轻旁边坐了位穿着黑色旗袍气质优雅的老人，梁津轻在给她介绍宋禧时，她笑着从沙发上起身，过来牵宋禧的手。

看得出来老人保养得很好，但岁月也不可避免地在她手上留下了很多痕迹。

老人掌心的茧让宋禧一下子回想起外公曾握着她的手叮嘱的瞬间,她眼睛忽然有点酸。

"奶奶好。"

"哎!"肖萍如双手握着宋禧的手,说话时止不住喜爱地摩挲着她的手,"真是个好看的姑娘,又好看心肠又好。

"你们家,好福气啊!"

肖萍如对一直陪在一旁的向棠和跟听到动静赶忙下楼来的宋海东说道。

宋海东:"谢谢,谢谢,您过奖了。"

"那我还真没过奖。"肖萍如把宋禧拉到自己旁边坐下,"我这孙儿啊,从小身体不好,那天真的是多亏了宋禧,还帮忙垫了医药费。要不是她,阿轻怕是……"

肖萍如话没说完,但在场的人都不傻,该懂的都懂了。

宋禧很局促,特别是他们三个大人当着她的面,都在变着法地掏空词汇夸她。

这让她更加坐不住了。

宋禧给梁津轻使了个眼色,想问他到底是怎么一个情况。

他和他奶奶为什么会突然来她家?

宋禧非常确定他看懂了,但他下一秒默默转开了头,偏偏不理她。

宋禧气得直瞪眼,但不管她再怎么冲着空气挤眉弄眼,梁津轻都当没看到。

"……所以啊,我想明天请丫头去我家做做客。她可是我们梁家的大恩人,我们一定得好好谢谢她。"

"咳——"宋海东见宋禧望着旁边不知道在干什么,故意咳了一声,等她看过来后才道,"宋禧,你自己决定吧。"

"奶奶,真不用了,那时候就是顺手的事,谁看到肯定都不会不管的,而且梁津轻已经谢过我了。"

"梁家的大恩人",这个名头宋禧担不起。

"你们看,多谦逊的一个孩子。"肖萍如握着她的手不放开,"我真是越看越喜欢。"

宋海东和向棠在一旁陪着哈哈笑,梁津轻装局外人自顾自喝着水,剩下宋禧在那儿笑也不是应也不是,不知如何是好。

宋禧趁大人们不注意,踢了一脚旁边的梁津轻。梁津轻被她突然的动作惊到,差点没把嘴里的水呛出来。

梁津轻:"我就把钱还了,还没谢。"

肖萍如:"你们看看,还亏得外边的人都夸他知明识礼,这也就是宋禧丫头心里头敞亮不在意,要是其他人指不定在心里怎么想呢!"

肖萍如又转头柔声对宋禧道:"所以明天一定到奶奶家来。你喜欢吃什么奶奶明天给你做,好不好?"

看着老人慈眉善目的脸,宋禧实在无法再说出拒绝的话。

梁津轻和肖萍如离开后,宋海东细细问了宋禧事情的经过。

在知道宋禧现在和梁家小儿子是同桌,加上还有之前救人这一层渊源后,宋海东极力赞成宋禧明天去做客。

"虽说我们两家同住这个小区,外人看着都挺风光的,但梁家的家族实力我们家拍几辈子马都追不上。

"去吧,也不是为了图他们家什么,但这送上门来的关系也没有往外推的道理。

"明天一早让你向阿姨准备一些好补品,去人家家里不好空着手去。"

宋禧回房后,看到桌上的手机亮屏闪了两下,她走过去一看,是刚刚才离开的梁津轻发来的信息。

一下午没回她,现在倒是知道找她了。

梁津轻:你喜欢吃什么?

发送时间是十分钟前。可能是见她没回,他刚刚又发过来一条:奶奶让我问的。

宋禧被宋海东一番话说得心里头烦躁,跟火星子烧似的。她没好气地给他回了两个字:吃狗屎。

那头,梁津轻秒回了她无语的六个点。

就在宋禧以为他不会再回,准备放下手机时,手里又一振。

梁津轻:这个,我家真没有。

宋禧无语。

第二天,宋禧一出房门,就被眼前的礼品堆惊得走不动道。

客厅茶几旁全是各种各样精致包装的礼品盒,数量种类之多,她都以为是不是他们一大早去商场把人家的店给掏空了。

向棠:"你爸昨晚再三叮嘱,要多备些礼品。左边这些是适合老年人的补品,旁边这是茶叶,听说梁老先生喜欢喝茶。对了,这里还有一盒燕窝,一会儿你都带上。"

这架势,宋禧觉得不太像是去别人家做客,倒像是去下聘礼。

还是上赶着的那种。

"要不,就拿两盒吧,再多的我也拎不动。"宋禧试图跟向棠打商量。

"一会儿让司机小王跟你一起去。"向棠脸上没什么太多的情绪起伏，"你爸特意交代的。"

就在宋禧烦恼该如何拒绝带这么一大堆礼品上门时，梁津轻来了。他刚进来时脸上也是明显一愣，小声问宋禧："这是……提前置办年货？"

后来在梁津轻的坚持下，他们只拎了一盒茶叶和一盒燕窝带走。

因为就两样东西也不需要司机送，宋禧就和梁津轻一块儿出门了。

"你怎么会来？"

礼品都被梁津轻拎在手上，宋禧没事可做，那么长的一段路程两个人越走越尴尬。

梁津轻："奶奶怕你临阵脱逃。"

宋禧："去你家又不是上战场，我至于临阵脱逃吗？"

顶多就是磨蹭拖延时间。

梁津轻："你昨晚那样子，跟要上战场没什么两样。"

一说到这个，宋禧就生气："我昨天给你拼命使眼色，眼睛都快挤瞎了你都看不到？"

"哦，是吗，我还以为是你眼睛不舒服呢。"

搁这儿跟她装大尾巴狼？

她又不傻！

第 五 章
恩人情

去梁津轻家的那段路，在宋禧对他的控诉中不知不觉就走完了。

在正式迈进他家院门之前，宋禧莫名开始紧张起来。

她一紧张就爱胡思乱想、胡说八道。

"突然想起第一次见你，我问你家在哪儿，你还说'想去我家？没门'。"

宋禧表情鲜活灵动，学梁津轻当时的语气学得十成十地像。

话刚说完，她就被自己逗笑了："你那个样子，真的很贱。"

"你看，我这不是来了。"

还是你请来的。

梁津轻也想了起来，那时的他确实没想到这句话竟然还能有今天这个后续。

他帮宋禧推开门，做了个请的动作："请进吧。"

宋禧故意抬起一只脚，在梁津轻的注视下，十倍速慢动作、十分得意地跨了进去。

"你们在干什么呢？到家门口了还不进来，热不热呀！"

从他俩到的时候，肖萍如就透过客厅的落地窗看到了，结果等了半天他们还在门口站着，等得心急的她终于忍不住出来叫人了。

宋禧："奶奶好。"

"你好，你好。欢迎你来呀。"肖萍如牵着宋禧的手带着她往屋里走，剩下梁津轻拎着东西跟在后面。

"你看你，来就来怎么还带东西？奶奶家什么都不缺的。下次不要再拿了，听到没有？"

宋禧从第一次见面就很喜欢肖萍如，她从小就没见过自己的奶奶和外婆，家里唯一的长辈就是外公方晋竹，但多数时候他们的相处模式都是拌嘴和逗乐。

如此温馨的祖孙交流，她长这么大还是第一回体验。

一时之间，宋禧还有点不太适应这种热情。

"奶奶，您先让人坐下。"梁津轻把东西放在客厅中央的茶几上，去倒了两杯水，给了一杯给宋禧。

"行行行，阿轻你带禧禧逛一逛，我去厨房看阿姨饭做得怎么样了。"

肖萍如走后，宋禧才得了空观察整栋房子。

这里和171号的格局很像，但和171号现代奢华的风格不一样的是，这里的装修要更加古朴雅致。

刚进来时她注意到，院子里甚至还有木头架搭成的凉亭，上面缠着绿油油的葡萄藤。

"想逛逛吗？"

梁津轻看她眼睛四处张望，一副对这里很感兴趣的样子。

"方便吗？"宋禧边问边把水杯放到一旁，起了身。

"家里没别人。"

梁津轻先带她去了院子里。

宋禧刚才就对葡萄藤很感兴趣，走近了看，果然架子上结满了一挂一挂的葡萄。

颗颗饱满，鲜嫩多汁。

梁津轻从旁边的篓子里掏出一把剪刀，剪了一小挂葡萄递给宋禧，说："尝尝。"

宋禧赶紧剥皮尝了一颗："哇，好甜！好吃！"

梁津轻闻言，给自己也剪了一挂。

他点了点头："嗯，等下洗干净了再吃。"

宋禧："你拿我试毒呢。"

他们家还有个巨大的阳光房，里面全是肖萍如这么多年精心养护的各种花花草草。

梁津轻说，阳光房里一年四季花开不败，每个季节都有不同的风景。

宋禧眼睛都看直了。

她从小就是个连仙人掌都养不活的人，所以看着这一大屋子蓬勃生长的植物，她连路都走不动了。

"那你也会种吗？遗传天赋的那种。"

"我遗传的是我爷爷。"梁津轻毫不客气地揭梁青山的短，"他连我奶奶送他的定情信物都能养死。"

肖萍如在楼下喊他们吃饭，梁津轻见宋禧一脸的不舍，扯着一枝她盯着看了老半天的向日葵问："想要？"

.065.

宋禧看他下一秒就准备摘花的动作，吓得连连摆手："不要！你别摘！"

阳光房里本来就热，他这一弄，宋禧被吓出了一身的汗，她不敢再继续逗留，赶紧拉他下了楼。

足以容纳十二人的长条餐桌上，满满当当已经摆上了一大桌的菜。

主座上有位老者已经落座，看外貌气质，应该就是梁津轻的爷爷了。

他表情严肃，不苟言笑，看人时的眼神凛若冰霜。宋禧不小心和他对视上，心一紧，赶快移开了视线。

"别站着了，快来坐啊。"保姆端着最后一碗汤，肖萍如跟在后面出来，热情地招呼宋禧入座。

肖萍如把宋禧拉到自己旁边坐下，梁津轻坐在了她们对面，挨着梁青山。

肖萍如给她介绍："这是阿轻的爷爷，你跟着叫爷爷就好。"

宋禧小声叫了声"爷爷好"。梁青山什么表情她没看，只听到他低沉地"嗯"了一声。

"吃吧，快吃。也不知道你喜欢吃什么，所以按照年轻人的口味一样准备了一点，你吃吃看喜不喜欢？"

肖萍如怕宋禧吃不饱，拼命往她碗里夹菜，很快她的碗都堆不下了，连餐盘都用上了。

梁津轻："奶奶，我也想吃红烧狮子头。"

一盘狮子头就四个，本来一人一个刚刚好，但肖萍如见宋禧喜欢，索性把盘子都拖到了她面前。

肖萍如："你明天再吃。"

宋禧实在是拒绝不了肖萍如的一番好意，她听梁津轻要吃，也不顾嘴里塞得鼓鼓囊囊的，就把盘子送到了他面前。

她说不了话只能抬抬下巴，用眼神示意梁津轻赶紧夹走。

他们家应该是没有在饭桌上说话的习惯。一顿饭下来基本上只有肖萍如催她多吃点和她不间断的"好的，谢谢，够了"的声音。

宋禧不想浪费，直到把碗里所有的菜吃完了才放下筷子。她一抬头，看到其他三个人早就停了筷。

但包括梁青山也都没离席，一直等到宋禧吃完，他们才陆续起身。

"你们早就吃完了？"

宋禧落后几步，压低声线偷偷跟梁津轻说话。

她一站起来，快撑到嗓子眼的食物一下子落进胃里，她赶紧偏头，捂着嘴打了个闷嗝。

梁津轻给她把杯子里的温水续上："吃不完就不要勉强。"

宋禧刚想回他，那边肖萍如招呼她过去坐，她只能暂时截住话头。

梁青山也坐在一旁,手法娴熟地摆弄着茶具,不一会儿一杯清茶就放到了宋禧面前。

"尝尝,清肺润肠的。"

宋禧脸顿时一红,原来他们都注意到了。

说到清肺润肠,宋禧想到自己带的礼物还没来得及拿出来。

她从随身小包里掏出两个手工小香包,针法不太精细,但这已经是她做的最能拿得出手的两只了。

她这一批做了五只,其他更丑的,她分别强制性送给了方谊、许见川和方晋竹。

"这里面的草药是我自己配的,有安神助眠的功效。"宋禧有些不好意思拿出来,怕他们嫌弃,"如果不嫌弃的话,我想送给爷爷奶奶。"

"当然不嫌弃!"肖萍如很开心地接过来,"这都是你自己做的啊?多好的东西,这在外面可是花钱都买不到的!"

宋禧把另一只双手递给梁青山。梁青山端茶的手慢了几秒,立马就被肖萍如踢了一脚。

梁青山接过来,仔细瞧了瞧香包上的针绣花样,很是好奇地问宋禧:"这是鸭子?"

宋禧挠了挠头,关于上面绣的那只动物,这已经是她听到的第四种不同的答案了。

"……是鹤。"

旁边的梁津轻差点把嘴里的茶喷出来。

宋禧扭头看梁津轻,梁津轻立马冲她比了个大拇指:"有点天赋。"

但不多。

肖萍如拍了梁津轻一下:"我觉得挺好的,手又巧心又细,你看——这嘴、这腿多像只鹤啊!"

宋禧觉得难为情,赶紧拿起杯子喝了口水。

"禧禧啊,听阿轻说你之前都跟着你外公在学中医?"

他竟然连这都说了?

宋禧:"嗯,对。我外公是老中医,我从小在他身边长大,就跟着学了一点皮毛。"

"奶奶能不能跟你商量个事啊?"

宋禧一听,赶紧放下水杯,坐直了身体。

"你不用紧张。是这样的,阿轻的身体呢,一直都不好,上次你也应该见过了,是从娘胎里带出来的病,他吃了十几年的药,中医、西医都看过了,上次经人介绍去的那家中医馆,药也吃了一个疗程,有没有用暂且不说,但他们做的事太过分了!

"他现在身体已经好了很多，就是平时还需要多注意调理。你不需要有太大的压力，我们也会继续寻找专业的靠谱的中医，就是中间的这段时间，你帮帮忙，可以吗？

"咱们两家住得近，你俩在学校还是同桌，平时来往也都方便。"

"最主要的，奶奶很信任你，也觉得你肯定可以做好。"肖萍如见她一直没开口，突然话头一转，"就是不知道，你愿不愿意？"

"没有没有。"宋禧怕肖萍如误会，赶紧解释，"是我怕自己学艺不精，也不确定自己能不能做得好。"

宋禧下意识地回头找梁津轻，可他不知道什么时候走开了，旁边根本没人。

肖萍如满眼期待地望着她，宋禧看看她又看看梁青山，拒绝的话实在是说不出口。

"那要不——我试试？"

"谢谢你啊，禧禧，你真的是帮了我们家一个大忙了。"肖萍如握着她的手，高兴地反复摩挲她的手心。

肖萍如喊："还不快来谢谢禧禧。"

宋禧顺着肖萍如的视线回头，梁津轻不知道又从哪里冒了出来。

"谢谢你啊。"梁津轻微微弯了下腰，视线几乎要和她平齐。

宋禧很少见他笑，隔着这么近的距离，他嘴微微一勾，她很轻易就看到了他左边嘴角那个不太显眼的酒窝。

酒窝轻轻一荡，几乎要晃晕她的眼。

"小宋大夫。"

周一是出开学考成绩的日子。

宋禧一晚上没睡好，倒也不是担心成绩，就是担心其他竞争对手超常发挥，把倒数第一留给了她。

成绩是一门一门公布的。

第一二节是语文课。对这一科，宋禧还是比较有自信的，所以发考卷时她并不太担心。

试卷按分数高低发放，语文老师念到一个人的名字和分数，那个人就去讲台上拿自己的卷子。

等梁津轻75分的卷子都拿到手后，宋禧终于开始慌了。

她的一双腿跟踩缝纫机似的，在桌子底下抖。同样没拿到试卷的陆其扬还转过来，跟她惺惺相惜："看样子，这次的倒数是咱俩之间的角逐啊！"

宋禧不想理他。

抠着手指头的她终于在陆其扬之后,等到了语文老师叫她的名字。

"宋禧。"

宋禧从座位上起身,经过陆其扬身边时,他还一脸得意地边转着笔边冲她笑。

宋禧的心跟冬日里的破窗一般,呜呜往里灌着刺骨的寒风。

等她快走到讲台边时,语文老师终于念出她的分数:"135分,也是这次我们班的语文第一名!"

宋禧本来低垂着头,听到分数的一刹那,她惊喜地抬起头。

看到语文老师眼里肯定的笑意,她才慢慢伸手去接卷子。

非常硕大又鲜红的"135"。

"作文写得非常好。其他班好多老师要借你的作文去做演示案例呢!生动、切题,引用的名人名句也都恰到好处!平时爱看书吧?"

宋禧的嘴角有掩饰不住的笑意,她点点头。

爱看爱看,只要是她好奇的书,她都喜欢翻上几页读一读。

"继续保持。"语文老师率先拍了两下手,"来,大家鼓掌祝贺宋禧同学。"

于是,宋禧就在阵阵掌声中,自信又得体地往后排走。

走到陆其扬旁边时,她短暂停留了两秒。等他看过来,她才故意轻哼了一声,把自己的试卷伸到他面前,用手指轻轻弹了弹分数栏那处,然后哼着小歌坐回到自己的座位上。

梁津轻的75分同样十分显眼,而且在宋禧看过去时,他丝毫没有想要隐藏,大大方方地把卷子往她眼下推。

宋禧想要验证在考场时自己的猜想,把他的卷子翻过来看了一眼。

果然,他的作文没写满八百字,自选的议题还偏了,只得了二十分。

"啧啧。"

说实话,二十分的作文分,她只在小学时得过。那时候的作文满分是三十分。

那两节语文课,是宋禧在这个周一最快乐的时刻。

午休时间,有些科目的成绩还没公布,班主任就已经迫不及待地把班级排名和年级排名都贴到了教室黑板旁。

宋禧趴在桌上不起来。上午的语文课之后就是数学课,数学成绩已经给了她致命一击。

最关键的是,梁津轻的数学几乎满分。她分明记得他当时是提前交了卷的。

陆其扬自己考得不怎么样,看成绩倒是一等一地积极。

"嘿,宋禧,想知道你这次总分排名第几吗?"

宋禧头埋在胳膊上,闷着嗓子回话:"不想。"

"不想知道啊——"陆其扬拖长音,故意逗她,"那我更要说了。"

宋禧捂住耳朵,摇着头拼命阻止他的声音传进来。

等过了好半天,确定没听到他说话的动静后,宋禧才抬起头。

梁津轻难得拿着笔在做作业,宋禧忍了一会儿没忍住,问他:"你是多少名?"

"我没看。"

"你不好奇?"

十分钟过去了,黑板那里还围了一圈人。

"不是倒数就行。"

这话怎么像是在隐射她?

"那我是多少名?"

她一直在旁边讲话,梁津轻没办法静下来做题:"你不是不想知道?"

"我倒也不是不想知道,就怕自己是倒数第一。"

很丢脸。

宋禧重新趴回到桌子上,整个人像只无力的蔫兔子。

"不是倒数第一。"

"真的?"宋禧迅速坐直身体,拍了拍胸口,"那我就放心了。"

"放心什么?"陆其扬不知道又从哪里冒出来,看到宋禧很开心的样子就非常想再犯个贱。

"放心自己不是倒数第一?"

宋禧一看他那样子,就感觉他不安好心。

陆其扬笑着朝她伸出右手:"我是倒数第一。"

宋禧手刚要握上去,他立马又跟了一句:"你好啊,倒数第二。"

考了倒数第二,宋禧本来就很郁闷,结果在得知梁津轻竟然排第二十一名时,她心都快呕疼了。

上次期末考试他不是还考倒数的吗?

而且考试的时候,他也没认真答题啊!

陆其扬:"我早跟你说了,他偏科,就语文差。上次是因为生病,他缺了两门考试。"

就这,还比陆其扬的分数高。

"采访一下你陆同学,再次考倒数第一的心情如何,有一些类似丢脸或尴尬的情绪吗?"宋禧把用卷子卷成的话筒递给陆其扬。

"完全没有。"

"这么好的心态是如何练就的，给其他同学也传授传授经验。"

"无他。"陆其扬咳了一声，渐渐拿起了范儿，"家里有千万家产等着我继承。"

宋禧成功被噎住。

真的谢谢了。

他是有这个骄傲资本的。

下午最后一节自习课临放学时，班主任罗淑荣突然来了教室，先说了几句关于这次考试成绩的事，然后话头一转："这次考试不仅仅是开学考，也是咱们高二的文理分科考试。"

罗淑荣拍了拍手，示意大家安静："不提前跟你们说，就是希望你们能放平心态、没有压力地参加考试。

"选文科或者理科，这中间除了要考虑文理科的成绩排名，更重要的是大家喜欢什么，以及以后上大学想学什么。或者我再说得稍微远一点，以后进入社会你们想做什么样的工作。

"这需要大家非常认真且慎重地选择。"

罗淑荣把手里的一沓分科表往讲台上磕了磕："现在呢，班长帮忙把分科表发到各位同学的手上，大家这周回家和父母好好沟通商量好，周五放学前统一收上来。"

每位同学都拿到表时，下课铃响了。

宋禧昨天和梁津轻约好，今天晚上要去他家给他做第一次的把脉看诊。

所以表一发下来，她边收拾书包边看了一下，随手就在一处空格栏里打了个钩。

"你们准备选文科还是理科？"陆其扬刚一转头，就看到宋禧已经快速钩选好了，"你选好了？"

宋禧"嗯"了声："就我那文科成绩，你觉得我要是选文科，能考得上大学吗？"

陆其扬一想，这倒也是。

再一看梁津轻，他正在理卷子，每一张卷子的边边角角都在他手里慢慢变得平顺整齐。

他的表被他随手搁在了一旁。

陆其扬拿起来一看，也已经选完了。

也是理科！

陆其扬狐疑的眼神在他俩之间来回转悠，他是今天一来就觉得他们两个人的气场好像有点不一样了。

具体是哪里不一样，他也说不好，现在这么一看——

"你们俩，怎么会突然这么有默契？"

"快说，你们是不是背着我偷偷联络感情了？"

他们三个人一起并排往校门口走，一路上吸引了不少人的目光。

梁津轻在左，宋禧在右，陆其扬在中间。

宋禧脸皮薄，被人看得不好意思，想离他们远点。

但陆其扬不许。

宋禧："你这是干什么？你想让我被全校女生的唾沫星子淹死吗？"

陆其扬左手拉着梁津轻的校服，右手拽着宋禧的书包："我觉得你俩有事瞒着我，要是不告诉我，我就一直跟着你们。"

宋禧想让梁津轻想想办法，结果他倒好，双手插着裤兜，没事人一样闲庭信步，对别人的目光丝毫不在意。

"宋禧！宋禧！"

宋禧听到有人在叫她，正奇怪这里怎么有人会认识她，一回头，就看到裴嘉菲像只纷飞的雁子一样朝她扑来。

宋禧毫无准备地被裴嘉菲抱了个满怀。

陆其扬可能是过于震惊，在裴嘉菲扑上来的那一刻，立马松开了自己的手。

一米六二的宋禧被一米七四的裴嘉菲锁在怀里，完全没有招架之力，她"啊啊啊"了半天，最后还是梁津轻扯着她的书包把她"拔"了出来。

"你们这是——"裴嘉菲理了理自己并不太乱的鬓角，目光在他们三人身上转了一圈后，最后回到了宋禧那里，"一起回家啊？"

她虽然和宋禧在说话，眼神却忍不住一直往梁津轻的方向飘。

宋禧点了点头，算是回答了她的问题。

离开裴嘉菲的怀抱后，宋禧退后几步才注意到裴嘉菲一双笔直又白皙的大长腿。

就是……

她是不是把校服裙子长度改短了？

南陵一中女生的夏季校服有两套，一套裤装，一套裙装。

宋禧嫌穿裙装校服不方便，这几天都是穿的裤装校服，不过她知道这套裙装校服中的裙子正常长度应该是在膝盖下方一点点。

"好看吧？"

裴嘉菲见宋禧盯着自己的腿，得意地摆了个造型，一双大白长腿跟闪着碎光似的。

突然发现什么，裴嘉菲脸色一变，对着陆其扬的方向杏眼一瞪："你不许看！"

陆其扬尴尬地咳了两声，抬头望望天又看看地，但耳尖不自然的红晕还是出卖了他的小心思。

"走不走？"把宋禧"拔"出来之后就站远了的梁津轻看了眼时间，好看的眉眼间全是烦躁和不耐烦。

宋禧这才想起自己还有要事在身，说："那我们就先走了，拜拜。"

裴嘉菲拉着宋禧的手，一脸的恋恋不舍："好吧，那我们明天见哦！"又转头挥手，"拜拜，梁同学。"

梁津轻眼都没抬，还是那副冷漠疏离的模样。

在他那儿吃了瘪的裴嘉菲刚准备收回热情挥舞的手，旁边的陆其扬突然龇着牙，也冲她挥了挥手："拜拜呀，裴美女。"

裴嘉菲被他笑得打了个寒战，也顾不上依依惜别，赶紧溜了。

"你和裴嘉菲关系很好啊？"

回去还是梁家的司机来接的，照例是陆其扬坐在副驾驶座，把后排的位置让给宋禧和梁津轻。

宋禧："你也认识她？"

陆其扬："她啊，我们学校应该没人不认识吧，长得漂亮，有才艺，家境好，会跳舞会弹钢琴，性格大方不扭捏，在学校人缘很好。"

陆其扬趁梁津轻低头没注意，偷偷跟宋禧使眼色："结果啊，偏偏有人不开窍……"

宋禧从这短短几个字里，听出了浓浓的酸醋味儿。

"陆其扬。"梁津轻警告他。

陆其扬在自己嘴上拉了道拉链，不敢再开他玩笑了。

"你知道那瓶乌龙茶，是裴嘉菲送的吧？"

这路上的时间可真久，加上堵车更是让车里的人觉得难挨。宋禧看梁津轻那样子，忍了忍，还是没忍住，小声问了这么一句。

"我今天心情挺好的。"

宋禧：啥意思？

她和同样摸不着头脑的陆其扬对视一眼，分别从对方眼里看出了茫然。

"别让我在开心的时候，跟你吵架生气。"

梁津轻依然低着头，摆弄着自己的手机，声音从下方传上来，清冷的嗓音里带了些闷沉，刮得宋禧耳膜酥麻。

宋禧的心，瞬间就像是被大槌击过的鼓一般，心神荡漾到完全无法平静下来。

她死死地揪住自己的衣角，觉得应该是自己多想了，这或许只是他随口一说的话。

但她又忍不住侥幸地想，他这么说——到底是什么意思？

等过了最堵的那段路，剩下的路程好像五分钟不到就走完了。

到梁家时，宋禧整个人还有点晕晕乎乎的。

肖萍如以为她晕车了，又是唤阿姨倒水端茶，又是让梁津轻找药，好一阵忙活。

陆其扬挠挠头："你什么时候跟肖奶奶这么熟了？我怎么感觉她对你，比对我还要好？"

宋禧："哎哟，头晕。"

她懒得跟陆其扬解释，主要是这件事一解释起来前前后后又要说上好久，还是让他去问梁津轻好了。

肖萍如端着山楂和陈皮水从厨房出来，听到宋禧这么说，赶紧把陆其扬赶到一旁。

"来，把水喝了，然后再吃点山楂。晕车就得吃点酸味的东西。"

看她忙前忙后的，宋禧顿感羞愧："我好多了奶奶，刚才只是一点点难受，现在已经没事了。"

"明天得让小李慢点开。来，你先把陈皮水喝掉。"

陆其扬在旁边啃雪梨，边啃边瞪着享受全方位呵护的宋禧，一副嫉妒的模样。

宋禧被他看得头皮发麻，她怕她再继续在他眼皮子底下待着，他会忍不住扑上来啃她。

梁津轻拿着刚找出来的晕车药，还没来得及坐下，就被宋禧一把拽住："走走，找个安静的房间，我们开始诊疗吧。"

肖萍如赶紧起身："再休息休息吧，也不急这一时。"

宋禧："我真没事了，奶奶。我早点给他把完脉，一会儿还有时间可以做会儿作业。"

肖萍如已经提前准备好安静的房间，在二楼，是一个偏厅茶室改成的小书房，刚进去时还可以闻到扑鼻的浓郁清茶香。

宋禧从书包里拿出自己的脉枕，还是之前在教室里用过的那个。

灰扑扑的，有点破旧。

把脉需要桌子稍高一点，屋里只有一张很大很宽的书桌，宋禧比了比，觉得凭自己胳膊的长度，他们两个相对而坐，她估计很难碰到他的脉。

"这么坐吧。"

宋禧搬了两张椅子，并排挨着放好。

刚才摆放椅子的时候，她一心想的是怎么样坐着更方便把脉，但等两个人都落座后，宋禧才后知后觉地别扭起来。

两张椅子挨得近，不近也没法好好把脉，然后因为把脉的姿势，他们两个还必须面对着，这么一来，宋禧感觉梁津轻的鼻息就在她头顶吸吸呼呼。

宋禧一个人在这边兵荒马乱，梁津轻仿佛完全没注意到。

回到家，梁津轻就脱了校服外套，现在身上只穿了一件黑色长袖，棉麻质地。

他把黑色长袖往手肘处挽，露出一段白皙的手腕骨，上头的青筋清晰可见。

"开始吧。"

宋禧盯着他的手腕一时有些出神，听到他的声音，她才猛然回神。

她的手指微微颤抖。

好在不明显，只有她自己能感受到。

那是心跳骤然加快后的连带反应，由不得她控制。

她的食指、中指和无名指轻轻覆上他的寸口脉。

他的皮肤温度偏低，宋禧刚触上去时，指尖有些不适应地微缩，心也不自觉地跳停了那么一秒。

等到真正感受到他的脉象时，宋禧脑子里那些旖旎心事瞬间消失得干干净净。

她闭着眼睛，先轻用力，再微用力，最后重用力，用手指一寸一寸按触他的脉搏。

整个把脉的时间并不太长，只是宋禧为了不出差错，来来回回切了好几次。

等到再次睁眼时，宋禧的额头上已经出了一层薄汗。

梁津轻："结束了？"

刚才的把脉耗费了宋禧好些心力，她在心里琢磨怎么给他调理身体，所以听到他的问话只是微微点了下头。

梁津轻站起来，长呼了一口气。

他走到窗边把窗户推开，夏天的傍晚，气温降了一些，但吹进来的风还是带着一股子燥热。

"其实最好的把脉时间应该是在早上，脉象能更好地反映你的身体状况。"宋禧边收脉枕边跟他解释，"但现在也基本能看得出来，这么多年你的身体已经调理得很好了,现在可能还有些小问题,主要是脾胃方面……"

宋禧说了半天没等到他的反应,抬头看他:"你听到我说的了吗?"

梁津轻背对着她,站在窗边,手撑着半开的窗户,也不知道在想什么。

"擦擦汗吧。"

梁津轻走回来,递给她一块手帕。

宋禧脑子里突然闪过一个片段。

难怪那天在中医馆外面就觉得这帕子眼熟,这不就是第一次见面时,他用来包桑叶的吗?

"一会儿下去我奶奶肯定还要问,等会儿一起听吧。"果然,他刚才根本就没听她说话。

两人一起从二楼下去时,宋禧想起刚才那块手帕,问他:"所以——你之前摘的桑叶,是给蚕吃的吗?"

梁津轻看了她一眼,往她边上又走近了一小步,他语气很轻,像是在跟她说悄悄话一般——

"那是我画画用的。"

在桑叶上画画?

那究竟能画成什么样子,宋禧十分好奇。

见他们下来,肖萍如果然拉着宋禧问诊脉结果,宋禧把刚才跟梁津轻说的又重复了一遍。

"但,如果可以的话,这个周末的早上,我想再给他把一次脉。"

如果只是脾胃虚的话,他那天应该不至于晕倒,而且他的脸色一直呈现一种不太自然的白皙感,宋禧担心是不是还有哪里的问题是她没发现的。

"当然没问题!"听她这么说,肖萍如很开心,"你需要什么随时跟奶奶说,我提前让人准备。"

晚上回家之后,宋禧把从老家带来的医书全翻了出来,她一边回忆着梁津轻的脉象,一边在书上翻找。

后来做功课时,宋禧也一直在想这件事,但脑子里就像一团被扯乱的麻绳,怎么都找不到那个绳头。

要是外公还在就好了。

第二天去学校,在校门口碰到陆其扬,他看着一脸菜色的宋禧,眼睛顿时瞪圆。

"你昨天回家喝苦瓜汁了?"

眼皮都掀不起来的宋禧问:"什么意思?"

"你黑眼圈都快掉到鼻子这儿了。"陆其扬推着山地车跟她一起走,"你不是会看病吗，赶紧给自己把把脉啊！"

"我这就是没睡好。"宋禧在自动贩卖机买了罐咖啡，刚买完才想起来旁边还有个人，"你要不要？"

"我从懂事起就有个原则和底线——"

宋禧把咖啡罐拉开，喝了一口等他说下一句。

"——那就是不吃苦！什么苦都不吃……"

宋禧扭头就走了。

课间休息的时候，宋禧趴在桌上，腿上放着从家里背来的《伤寒论》，她看书很快，基本上三分钟能扫完一页。

之前这本书她也常读，上面几乎每一页都有她读过的痕迹，有不懂的地方她会标注出来，过个几天再回头去看，就会发现她的问题旁边已经有了外公的解答。

她边看边回忆外公之前的话。宋禧脑子灵活转得也快，看到书上提到的症状，那些曾经见过的案例也很快就能想起来。

其实昨天把完脉之后，她就发现梁津轻的脉象是典型的迟而无力。中医里说迟脉——迟而无力是虚寒症，阳气虚弱所以无力推动血液运行。

真正让她疑惑的是引发迟脉的疾病，也就是他除了脾胃虚，心脏应该也有一些问题。

"小宋大夫临时抱佛脚啊？"

头顶上方传来梁津轻戏谑的声音。

宋禧把腿上的书反手一盖，不想让他看到书的封面。

"我都看到了。"

梁津轻早上第一节课又没来，老师没问，宋禧想他应该是又请假了。

宋禧："你又不舒服？"

梁津轻把书包放入桌洞，从里面拿出一包便携式消毒纸巾，又开始他每日的课桌消毒工作。

"起床气算不算？"

宋禧不想跟他讲话了。

"你昨晚没睡好？"刚刚她一抬头，梁津轻就注意到她眼下青紫色的黑眼圈。

他来了，宋禧也不想在他的眼皮子底下翻书，她趴回到桌上，眼睛眯着养神。

"嗯。"

"我的病这么让你为难啊？"梁津轻边擦桌子，边漫不经心地开口。

宋禧的眼睛一下子睁开了,但她没马上说话。

顿了两秒,她装作若无其事地回他:"我是在精进自己的医术。跟你的病没什么关系。"

后面那句话她声音越说越低,因为梁津轻突然眼角含笑,还用那种像是能看穿一切的眼神看她。

宋禧瞬间就气短了。

梁津轻:"你大学想学什么专业?"

他今天似乎聊天的兴致很浓,原来也没见他话这么多过,都是别人问一句他答一句,有时候别人问三句可能都等不来他一句。

今天竟然还会主动问她问题?

"医学吧。"

梁津轻好奇:"医学?中医还是西医?"

这个问题宋禧很早之前也想过,还和她外公聊过。

她外公最后也没有给她一个具体的建议,只说:"你学什么都成,中医、西医,或者像你师兄师姐那样学金融、当律师都行,只要你自己喜欢。"

她问:"那你这一身的中医本领没人给你传承下去,你不觉得可惜吗?"

方晋竹当时正守着炉子煎药,眼睛被炭火熏得眯成了一条缝。

"可惜什么,各人有各人的造化。"他咳了两声,"我不会逼你的师兄师姐学医,更不会让你学。你要是想学,我很高兴,也会倾囊相授;你不想学,我也不勉强。"

…………

"西医吧。"

宋禧眼睛望着窗外,又想起了在小镇医馆里生活的时光。

"我会学西医,但中医也不会放弃。"

她已经从她外公的言传身教中感受到了中医的智慧和美妙,之后她也想再见识学习一下西医的技术和方法。

如果以后她能将中医和西医结合,帮助病人恢复健康,那便是再好不过了。

"看样子,以后我还得继续仰仗小宋大夫。"

宋禧被他说得不好意思,挠了挠头:"希望你永远不要有'仰仗'我的时候。"

上周因为开学考,周二下午的体育课被临时改成了自习课,这天才到中午,陆其扬就在班上问,体育课有没有人要一起去打篮球的。

这会儿,他又在问梁津轻:"跟五班那群小子约了篮球赛,怎么样,你来不来？"

陆其扬一吃完饭就早早换上了他的"战袍"——红黑篮球背心、黑色运动短裤，额头上还戴着一条同款运动发带。

手指间的那颗篮球几乎要被他转出残影。

整个人显得"骚包"得很。

宋禧想到梁津轻的心脏可能有问题，没等他回答，她就在旁边非常严肃地出声阻止："你不能去！"

两个人同时转过头，齐齐看向她。

"就……"宋禧被盯得一句话说得磕磕巴巴，"就……是你身体太虚，不适合剧烈运动！"

梁津轻的脸肉眼可见地黑了起来。

陆其扬这个没眼力见儿的，在一旁哈哈大笑，生怕这个氛围还不够刺激和尴尬。

梁津轻被陆其扬笑得心烦，反手从陆其扬手里把篮球夺了过来，他扬手一扔，正好扔进教室对角线上的那只垃圾篓里。

陆其扬：……你们俩拌嘴，关我的篮球什么事啊？

但他敢怒不敢言，只能屁颠颠跑去捡球。

他一走，梁津轻就开口了。

"你说谁虚？"

身体不虚的宋禧心虚，也不敢看他，但说出口的话依然掷地有声："我是大夫！"

梁津轻闻言轻笑了一下，鼻子里仿佛出的不是气，而是无语的愤怒。

"你自己也承认过的……"

"行。"

梁津轻轻飘飘地留下这一个字。

一直到上体育课，他都再没开口跟宋禧说过话。

不过也没理陆其扬。

宋禧脑子里一直在天人交战，想着是不是要再跟梁津轻解释解释，毕竟他看起来真的像气得不轻。

虚就虚嘛！

他虚不虚，他自己还不清楚吗？第一次见面他都直接晕她跟前了。

不过，他心脏的这个事，她还是想等周末重新把过脉，确认之后，再跟他说。

体育课集合后，体育老师很快就让他们自由活动。

陆其扬领着班上一帮男生去了篮球场,女生们有的在打排球,但多数人还是避到了树荫下。

梁津轻独自坐在操场的观席台上,那边没有遮阴的地方,所以也没其他人过去。

宋禧靠近他:"我不是故意说你虚的。"

校服的袖子被他撸到小臂处,头发被太阳烤得软绵绵的。不开口说话时,他整个人像是一株挺拔干净的小白杨,周身都散发着和煦的光。

"你是大夫,你说的都是对的。"

但他一开口,就变成了浑身是刺的荆棘。

谁碰刺谁。

宋禧在他旁边坐下。

好半天,她不说话,他也没有开口的意思。

夏末的阳光依然炙热,落在皮肤上像是把人置于烤箱中用中火在慢烘一样,屁股下面的凳子被烤了大半天,坐在上面的每一秒都不太好受。

再一看梁津轻,他的背挺得很直,一动不动,眼睛盯着远处的篮球场。明明他全身都被太阳光笼罩着,但他像是没感觉一般,根本就当太阳不存在。

宋禧轻声说:"对不起。"

梁津轻转头看她,眼睛里有一丝不易察觉的诧异。

从第一次见面到现在,宋禧给人的感觉其实并不是那种性子温软柔和的女孩子。

相反,她是一个有棱有角很鲜活的人。

她的开心和不开心都非常直接,开心时眼睛也会笑,不开心时人就像冬日放在窖里的白菜,肉眼可见地打蔫,但拨开那层外衣,里头还是新鲜脆嫩的。

从认识起,她就经常和陆其扬拌嘴,偶尔兴起也跑来挑衅他,当然不全是赢的时候,但她输了时的反击也不是那种直愣愣的傻给,而是趁你不备给你猛地来一下。

然后再趁你没反应过来时,迅速跑掉。

她似乎永远有一套自洽的方式,要说道歉,这还真是他第一次听到。

"你又没错。"

这话一听,更像是反讽嘲弄了。

"我有错。"宋禧非常诚挚地跟他道歉,"我不该在同学面前说你虚……"

梁津轻实在是讨厌这个字,他不快地一皱眉。

宋禧立马领会了他的意思:"不说不说,那个字我不说了!"

"虽然你看着嗯嗯，但实际上我昨天把完脉发现，你一点都不嗯嗯，身体也看着老结实了——"

仿佛是为了验证自己的说辞，宋禧十分哥俩好地拍了拍梁津轻的后背。

结果，她差点没一巴掌把人拍下观席台去……

宋禧一手忙着去抓他的腰，另一只手不敢相信一样捂着自己的嘴，生怕自己又说出什么不中听的话。

之后，她又是好一阵哈腰道歉。

梁津轻毫不留情地拨开她的手。

他咬紧牙，手撑着膝盖站了起来。

但一下起来得太猛，他眼前突然发黑，也不知道是被气的还是脑子供血不足。

"怎么了，又晕了？"

宋禧见他不舒服，一把握住他的手腕，接着右手三指非常自然地覆上了他的动脉处。

她昨天刚给他把过脉，今天手指像是有记忆般，毫不费力地就搭了上去。

刚开始，梁津轻还试图挣脱，但明显宋禧力气更大，她手上的力不松，梁津轻怎么挣也挣不开。

"气血有点不足。你几点吃的早饭？"

宋禧睫毛微微颤抖着，下一秒眼皮掀开，梁津轻在这之前迅速移开了视线。

见他没答，宋禧又道："你不会没吃吧？"

梁津轻又试着挣了一下，手腕脱离她的桎梏，轻易和她的手掌分开了。

"吃了。"梁津轻从观席台往下走。

宋禧在后面跟上："我请你吃东西吧，就当给你赔罪。"

梁津轻突然停下来，宋禧顾着跟他说话一个没注意，差点撞上他的后背。

他那么虚弱，要是撞上了可不得了。

宋禧及时刹住了脚，想用来支撑的双手没派上用场，她尴尬地在半空中挥了挥尘土："好大灰。"

"你有钱吗？"

之前没还她钱时，她就抠抠搜搜的，为了赚钱还去中医馆打工，就算他钱最后还了，那也才两百来块。

宋禧拍了拍自己的口袋："请你吃小卖部的钱还是有的。"

实际上是周末的时候，知道她要去梁家做客，宋海东又悄悄塞给了她五百块。

加上上次发传单和梁津轻还的钱，她现在的小金库也有小一千了。

趁还没下课,他们俩先一步离开了操场,但他们都不知道的是——

从宋禧上观席台坐到梁津轻身旁,到后来宋禧强行抓住梁津轻的手,这一切都被五班和七班的同学全程目睹了。

宋禧说她请客就真的连挑选的机会都没给梁津轻。

她一进小卖部就直奔面包区,拿了一袋现烤吐司和一瓶鲜奶,又拿了一盒巧克力和一袋陈皮糖。

最后结账的时候,她从柜台旁的冰柜里给自己挑了根冰棍儿。

"喏,这些都是请你的。"

宋禧把冰棍拆了,其他的全扔给了梁津轻。

"我吃过午饭了。"

"我知道。"宋禧含着冰棍,嘴里嘟嘟囔囔,"现在也不是午饭时间,下午饿了再吃,少吃多餐。"

两个人从小卖部出来的时候正好下课铃响,他们正要走,陆其扬就一身臭汗从操场跑了过来。

宋禧和梁津轻的第一反应,都是各自往后退了一步,本来他们俩丢下他先来小卖部陆其扬心里就有气,这下看到他们唯恐避之不及的嫌弃样,陆其扬一下就炸了。

"怎么了,你们为什么嫌弃我?我刚赢了比赛想找你们庆祝,结果同学们都说你俩勾肩搭背亲亲热热地一起走了!我都顾不上鄙视五班那群小子,赶紧来找你们,你们竟然还嫌弃我?

"你们还自己买东西吃,喝牛奶、吃冰棍儿,你们都想不到帮我买瓶冰水吗?这么热的天,我打球多热啊!我流的汗这是汗吗?这是班级的荣誉,是我们七班所有男人的面子和尊严……"

宋禧、梁津轻顿时无语。

宋禧赶紧去拿了瓶水,结完账就塞给了他:"快喝,快喝,不是渴了吗?"

"不是冰的……"

陆其扬喝了一口,还想再继续控诉,宋禧立马截住他:"刚运动完就喝冰水,你要不要命了!"

陆其扬被她瞪住,昂起头默默往嘴里灌了大半瓶。

"你们俩,不对劲。"

回教室的路上,好不容易安静一会儿的陆其扬越琢磨越不对,从昨天就不太对,刚刚据其他同学们的说法,他感觉更不对了。

宋禧差点被冰棍呛住,她捂着嘴等嘴里那阵冰凉过去,才回他:"你脑子抽了?"

"刚刚那帮女生都在说,什么体育课也不跟大家在一块儿,隔那么远在太阳底下谈笑风生,还拉拉扯扯……"

她们还说,就梁津轻那性格,你们见过哪个女生有跟他走得稍微近点的?

宋禧无语。

她们到底哪只眼睛看到他们谈笑风生了的,刚才他们差点要不欢而散了好吗?

"假的。你别信她们说的。"

宋禧想用眼神找下队友,结果"队友"跟不关他事一样,不关心,不在意,不解释。

"你说两句。"宋禧不敢再跟他"拉拉扯扯",怕再被哪个角落的同学看到,再加深他们的误会。

她只能用手肘撞撞梁津轻,示意他也解释解释。

"听她的。

"以她说的为准。"

陆其扬、宋禧一起沉默。

不是大哥,你这样子说话,真的很容易引起别人误会好吗!

从那天的体育课之后,宋禧走哪儿都觉得有人在打量讨论她。

甚至有时候都不避着她,也有像裴嘉菲那种,直接上来就问,她和梁津轻是什么关系。

虽说她面上坦荡,但心里多少还是有些不合时宜的幻想在。

于是之后的几天,她都拒绝再搭梁家的便车,不是说自己有事要去坐公交车,就是说宋海东要顺路来接她。

但总这样也不是个办法,同样的理由用三次就显得很假了。

正好那天她从小区保安亭经过,看到不远处的垃圾桶旁停了辆别人不要的自行车。

米白色车身,把手和座椅是浅棕色的,高度不算很高,但对宋禧来说,也足够了。

这车一看就有些年头了,但该在的东西都还在,她试了下车,链条也还算顺滑。

她前前后后绕了一圈,脑子突然一闪,觉得这辆车来得真挺巧。

宋禧去保安亭特意问了一句。

保安听她说完,探头看了一眼:"你想要就骑走,也不知道是谁放那儿的,你不要明天保洁也要扔。"

高档小区的垃圾桶里时不时就会有一些不算"坏"的好东西,在这里做保安的也都见怪不怪。

但他只见过这里的住户扔东西,还没见过捡东西的。

毕竟能住在这里的,谁都不差那点钱。

捡别人不要的,面子上也过不去。

宋禧感谢了一番,非常愉快地把车推了回去。

本来她这两天就在考虑,要不要跟宋海东提一下,去买辆自行车方便上下学,这下好了,帮她省下了一笔开销。

第二天早上,宋禧和陆其扬在车棚里碰上,陆其扬看到她很惊讶:"你买车了?"

"捡的,不花钱。"

"这年头竟然还有人能捡到捷安特?"

"很贵吗?"

"不贵。"陆其扬绕着宋禧的自行车走了一圈,"一两千吧,对我来说不贵。"

换言之,对她来说贵。

宋禧一听,赶紧把自己买的备用锁也用上了——这么贵的二手车她可得锁好,不能给弄丢了。

陆其扬:"……这学校百分之八十的同学都不差钱。"

意思就是,没人会对她这辆捡的二手车有兴趣。

"没人有兴趣怎么了?那它也是我的宝。"

宋禧说完,看了他一眼:"算了,我跟你这个将来要继承千万家产的富二代说这些做什么。"

周五的时候,文理分科表被班长收了上去,罗淑荣把一沓表拿在手里,提前跟他们说了下周会分班的事情。

"下周一具体的文理科分班表会张贴在公告栏,大家记得去看。我们七班是理科班,到时候选了理科的同学不用动,选文科的同学就按照分班表去新的班级。

"周一大家的心肯定也都飞了,所以今天在这里我就耽误大家一点时间,多说两句。

"感谢大家这一年多的相处,不管是留在七班还是去了其他的班,大家都要好好学习努力提高分数,希望两年后能收到在座所有人的好消息!"

对宋禧来说,离别已经是非常习以为常的事,亲人离世、转学、朋友分开,她似乎总是在不断和人告别,她以为她早已经习惯了,但罗淑荣的话还是让她突然有些难受。

明明她也才来七班两个星期,好多同学的名字她都没记住,但看着前排有女生默默相拥的画面,她竟然有点羡慕,羡慕得想哭。

"呜呜呜,下周我就要搬到文科班去了,很开心认识你们……"

宋禧的悲伤情绪还没来得及消化干净,旁边的江成秋突然含着泪过来。

他带着哭腔的声音过于夸张和滑稽,宋禧那点情绪瞬间被瓦解得干干净净。

江成秋抱完陆其扬,又把手伸向梁津轻,结果梁津轻眼一抬,他瞬间气短,双手就只能在半空中转向宋禧。

气氛烘托到这儿了,宋禧要是再拒绝多少也有些说不过去。

结果宋禧的手还没抬起来,梁津轻突然从椅子上起身,正好横在了她和江成秋中间。

梁津轻站起来,双手还插着兜,见江成秋还在那儿傻愣着,他伸出右手,拍了两下江成秋的肩。

"加油。"

江成秋乐得脸都笑开了花,他把手往衣服上蹭了两下,然后递到梁津轻面前。

梁津轻看明白了他的意思,把右手伸了过去,非常克制地和他握了握。

江成秋捧着自己的右手回到座位上之后,宋禧亲眼看见,梁津轻从书包里拿出了一张消毒纸巾,一根手指一根手指,不放过任何一个角落,把右手前前后后擦了一遍。

宋禧见他那个样子,不免想,上次她给他把完脉之后,他是不是也这样,拿消毒纸巾一遍遍擦她碰过的手腕?

周六一早,按照之前的约定,宋禧很早就到了梁家。

肖萍如和梁青山刚从外面散完步回来,看到她还有些惊讶:"禧禧周末也起这么早?"

早上七点半,天空中的那种晨亮还透着一丝夜色并未完全消弭的墨蓝色,空气中弥漫着雾气,近距离看人时不觉得,但看远处的山和树,又看得不太真切。

"我习惯了,早上到了点就醒了。"

"真是个好习惯。"肖萍如抬头看了看二楼,梁津轻的房间窗帘紧闭,一点没有起床的迹象,"阿轻估计还在睡,你吃过早饭了吗?没吃的话一起吃一点,我待会儿上去叫他。"

宋禧在吃包子的时候,想到梁津轻之前说他有起床气的事,她非常好奇,起床气到底是一种什么样的脾气。

她从小就没有睡懒觉的概念,每天闹钟一响就自己爬起来。

后来到了方晋竹那里,他每日雷打不动地五更天就起,起来就在院子里忙活,医馆就那么大,一点动静就跟在头顶做窝一样,就更睡不成懒觉了。

方谊和许见川也不睡懒觉,所以长这么大,她还没见过人发起床气。

肖萍如上楼的时候,见宋禧也吃完了便问她要不要一起上去。

"那孩子没睡好的时候就容易发脾气,一会儿你多担待啊。"

说话间,两个人就走到梁津轻的卧室门口,宋禧心里还有点小紧张,这还是她第一次见到他的卧室。

肖萍如抬手敲了敲房门,等了几秒,里面一点动静都没有。

"不开门我就直接进了啊。"肖萍如一拧门把手,门从里面被反锁了。

肖萍如还是很平静,从口袋里拿出提前准备好的备用钥匙,轻轻一扭,很轻松就把门锁打开了。

房间拉了遮光窗帘,她们站在门口,只有走廊上的一点光透了进去,但根本不足以让人看清卧室的全貌。

肖萍如手往墙壁上一摸,下一秒,屋里的主灯亮起,紧接着,她又走到窗边,一拉一甩,失去了遮光窗帘的房间瞬间亮堂起来。

梁津轻的卧室是最简约的那种装修,黑白调,除了墙壁是白的,床、桌子甚至是窗帘,都是黑的。

整间屋子的面积并不算大,但因为摆放的家具不多,所以看着也不会觉得拥挤。

肖萍如走到床上去掀他被子时,宋禧站在门口不敢进去。

她怕看到什么不该看到的,那到时候梁津轻会不会想"杀"了她?

宋禧赶紧背过身,耳朵却还是支棱着,时刻注意着里面的动静。

"我不吃饭。"

梁津轻的声音一听就是还没睡醒,惺忪低沉的嗓音还带着一丝沙哑,语气不太好,但也还没发脾气。

"你今天早上约了禧禧看病,你忘了?"肖萍如直接掀了他的被子,但这个天,不盖被子也完全没什么影响。

梁津轻抱着枕头继续睡。

"禧禧已经到了快半小时了!"

他还是没动。

"你再不起来,我就让禧禧进来了。"

等了三秒,梁津轻终于大叫了一声,揉着已经看不清发型的头发,迅速用床单裹住自己。

等从床上起来,他一眼就看到了门口的宋禧。

但她背对着房间,也不知道是什么时候转过去的,梁津轻黑着脸不快地瞪着肖萍如。

肖萍如才不吃他这套,她把椅子上的衣服扔给他:"我们先下去,你赶紧洗漱完下来。"

走到门口,她又再次回头提醒他:"十分钟,不下来我们再上来。"

梁津轻刚准备上床的动作顿住了。

宋禧都下楼了,还是被他突然摔门的声音吓了一大跳。

肖萍如早就见怪不怪,安慰她:"没事别怕,他一会儿就下来了。"

果然,十分钟之后,梁津轻慢腾腾地出现在楼梯口。

他今天难得没再穿黑色的衣服,除了校服,宋禧还没见过他穿其他颜色的衣服。

梁津轻穿了一套米白色的长袖家居服,绵绸的质地,看起来顺滑又透气,随着他的走动,衣角和裤腿轻轻摆动。

和穿全身黑时候的他不同,米白色让他整个人都透着一股慵懒和柔和,像秋日面包店里蓬松又迷人的现烤面包。

软蓬蓬的。

梁青山吃完早饭就去了书房,肖萍如进了厨房帮梁津轻拿早餐,此时的客厅只有宋禧一个人在。

梁津轻在餐桌一角坐下,和沙发上的宋禧隔着不远不近的距离。

他和刚才不愿意起床,冲肖萍如大叫的那个他,判若两人。

梁津轻往后一靠,双手抱臂,看她。

"你刚才,看到什么了?"

他虽然摆着一副别人欠他一百万的脸,浑身上下都散发着我不好惹的气息,但宋禧就是有种莫名的感觉。

他在装。

或者说,他在强装淡定。

刚才在房间里,他不会是——

没穿衣服吧!

这人也真是!

衣服没穿就没穿呗,她难道还会占他这点便宜不成?

梁津轻:"你脑子里在想什么乱七八糟的东西?"

宋禧抿着嘴,飞快地摇头否认。

梁津轻蹙眉还想再说什么,被从厨房出来的肖萍如打断,宋禧趁他不注意赶紧喘了口气。

梁津轻在餐桌上坐着的时候,视线就总有意无意地往她这边瞟。

宋禧当然没自恋到,觉得是今天的自己格外漂亮。但她真的太好奇了,难道他睡觉真的没穿衣服吗？

晨起的把脉不能用食，所以梁津轻只喝了碗补品汤。

等他结束，他们一起往楼上走的时候，两个各怀心思的人都没主动开口说话。

最后还是宋禧定力弱，她没忍住先问了他一句：

"你喜欢裸睡啊？"

梁津轻眼神瞬间迸发出一丝不太友善的光，但他还是没张嘴。

"当然我也不是嘲笑你啊，裸睡挺好的，对、对身体挺好的……"宋禧说不下去了。

"很好奇？"梁津轻突然朝她靠近，嘴微微一勾，宋禧又看到了他嘴角那颗孤零零的酒窝。

起先宋禧压根儿不慌，近距离目睹病娇帅哥精致五官和流畅的下颌线，这等便宜都送到自己面前了不占白不占。

但他越凑越近，等近到宋禧又再次嗅到他身上若有似无的中药味时，那股燥热一下子从心里瞬间传到四肢百骸，最后停留在耳尖和双颊。

宋禧退无可退，她整个人仰倒在楼梯横栏处，腰的弧度几乎就要到九十度。

"不不不……不好奇……"

宋禧小时候学过两个月的芭蕾，但那都是十几年前的事了，身体的那点柔软性早就连本带利一起还给了老师。

她手指拼命扣着横杆，就怕他再往前走一步，自己撑不住直接摔下去。

梁津轻伸手，以单手相拥的姿势半环抱住宋禧。宋禧紧张到话也说不出来，双臂环抱胸前，人缩成了小小的一团。

梁津轻手握成拳，贴住宋禧后脖颈的瞬间，一个用力把她的上半身捞了回来。

两个人的距离近得，宋禧几乎能清晰感受到他鼻腔里呼出的气息。

但很快，只大概一秒，他就后退了一步。

"去把脉吧。"

梁津轻双手插上兜，率先一步往茶室走，留下宋禧独自站在原地，心跳久久恢复不了平静。

她去招惹他干什么？

最后便宜没占到，自己倒出了丑还让他看了笑话。

宋禧在走廊上拼命给脸颊和耳朵扇风降温，等确定温度降下去后，她才推门进屋。

梁津轻早就在上次那个位置落了座，手里还拿着一本书在翻，听到动静他把书一合,随手扔在一旁。

宋禧走近了一看,那本书大剌剌地躺在桌子上。

封面的书籍名醒目又刺眼:《如何处理仇人的骨灰》。

宋禧震惊。

"开始吧。"

梁津轻把袖子一卷,将手腕递过来。

宋禧赶紧把书包里的脉枕拿出来,梁津轻手刚要搁上去,宋禧用手一护,他的手腕刚好落在了她的手背上。

"怎么,不让放?"

梁津轻微微挑眉,窗外初升的阳光好像一下子全倾进了他的眼里,明媚又肆意。

这是宋禧之前,全然不曾认识过的他。

"就,先问几个问题。"

宋禧清了清嗓子,让自己快速进入到专业的工作状态。

"你经常会感到眩晕吗?像之前体育课那样?"

梁津轻侧目想了想,然后点头:"会。"

"睡眠怎么样?有没有经常觉得莫名地疲惫和没精神。"

"睡不好,特别是早上睡不醒,睡不好就会没精神。"

早上睡不醒她今天亲眼见识到了。

"那胸闷、气喘呢?"

可能是宋禧郑重的表情影响到了他,梁津轻敛起了脸上多余的表情,开始认真回答她的问题。

"偶尔会。"

"偶尔是哪些时候?"

"运动之后。"见宋禧低头沉思了片刻,梁津轻又问,"但那应该是运动之后的正常状态吧?"

宋禧没回他这个问题,她示意他把手重新放到脉枕上。

宋禧三指分别在他的寸、关、尺脉上细细按触。

上次把完脉之后,宋禧天天都在脑子里琢磨他的脉象,这次只是为了再次验证,所以整个过程并没有上次那么长。

"让我看看你的舌头。"

宋禧收回了手。

梁津轻愣了片刻,并没有立刻做出动作来回应她。

宋禧咳了声。

"我看看你的舌头,这是中医望闻问切里的'望',是很重要的一步。"

梁津轻抿了下嘴,迅速张开嘴,把舌头吐了出来,宋禧还没来得及仔细打量,他又迅速收了回去。

宋禧"嘶"了一声:"你学蛇吐信子呢?我都没看清楚。"

梁津轻的脸色是肉眼可见的憋屈,但宋禧心情很好,刚才在楼梯那里丢的丑,她终究还是要在他身上找回来的。

当然,是在她该有的职业道德之上。

宋禧左左右右、上上下下、来来回回,把他的舌头从舌苔到舌型都瞧了个遍。

舌光色淡少苔。

在他耐心快要耗尽之前,宋禧见好就收,及时收了眼:"你之前有觉得心脏不舒服过吗?"

"是我的心脏有问题?"

"现在还没办法完全确定。"

如果是医疗条件有限的情况下,可能宋禧已经给他开第一个疗程的调理药方了,但既然现在有这个条件,宋禧还是希望可以双重保险。

有西医器械的技术支持,也能更好地帮助中医进行治疗。

这是方晋竹之前时常挂在嘴边的话。

不同于其他一些将中医和西医对立起来的观点,方晋竹一直在说,既然都是治病救人,那中医和西医本质上其实没有任何区别,手段不同体系不同而已。

在恰当的时候,要学会将二者结合起来运用。

说完,宋禧又马上道:"如果你之前有过心脏不舒服的情况,那我建议你还是去医院先做个心电图。

"先确定好病因,后面才好对症下药。"

下午在家复习功课的间隙,宋禧忍不住又翻开了《伤寒论》,突然她想到什么,凭着记忆翻到了其中一页。

果然跟她想的一样。

宋禧看了眼时间,也来不及再多想,直接背上书包就出了门。

她直接打车去了之前打工的那家中医馆。

那个老板人不怎么样,但宋禧在那儿待过几日,知道那里的药材算是比较齐全的。

时隔了几日,店里的人并没有立马认出宋禧来,那个老中医还在店里坐诊。

宋禧说自己要来抓药,门口的药童立马把她带到老中医面前,还没等他开口讲话，宋禧当即抬手制止了他。

宋禧："我就买几味药材，食补用的。"

"你要什么药材啊，给老夫说一说。"

"生地黄一斤，阿胶二两，大枣十二枚，然后人参二两。"

老中医愣了片刻，没多说什么，只是招来药童，让他带宋禧去取药区。

等食补的药材买好，宋禧再离开中药馆时，天色已经暗了下来。

她又连忙打车回小区。

到了之后，她也没回去，直接去了梁家。

正是晚饭时间，宋禧站在门外已经闻到屋里传来极为浓郁的参鸡汤香。

汤里还放了生姜、人参，嗯……还有虫草。

肖萍如见到宋禧很是惊喜，拉着她让她一定要留在家里吃饭。

"奶奶，我给梁津轻去拿了点药，正好路上我就给他送了过来。"宋禧从包里把药包拿出来，"他在家吗，我去跟他叮嘱一下这药要怎么喝？"

"在呢，在呢，小陆来了，他俩在阳光房玩呢。"

这个点，阳光房里还能看到阳光吗？

宋禧知道阳光房的位置，肖萍如便让她自己上来了。阳光房的门没合拢，隔着老远她就听到了陆其扬浮夸的嚷嚷声。

阳光房没开灯，他们俩并排站在一个小露台里，背对着门，宋禧看不清他们在做什么。

他们这会儿不知道怎的，沉默着，两个人都没讲话。宋禧猫着腰，准备偷偷靠近之后再狠狠吓他们一下。

刚摸到门边，陆其扬开口了。

"你跟宋禧……"

宋禧腰没了劲，一下子塌了下来，她也不着急了，索性保持住蹲姿想听听看梁津轻会说什么。

她也很好奇。

梁津轻很轻地笑了一声，宋禧听得不太真切，又觉得像是他从鼻子里发出去一声短促的呼吸一般。

"她之前救过我。"

这事那天陆其扬就从肖萍如口中得知了，也并不惊讶。

"你还了钱，还给了她一份稳定长期又轻松的赚钱的工作。感谢做到这个份上，也足够了吧？"

梁津轻似乎是吐了一口气。

"你跟她，最近是不是走得有点过于近了？你知道学校里都快传疯了，说什么的都有，反正都不太好听。"

"你要是在意,那也没什么好说的,他们爱说什么就去说……"陆其扬顿了顿,语气竟是难得的严肃,"但要是你不在意,就不要给她希望。"
　　梁津轻又笑了一声,像是在笑他说的话:"你多虑了。
　　"我只是看她可怜——"

第六章
可怜人

宋禧冲下楼时,肖萍如被她吓了一跳:"怎么这么急,没找到他们吗?"

宋禧扯了扯嘴角,艰难地扯出一个笑,都不用照镜子她就知道,那个笑有多难看。

"我家里突然有点事。"宋禧把药塞到肖萍如手上,"这个是炙甘草汤,治阴血阳气虚弱的,一日两次服用,等会儿麻烦您给他吧。"

临走之前,宋禧想了想又跟肖萍如说:"您别跟他们说我上去过……"

看肖萍如不解,宋禧堆满笑靠近她的耳朵:"他们在说悄悄话,那些话他们肯定不希望被听到,万一知道我偷听……"

宋禧往自己脖子上做了个划拉的动作。

肖萍如秒懂,偷笑着冲她比了个"好"的手势。

回去的一路上,宋禧脑子里都在不断循环刚才梁津轻的那声笑。

——"我只是看她可怜。"

看她可怜。

可怜。

原来只是看她可怜。

难怪了。

现在回想这几天发生的所有事,从他知道是她救了他还给他垫付了医药费之后,他的态度突然就不一样了。

明明前一天两个人还因为那瓶乌龙茶吵了一架,结果他一反常态积极邀请她帮忙调理身体,被她拒绝之后,他和他奶奶马上就去了宋家。

后面所有的一切都串起来了。

她盛情难却接下了这份工作,帮他把把脉调理身体就可以轻松得到那笔丰厚的薪酬,原本她以为是因为他们信任她的医术。

她真的太天真了。

且不说他们并不了解她,也对她的中医水平一无所知,以梁家那种条件和家世,想要请什么名医请不到,他们完全不需要把时间耗费在她这个乳臭未干的黄毛丫头身上。

原来这就是原因。

是因为看她可怜。

宋禧自嘲地笑了一下。

她确实可怜,明知不可能,心里却还是妄想着,他对她的不一样是不是因为她这个人。

现在一想,她这个人,又有什么值得他另眼相看的呢。

周一是文理科分班的日子。

宋禧一大早就到了学校,但因为不用另外换班级,宋禧坐在座位上也无事可做。

上课铃打过很久之后,梁津轻才慢腾腾地从后门走了进来。宋禧戴着耳机反撑着头,手里翻着一本化学习题,也不知道是在看题还是在发呆。

旁边那道阴影慢慢坐了下来,存在感强到宋禧好不容易集中的思维又瞬间被打乱。

"七班的同学们大家好呀!"裴嘉菲一出现在七班门口,便非常大声地冲着还乱糟糟的教室热情打招呼。

大家明显还不太适应这突然又陌生的热情,只有几个不小心和她视线对上了的同学,抬手和她挥了挥。

"宋禧!以后我们就是同班同学啦!"裴嘉菲走到宋禧旁边,一把拉下她用来装冷酷的耳机。

"……欢迎。"

宋禧怎么记得,之前陆其扬说裴嘉菲是艺术生来着。

裴嘉菲非常自然地把自己的粉色水杯、粉色小镜子……一股脑儿扔到陆其扬旁边那张桌子上。

裴嘉菲:"禧禧,我好羡慕你啊!"

宋禧一时脑子短路,没领会到她说的意思。

"哎呀——"裴嘉菲突然就扭捏了起来,她咬着唇,冲梁津轻那个方向飞快地瞥了一眼。

宋禧瞬间懂了。

"那给你坐吧。"

宋禧把手边的书一归拢,起身就要给裴嘉菲让位置。

旁边这么大动静,梁津轻一直没抬眼,听到宋禧这句话他终于没忍住。

但宋禧从头到尾都没看过他，所以也并不知道他想要说什么。

宋禧三两下把自己的东西收完，干净利落地就腾空了自己的书桌。

裴嘉菲高兴得就差要抱着她亲一口了。

陆其扬不知道从哪儿冒出来，他抱着篮球，一脸蒙地看着他们三个人，不明白这诡异的气氛是从何而来。

裴嘉菲刚准备坐下，那头梁津轻踢了一脚还在发愣的陆其扬。

陆其扬很快反应过来，赶在裴嘉菲落座之前，先一屁股坐了下去。

"陆其扬！"裴嘉菲想发脾气，但碍于梁津轻还在，她只能忍住怒火，跺着脚冲陆其扬叫，"你干吗呢，你懂不懂先来后到，这个位置是宋禧让给我的！"

"是吗？什么时候让的我怎么不知道？"陆其扬以刚刚自己不在没看见没听见为由，故意跟她斗嘴耍无赖。

"我俩可是穿一条裤子长大的兄弟，要说最有资格做他同桌的，除了我还能有谁？"

裴嘉菲："那之前宋禧为什么坐了？"

宋禧把东西搬到前桌，坐下后又立马戴上了耳机，声音开到了最大，所以也并不知道他们在讨论她。

"她、她、她是阿轻的救命恩人！"陆其扬梗着脖子在那儿"她"了半天，终于被他想到一个绝妙的理由。

"救命恩人啊，滴水之恩都得当涌泉相报了，何况区区做一下同桌！

"以身相许都行……"

梁津轻用眼神警告陆其扬，让他差不多就行了，适可而止。

再一看宋禧，她像是完全事不关己一样，还在翻她的化学习题。

那本习题册梁津轻从头到尾都做过，他并不记得哪里有什么值得一遍遍看的内容。

在陆其扬的厚脸皮和插科打诨之下，裴嘉菲最终还是败下阵来。

她重新走到宋禧身边，在原先陆其扬那个位置坐了下来。

"臭死了！全是臭汗味！"裴嘉菲从自己随身的小包包里掏出一瓶香水，开盖就直接按了五泵。

宋禧闻到那个味道时已经来不及制止了。

天热，教室里还开着空调，门窗时常都是紧闭的状态，这让浓郁的香水味更是迟迟散不开。

那一天，宋禧就在玫瑰的花香中一个喷嚏接一个喷嚏地打。

她没细数，但据陆其扬说，她一共打了快两百个喷嚏。

下午最后一堂课的时候，早已经头昏眼花的宋禧实在坚持不了了，她跟罗淑荣请了假之后就先回了家。

一离开那个环境，宋禧的鼻子症状瞬间缓解了很多。

她不想回家，就推着自行车在路上慢慢走。走着走着，宋禧一抬头，发现她竟然又走到了南枝巷。

南枝巷还是一如往常的静谧安宁。

她走到之前遇见梁津轻的那个桥边，把自行车停好后，单手撑着横栏跳了上去。

夕阳正在一点点往下落，余晖洒在河面上，像是给水面披上了一层橙光。

宋禧也不知道自己具体坐了多久，但她的手机在书包里响起来的时候，最后一点太阳也已经掉了下去。

河面的橙光被暗色取代，黑漆漆的一片，什么也看不清。

"……喂。"

宋禧拿开手机又看了一眼来电人。

是梁津轻。

"你在哪儿？"

宋禧隔了一会儿才回了他两个字："外面。"

梁津轻："……我知道。我现在在你家外面。"

宋禧从横栏上跳下来，活动了下自己快要发麻的右腿。

"有事吗？"

梁津轻也说不清自己是从哪里来的直觉，事实上，从今天进教室见到宋禧的那一刻开始，他就感觉她不太对劲。

但为什么不对劲，他说不上来。

她今天一天都没怎么讲话，连陆其扬故意逗她，她也只是回了两个白眼，更别提其他人和她讲话了。

"你，发生什么事了吗？"

宋禧面对着漆黑一片的河，扯了个极其难看的笑。

此刻她脸上的嘲弄应该是堆满了的，但这不是冲梁津轻。

是冲她自己。

她还是那个没出息的宋禧，就算已经做了两天的心理建设，但今天一见到他，心里的那股难过依然铺天盖地袭来。

现在也是一样。

他只用在电话里，随意地问上她一句，她心里的原则和底线就立刻想要向他倒戈。

"没事。"

没多大的事，只不过是被人说了一句"可怜"罢了。

能有多大的事。

宋禧吸了口鼻子,又装作没事人一样故意反问他:"你去我家干什么,找我有事?"

梁津轻看着手里薄薄的信封,一时没说话。

他没说话,宋禧也没有开口。

梁津轻所有的听觉都被屋里热火朝天的喧闹声占满。

宋家今天应该是有聚会。

别墅里灯火通明,小孩子嬉笑打闹的声音不绝于耳。

这里有多热闹,梁津轻就觉得电话那头有多落寞。

"你该不是——"宋禧拖长声调,到一口气快吐尽的时候,她才一字一句地道,"担心我吧?"

梁津轻捏着信封,转头就往家走:"本来是想还你钱,但既然你不在,那只好算了。"

宋禧一点都不记得,他是什么时候又欠了她的钱。

"什么钱?"

梁津轻:"……奶奶说你那天给我送药了。"

他还真擅长哪壶不开提哪壶。

"不用了。"

梁津轻:"你不缺钱了?"

宋禧:"……就当谢你的。"

梁津轻纳闷:"谢我什么?"

谢你给我期望又让我失望,谢你让我自作多情又痴心妄想,谢你为了一个破恩天天挂在嘴边,然后想方设法可怜我!

谢他全家!

"谢谢你,今晚给我打电话。"

宋禧是到家门口才知道,今天是宋宵晨的生日。

九岁生日。

向棠在家给他办了一场盛大的生日派对,院门入口处立了一个非常大的气球拱门,是奥特曼主题的。

从门口进去,一路上都飘着各种奥特曼同款颜色的气球和彩带,客厅落地窗上还贴着红色"HAPPY BIRTHDAY"字样的气球。

她到家的时候还不到晚上八点,屋内的聚会氛围正浓,这时正好十层蛋糕塔推出来,他们一家三口围在一起,在落地窗前的背景前许愿吹蜡烛。

其乐融融。

宋禧是在他们一起切蛋糕时离开的。

从方郁芃跟宋海东离婚，再到方郁芃去世、宋海东再婚，宋禧已经记不太清她有多久没过过生日了。

方郁芃是在她十一岁生日的前一天去世的。

每年到她生日的时候，方晋竹也会给她过，长寿面、生日礼物一样都不缺，但宋禧总是开心不起来。

因为她知道，方晋竹很难过。

虽然他什么都不说，但她能感觉得出来。女儿的忌日在外孙女生日的前一天，无论过去多少年，只要外孙女长大一岁他就又要把这一年好不容易愈合的伤口再一次剥开，再痛上一回。

后来宋禧就不愿意再过生日了。

今年她都十七岁了，方郁芃也已经离开六年了。

宋禧仰头把眼眶里的泪憋了回去。

她也不急着回家，就推着自行车在小区里闲逛，逛着逛着，就走到了梁家门前。

宋禧正想骑上自行车赶紧走，突然头顶传来一声："宋禧——"

她抬头一看，是梁津轻。

他把卧室的窗推开，头探出来冲她挥手："大晚上的，你在做什么？"

宋禧收回自己跨自行车跨了一半的右腿："……锻炼身体。"

"你等我一下。"

等梁津轻下来的时间，宋禧把自行车停在墙边，她单脚抵着墙靠着。

光源下全是叫不上名的小飞虫，就站了不到两分钟，她胳膊上就被叮了好几个包。

"进去擦点药吧。"梁津轻刚出来就看到她在用手抓手臂，手臂上一道道红痕极为明显。

"不用了。"宋禧随手摸了点自己的口水上去，眼一抬，看见梁津轻正用一种奇怪的眼神看着她。

宋禧："看什么，没见过口水消毒吗？"

梁津轻有点接受不了，面露嫌弃："我们消毒都是用酒精。"

"我们乡下人不讲究这些。"宋禧看着梁津轻，"让我等着是有事说？"

梁津轻把手里的信封递给她："拿着吧。"

宋禧没伸手接。

梁津轻："没给多的，是买药的钱。总不能让你倒贴吧。"

宋禧把信封捻开看了眼，三张红票子。

"谢了。"

情谊不在买卖在，这送上来的钱她不要白不要。

梁津轻原本以为还要劝她几句，毕竟在电话里她可是拒绝得毫不犹豫。没想到她接受得如此快。

梁津轻笑笑："进去坐坐吧，给你拿药。"

在跟他说话的这一会儿，她的口水完全没有起到作用，现在她又开始在自己的蚊子包上掐十字了。

这个时间点她都到家门口了也不回去，原因梁津轻稍微想想就知道了。

见她还在犹豫，梁津轻继续加重砝码："要看用桑叶画画吗？"

宋禧一听，眼睛一下子就亮了。

她想看很久了！

"我刚刚正好在画。"梁津轻继续用低沉的嗓音来诱惑她，"想不想看？"

宋禧跟在他身后进屋时，还忍不住一直在唾弃自己的不坚定，怎么两句话就被他劝进来了。

"他们有事，晚上不在家。"注意到宋禧四处搜罗的视线，梁津轻随口跟她解释道。

梁津轻有自己的书房，就是二楼尽头的一个小房间，窗外有一棵很高的槐树，树枝几乎就要透过玻璃穿进屋里来。

"你先随便坐。"

梁津轻去里间的洗手间洗完手出来，宋禧还站在桌边饶有兴致地看他之前摊开的"工具们"。

宋禧："要开始画了吗？"

梁津轻从旁边的架子上端下来一个托盘，宋禧追过去看了一眼，里面竟然是一些快要泡腐烂的桑叶。

"就用这个画啊？"

这和她想象的有点不太一样。

"一会儿你就知道了。"梁津轻坐下后，随手拿起桌上一副半框眼镜戴上。

宋禧："你是近视眼？"

跟他做了这么久同桌，她竟然还不知道。

"度数不深。"梁津轻指了指泡在水里的桑叶，"处理这个得看清楚点。"

意思就是，上课不用？

宋禧本来以为这就要开始画了，但她没想到画之前的工序还有一大堆。

他先用镊子把泡好的桑叶取出来，再拿软毛刷把上面泡软烂的叶片刷干净，但也不是每片都可以顺利刷净，如果碰到刷不干净的就要换一片再重新刷。

宋禧打了个哈欠，她看了眼时间，这已经过去快半个小时了，他还在处理那些叶片。

宋禧："什么时候才能开始画？"

"有点耐心。"

毫无耐心的宋禧索性把自己的书拿出来，她边做着老师布置的作业，边时不时抬头看上他两眼。

等到他终于刷完叶片之后，宋禧才又重新看了过去。

他把叶脉一片片铺到一旁之后，好半天又没有动作了。

宋禧："你在等什么？"

"晾干。"

宋禧开始收拾东西："要不哪天要开始画了，你再叫我？"

快晚上九点了。

那边的生日聚会应该差不多也要结束了。

"行。"

宋禧在心里翻了个白眼。说好的让她来看画画，结果他光处理叶片就弄了一晚上。

看他答得这么干脆，想必他早就知道今晚开始不了吧。

梁津轻跟在她身后一起下楼，宋禧正准备推门出去，迎面正好撞上了刚走到门口的肖萍如和梁青山。

肖萍如："禧禧，来家里玩儿啊？吃过晚饭了吗？"

"吃过了，吃过了。"宋禧跟他们告别，"爷爷、奶奶，时间不早了，我就先回去了。"

肖萍如："阿轻，送一下。"

宋禧刚想拒绝，那边梁津轻非常自然地"嗯"了一声，他换完鞋见宋禧还愣着，就用手指弹了下她的书包带。

梁津轻："走了。"

宋禧："你真的不用送我，就几步路，我一脚自行车就蹬到了。"

梁津轻双手插着兜，不急不缓地往外走："那我就在后面看着你蹬。"

宋禧没话了。

她先一步走出去，刚把自行车的脚撑推开，梁津轻就出来了。

之前她站的位置正好挡住了自行车，所以梁津轻没看清，这下他只扫了一眼，问道："这就是你捡的那辆自行车？"

宋禧以为是陆其扬那个大嘴巴跟他说的，也没往心里去："对啊，是不是一点都看不出来。

"陆其扬说这车可贵了呢！"

是挺贵，几年前买的还花了快三千。

梁津轻嘴角不易察觉地抽了抽。

本来他是趁家里没人，从杂物间拖出来扔的，扔在门口担心会被发现，他还专门扔去了更远一点的垃圾桶。

结果，竟然又给她捡到了。

宋禧："你会骑自行车吗？"

梁津轻没说话。

宋禧弯腰看了眼他的脸色，瞬间懂了。

"你这身体，也可以理解。"她边说着还边摇了摇头，一副"此人中看不中用"的表情。

梁津轻："你什么意思？"

自从听到他的真实想法后，宋禧说话也不乐意再惯着他了："就，字面意思。

"你别多想啊，我没有别的意思。"

才怪。

梁津轻放弃跟她争论，显得他智商不是很高的样子。

宋禧推着车走，梁津轻走在她的左侧，晚上的气温稍稍降了一些，偶尔会吹来一阵风，湿湿凉凉的。

"南陵一般几月入秋？"

"十一月吧。"

"那国庆岂不是也很热？"

"不出意外的话。"

宋禧想到方谊之前和她说的，国庆节要和许见川来南陵找她的。

要是假期也和这几天一样热，那应该没什么室外景点可以去玩了。

"南陵有什么好玩的景点吗？"

梁津轻看她："你准备出去玩？"

"我就随便问问，如果有好玩的到时候国庆放假可以出去逛逛。"

"西边有座山还不错，那里还有个庵，可以祈福吃斋饭。"

宋禧一听，感觉这地方还挺不错。

他们还在镇子上时，每到假期没事做的时候就会一起去爬山，带上提前准备的简易餐食，爬上去在山上一待就是大半天。

看风景、抓虫子、采野果，也不会无聊。

宋禧："那国庆可以一起去看看。"

梁津轻："我不爱爬山。"

宋禧上下打量了他几眼，"哦"了一声。
反正她也没打算叫他。
梁津轻："那里也有缆车。"
爬山就是爬山，乐趣在于"爬"，坐缆车那还有什么意思。
宋禧："我不坐，我喜欢爬山。"
说着就到了171号门口，里面喧闹的声音小了很多，气球装饰还没来得及拆，但客人应该都走得差不多了。
"我到了，你回去吧。"
宋禧推着车往里走，走了两步突然发现车不动了。
她一回头，发现梁津轻正拽着她的车后座。
梁津轻："你国庆真要去爬山？"
宋禧不解："天气好的话就去。"
"也行。"
他行啥？
跟他也没关系的事。
"你回吧，路上小心。"
宋禧刚一转头，脸就被一只飘过来的气球迎面贴上了。
她拿下来一看，是一只红色爱心气球。
宋禧正想用脚把它踩破，见梁津轻盯着，问他："想要？"
梁津轻马上摇头，宋禧以为他是心思被她看穿了不好意思，也不容他拒绝直接把气球塞进了他手里。
"拿着玩儿吧，沾点喜气。"

许见川提前一周就跟宋禧说好了，放假那天会去学校接她放学。
因为他这个消息，宋禧一扫前几天的阴霾，整个人容光焕发的，连走路都小跳着哼歌。
陆其扬："她这是怎么了？前几天脸臭得恨不得拿刀砍人，这两天又开心得见人就乐。"
梁津轻摇头，他也回答不了陆其扬。
陆其扬："不会是背着我们偷偷中了五百万吧？"
裴嘉菲白了他一眼："真俗！"
陆其扬："你不俗，那你说说，她这几天为什么这么开心？"
"她国庆要跟人去爬山。"
陆其扬"喊"了声，他实在是不懂，就去爬个山有什么好值得开心成那样的。

"那还不如我的中五百万呢。"陆其扬用手肘推了推旁边的梁津轻,"你说是吧?"

过了好几秒,陆其扬都以为梁津轻不想理会时,他才漫不经心地应了一句:"爬山挺好的。"

宋禧上了厕所回来,就听到他们在聊国庆的安排。

陆其扬:"你国庆要去爬山啊?"

看到宋禧点了下头,陆其扬继续道:"跟谁啊,约上我们一起去呗,正好我也很久没爬山了,去锻炼锻炼。"

宋禧听完,眉头一皱,直接拒绝:"不方便。"

陆其扬:"那有什么不方便的,爬山不就是人多热闹吗?"

宋禧索性不理他。

陆其扬在后面絮絮叨叨了很久,见宋禧都没反应后,他突然来了句:"你不会是要去约会吧!"

这话一出,剩下的三个人都愣住了。

宋禧对陆其扬的过度联想很是无语,本来这事也不复杂,但如果她说了许见川和方谊,他肯定接下去又要问他们的关系。

宋禧懒得解释。

她也犯不着跟他们解释那么多。

"你要这么说的话,也没错。"

说完,宋禧就不理他了,继续埋头做作业,她想趁这几天多做一点,到时候国庆就可以陪他俩多玩两天。

裴嘉菲全程没说话,但她一直都在偷偷看梁津轻。

她就坐在他前面,头微微一偏就能看到他,刚才他明显的一愣也没有逃过她的眼睛。

直觉告诉裴嘉菲,这事有点不太对。

在宋禧和陆其扬说话的当头,她看看宋禧又看看梁津轻,两个人完全没有眼神交流,但梁津轻的脸色明显不太对。

就是那种,有点开心但是又不太明显,明明在意却又装作无所谓的样子。在他的脸上,很少能见到如此丰富的面部情绪。

裴嘉菲认识梁津轻这么久,虽然他从来没搭理过她,但她自认为,自己算是比较了解梁津轻的。

别的不说,至少她之前从没见过,他和哪个女生走得像和宋禧这么近过。

虽然上次陆其扬说是因为宋禧救过他,但以他那淡漠的性子,多花点钱感谢比自己亲自感谢,要省事多了吧。

除非是——

他自己不想省事！

陆其扬消停之后，裴嘉菲趁他不注意，偷偷凑过去问宋禧："你真要去约会啊？和谁啊，我认识吗？"

宋禧没想到，裴嘉菲竟然也对她这么好奇。

宋禧："你不认识。"

裴嘉菲一脸的不太相信："不是梁津轻？"

宋禧一时没反应过来，这怎么又跟梁津轻扯上关系了？

"是我的家人。"

多的宋禧也不愿再说了。

就在宋禧日思夜想的期盼中，国庆假期终于到来了。

罗淑荣还在讲台上叮嘱放假期间的注意事项时，宋禧就已经收好了东西。

她把书包抱在怀里，耳朵虽然还在听，但心早就飞走了，一副随时准备冲出教室的状态。

许见川刚刚给她的手机发了消息，说他已经等在学校门口了。

"晚上跟我们出去吃烧烤啊，庆祝放假。"陆其扬敲敲宋禧的肩膀，借着宋禧身体的遮挡，小声跟她说道。

宋禧："我不去，我晚上有事。"

陆其扬："你能有什么事啊，你不就是回家吗？你跟家里打个电话说一声，吃完了就回。"

宋禧在南陵没有别的朋友，平时都是家里学校两点一线，所以她一说有事，陆其扬就觉得她是在找借口。

宋禧："我真有事，你们去吧。"

刚说完，讲台上罗淑荣终于结束了讲话，她双手一拍："那就提前祝大家国庆节快乐，下课！"

"课"字的音刚落下，宋禧下一秒就冲了出去。

陆其扬想拍她的手还停在半空中，就一个眨眼的工夫，面前已经没人了。

"她是孙悟空转世吧？"

陆其扬说的烧烤局裴嘉菲也去。

他们三个人刚走到校门口，就看到宋禧乳燕投林般张着一双翅膀扑到一个年轻男人的怀里。

"天啦！"

陆其扬不敢置信般捂住自己的嘴。

原来真的是约会啊！

.104.

就算宋禧跑得再快，出校门时，她还是被其他班先下课的同学堵了一会儿。

还没到校门口，隔着一段不远不近的距离，宋禧一眼就看见了许见川。

他穿着纯白的衬衣，下面是一条浅蓝色牛仔裤搭了一双白色球鞋。宋禧看见他的同时，他也看到了她。

许见川笑着招手，让她慢慢走，不急。

他个子高，又站在校门口显眼的位置，来往路过的女同学们视线有意无意总往他那边瞟。

——许见川一直很受高中女生的欢迎，不管再过多少年。

这是方谊前些年说的。

那时候他们都还在上高中，方谊就总是故意打趣许见川，说他去哪儿都能成为女生的焦点。

"师兄毕业这么久了，还是这么受高中女生欢迎！"

她们俩总是以开他玩笑为乐。许见川早就习惯了，他听完笑笑，敲了敲她的头："饿了没，带你去吃饭。"

"饿了，好饿！"

宋禧挽着许见川的胳膊，一转身，就看见陆其扬他们在不远的地方，盯着她和许见川。

"你的同学吗？"许见川朝他们点了下头。

"宋禧，不给我们介绍介绍？"陆其扬冲宋禧挑了挑眉，眼神里流露出的全是对八卦的好奇。

宋禧："这是我们班的同学，陆其扬、裴嘉菲，还有——"

梁津轻落后他们好几步，宋禧刚指着他准备介绍时，他正好到他们面前。

"梁津轻。"他主动伸出右手。

许见川有点意外，但面部表情控制得很好，没有丝毫显露，他伸出右手回握。

"你好，许见川。"

陆其扬见了，也巴巴上来要握手。

许见川和他们一一握了之后，才道："我们正准备去吃饭，既然是喜喜的同学，不如一起吧？"

宋禧在后面拽了拽许见川的衣服，许见川知道她想说什么，没回头，手安抚性拍了拍她。

陆其扬把目光转向梁津轻，询问他的意见。刚才梁津轻在说烧烤局改天，他今天晚上有事要回家来着。

梁津轻："这样，那就谢谢了。"

许见川笑了笑，完全没把他眼里莫名的敌意放在心上。

他们五个人要分两辆车。

宋禧当然是跟许见川一辆，陆其扬本来还在招手叫车，一回头，身后只剩下裴嘉菲了。

"阿轻呢？"

裴嘉菲扬了扬下巴。

前面正好来了一辆车，宋禧和许见川还没坐进后座，梁津轻已经拉开副驾驶座的门坐了上去。

上车之后，许见川直接让司机往市中心的大商场开。

宋禧在心里快速算了笔账，五个人还都是能吃能喝的大小伙子，她担心这一顿得花不少钱。

宋禧："要不我们去吃烧烤吧！"

烧烤量多便宜，性价比高。

"想吃烧烤？"许见川在地图上搜烧烤店。

宋禧则拍了拍在前面当空气人的梁津轻，问："你们之前准备去吃哪家来着？"

梁津轻靠在座椅上，眯着眼在打盹，声音懒洋洋的："不知道。"

宋禧气得冲空气挥了一圈："师兄，你别看了，我打电话问我同学。"

宋禧给陆其扬打了个电话，看得出来他心里憋了不少问题，接通后他一会儿问梁津轻，一会儿问许见川，就是不对宋禧的问题做正面回答。

"到底是哪家烧烤店？不说就都别吃了！"

打车费也挺贵的。

陆其扬说了地址后，宋禧非常温柔且果断地掐了电话。

有梁津轻在，宋禧也不好拉着许见川扯闲天，只能有一句没一句地聊着。

"你晚上要跟我去住酒店吗？"

这话一说出口，不仅梁津轻惊了，连开车的师傅都愣了一下，后半程梁津轻的眼神一直在后视镜里打转。

方谊学校还有点事，明天上午才能到，许见川问宋禧，晚上是想回家住还是跟他去住酒店。

宋禧有点犹豫，她一个人住一间房有点浪费，也不知道他手上的钱够不够。

许见川："在想什么呢？这么纠结的话我就先送你回家。"

"去！"宋禧马上答应，"我去，我要去！"

话音刚落，宋禧的手机来了一连串的消息，振得她屁股发麻。

宋禧本来没准备理的，但发消息的人好像知道她的心思，又噼里啪啦给她发了一大堆。

许见川:"赶紧看看吧,是不是别人有急事找你?"

她在这儿统共没认识几个人,怎么可能会有人有急事找她。

但宋禧还是听了他的话,把手机掏出来解锁,打开一看。

消息全部来自梁津轻。

她点开,一个字一条信息地开始往外蹦。

宋禧看了老半天才把一整句话串起来——他看着人模狗样,一张嘴就要带你去酒店?

宋禧给他回了三个字:你别管。

回完之后,她把手机往包里一扔,又接着跟许见川说话:"你有订酒店的钱吗?"

许见川被她逗笑:"怎么,我要没有的话,你要借给我吗?"

宋禧还没张口,包里的手机又跟疯了似的,一阵抖。

她拿出来一看,还是梁津轻:一个大男人,开房的钱还要找女生借?

宋禧向来护短,她见不得别人这么说许见川,连梁津轻都不行。

她气愤地给他回了三个字:要你管。

说完,宋禧也不想再理,直接把手机关了机。

酒店的事还没来得及聊完,烧烤店已经到了。

下车的时候,许见川刚想掏钱付车费,没想到被副驾驶座的梁津轻抢先了一步:"你请吃饭,我请车费,很公平。"

从停车的位置到烧烤店还有一小段步行距离,许见川回头看了眼落后他们几步的梁津轻,跟宋禧说道:"你这位同学,有点意思。"

宋禧也是没想到,有一天从别人的嘴里听到评价梁津轻的一个词,竟然会是"有点意思"!

她相当好奇:"哪里有意思?"

许见川装作思考的样子,想了想才说:"年纪不大心思不少。"

说实话,宋禧没太明白他这几句话的意思,但她没得及细问,烧烤店就到了,陆其扬和裴嘉菲也到了。

在点菜的时候,陆其扬执意要上一箱啤酒。

在场的除了许见川,其他人还是未成年人,许见川当然不敢给他们喝酒,说道:"一人来瓶牛奶吧,或者椰奶、豆奶、旺仔牛奶,你们想喝什么都可以。"

陆其扬:"这个年纪,谁还喝牛奶啊!"

陆其扬反抗的声音还没落下,宋禧率先举手:"我喝椰奶。"

裴嘉菲不想陪陆其扬发疯,她也举手道:"那我喝豆奶。"

陆其扬只能把最后的希望寄托在还没发言的梁津轻身上。

两个好到能穿同一条裤子的兄弟，这时候就应该无条件支持他！

"椰奶。"

梁津轻看都没看他，直接脱口而出。

陆其扬瞬间萎靡，但指头抵不过拳头，他也只能乖乖喝起了牛奶。

"这玩意儿，我只在小学三年级之前喝过。"陆其扬边喝边嫌弃。

许见川："那说明你身体好，喜喜一直到高中都还在喝呢。"

宋禧小的时候不长个子，家里就给她订了牛奶，但她讨厌牛奶的味道，每天想着法地趁大人不注意的时候把奶倒掉。

结果一年到头，阳台上的花花草草长得越来越好，她个子还是不见长，后来被方郁苁无意间发现，气得方郁苁差点没背过气去。

"她那小鸡个子，确实得多喝。"

到晚上八九点，许见川见他们都吃得差不多了就提议今天先散，让他们都早点回家。

许见川去结账的时候，宋禧去了趟洗手间，刚出来，就看到了门口的梁津轻。

宋禧："男厕所在右边。"

这家烧烤店的男女厕所是分区的，所以梁津轻一个大男生站在女厕所附近，来来去去的女人见了都忍不住回头多看他两眼。

梁津轻："你晚上真要跟他去酒店？"

宋禧洗了把手，摸了摸，没摸到擦手纸。

梁津轻从旁边抽了一张递给她。

宋禧："跟你说了，你别管。"

宋禧心里还记着他刚才在短信里是怎么说许见川的。她把擦手纸往垃圾篓里一扔，正要走，被梁津轻一把从背后拉住。

梁津轻："你要真去了，我就……"

宋禧顿时生出了一点好奇的心思，从来不屑于多管闲事的梁津轻，突然管起闲事来到底会怎么样？

"你就怎么？"

梁津轻咬着牙，带着一副装腔作势威胁人的口吻：

"告诉你爸！"

宋禧听完就笑了。

她从兜里掏出手机，在通讯录里找到宋海东的电话，等拨通后，她直接开了免提。

电话响了十几秒，快要自动挂断时，宋海东终于接了。

"喜喜？怎么这个点打电话，有事吗？"

宋禧在电话里还听到了陈秘书的声音，在问宋海东需不需要推迟会议的时间。

宋禧："我师兄他们来南陵看我，这几天放假我就先不回去了，我多陪陪他们。"

宋海东："不用推迟……来南陵看你啊，那行，你身上钱够吗，需不需要再给你一点？"

"不用，我还有。"事情报备完了，宋禧准备结束通话，"那你忙吧，我先挂了。"

宋海东那边会议马上就要开始，他也抽不出心思再跟她多说什么："你听你师兄的话，有事给我打电话。"

宋禧挂掉电话，双手抱臂一脸挑衅地望着梁津轻。

梁津轻沉默了，这个男人，竟然连她爸都知道他？

许见川他们还在外面等，看到她出来，许见川立马迎了上去："怎么去了这么久？"

刚说完，梁津轻跟着从后面也出来了。

看他脸都快臭上天的模样，许见川眼睛在刚出来的两人身上转了一圈，也不多问了："行了，先走吧。"

他们回程还是分成了两路，不过梁津轻这次是跟陆其扬他们一起。

梁津轻从上车之后就不说话，陆其扬本来还想跟他八卦一下宋禧和许见川的关系，见状也只能默默憋了回去。

"刚刚那个帅哥是宋禧的什么人啊？看起来关系很好的样子。"

裴嘉菲话一出口，陆其扬下意识地看了前座闭目养神的梁津轻一眼，他靠在椅背上还是没有任何反应。

陆其扬："许大哥说，他是宋禧的师兄，从小一起长大的。"

"青梅竹马啊！"裴嘉菲跟在后面感慨。

这么说，好像也没错。

裴嘉菲："那为什么是师兄啊？"

刚刚许见川去结账的时候，陆其扬也跟了过去，裴嘉菲并不知道他俩聊了些什么。

陆其扬："他说他是宋禧外公养大的，从小就这么叫了。"

"两个人从小就住一起啊！"

裴嘉菲默默惊呼，正好车先到了梁津轻的家门口，他把车门推开又甩上，一言不发地下了车。

"他这是怎么了？"裴嘉菲问陆其扬。

陆其扬眼里意味不明，似是而非地回："大概心里有事吧。"

许见川给宋禧在他住的酒店开了间双床房，他说明天方谊到了正好她俩可以一起住。

房间还有大大的落地窗，窗帘拉开，能看到繁华的南陵夜景。

宋禧站在门口，半天不敢踏进去，她回头问许见川："师兄，你在学校是在好好认真学习吗？"不会是天天在外面兼职打工赚钱吧！

"你脑袋瓜里天天在想什么。"

许见川帮她把空调开到27℃，又检查了屋里所有的设施："我在帮老师做项目，有奖金。"

宋禧："师兄，那你在学校谈女朋友了吗？你的钱还是省着点花吧，留着以后娶媳妇。"

说到这个，许见川也正好有事想问问她。

但现在时间不早了，他也不准备细说："师兄是成年人，自己有分寸。"

他话头一转，正色道："但你不行，上大学前不许早恋！"

宋禧才不怕他，故意跟他嘻嘻道："那如果我真跟人谈了，怎么办？"

"宋禧！"

宋禧边掏着耳朵，边"哎呀呀"地叫："好的，好的，我知道了！"

其实宋禧一直挺奇怪的，照理说方晋竹脾气也不好，平日里对他们几个，动不动就很暴躁，还易怒。

宋禧就总说，估计他仅剩的那点好脾气都留给了他的病人。

但从小在他身边长大的许见川就完全不同，许见川温润和气、待人谦逊有礼，这么多年宋禧就没见过许见川发火的样子。顶多就是被她气急了，像现在这样，扬高了声调叫她的全名。

"师兄，你不谈恋爱真的可惜。"

这么好的男人！

如果不是她早就知道方谊和他互相看不上眼，她都想撮合撮合他们。

许见川："你好好读书。别总惦记那些乱七八糟的。"

宋禧："你的终身大事怎么会是乱七八糟的？书我会好好读，你的事我也要关心！"

现在方晋竹不在了，他们就是她亲人，她必须担起这个家的责任。

"我住这层尽头靠左边的那间，有事你给我打电话。"

许见川怕她缠着再多问，丢下一句话就赶紧跑了。

陆其扬第二天上午又去了梁家。

梁津轻难得没在房间里睡懒觉，躺在院子的葡萄架下，脸上盖了本书，不知道是在发呆还是在睡觉。

陆其扬："你今天起这么早？"

梁津轻一伸手，摘了一串葡萄下来，也不洗，往衣服上擦一擦就扔进了嘴里。

陆其扬："这葡萄再不吃，就该熟过头了。"

说到葡萄，梁津轻又想到宋禧第一次来时的场景，那个时候，葡萄也才刚刚熟。

陆其扬："宋禧他们是啥时候去爬山来着？今天还是明天？"

梁津轻心里烦，他想回"你都不知道的事我又怎么会知道"，但这句话味儿太冲，显得他跟受了气的委屈小媳妇似的。

"你这两天有安排吗？没安排的话，我们也去爬山吧，很久没去了。"

陆其扬说完就盯着梁津轻，书挡住了他的脸，看不到他的面部表情，所以也不知道他到底是什么想法。

"真睡着了？"

陆其扬见梁津轻不说话，嘴里嘟哝了一句，自己也跟着在梁津轻旁边躺了下来。

他迷迷瞪瞪都快睡着的时候，旁边的梁津轻终于开了口。

"没安排。"

"啊？"陆其扬人还惺忪着，一时没反应过来。

"不是要去爬山吗？正好医生说我要多运动运动。"

陆其扬彻底清醒了："你去看医生了？"

"嗯，今天早上去的。"

"那么爱睡懒觉的人，昨天晚上非要我帮他约今天的体检。早上都不用敲门叫，自己早早就收拾好了……"

吃午饭的时候，肖萍如在饭桌上感慨，说梁津轻原来不管他们怎么劝都不去医院，现在竟然会自己主动要求去。

梁津轻："结果明天能出来吗？"

"哪有这么快！这几天医院忙着呢，怎么着也得三天后了。"

梁津轻："我这几天心脏不舒服，其他的可以不急，心电图要快点。"

肖萍如一听，饭都吃不下了："心脏不舒服？什么时候开始的，你怎么也不早说？"

突然，她想到之前宋禧把完脉之后说的话，一拍手："难道真是禧禧之前说的那样？"

"你这孩子真的是,早几年就让你去医院检查你死活不去,现在知道不舒服了!"

埋怨话说归说,肖萍如还是赶紧拿了手机去打电话联系人帮忙加急。

"你真不舒服啊?"

陆其扬在一旁听着,刚开始他也跟肖萍如一样,听到梁津轻说心脏不舒服的时候,也跟着在着急。

后来听到宋禧的名字,他就慢慢品出了一丝不对劲。

陆其扬不太聪明,学习成绩更是差,但他人精着呢,察言观色是从小练就的生存技能。

毕竟人不精,他家老头子那几千万的家产估计也没他的份。

"嗯。"梁津轻吃着饭,随口应了一句。

陆其扬:"那心脏不舒服,山估计没法爬了,不然我们去海岛吧,度个假,对你心脏也好。"

"不用。"

陆其扬歪着头,装着不懂的样子,"嗯?"了一声。

"就偶尔不舒服。"

陆其扬:"哦——"

那这个偶尔,估计还跟某人有关系吧。

某人在,他的心脏就没问题。

某人不在,他的心脏就不舒服。

也够智能的。

陆其扬当着他的面,拿出手机给宋禧打了个电话。

宋禧:"干吗?"

她那边很嘈杂,声音也不太清晰,但她话里的不耐烦还是准确地通过移动线路传了过来。

陆其扬:"你在哪儿呢?"

"火车站,接人。"

方谊应该是十一点二十到,但现在已经快十二点了,她还没到。

陆其扬:"这都快下午了你还在接人,今天爬不了山了吧?"

"还爬啥啊,明天早点去。"宋禧眼睛盯着出站口,嘴里随口应着陆其扬的话。

许见川刚去了厕所,现在出站的人多,她生怕一个不注意再错过方谊。

陆其扬:"行,那我知道了。"

"奇奇怪怪。"

宋禧挂了电话,正好许见川回来,问她:"是方谊的电话吗?"

.112.

"不是，是我同学，就昨天那个傻大个。"

许见川显然一下子就对上了人，但嘴里还是不忘提醒她："别乱说。"

宋禧吐了吐舌头，一转头，就看到了拉着行李箱出来的方谊。

"师姐！"

宋禧一下跳得很高，拼命冲着前方招手。

方谊很快就看到了她，一路小跑着扑了过来。

两个女生高兴地抱在一起，旁边的行李箱溜走了也没发现，许见川摇摇头，认命地跟在后面帮她们收拾烂摊子。

方谊："想师姐了没？好像又长高了一点，但瘦了！你师兄是不是没请你吃好吃的？"

宋禧："吃了吃了！我们昨天吃的烧烤，很好吃！"

方谊："许见川，你怎么回事，竟然带喜喜去吃那么没营养的东西！她本来个子就长不高，再这样下去，身高一直一米六怎么办！"

宋禧弱弱地反驳她："师姐，我现在已经一米六二了……"

许见川："昨天正好碰到了喜喜的同学，一块儿吃的。"

方谊的抓重点能力果然不出许见川所料："同学？男同学还是女同学？"

方谊可没有许见川那么好糊弄，她是那种只要知道百分之一，那剩下的百分之九十九也一定能顺着挖干净的人。

宋禧根本不敢跟她多说。

她偷偷拉了拉许见川，想让他别说。

结果——

"两个男生，一个女生。"

"最帅的那个，跟喜喜关系特别好。"

许见川就是一副明着告状的样子。

亏宋禧还觉得他温润和气呢！原来都是憋在心里使坏呢！

他知道自己问的话，肯定会被她糊弄，估计问也问不出什么来，索性静观其变等方谊来。

再把问题交给方谊。

真是一出绝妙的隔山打牛啊！

"啊，我好饿啊，饿死了，我们中午去吃什么好呢？"

宋禧根本不给方谊盘问的机会，她边嚷嚷着饿了要吃饭，边拽着方谊离许见川远远的。

方谊也相当配合，听完之后就长长地"噢"了一声，然后说了一句："不愧是我家喜喜啊！长大了！"

中午还是许见川请的,听方谊的,吃非常营养的花胶鸡。

方谊全程都没怎么吃,就在给宋禧夹菜,一顿饭才吃了不到二十分钟,宋禧已经饱得连口汤都没边缝可以塞了。

方谊:"吃饱了吗?没吃饱这里还有。"

宋禧看着方谊刚从锅里捞起来的满满一勺子肉,堵在嗓子眼里的食物都差点吐了出来。

太饱了,她真的一点都吃不下了。

"既然吃饱了——"方谊把勺子一放,椅子拉开,一副审问的模样,"那咱们,来聊聊?"

宋禧捂着嘴,弯腰四处找垃圾桶,一旁的方谊打趣道:"别装了,总要问的,早死晚死都得死。"

许见川在旁边插空咳了一声,提醒方谊用词注意一点。

方谊白了他一眼,但还是听话地改了口:"早聊晚聊都得聊。"

宋禧被方谊摁在椅子上,挣也挣不脱,跑也跑不掉,她索性开始耍起赖来:"聊呗,我又没什么秘密瞒着你们,我坦荡着呢!"

"昨天那个最帅的,是你的同桌?"方谊果然够老练,一下子直中靶心。

许见川听了眉头一皱,同桌这事他之前完全不知道。

宋禧:"不是!"

顶多就是前同桌,她现在的同桌是裴嘉菲。

方谊:"关系很好?"

"……谈不上。"宋禧被噎了一下,但底气还算足。

方谊和许见川默默交换了一个眼神,许见川又浅摇了一下头。

方谊懂了。

"那太可惜了。"

问到这儿,方谊该知道的都知道了。许见川昨晚跟她提前说了这事后,两个人在电话里沉默了快半个小时,就在想要怎么跟宋禧聊这事。

但是他们都没想到,宋禧这个二愣子,根本分辨不出来别人心里的想法。

既然现在不知道,那直到高考前,她也就别知道了。

方谊:"算了,我们喜喜这么优秀又漂亮,想交什么样的朋友没有。

"等你上了大学,一大堆又帅又优秀的男生让你随便挑,你身边要是没有,许见川那边还有我这边,资源全都向你倾斜。

"高的帅的,阳光的健壮的,高冷的……算了,高冷的男的不能要,男的就得主动,不主动咱们要他干啥!"

宋禧被方谊几句话带偏,连连点头,瞬间觉得什么梁津轻、徐津轻的,都是谁啊!

方谊看着宋禧的表情,递给许见川一个"妥了"的表情。

两个人趁宋禧不注意,偷偷舒了一口气。

跟方谊在一起,宋禧根本没有时间再看手机,晚上她去洗澡,方谊听到她书包里的手机振动,拿起来一看,显示是一个备注"L"的人。

L:你们明天几点去爬山?

方谊看着手机屏幕,想了五秒,给他回了一个:六点半。

方谊又等了两分钟,确定手机那头再没来新的信息后,她把自己的回复删了,然后在宋禧出来前,把手机放回了原位。

第二天早上八点半,宋禧一行三人准时抵达西云山山脚。

宋禧下车的第一秒,就看到了站在巨石"西云山"三个字旁边的梁津轻。

他穿着一身崭新的纯白运动衣,额上戴了发带,把他额前的碎发一股脑撸到脑后,露出饱满的额头和漂亮的五官。

如果他的脸不是黑得像是下界来抓人索命的恶煞,那沐浴在初升阳光下的他,要多勾人有多勾人。

远处刚买完烤肠回来的陆其扬看到他们,就差抱着宋禧的裤脚哭了:"你们怎么才来啊?你知不知道我们已经在这儿等了——"

"陆其扬!"

陆其扬话被打断,他举着烤肠回头,望着梁津轻"啊"了一声。

梁津轻:"有野狗要吃你的肠。"

陆其扬往脚下一看,果然,刚从他买肠时就在他脚边转悠的小黑狗,正昂着头眼巴巴地张着它的狗嘴。

陆其扬五点就被梁津轻从床上薅了起来,因为起床耽搁了一点时间,梁津轻连饭都没让他吃,直接就把人拖来了山里。

六点,天都还没亮,山里的雾气把他们的头发沾湿,随后升起的太阳又把头发晒干。

他们俩,一黑一白,跟黑白双煞一样,站在登山入口处,迎来送往了一批又一批的登山客。

就是没等到那个说"六点半"要来爬山的人。

陆其扬肚子又咕嘟叫了一声,他趁着狗狗不注意,三两口就把烤肠塞进了嘴里。

没说完的话,等他有空说的时候,已经没人要听了。

方谊:"喜喜,不给我们介绍一下?"

方谊表情一切如常,宋禧根本不敢在她面前表现出丝毫不对劲。

宋禧定了定心神，宛如介绍普通同班同学那样，神色如常地指了指脸色依然不怎么好看的那人。

"这位是梁津轻，这位是陆其扬，都是我们班同学。"

"这是方谊。"

方谊扬起一个非常欣赏又热情的笑容，向梁津轻伸出右手："帅哥，你好啊。"

梁津轻有点摸不透她和宋禧的关系，也不知道该不该对她热络一些。

"你好。"

摸不准的情况下，他只能确保问候是礼貌又挑不出错的状态。

时间也不早了，他们顺着登山的人流往上走。

方谊好像对梁津轻格外感兴趣，始终走在他的旁边，时不时聊上两句，看他走累了还会适时搭把手。

"你这么帅，在学校应该很受女生欢迎吧？"

梁津轻觉得方谊对他有些过于热络了。

但明眼人都能看得出来，宋禧应该跟她关系很好，这下他又犯了难。

如果他回以同样热络的态度，万一让她误以为他对她有想法……

但如果冷脸疏远……

"我没注意过。"

"那你注意过谁？"

梁津轻如此谨慎的一个人，在方谊自然不做作的一连串问题里，藏在心底的那点小心思差点就露出了端倪。

宋禧体力好，陆其扬身体也没弱过，他们俩和许见川甚至还打了个赌，看谁先冲上山顶，最后的那个要当着所有人的面，大喊三声："我是天蓬元帅，从今天起，我要占山为王！"

落在后面的梁津轻看了眼前面几乎快要远成小黑点的人，选择忽略方谊这个问题。

方谊注意到了他的眼神，但也不点破："很久没这么运动过了吧？"

相比梁津轻的气喘吁吁，同样跟他落在最后的方谊看起来要松快很多。梁津轻觉得，如果今天不是因为他，她应该也会是冲顶打赌队伍中的一员。

"其实你可以先走。"梁津轻步子越发慢了下来，像是故意为了拉开和她之间的距离，"我喜欢边爬边欣赏风景。"

"巧了这不是！"方谊也跟着他放慢脚步，"我也不爱他们那些无聊的赌注，我就乐意感受山风感受大自然的魅力。"

梁津轻没有办法。

人到半山腰，下不去跑不脱，那就只能硬着头皮往上走。

一路上，方谊跟他聊了很多，她的小学经历、她的初中趣事、她的高中朋友、她的大学生活……

到最后快登顶时，梁津轻甚至连她初中跟男生打架，差点把人扔粪坑里这事都知道了。

她说了很多，除了她自己，其他人的事她是一点儿都不讲。

如果不是宋禧之前跟裴嘉菲说，来一起爬山的是她的家人，梁津轻都怀疑——

她们之间毫无交集，更像是昨天才认识今天来搭伴爬山的陌生人。

宋禧在方谊的过往生活里，一丁点儿存在感都没有，那只能说明，要么是真的关系不好，要么就是她故意的。

方谊："宋禧在你们班，人缘怎么样？她平时疯疯癫癫的，闹起来一点正形也没有，又是个从小镇刚转学进去的土丫头，她这种样子，应该交不到什么朋友吧？"

梁津轻觉得她这话，很刺耳。

他皱了皱眉，下意识就想帮宋禧辩解："她很聪明，上课也很认真，而且她还会中医把脉看病——"

梁津轻顿了顿，及时收住了自己的赞美之词。

"班上很多人都喜欢她。"

"也包括你吗？"

"你们怎么这么慢！"

宋禧他们半个小时前就已经登了顶，但是左等右等也不见梁津轻和方谊的人。

梁津轻身体虚爬不了太快她知道，但方谊不应该啊！

方谊之前可是学校的长跑冠军，真要说起来，许见川都不一定能爬赢她。

刚才在山脚下，方谊为什么没有加入他们的爬山赌局？

宋禧一想到这儿，背后惊出了一身汗，她是怎么敢让方谊和梁津轻单独待在一起的，还是待这么久？

宋禧一秒钟都坐不住了。她跟许见川打了声招呼，说要下山去迎迎他们。

许见川刚准备说话，宋禧已经冲下了山。

下山费膝盖，方晋竹从小就叮嘱他们，上山可以快但下山一定要慢，不然落下的就是一辈子的伤痛。

宋禧惜命得很，一直把这句话牢牢记在心里。

但现在她顾不了那么多了。

绕过两道山弯之后，宋禧终于看到了方谊和梁津轻。

他们两个人，始终保持着两三级台阶的距离，不远不近的。

要不是宋禧知道他俩是一块儿的，会以为他们只是同行的陌生人。

"你怎么又下来了，还嫌不够累啊！"方谊经过她身边时，一把拽上她的胳膊，根本没给她继续等人的机会。

宋禧偷偷回头看了眼梁津轻，他脸色看起来不太好，泛着不正常的白，脑门儿上都是汗。

"男人太虚了真不行。"

方谊嘴里默默念叨了一句，声音也不大，但还是非常清楚地传到了宋禧的耳朵里。

宋禧根本不敢吭声。

方谊拉着宋禧的步子一下子变大了很多，很快就把梁津轻丢在了身后。

宋禧几度想回头看看他是什么情况，都被方谊拿话岔了过去。

"哎——小伙子，你怎么了，还能不能动？"

"造孽啊，你一个人来的吗？有没有家人或者朋友啊！"

"要不要帮你叫个救护车，你脸白得不行！"

…………

身后传来一阵惊呼声时，宋禧还没反应过来有什么不对劲，只看见台阶上围了一圈人，她看不清情况，还以为是有人不小心崴了脚或者摔了一下。

在听到"脸白"两个字的时候，她一把挣脱开方谊的手，慌忙朝人群冲了过去。

等她腿软着拨开人群，就看到梁津轻坐在台阶上，手撑在台阶上，弯着腰喘着不均匀的粗气。

"麻烦大家散开一下，别在这儿围着他，让空气流通——"宋禧保持镇定，一边指挥围观的人群散开，一边低头观察梁津轻的脸色。

"感觉怎么样，是哪里不舒服？"宋禧娴熟地捏起他的左手，三指搭上他的动脉。

心率有点快。

宋禧把完脉之后，舒了一口气，比她想的情况要好很多。

他应该就是太久不运动，突然一下子运动过量，心脏有点承受不住。

方谊："怎么了，犯病了？"

"师姐！"宋禧皱着眉，听方谊这么说梁津轻，她莫名地就是有些不太乐意。

方谊："……我的意思是，他是不是生病了？"

看把她给紧张的。

梁津轻适时捂住自己的胸口，也不说话，呼吸喘匀了一些，但长睫在轻

.118.

轻抖动。

他脸色发白，嘴唇却被他咬出了新鲜的血色，像是一片雪白中绽放的绝色。

梁津轻这模样，不去做妖精真的是可惜了！

宋禧逼自己将视线望向别处，暗暗在心里唾弃自己。

"心跳有点快。"宋禧扶着梁津轻到一处僻静的平台上坐好，"休息一会儿再观察一下。"

宋禧："师姐，你先上去吧，我陪他在这儿坐会儿。"

爬山哪有心跳不快的！

方谊在心里腹诽。

这年头的高中生，还真是不得了！小小年纪学什么不好，装模作样倒是学得一套又一套。

她之前还真是小瞧了他。

但方谊也不准备拆穿他："那你们……好好歇着。"

方谊看了好几眼梁津轻，他还是一副虚弱不能自理的模样，她说话的时候，他甚至连眼都没抬一下。

方谊一走，他们俩之间的气氛瞬间凝滞起来。

梁津轻不说话可能是因为难受，但宋禧不说却是因为不知道该说什么。

他此刻难受的病恹恹形象，让她瞬间想到第一次见他时的样子。

那时候，他冷漠得全身像是罩了一层看不清但也走不近的玻璃罩，狭长的眼尾一扫，冷得人浑身颤抖。

反正就是个不好相处的家伙。

现在的宋禧依然这么觉得，但她一点儿也不怵他了。

她觉得，如果拿一种动物来形容梁津轻，那他应该是一只领地意识极强的猫。

轻易不让人靠近，但一旦靠近了，他高冷孤傲的性子之下，偶尔也会朝你露出柔软的小肉垫。

"你们早上为什么八点半才到？"

宋禧的思绪被梁津轻突然出声给打断，她"嗯"了一声，有点没太理解他的话。

"定的就是八点半啊。"

梁津轻深吸一口气，被宋禧注意到，她忙问道："又哪里不舒服了吗？"

"气不顺。"

"来，你站起来。"

梁津轻没动。

宋禧上手去拽他,终于把他拉了起来。

"来,你跟着我做,吸——呼——吸——"宋禧和他面对面站着,弓步半蹲,双腿弯成了一道漂亮的九十度弧线。

现在太阳完全升了起来,山道上的人变少了很多,但是偶尔也还是有人经过。梁津轻嫌丢脸,不愿意学她的姿势。

"快点啊!"宋禧声调扬高,催促他快点。

结果,梁津轻不知道突然发什么神经,脸上带着明显的情绪,又一屁股坐了回去。

宋禧:"你不是说气不顺吗?我外公之前教过我一套呼吸操,很管用,你试试?"

宋禧软着嗓子,耐心地劝他。

虽然她也不明白他为什么会突然生气,但本来就气不顺了,再生气,别一会儿人再给气晕过去。

"我渴了。"

要不是看他是个病人,宋禧早就甩手走人了。

"我去给你买。"

她刚看到有挑夫经过,应该还没走太远,追一追也能追上。

梁津轻"哎"了一声,还想说什么,宋禧也没听,拔腿就追了出去。

等她把水买回来,梁津轻身边竟然又围上了人。

但这次不是因为他发病。

"小哥哥,你一个人来爬山吗?真是个好的生活习惯,要不咱俩交换下联系方式?正好我也喜欢爬山,以后我们可以约着一起呀。"

梁津轻:"我不喜欢爬山。"

搭讪的女生明显被噎住,但也就不到两秒,她又继续扬起笑脸:"不喜欢爬山没事啊,你喜欢做什么我们都可以约。"

"我喜欢待着,一个人。"梁津轻眼睛冷得一点温度都没有,生人勿扰的气息隔着三米都扑到了宋禧脸上。

女生讪讪,可能是觉得丢了脸,她拉着朋友很快就离开了。

"喏,"宋禧把矿泉水递给他,"喜欢孤独的小哥哥。"

梁津轻盯了她一眼,知道刚才那幕她应该是看到了。她眼睛里还含着笑,完全就是看完他的笑话之后还不忘打趣他的样子。

梁津轻手刚触上瓶身,又立马缩了回来。

"我不喝冷水。"

宋禧把水强塞到他手里:"常温,这是常温!"

再说了,大夏天,三十多摄氏度的天气,喝点不热的水又怎么了!

梁津轻把水放到一旁："反正我不喝。"

爱喝不喝。

都说女生"大姨妈"期间情绪起伏会很大，突然开心又突然难过，总之就是难受，一难受就想发脾气，发完脾气还需要别人来哄。

宋禧从来没经历过这种汹涌的情绪变化，就算有，也不会有人惯着她的矫情劲。

但今天，她在梁津轻身上感受到了。

身不见"大姨妈"，"大姨妈"却无时无刻不在。

宋禧从腰间解开自己的保温杯，打开杯盖，仰头就往嘴里灌了一大口。

喝完，她心情稍微顺畅一些了。

爬上爬下好几趟，饶是平时精力充沛得像一颗小炮弹的宋禧，也觉得有点累了。

"你的热水，给我匀一点。"梁津轻重新把矿泉水瓶拿起来，递给宋禧。

宋禧："我这水你喝不了。"

梁津轻不信，他拧开瓶盖，固执地非要让宋禧接过去。

宋禧简直无语至极。

这人，今天真的非常不对劲。

但她可以暂且替他辩解，是因为他身体不舒服。

病人的别扭和无理取闹都是可以被原谅的。

这是方晋竹以前常挂在嘴边的一句话。

但宋禧没有方晋竹那么大的格局和胸怀，她的耐心不多，今天一上午已经用得差不多了。

宋禧没接水，只是用单手把拧松的瓶盖取了下来。

她把瓶盖靠近自己的保温杯，从里面倒出了一小瓶盖的液体。

这么小的瓶盖，她倒的时候都还控制得非常精准，三分之二的刻度，一口多的都没有。

"喝吧。"

梁津轻接过瓶盖，刚要凑近嘴巴时，他的鼻子就闻出了一丝不同寻常的味道。

不是太奇怪的东西。

但肯定也不是水。

宋禧盯着梁津轻的动作，梁津轻甚至从她的眼睛里读出了"你要不喝，小心我弄死你"的某种隐藏信息。

梁津轻皱着眉扬头干了。

刚一入喉咙，一股碳酸泡泡直冲他的天灵盖。

山风温柔，裹挟着山谷的凉气吹拂到脸上。

"把水喝了吧。"

宋禧抱着自己的保温杯又喝了一口，话里还带着明显套路成功后的笑。

"毕竟刚刚连冰雪碧都喝了。"

梁津轻脸色好了一点，宋禧当即提议继续爬完剩下的山道。

倒也不是为了什么"做人要有始有终"这些大道理，而是——

陆其扬刚爬山输了，她还得现场见证他大喊三声"我是天蓬元帅，从今天起，我要占山为王"呢！

她不仅要听，她还得拍视频留念。

但她的手机太旧，拍出来的像素跟马赛克似的，要是不说喊话那人是陆其扬，估计没人认得出来。

"你手机借我用下。"

宋禧朝梁津轻靠了靠，生怕说的话被陆其扬听到了。

梁津轻似乎顿了一秒，但还是非常大方地把手机给了她。

山顶平台上聚集了好多登山客，还有一些小摊小贩，总之十分热闹。

饶是厚脸皮的陆其扬也多少觉得有些不好意思，他跟宋禧打商量，看能不能晚点等人少一点了再喊。

那宋禧能答应吗？

就是要人多，人少了多没意思。

"你现在不喊，去学校补上也行。"宋禧一副很好说话的样子，"要不就秋季校运动会的时候吧，有现成的大喇叭。"

陆其扬咬着牙，指了指宋禧，眼里警告意味十足。

宋禧佯装害怕，往梁津轻身后一躲："哎呀，这里有人说话不算话！"

他们俩在那儿闹，梁津轻就在中间被当作人形盾牌，拉来扯去的。

宋禧早上刚洗了头发，浓郁的白茶香洗发水味随着她的动作，直往梁津轻鼻子里钻。

他们离得太近了。

梁津轻："别闹了！"

闻言，宋禧和陆其扬对看了一眼，立马在一旁乖巧站好，像做了错事的小朋友。

方谊见日头越升越高，来催他们准备离开。

"你们一会儿怎么下山？"

这句话的针对性很强，毕竟在场这几个人，身体都不差，区区一段下山的路也难不住他们。

所有人都把目光转向梁津轻。

"那个……我坐缆车吧。"陆其扬率先举手示意。

宋禧:"那我也坐吧。"

收到方谊瞪她的眼神,宋禧又继续道:"听说坐索道风景好,能看到南陵的全景呢。"

宋禧一说完,陆其扬马上又举手想反悔,但许见川没给他这个机会:"行了,那你们仨坐缆车。"

最后在陆其扬不情不愿地喊完那三句要占山为王的口号,并得到在场所有人经久不息的哄笑后,他们终于结束了这鸡飞狗跳的一上午。

在缆车上,宋禧借梁津轻的手机一直在拍窗外的风景,拍到兴起时她把手机递给陆其扬。

"你帮我拍几张照片。"

陆其扬拿着手机左看看右看看:"这不是阿轻的手机吗?"

他目光不善,盯着宋禧单刀直入:"宋禧,你好有心机!"

宋禧腹诽:有毛病吧?

"说,你是不是想借此机会,在阿轻手机里存上你自己的照片,然后让他在午夜梦回之际,因为寂寞孤独看了你的照片而对你心生别样的情感!"

宋禧被他无语到,说:"你神经病吧,你不该跟我们一起上学的,你这脑洞适合去戏班子。"

但她还是担心梁津轻多想,别到时候又误会她心思不纯。

"我绝对绝对没那意思!"宋禧跟他保证,"你回去把照片传我就可以删掉,垃圾箱记得也清除。"

"嗯。"

梁津轻从坐上缆车开始又一副病恹恹的模样,话也不说,笑也不笑,就自己缩在角落,看着车外的风景不知道在想什么。

陆其扬:"阿轻,你的体检报告今天能出来吗?"

"你去做体检了?"宋禧本来还在批评陆其扬的拍照技术,一听这话,连照片都没心思管了。

"嗯。估计明天。"

前一句是回答宋禧,后一句是回答陆其扬。

宋禧使了个眼色,问陆其扬,他怎么回事?

陆其扬摇摇头,在面对梁津轻的问题上,他们难得能站到同一战线上。

"你不然再给治治,之前阿轻还在说你给他的调理方子有点用。"

说到这儿,宋禧脑子里又想起那天偷听到的他俩的谈话。

"先等报告出来。"

梁津轻的体检报告出来那天,宋禧正在火车站送许见川和方谊。

他们俩学校有点事,要提前结束假期赶回去。本来预计五天的安排,结果现在才第三天就要走。

宋禧含着两包眼泪,在火车进站口抱着方谊不肯松手。

方谊被她的情绪感染,也哽咽着,一直叮嘱她让她好好吃饭照顾好自己。

"要是钱不够了就跟许见川说,让他给你转,实在不行你也别太死心眼,去找你爸要。他是你爸,在你十八岁之前都有责任照顾你。

"你现在的任务就是好好学习,其他的事都不用管,有我和你师兄在呢。

"别哭了,这都十月了,还有不到三个月就过年了,到时候等放假了我们来接你回家。"

到了检票时间,宋禧再舍不得也只能目送他们离开。

刚送走他们,梁津轻的电话就进来了。

"你怎么了?这么吵,你在外面?"

宋禧吸了下鼻子:"在火车站。"

一听这话,梁津轻就明白她是为什么会哭了。

梁津轻:"我奶奶今天在家包饺子,邀请你来吃。"

宋禧现在一点心情都没有:"我不去了,你跟奶奶说一声。"

梁津轻很少有见她心情这么低落的时候,他也完全没有哄人的经验。

他迟疑了下,开口说道:"我的体检报告出来了。"

宋禧一听,立马问:"出来了?情况怎么样,医生怎么说?"

"有点复杂。"梁津轻趁机跟她说,"我去接你吧,我们当面说。"

宋禧也正准备坐车回去了:"不用了,你就在家等着吧,我现在回去。"

回去以后,宋禧拿着梁津轻的体检报告仔仔细细看了一遍,又详细问了一下医生说的话。

结论就是,他确实存在窦性心动过缓的情况,但好在情况不算严重,在饮食和情绪上得多加注意,以后要定期去体检。

肖萍如拉着宋禧的手一遍遍地说着感谢:"这次真的多亏了禧禧,原来我总以为他是在娘胎里落下的病根,所以从小身体就不太好,就是从来没想过会是心脏的原因。

"禧禧你真的很厉害,之前我们去看了那么多老中医,他们都没看出来问题,真的多亏有你!"

宋禧也很开心,虽然她也做得不多,但这也证明她多少还是学到了一点方晋竹的本事。

没给他老人家丢脸。

"奶奶要好好给你做一桌菜,今天一定留下来吃饭,听到没有?"

宋禧还想拒绝,被旁边的梁津轻一拉袖子,就这么一会儿工夫,肖萍如已经开心地去厨房备菜了。

宋禧:"你干什么拉我?"

梁津轻:"上次你不是想看画画?"

想到上次她等了快一个小时,都没等到他开始拿笔画的那事,宋禧一脸怀疑:"这次真的能画了?"

"走吧,现在就画。"

上次刷完的那批桑叶已经晾干了,宋禧捏着叶尾转了两圈,她其实现在都不相信,这个小小的叶片上竟然还能画画。

梁津轻摆好颜料板和画笔,在下笔之前,他问直勾勾盯着他手的宋禧:"想看画什么?"

"什么都能画吗?"

梁津轻怕她说一些奇奇怪怪的东西,也不敢把话说得太满:"基本上。"

说完,他又补了一句:"我知道的都可以。"

宋禧托腮想了五秒:"那就画个孙悟空吧。"

梁津轻本来以为她会说猫猫、狗狗、兔子之类的。

孙悟空。

她可真是异于常人。

"其实叶子最好是用菩提叶,桑叶我之前没试过,所以可能会失败……"

话还没说完,果然第一张就被毁了。

颜料浸过了头,这一张是完全用不了了。

宋禧对今天这个孙悟空并不抱多大期望。

在接连失败三张后,宋禧试探性地建议:"要不,还是下次用菩提叶再画吧。"

梁津轻并不听她的,低着头自顾自地换一张继续捣腾。

宋禧看累了,撑着头在屋里四处打量。

"对了,上次拍的那些照片,你记得整理好之后发给我。"

梁津轻画笔一歪,又毁了一张。

宋禧脸色未动,对待这种情形已经非常坦然了。今天他要是能把孙悟空画出来,她才惊讶。

"你说实话,你真的会画这个什么——"宋禧一时想不起这画叫什么名字了。

"叶脉画。"梁津轻提醒道。

"啊,对,叶脉画。"宋禧再次跟他确认,"你真的是学过的吧?"

梁津轻被气笑,他自己怎么也没想到,竟然第一次在她面前画画就出了这么多情况。

"我家的书房里都是我之前画的。"梁津轻跟她强调,"我的老师是叶脉画的传承人,我跟着他学了三年多。"

"那你给我看看你之前画的。"

梁津轻又是几秒沉默。

梁津轻:"在我另一个家里。"

行吧。

他怎么说都行。

反正她也看不到。

宋禧打了个哈欠,她昨晚舍不得睡觉拉着方谊聊到半夜,今天一早又去火车站送他们,现在困意上来,很快头就撑不住,直接倒在了手臂上。

梁津轻盯着她看了几秒,确定她真的睡熟不会突然睁眼后,他拿起手边的手机,打开相机功能,对着她拍了一张睡颜照。

反正他手机里有那么多她的照片,也不多这一张。

宋禧是被脸上挠痒痒的动静弄醒的。

半梦半醒间,她以为是有蚊子,拿手挥了挥,没过一会儿,蚊子又来了。反复几次之后,她的瞌睡也被闹得不剩多少。

宋禧揉着眼睛抬头,睁眼就看到梁津轻在转着叶片,叶片尖尖撩动她的头发,再搔到脸上,痒得不行。

宋禧还惺忪着的睡眼,迷蒙又无辜,愣愣地看着梁津轻,好半天没说话。

梁津轻本来嘴角还勾着笑意,被她这么盯着,时间一久似乎不好意思起来,悻悻地收回了手。

"咳——"他清了清嗓子,又把叶片递到宋禧眼前,献宝一般,"你要的孙悟空,画好了。"

宋禧定睛一看,小小薄薄几近透明的叶片上,反手扛着金箍棒的孙悟空神气地踩着七彩祥云。

他脸上的表情惟妙惟肖,宋禧就这么看,脑子里都能自动对上他打完妖精时嘚瑟的样子。

"送给我吗?"

宋禧眼巴巴地望向梁津轻。

梁津轻假装收拾桌上散落的工具，头也不抬，但话里的拒绝倒是简单直接："不行。"

宋禧从鼻子哼了一声："不给就不给，小气！"

但叶片上的孙悟空真的画得好好，宋禧又在懊恼，刚才自己怎么就没耐心睡过去了呢！

"你画一张这个，要多久啊？"

梁津轻随意答道："不久。"

像是知道她下一句想说什么，他又补了一句："但我一天只画一张。"

年纪不大，谱倒还不小。

宋禧另外又记起件事来——

"你刚才，干吗拿叶片玩我的脸？"

"玩？"

梁津轻差点儿没被她的语出惊人吓到，他莫名有些心虚，但面上还是尽力保持着沉静。

"奶奶刚刚叫我们吃饭了，我是想叫醒你。"

宋禧"喊"了一声，也不知道她是相信还是不相信。

出房间的时候，宋禧一直把"孙悟空"捏在手里，半天舍不得放下。

这人也真是，既然不打算送她，为什么又要问她想画什么？

这不是故意勾她的心吗？

梁津轻："下次送你个别的。"

宋禧眼睛顿时亮了："比孙悟空还好？"

这话问的，梁津轻想了一下回答她："我觉得是。"

有了他这句话，宋禧才终于愿意放下"孙悟空"。

但梁津轻那个"更好的"画，宋禧从秋天等到了秋天，也一直没等到。

南陵进入十一月末后，气温下降得厉害，有一天早起上自习时，宋禧甚至在院子里看见了寒霜。

天气一冷，班上每天迟到的人就变多了。宋禧全身上下裹得严严实实的，在楼道口正好碰到了裴嘉菲。

裴嘉菲："我今天要换班了。"

宋禧很惊讶："啊，为什么？"

"期中考试成绩下来，我妈就极力反对我继续待在理科班，她前两天已经帮我办好手续了，我今天就搬回文科班去。"

裴嘉菲本身就是艺考生，之前花在文化课上的时间有限，按她现在的成绩来说文科要更好一些。

裴嘉菲："唉！当初来理科班，以为近水楼台可以先得月，哪知离得近了这月亮也跟我没什么关系。"

裴嘉菲要走，但她的那颗"月亮"又翘了上午的课。

直到她走，她都没来得及跟他说句再见。

陆其扬帮她搬东西，手上大包小包地拎了一堆，不知道的还以为是去商场批发进货去了。

"算了，不等啦……"裴嘉菲坐在梁津轻的位置上，把手机递给宋禧，让她帮忙拍了一张照。

宋禧看到她 QQ 空间里的更新时，梁津轻才终于进了教室。

梁津轻在取脖子上的围巾时，宋禧把自己的手机屏幕给他看。

"裴嘉菲回文科班了，她一直在等你，想跟你告别来着。"

梁津轻随意扫了一眼屏幕，声音带着无力的沙哑，他淡淡地"哦"了声，一副压根儿不在意的样子。

宋禧："她回文科班了，你听完一点感触都没有吗？"

这次变天变得突然，梁津轻第二天就受了寒，这都快五天了，他人还是没什么精神，咳嗽后的嗓子像是在磨砂纸上拉提琴，有种莫名的低沉和磁性。

梁津轻瞥了她一眼，人蔫蔫的，语气也没什么情绪起伏："她的成绩，不适合学理科。"

"她刚才是坐我的位置上拍的照？"

他问得随意，宋禧也就没多想："对啊。"

她话刚说完，就看到他从书包里掏出一瓶酒精喷雾，三百六十度无死角地给自己的座位消了个毒。

宋禧正无语着，送完裴嘉菲的陆其扬回来了。

"人走了，咱俩的座位也该换回来了。是吧，阿轻？"

陆其扬站在梁津轻旁边收拾东西，梁津轻喷酒精的手一偏，喷了陆其扬一身。

梁津轻全程没说话，宋禧见他那个样子也觉得没必要再换回去，结果陆其扬那只"狗"，趁课间她出去上厕所，直接把她桌子给换了。

宋禧气呼呼地找陆其扬理论，但他直接把耳机戴上了，理都不理她。

梁津轻给她递了张湿巾："擦擦吧。"

宋禧接过湿巾，不小心碰到了他的手，凉得跟室外的铁栏杆似的。

再一看，他穿着高领毛衣套卫衣，刚进来时她还注意到他手上有手套，手竟然还这么冰。

"我上次给你熬的药，你有在吃吗？"

上次体检结果出来，宋禧知道他身体的一些小毛病后，就针对性地给他

.128.

熬了几服中药。

这次他又受了风寒，宋禧就暂时把心脏调理的方子改了，又给他开了几服治风寒和补气血的中药。

但现在这么看来，那个药好像对他没起什么作用。

后门灌进来一阵风，梁津轻又捂着嘴咳嗽了一阵，等可以正常呼吸了，他才回道："吃了。"

宋禧有点怀疑，梁津轻绝对是那种会嫌苦然后偷偷把药倒掉的人。

这种事他做起来，面不改色心不跳的。

"你手伸出来，我再给你把把。"

脉象也没有多大的变化。

要么就是上次的药方对他没什么作用，要么就是——他根本没吃。

照理说吃完了两服药，不可能一点作用都没有。

"你最近晚上睡觉流汗吗？"

"偶尔。"

"还发热吗？"宋禧嘴里问着，手已经先一步伸向了他的额头。

宋禧摸了摸他的，又反手回来碰了碰自己的："好像没发热。"

宋禧："你舌头伸出来我看看。"

梁津轻环视了一圈，他注意到有不少人的视线已经有意无意地在他们身上打转。

梁津轻："快上课了，中午再说。"

宋禧一看时间，确实还有两分钟就上课了。

她也就没多想："我开的药你要坚持吃。算了，我今晚去你家，亲自监督你吃。"

上课时，宋禧一直在想上次开的那个方子，怎么会吃了之后一点效果都没有呢？

如果他真吃了，但依然还是没什么效果，那势必就是她的方子开错了。

难道他这次患的不是普通的伤风感冒？

但症状都能对得上啊。

一下课，宋禧急不可耐地拉着梁津轻，让他伸舌头。

教室里人正多，梁津轻死活不肯张嘴。

"晚上回去看。"

"那就晚了。"宋禧被他的固执气到，"你就张个嘴，我扫一眼就成。"

宋禧拉着陆其扬，让他在桌子前面挡着，然后左右手又各举了一本书。

"这下别人看不到了。"

别人看不看得到他不清楚，但他们这个行为里里外外都透着两个字——

诡异。

虽然他并没有那么在乎旁人的目光,但大庭广众之下,他多少也还是要点面子的。

"晚上再说。"

梁津轻坚持不张嘴,宋禧就算再无奈,也不能强行把他的嘴掰开。

刚说完,他又是一阵咳嗽。

他本就白皙的脸,咳嗽之后涨得通红,倒是多了一抹红晕,比苍白的一张脸有看头多了。

"要不,我给你针灸吧!"宋禧灵光一闪,突然想到之前方晋竹总用的治疗方法。

她指了指他的背:"就扎几个穴位,很管用的。"

梁津轻一哽。

针灸?

那是不是,还得脱衣服?

第七章
不喜欢

宋禧最后还是没有给梁津轻施针,不是因为别的,而是第二天,他们就被罗淑荣分别约谈了。

罗淑荣先叫的宋禧。

宋禧去办公室之前,并没有多想,她以为是期中考试排名出来,班主任例行对她的夸奖和鼓励。

毕竟短短两个多月的时间,她从开学的倒数第二,一跃成了班级中流。

虽然还是比不上她之前的考试排名,但是在南陵市一中,她已经非常满意了。

宋禧站在办公室门外敲了三下,门虚掩着,罗淑荣听到声音转头就看到了她。

"来,宋禧,进来。"

罗淑荣把旁边的椅子拉开,让她坐下。

午休时间,办公室里除了罗淑荣没有其他老师。

老式空调在"呜呜"散着热气,但效果并不太明显,宋禧穿着羽绒服坐在里面也并不觉得热。

"南陵的冬天是不是有点冷?还能适应吗?"罗淑荣给她用一次性纸杯接了一杯热水,让她捧在手里暖手。

宋禧:"还好,我原来生活的地方也冷。"

都处于湿冷的南方,那股能寒进骨头缝里的冷气,其实并没有太大的区别。

她比较习惯。

"这次期中考试考得不错,进步很大,还有两个月期末考,再加加油,希望下次考试能在年级光荣榜上看到你的名字。"

年级光荣榜是全年级前一百名的学生排名,听其他同学私下里说,如果能稳定考进光荣榜，那重点大学基本就稳了。

宋禧点点头，有被罗淑荣的话鼓舞到。

"听说你眼睛视力不太好是吗？需不需要帮你把位置往前挪一挪？"

宋禧下意识地摇头："我视力挺好的，5.0呢。"

罗淑荣一愣，但很快恢复正常："陆其扬这个人吧，调皮又爱闹的，上课会影响到你吧？"

宋禧更疑惑了，她觉得今天的罗淑荣有些奇怪，但具体哪里奇怪她也说不上来。

就好像是，有话想说，但又不直说，弯弯绕绕的，让人不太明白她话里的用意。

宋禧："他坐我前面，没怎么影响我。"

罗淑荣喝了口菊花茶，放下杯子后，才终于进入到正式的谈话重点上："你和梁津轻、陆其扬，关系还挺好的是吧？"

宋禧："我现在住的地方，和梁津轻的奶奶家在一个小区，所以偶尔会一起回家。"

"一个小区啊，那确实，一起上下学也会比较安全。"

说完，罗淑荣话音一转，又接着说道："有同学反应，你们最近走得比较近。"

到这里，宋禧才终于反应过来，原来前面那些话都是铺垫而已。

这才是今天她被叫来的原因。

"当然，老师也不是要责怪你或是什么，今天叫你来呢，主要还是想了解一下情况。老师也是从你们这个年纪走过来的，梁津轻呢，也确实很优秀很帅气，所以老师非常能理解你们这个年纪的一些懵懂情愫和心思，这都很正常——

"但是，你们也应该明白，现在你们高二，明年就高三了，这个时候正是非常关键的时刻，离大学临门一脚，你成绩也足够优秀，老师还是希望你们能把心思更多地放在学习上……"

宋禧像是一只偶然被戳破的气球，藏在内心最深处的小秘密一览无余。

她当下最好的反应该是反驳和否认的。

我们只是普通的同学和同桌关系。

他对我无意，我也不喜欢他。

我们之所以走得近是因为，他们家请我给他调理身体。

很多理由都可以说，但在那一刻，宋禧能说会道的嘴像是突然被锯了齿，严丝合缝到根本张不了口。

宋禧垂下头，说话的声音和"嗡嗡"作响的空调机合在一起："我们只是普通的同学和同桌关系。"

"老师相信你。"罗淑荣拍拍宋禧瘦弱的肩膀,"你呢,从小镇上转到南陵,还能在这么短的时间内跟上这里的进度,说明你是一个聪明又肯努力的孩子,所以多的话老师也就不跟你说了,以后继续加油努力!"

宋禧礼貌地和罗淑荣告别,出去时还不忘把办公室的门带上。

在回教室的路上,宋禧又想到罗淑荣刚才说的话:

"梁津轻呢,他家里很早就替他规划好了以后要走的路,他高中毕业之后就会出国,所以你看他平时再怎么迟到早退我都不会说他,当然他身体不好也是其中一个原因——"

宋禧回到教室后,没一会儿,梁津轻也被叫走了。

"你们俩今天怎么回事,轮流被老班翻牌啊!"

陆其扬手里的篮球一直没停,某一瞬间,宋禧甚至在他指尖看到了一丝小火花。

"毕竟不再是倒数,多少值得鼓励下。"宋禧不想跟他说太多,就开始胡说八道起来。

"跟你们这群书呆子真是没什么共同语言。"

果然,陆其扬一听是聊成绩的事,瞬间没了兴趣,转头又在约人放学去打篮球。

梁津轻很快就回来了。

宋禧注意到他在旁边坐了下来,还看了她一眼,但她没跟他有视线接触,还是继续低着头做作业。

"老师说,你想换位置?"

梁津轻以为是陆其扬擅自给她换了座位她不高兴,才会跟班主任提要换座位的事。

"嗯,我现在可是三十三名,哪还有坐后排的道理。"宋禧尽量让语气轻松,她上次考完后成绩出来就嘚瑟了好久,梁津轻也知道。

"我还是二十六名。"梁津轻提醒她,意思他比她排名高也还坐在最后排,跟她是同桌。

"我跟你可不一样,我的目标是全年级前一百名!"

梁津轻又不太高兴了。

宋禧察觉到了,但她不准备哄他。

因为她也不太开心。

罗淑荣说的那番话像是卡带的播放器,来来回回在她耳边播放,每次想到,她心底都会涌上来一股无名的烦躁感。

具体是因为什么,她也说不好。

晚上放学回家，半道上突然飘了几颗雪粒子，宋禧很多年没看到过雪了，很惊喜，下车推着自行车往回走。

她戴了围巾手套，但冷风还是拼了命一般往她皮肤上钻，很快，她的手和脚被吹得冰凉。

就算是这样，宋禧还是舍不得进屋，她半坐在车座上，单脚支着地，边往手上哈着气，边跺着脚取暖。

路上突然有车经过，鸣笛了两声，宋禧听到动静以为是车过不去，又往边上退了退。

车子经过她时，车速放缓，后座的车窗缓缓摇下。

"小同学，我看你的车挺好看的，可以告诉我是在哪儿买的吗？"

宋禧看着车窗后出现的那张脸，猛地吸了口气。

好帅！

精致漂亮的五官，柔和但分明的下颌线，一双眼睛深邃又迷人，鼻梁上架着一副金丝边镜框弱化了几分那种深情感，又多了两分职场精英的气质。

"这是我在小区垃圾桶旁捡的。"宋禧被他盯得有些害羞，挠挠脸边的发丝，难得地不好意思起来。

"这样啊，你也是南陵一中的？真巧，我弟弟也是。"他看了眼宋禧校服上的校徽，随口问道。

"啊……"宋禧也不知道要回什么话，最后憋了半天，也说了一句，"真巧。"

"那我们下次有机会再见了，小同学。"

宋禧朝他挥挥手："哥哥再见。"

不知道是因为临时下起的雪，还是因为在家门口被帅哥搭了讪，宋禧进家门时心情意外地还很不错。

屋里开了很足的暖气，宋禧全身裹得严实，一开门就被热气熏了一脸。家里除了阿姨和向棠外，没有看到其他人。

向棠穿着修身羊毛毛衣坐在沙发上喝花茶，宋禧和她打了声招呼正准备进屋时被她突然叫住。

"宋禧，你过来一下。"

宋禧把外套和围巾脱了，走过去，坐在她对面的单人沙发上。

"这几天你都没回家吃晚饭，你爸爸问了好几次。他呢，最近比较忙，就嘱咐我一定要问你一下。"

宋禧："这几天有点事，后面不会了。"

她已经打算好了，既然梁津轻身体没什么大碍，那给他看病调理的这笔钱她也不应该再赚。

以后梁家，她应该也不用再去了。

"你不用太在意，你爸爸知道你是去梁家了，也很高兴。"向棠端起骨瓷杯，轻抿了一口花茶，"梁家，这里多少人想结交都苦于没有机会，没想到让我们误打误撞上了。"

这话听着让人很不舒服。

宋禧："我跟梁家没什么关系。"

"我知道。"向棠把手里的杯子放下，杯底和杯盘轻轻一碰，发出"铛"的响声，"同学间来往走动还行，要真说能攀上什么关系，倒也是我们不配了。"

她一口一个"我们"，但宋禧心里明白，这个"我们"根本不包含她自己。

或者应该说，"我们"也只是在说宋禧。

不配的，也只有她而已。

"做人啊，最重要的还是要知道自己的斤两，不要痴心妄想。认不清自己几斤几两，最后吃亏的还是自己。"

罗淑荣说梁津轻家里早就帮他规划好了以后要走的路。

高考之后出国，在国外接受几年教育之后毕业，实习期间就会回自家公司，之后再顺其自然地接管公司……

所以，她从一开始就明白，她和梁津轻之间的差距，其实远不止国内和国外这种物理上的距离。

她早就知道的。

宋禧也是在满满爱里长大的小孩，从小在父母那里获得的爱并不完整，但这部分缺失的爱老天也在其他地方补还给她了。

但她在某些时候，依然缺少对抗的底气和随时回头的安全感。

就比如现在。

她知道向棠说的这些话是在故意给她难堪，向棠不喜欢她，从见到向棠的第一面，她就感受到了。

她看似大大咧咧、没心没肺，但其实她最会看人的脸色和感知别人的情绪。

她想要尽可能地得到大家的喜欢，就算得不到喜欢那也最好不要是厌恶，因为她无法坦然面对别人的轻视和鄙夷。

那样会让她觉得自己是一只大庭广众之下被雨淋湿的流浪狗，没人要也没人理。

"那向姨您呢？"

宋禧扬起一个灿烂的笑脸，笑意涌到眼睛里，快要满溢出来。

"您认清了吗?"

就算是只流浪狗,被欺负狠了,也是知道还嘴的。

那晚临睡前,宋海东才从外面回来,宋禧在房间里听到向棠在跟他哭诉。

说宋禧骂她,骂她不要脸,骂她勾引宋海东,还骂她间接害死了自己妈妈……

宋海东心疼,又是好一顿温言软语。他们可能不知道一楼的房间不太隔音,也可能知道但并不在乎她听不听得见。

后来向棠的哭诉止于宋海东答应她,会找机会跟宋禧好好谈一次。

他们离开之后,一切又都归于平静。

宋禧睁着眼望着天花板想,到底什么时候才过春节啊。

她想回家了。

第二天,宋禧早早就出了门,没碰到向棠,也没见着宋海东。

到学校之后,她先去了一趟班主任办公室,再回教室时迟到了两分钟。

梁津轻今天难得准时到了学校,等她坐下,他从课桌掏了一瓶牛奶出来,偷偷从旁边递了过来。

宋禧冻僵的手乍一碰到温热的瓶身,冷不丁地往回缩了一下。

"早餐多的,奶奶让我给你带一瓶。"

宋禧早上急着出门,还没来得及吃早餐,推说道:"我吃过了,你喝吧。"

宋禧把牛奶往他那边一推,继续拿书出来准备早读。

"我喝过了。"梁津轻坚持要给她,宋禧不接他就一直举着瓶子。

宋禧在心里暗叹了一口气,早读已经开始了,老师也很快就会进教室,她不想拉拉扯扯再平白让人误会。

"谢谢。"

宋禧接过来之后,顺手就把牛奶放在了课桌一角。

梁家离学校不算近,就算有司机开车送也要一刻钟左右,再从校门口到教室的距离,牛奶还能保持温热应该是他有特别保温过。

这个天气,玻璃瓶装的牛奶就这么搁在桌上,不出五分钟就会凉下来。

上午最后一节课是历史,在下课前,罗淑荣贴出了一张表,是新的座位分布图。

她交代,趁着中午午休时间,大家把各自的座位都调整一下。

宋禧收拾桌子准备搬走的时候,那瓶从早上就在的牛奶仍然在课桌一角,纹丝未动。

梁津轻从早上开始脸色就很难看,陆其扬叫他去吃饭他也不动,就那么坐在座位上，胸口呼吸起伏的幅度有点大，似乎那里憋了很多的气。

"你还真要换位置啊？你要不想换我可以去帮你跟罗姐说。"陆其扬十分不解，宋禧为什么要搬走。

在他看来，相处了两个多月，他们任别的不说，起码也算是和谐友爱、团结一心了吧。

而且，陆其扬看了眼梁津轻，梁津轻难得有一位同桌，还忙前忙后那么上心，结果她现在拍拍屁股就走人。

这搁谁谁不生气？

宋禧："我视力最近降得厉害，还没来得及去配眼镜。"

宋禧搬好自己的东西，正准备要走的时候，梁津轻突然伸手，拽住了她的书包带。

"牛奶你为什么不喝？"

她不知道该用什么情绪去面对现在的梁津轻。不知道怎么做时，宋禧的第一反应就是逃避。

像把头埋进沙子的鸵鸟，能躲过一时是一时。

宋禧也明白，他其实自始至终都没做错过什么，他对她所做的一切不过都是基于"报答"二字。

她的一切情绪，都是她自己的事。

她不该迁怒于他。

但她现在一看到他就觉得难过，看到他还在不经意地对她好，他们家里人一如既往地念着她，她就会想：

自己凭什么呢？

方晋竹生前就总爱说：病要趁早治，没用的东西趁早扔。

这句话放在人身上也同样适用。

没结果的人，趁早忘记。

宋禧手上用了点力气，想要挣脱梁津轻的束缚，可梁津轻就是不肯松手。

"我不喜欢喝牛奶。"

可之前在他家，他明明见她一口气能干完一整瓶牛奶。

这句话像个咒语，说完，梁津轻就一寸一寸松开了自己的手。

宋禧还没离开，梁津轻的新同桌已经收拾妥当等在了一旁。

"需要帮忙吗？"梁津轻的新同桌是个男生，叫张得天。

"谢谢，不用了。"

宋禧走的时候，余光瞥见梁津轻头也不回地离开了教室。

宋禧的新同桌是他们班班长，个子不高，瘦瘦小小的，在此之前宋禧对他唯一的印象就是成绩很好。

他也不像梁津轻那样偏科，全科成绩都很平均，所以他基本保持在全班前三的位置，年级前一百名他也总是常驻。

"我叫江元，宋禧你好。"

宋禧发现，从她坐下，江元就时不时望她一眼，等她转头过来，他又立马移开了视线。

搞得宋禧很是莫名。

下午的自习课，宋禧做物理习题时碰到了不会的题，在挠了半天脑壳之后，她眼一偏，怎么忘了他了。

宋禧戳了戳江元："江元，这道题可以帮我看看吗？"

大家都在低头做题，宋禧为了不打扰大家，声音压得很低，江元为了听清，朝她的方向侧了侧耳朵。

非常正常的一个举动，但在不明所以的外人眼里，却有种超越普通同学间的亲近。

"宋禧这丫头，什么时候跟班长这么要好了？"

陆其扬一直注意着宋禧，一看她跟江元的互动，立马回头给梁津轻告起状来。

梁津轻眼睛凉得像是蓄了雪的冰坑，一不小心扎进去，能把人冻成冰疙瘩。

他随意扫了一眼，又继续低头做题。

陆其扬看看他又看看那个跟新同桌打得火热的宋禧，故意道："她换座位，不会就是为了班长吧？"

"他也没你帅啊，除了成绩好一点，也没你高，身体比你还差……"

梁津轻抿着嘴斜了陆其扬一眼，脸色也不太好看。

梁津轻："你很无聊？"

陆其扬的目的达到，哼着歌扭过头，撑着下巴继续帮他盯着宋禧。

江元讲题细致又耐心，是那种恨不得掰开了揉碎了喂到她嘴边的类型。

宋禧脑子很快就转了过来，一理解之后再解题，就有一种打通了任督二脉的舒畅感。

"你讲得好好，你真的很适合做老师。"

江元被她说得不好意思："你不会觉得我很啰唆吗？"

之前有同学来找他问问题，就有人说他的讲题过程像老太太的裹脚布。

"怎么会？"宋禧很是诧异，"你讲得很好啊，很清晰，而且思路很完整。"

江元耳朵变红，眼睛都不敢直视宋禧那双真诚又清澈的大眼睛。

江元："那你以后有不懂的，可以随时来问我。"

宋禧拼命点头，江元成绩那么好，能跟他做同桌确实是她比较赚。

罗淑荣帮她调的这个座位，是真的用了心。

宋禧突然想到什么，从书包里摸了半天，摸出来两只便携茶包。

"你睡眠是不是不太好？如果睡眠不好的话还是不要喝太多咖啡了。"

宋禧一来就注意到江元桌上放着的咖啡，他几乎隔两节课就要去冲一杯，这一天下来他都喝了四杯了。

"晚上睡不好，白天不喝咖啡又犯困。"

宋禧把茶包递给他："这是用中药药材配的茶包，提神醒脑的，你喝喝看。如果有效果喝完我再给你带。"

江元不敢相信一般，反复跟她确认道："真的是送给我的吗？"

"当然啊，比起你给我补课，这点小东西算什么！"宋禧见他还不接，直接塞到了他的手里。

"咖啡你真的要少喝！"

他看着就是一副营养不良的样子，明明和班上的男生年纪一般大，但看着像是要低两级的长相。

宋禧看到他就总会不自觉想到医馆之前赖着不走的那只小狸花。

又机灵又有点怕人！

湿漉漉的眼睛看着人时，总是怯怯的。

宋禧从小就被方谊和许见川保护着，现在看江元，竟然会有种想要保护他的感觉。

就像姐姐保护弟弟的那种。

真的很奇妙。

江元："我听他们说，你会看病是吗？"

宋禧点点头，以为他是有不舒服想让她给看看。

"那个……"江元似乎觉得很难启齿，支支吾吾半天都没说出一句完整的话。

"没关系，你想说什么就直说，你都答应教我功课了，有什么我可以做的我一定帮。"

"是我奶奶……"

江元说，他奶奶年纪大了，加上腿脚不便，一到下雨天就浑身疼得厉害，她舍不得钱也不愿意去医院，每次疼得受不了就去附近诊所买点止痛药。但吃来吃去效果也不大，后来有邻居跟他说，或许可以去找中医看看，西药吃了没用再试试中药。

像他奶奶这个年纪，做手术估计作用不大，就只能让她稍微舒服点。

他也不认识什么中医，宋禧刚转学过来时，他就听说了她非常擅长中医，但那时候不熟他也不能贸然去请她帮忙。

"行!"宋禧一听完,十分爽快地就应下了,"那看奶奶什么时候方便,我过去看一下。"

宋禧要给江元奶奶看病的消息,很快就传到了陆其扬耳朵里。

他转头就告诉了梁津轻。

"女人果然都善变,她跟你回家给你看病的事还在昨天吧,今天一换位置就要跟新同桌回家,啧啧——"

那天放学后,梁津轻在宋家附近转悠了好久,才终于等到晚归的宋禧。

宋禧:"你怎么在这儿?"这么冷的天。

"等你。"

宋禧莫名:"找我有事?"

"如果我没记错,找你看病我是付了钱的。"

宋禧更奇怪了:"是啊。"

"拿了我的钱,去给别人看病,嗯?"

宋禧顿时无语。

原来在这儿等着她呢。

"大哥,你是不是忘了,咱们是一次一结的短期雇佣关系。

"正好你今天在,有件事也顺便跟你说一声——"

有件事宋禧在心里琢磨几天了,择日不如撞日,今天这个时机倒也不算差。"你的病我不看了,你另请高明吧。"

宋禧没想到,江元竟然就住在南枝巷。

"这里,我有段时间总来。"

就是刚转来南陵的那段时间,放学后,她没事都会来这里转上一圈,等夕阳落了之后再离开。

现在冬季了,原本郁郁葱葱的南枝巷也变得萧条了起来,路边树枝上的叶子都落光了,光秃秃地支在那儿。

第一次遇见梁津轻的那棵大桑树,现在这个季节也只剩下了光溜的树干。

江元:"我见过你。"

"啊?"宋禧不敢相信,"真的吗?什么时候?"

"准确来说应该是见过你和梁津轻。"

江元似乎是陷入了回忆:"暑假的时候吧,那时候我并不认识你,开学后你和梁津轻做了同桌,我才想起来。"

那就应该是她刚来南陵的那天。

真巧。

江元家就在那棵桑树的小巷里。

往里走四五家,一个毫不起眼的门头推开,就是江元和他奶奶的住所。

或许那都不能称之为一个"住所",只能说是一个能暂时遮蔽风雨的简易房屋。

江元有点不好意思:"家里有点乱,不好意思啊,我奶奶总爱在外面捡一些废品回家……"

"没事,没事——"宋禧怕他多想,边说边踮着脚往屋里走,但稍微一分神,就踢倒了墙边的矿泉水瓶子。

"对不起,对不起……"

两个人就在你一句对不起我一句不好意思中,总算是顺利进了屋。

屋子里很暗,就算开了所有的灯,下午五点半左右的光景,进了屋后,她就没办法再看清对面江元脸上的表情了。

这几天下雨,天气潮湿又寒冷,江元的奶奶腿疼在床上躺着,江元带宋禧进去的时候,他奶奶眯着眼叫了声:"元元?"

江元赶紧应了一声:"奶奶,我的新同桌宋禧来家里了,我之前跟您提过的,您还记得吗?"

不知道是屋里太暗看不清,还是他奶奶眼睛不太好,她撑着坐起身,朝没人的方向摸了半天。

宋禧赶紧上前两步,握住了她的手。

宋禧接触过的老人不算多,之前肖萍如算一个,现在江元的奶奶也算一个。

和肖萍如一看明显就养尊处优的手不同,江元奶奶的手掌心全是干裂的硬茧,指头缝里乌乌黑黑的,指关节扭曲变了形,是常年劳作留下来的痕迹。

"是宋禧丫头?元元,你这孩子也真是的,带同学回来怎么不提前跟我说声……"

江奶奶挣扎着要起床:"想吃什么,奶奶晚上给你们做?"

"不用了,奶奶。"宋禧连忙扶住她躺下,"我就是有点功课不会,来问问他,问完就走了。我家里还等着我回去吃饭呢,您真的不用忙!"

江元之前就跟她说过,他奶奶不愿意去医院检查,怕要花钱。所以宋禧今天来这事,也没敢提前告诉她。

宋禧坐在床上陪江奶奶说了会儿话,趁她不注意的时候,宋禧悄悄把手指搭在她的手腕上。

这时候,江元给宋禧倒了杯水,正好接过她的话头,继续跟他奶奶说着话。

宋禧很快就把完了脉,她冲江元使了个眼色,江元迅速接收到。

"奶奶,我们出去做会儿作业,您再休息会儿,我做完作业就去给您做饭。"

宋禧担心他奶奶会听到,一直走到门外才开口跟他说道:"奶奶是不是一变天身上就会疼得厉害?"

"对,平时偶尔也会不舒服,但到下雨或换季的时候,她就总是疼得下不了床,原来还稍微好点,这几年越发严重了。"

"应该是风湿性关节炎。这是个慢性病,长期不注意就会一点一点地加重。"

江元蜡黄的小脸皱成了一团:"那……还可以治吗?"

"现在只能先想办法缓解。"宋禧回头看了一眼身后这间破败的房子,"回头我给奶奶开点药,然后平时注意防寒保暖。"

见他眉头还皱着,宋禧想了想又安慰道:"我外公原来常治这种关节炎,我回去再翻翻他的治疗笔记,你别太担心了。"

天已经完全黑了下来,江元把宋禧送出巷子,呼啸的北风似乎要把人的天灵盖都给掀开。

回去之前,宋禧拐了道弯先去了趟中药馆。她把提前拟好的药方给老中医瞧,老中医戴着老花镜盯着药方细细看了好一会儿,最后他只是摸着胡子点了点头,只是有几味药店里刚好缺货,他便和宋禧商量换成了别的。

等药方配好,宋禧把口服的中药留在店里煎,另外几味药她打包之后带走了。

第二天去学校,宋禧把药包塞到江元的桌子里:"口服的药还在煎,这是鸡血藤和宽筋藤,每天泡脚的时候加一些,可以有效缓解疼痛。"

"还有——"宋禧注意到罗淑荣已经到教室门外了,她加快语速迅速说道,"我在我外公的笔记上新学了几招按摩的手法,下次我去给奶奶试试。"

说完等了好久都没见江元有什么动作,宋禧趁老师不注意,转头一看,才发现他眼睛红了一片,里面隐隐还能看得到水光。

宋禧随手抽了张草稿纸,在上面写了一句:怎么了?哪儿不舒服吗?

江元吸了口鼻子,给她回:多少钱,买这些药?

宋禧:那补课费你也给我算一下?

江元没再回过来,宋禧也没多想,继续开始背课文。

直到下课,江元情绪都很低沉,宋禧大概知道他在想什么。

"这样吧,如果这次期末考试你能帮助我前进五名,那这中药钱和补课费咱们就抵了,如果名次没进步这个钱你再给我,怎么样?"

"真的可以吗?"江元不确定地反问道。

.142.

"你是不是对自己的教学没信心啊,还是说你觉得我不聪明你教不好?"

江元一听她扣上来的这顶帽子,果然急了,连连摆手让她别误会,这一通下来,他也只能应了宋禧的提议。

课间,宋禧去上个厕所的工夫,回来就发现陆其扬占着她的座位,拉着江元不知道在说什么,一看到宋禧回来就赶紧闭了嘴。

宋禧:"你在这儿做什么?"

"我来找班长讨教一下学习不行啊?"

在宋禧狐疑的目光中,陆其扬果断起身离开。

"你们刚刚在聊什么?"从陆其扬那里问不出,宋禧决定从好说话的江元这里打听。

江元:"他就是来问,以后学习上有什么不懂的能不能来问我。"

奇奇怪怪。

这陆其扬也不像是个努力学习的人啊!

但真就像他说的那样,陆其扬时不时就往他们这里跑,有时候甚至上课铃响了也不走,拉着江元问东问西。

但他也确实是在问不会的习题,搞得宋禧在一旁赶也不是等也不是。

陆其扬:"下节是自习课,你先到我座位上坐会儿,我问完了再跟你换过来。"

宋禧抱着自己的试卷去了陆其扬的位置,刚准备坐下,梁津轻从门外进来,跟她迎面对上了视线。

那晚之后,宋禧就没再跟他说过话,偶尔课间会在走廊上碰到,她也是能避就避。

现在这么猝不及防的,她一下子还有点尴尬和不自在。

"陆其扬在我那儿,我临时……"

没等她话说完,梁津轻面无表情地走过去,拉开凳子坐了下来。

宋禧眼睛不自在地转了两圈,收了嘴,她拍了拍衣角不存在的褶皱,也坐了下来。

她定了定神,长舒一口气后,摊开试卷开始做题。

宋禧刚进入状态,做到第三道选择题时,椅子就被踢了一脚。

她以为是梁津轻不小心伸腿时踢到的,毕竟人家腿长,可以理解。

宋禧没有回头,就愣了两秒,然后继续开始做题。

结果没两分钟,椅子腿又被踢了一下。

宋禧咬了咬牙,深吸一口气后还是没有立马回头。她刚才跟他说话时他那样,活像她是没话找话跟他搭讪一样。

"笔掉了,麻烦帮忙捡一下。"或许是看她半天没反应,梁津轻终于压低声音开了口。

宋禧低头一看,脚下果然有支笔。

她弯腰捡起来,没回头,直接背着手把笔放在了他的桌上。

后来,陆其扬时不时就会去霸占她的座位,宋禧烦不胜烦,但看他难得这么认真的份上,她也做不出真赶他走的事。

梁津轻也还是那副样子,见了她连个正眼都不给她,这不知道的还以为她做了多少对不起他的事。

天越发冷了,教室里开着空调,但空气不流通,憋久了总觉得嗓子发干发痒。

宋禧保温杯里的水就没断过,做一会儿题就得喝两口。

梁津轻应该是又感冒了,"咳咳咳"的声音就没停过,宋禧被扰得根本静不下心来做题。

她摸了摸口袋里已经放了两天的化橘红,犹豫要不要给他。

万一给了他,他又那副爱搭不理能气死人的样子,她岂不是好心没好报?

但他咳得也太频繁了,恨不得要把肺都咳出来一样。

宋禧心一横,转身,把化橘红掏出来放他桌上。

"一次两到三片,泡水喝,止咳的。"

宋禧刚要转回去,却被梁津轻叫住:"多少钱,咳咳——我给你……"

宋禧眉心拢了下,看他捂着嘴,一张苍白的脸咳得通红,还不忘跟她银货两讫的样子,她就忍不住想生自己的气。

说了不会再给他看病,也不再跟他牵扯过多。

怎么就是忍不住!

"要给我钱?行啊——"

"就收你个友情价,1888元。"

梁津轻拈起手边这薄薄四五片装的塑料袋,1888元?

这论片卖的吗?

"先欠着。"

梁津轻拿杯子起身去接开水,宋禧看着他的背影撇了撇嘴。

回来后,他把化橘红放进杯子里,等泡好的那段时间,宋禧也无心做题,侧着耳一直听着后面的动静。

等他终于揭开盖子,喝下第一口——

"噗!"

梁津轻没忍住,一口还带着热气的化橘红水直接喷了出来。

等着看他反应的宋禧也没能幸免,后脖子直接被喷湿了一大块。

"不想我好过你就直说——"梁津轻咬着后槽牙,语气不善,"这么苦的东西,你是不是想苦死我?"

梁津轻本来就没理她了,这下一生气,更是不给她好脸色看。

为了不自讨没趣,陆其扬再霸占她的位置不让时,宋禧就直接拿书开始赶人,几次之后陆其扬也就不厚着脸皮来缠着江元了。

期末考试很快就来了,这段时间在江元的一对一辅导下,宋禧感觉自己从内到外都有了质的飞跃和升华。

在跟方谊打电话时,她整个人显得无比亢奋,有对期末考试的紧张,还有对即将到来的寒假的兴奋。

为期两天的期末考试结束之后,没等成绩出来,宋禧连夜就被许见川接回了小镇。

刚开始,宋海东听说宋禧要回去过年时,还略有不快,但后来宋禧跟他说,今年是外公去世的新年,老家那边的规矩就是晚辈要回去祭拜。

他虽然还是不太高兴,但终究没有多说什么。

宋禧临走前,他偷偷塞了个红包给她,等上了车她拿出来一看,足足有十张一百元。

许见川在一旁看着,什么话也没说。

"回家请你们放烟花!"宋禧扬起大大的笑脸,冲着他甩了甩手上崭新的纸币。

"好,那就先谢谢宋老板啦!"

小镇上的生活慢而丰富。

宋禧在家每天睡到自然醒,不管多晚醒来,厨房的灶台上总会有特意给她温着的早饭;吃完早饭,她会上街去溜达一圈,凑在老头老太太中间偷听一下最近哪家又有了新八卦;吃完许见川做的午饭,她会再睡个午觉,等醒了再稍微做个寒假作业,不会做的就扔给许见川。

在镇上过了一周,她像是又回到小时候不记事的那个年纪,每天就是吃吃喝喝,万事不愁,如果有需要愁的,前面也有方谊和许见川。

"你们期末成绩是不是要出来了?"

那天许见川随口问了一句,宋禧才终于想起来,被自己扔进行李箱最角落的手机。

手机没电自动关了机,等充上电再开机,又已经过了好几个小时。

她打开手机一开,有N条短信和未接来电,有欠费通知、缴费通知,还有陆其扬、江元、罗淑荣和梁津轻等人发来的信息。

宋禧先看了眼罗淑荣的短信,内容非常言简意赅:班级25名,年级97名。

.145.

宋禧看清文字后，立马惊叫了出来，外头的方谊和许见川以为她发生了什么事，慌忙跑了进来。

"我考进年级前一百名啦！"

方谊和她抱在一起转圈惊叫，许见川还穿着围裙，想上前但是怕油污把她们身上弄脏，就只能举着手站在门口跟着乐。

方谊："哇，你也太棒了吧喜喜宝贝！今晚必须加餐！不，你说你想吃什么，让许见川请我们出去吃！"

"烧烤烧烤，我要吃烧烤！"

宋禧忙着出门庆祝，还没充满电的手机暂时被她扔在了一旁，等深夜回家她才想起来还有短信没回。

江元的短信也是在说考试的事，不过他是把每科成绩都单列了出来，最后还加了一句祝贺的话。

宋禧给他回了一句：小江老师，我们同喜啊。

和上面的"正事"相比，陆其扬的短信简直就是碎嘴子。

什么乱七八糟的消息都有，什么他爹回来看了他的成绩单差点没气过去，什么他被赶出家门只能去投靠梁津轻，什么梁津轻每天画画不跟他玩儿，诸如此类一些毫无营养的话。

最后，她点开梁津轻的消息。

只有三条。

第一条发送时间是在考完的第二天，那时候她已经离开了南陵。

L：咳嗽好多了，那药苦是苦，但还挺管用。

第二条是两天后。

L：你什么时候方便，我把药钱给你。

随文字一起的还有一张彩信图片，土黄色信封里有零有整放着一沓钱。宋禧目测了一下，感觉像是她之前狮子大开口的1888元。

真"人傻钱多"？

可能是她一直没回，他也没再继续发，最后一条是在昨天，短信内容很简单，只有一个问号。

宋禧随手给他回了一句：考完就回家了，这几天手机没电了没看手机。药钱不用给了我开玩笑的，咳嗽好了就行。

发完，宋禧退回短信界面又看了眼消息列表，把欠费和缴费信息点开看了一眼，发现她手机早在三天前就欠了费，但昨天不知道是谁又给她缴上了。

她出去问方谊和许见川："你们谁给我手机充话费了吗？"

他们俩同时摇头。

方谊："你在家我们也不用打电话找你，给你充什么话费？"

宋禧一想也是。

"你手机停机了吗？"方谊问她。

"停了，但不知道谁又给我交上了。"话还没说完，手机振动了一下，是梁津轻的回复。

一个句号。

实在没话说也不用浪费短信费专门回她个句号的。

"充了多少？"

短信上没显示，宋禧拨通了运营商的话费查询服务，挂断电话后，短信很快就发了过来。

宋禧一看，腿差点没软成烂面条。

她膝盖一弯就要往下跪，旁边的方谊手疾眼快抱住了她的腰："你怎么了，见鬼了？"

还真是见鬼了。

宋禧把手机屏幕转给方谊看。

方谊一看，也差点没站稳脚跟。

"2000……"方谊吞了口口水，"……的话费？"

方谊："充、充错了……了吧！"

宋禧第一反应也是充错了，但转头一想之前短信里梁津轻说的药钱……

她赶紧又给梁津轻发了条短信：你给我充话费了？

这次，他很快就回了短信：嗯。

宋禧快无语死了：充了2000？

下一秒，有新短信进来。

又是一个字。

L：嗯。

宋禧原地转了两圈，好不容易平息了内心的激荡和怒火，她心平气和地给他回了一句：梁津轻你有病？

两千块钱去干点什么不好，充话费？他怎么想得出来的！

她这个破手机只能打电话发短信，这么多话费她得用到何年何月！

这次过了很久，梁津轻都没再回短信。

等心情平静了之后，宋禧又开始审视自己，刚才那话是不是说得太过分了？

毕竟人家也是一番好心，被她骂有病，这任谁听了也不乐意吧。

宋禧刚想再给他发条信息解释下，手机又进了条新短信：是。病得不轻。

宋禧一看，愣了。

她脑海里瞬间浮现出，梁津轻病恹恹地躺在床上，动也不能动，还挣扎

.147.

着给她发信息的模样。

不该怪他一句只发个"嗯"和句号的。

估计是真没力气吧。

宋禧：又病了？去医院看过了没有，吃药了吗？

梁津轻仰靠在沙发上，低头思索了一会儿，利落地回：没有。

正好肖萍如在叫他，他果断关了消息提醒，然后把手机锁了揣进兜里。

那晚直到临睡前，梁津轻才再次打开了手机。

结果收件箱内空空如也。

他不敢相信，以为是最后一条消息没发出去。

梁津轻又切到和宋禧的聊天对话框，屏幕上清清楚楚显示的，最后一条消息是他的"没有"。

一看着那对话框就心里烦，他把手机往床上一扔，人也丧气地往地上一坐。

竟然无动于衷？

不说要她打电话关心问候，最起码的，可以短信慰问他一下吧！

虚头巴脑也行，虚情假意也罢，连个样子都不屑于装了吗？

梁津轻洗完澡出来，手机在响。他以为又是陆其扬约他出去玩，也懒得去接，等擦完头发看它还在响，他才悠悠走过去把手机捞了起来。

一看来电显示，他连毛巾都忘了取，就那么顶在头上，手指急着去按通话键，但因为沾了水一通忙活下来——

电话还是断了。

梁津轻拍了下自己的额头。

这电话，他回还是不回？

回吧，显得他着急，一点都不矜持！

不回吧……万一她不打了怎么办？

他清了清嗓子，还是果断按下了回拨键。

"有事？"

宋禧听他声音兴致不怎么高的样子，问道："你病好点了没？"

身体健健康康的梁津轻有点心虚，也不敢多说，就"嗯"了一声。

"那就行，我下午去买了点我们本地的药材补品，你和爷爷奶奶都可以吃的，多补补。

"具体怎么吃，我都写好了，放在箱子里。吃之前你记得看一下。"

宋禧等了会儿没听到回应，还以为是电话断了，连连"喂"了好几声。

"听到了。"梁津轻在床尾坐下来，家里开了暖气，玻璃窗上结满了雾气。

"你下午就是去买这些去了？"

"是啊。"宋禧应道，"要是我外公还在，我家的医馆里都有，但现在只能去外面买了。"

毕竟他给充了两千块的巨额话费，于情于理都得还一点人情。

加上之前肖萍如对她也很照顾，快过年了，也该买点东西感谢一下他们。

"你什么时候回来？"

"啊，我啊？"这个问题她早就想过，所以回答他时几乎没有犹豫和停顿，"开学前一两天吧。"

梁津轻又是半天没说话，宋禧以为是屋里信号不好，"喂喂"着起身走了两步。

"能听到。"

方谊在屋里听到动静，扬声问她是在跟谁打电话。

宋禧不敢说是梁津轻，只能捂着话筒说没谁，然后蹑手蹑脚地推开门想去院子里。

门一开，冷飕飕的寒风冻得她直缩脖子，院子里黑，什么都看不清，脸上被冰沁沁的雪粒子砸中的时候，她愣愣地抬头。

下一秒，她跳着脚，对着电话那头惊喜狂叫：

"下雪了！梁津轻，我这里下雪了！"

第八章
过新年

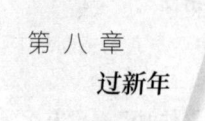

因为雪夜的这通电话,宋禧和梁津轻之间那点脆弱的友谊算是又回温了一些。

为什么说脆弱?

因为宋禧在家不常用手机,临近春节,她总是被方谊拉出去置办年货,一来二去就会遗漏他的消息和电话。

等宋禧再回复他时,他说起话来,就总鼻子不是鼻子眼不是眼的。

这天一早,镇上有农历的大集,是年前最后一个大集市。

方谊头一晚就跟她说好,第二天要上街去逛逛,顺便再买点烟花爆竹什么的,年三十那天可以放,还有去祭拜外公和她妈妈时也需要用。

早上七八点,他们从家里出发,等走到集市时,街上熙熙攘攘,一眼望过去几乎全是人。

宋禧出门前特意连一口水都没喝,就为了把肚子留出来,今天在集市上把好吃的都吃个遍。

起先,他们仨还走在一起,后来宋禧看到一家豆腐脑摊,人就开始走不动道了。

她跟在一群大爷大妈身后拼命往人老板身后塞钱,许见川见状,只好嘱咐方谊跟紧她,他自己先去购买年货和祭品。

宋禧左手拎着炸串,右手捧着豆腐脑,看到前面有卖爆米花的,她只能软着嗓子央求方谊替她拿着。

"今天是来办年货,不是让你来吃年货的!"

方谊说归说,但还是去给她买了一小提篮,给她挎在了胳膊上。

她们俩走走停停,边买边逛,拐过一条街的吃食摊位之后,映入眼帘的全是一片五颜六色的瓜果蔬菜。

宋禧对那些东西没什么兴趣,她跟在方谊身后,无聊地四处乱瞥。

方谊不会做饭，对这些更没兴趣，两人挤在人群中步伐非常一致地都加快了一些。

宋禧突然扫到一个摊位，赶紧把方谊一拽："等等。"

方谊跟着转头，一看，是一个卖年货的摊子。

宋禧急忙往那儿跑去，方谊担心人走丢，只好也跟了过去。

一去就听到宋禧指着一盆开得黄灿灿的金钱橘树问老板："这个多少钱？"

老板忙着给其他人装袋称斤两没听到她的话，还是旁边的大妈见她问了好几声，看不过去了告诉她："我刚买了，小的六十，大的一百二。"

宋禧摸着金钱橘的叶子，若有所思。

能吃能观赏，关键它的叶子很规整漂亮。

"那我要——"

宋禧话没说完就被方谊一把捂住嘴："你买这个做什么，你又不喜欢吃橘子！"

"我不吃。"宋禧挣扎着喊了几个字，"我有别的用处！"

方谊这才把她放开："这除了吃还能用来干什么？"

"画画。"

宋禧随口回了一句后，转头又跟老板说："老板，我要一盆小的，谢谢。"

等她付完钱，方谊还是没有想明白："橘子叶能画画？你蒙我吧！"

"其实我也不知道能不能画，但桑叶都能画，我想橘子叶应该也可以吧。"

反正都是叶子，桑叶、橘子叶还是菩提叶，区别应该不大吧。

如果实在用不了，还能吃橘子，也不浪费。

逛完集市再回到家时，已经接近中午，宋禧一上午嘴都没停过，肚子也不饿，她说自己困了就拎着金钱橘回了房间。

手机还在床头柜上充电，她拔下来一看，有两条梁津轻的短信。

L：叶脉画画好了，想看吗？

发送时间：09:03。

L：你语文寒假作业做完没有？

发送时间：09:27。

宋禧看了眼时间，现在已经12:48了。

她赶紧给他回了一句：想看想看！

至于第二个问题，她直接忽略。

等了三分钟，那边还没回消息。

宋禧想了想，又给他发了一条：给你挑了份新年礼物！

宋禧回忆他之前处理桑叶时的手法,先用抹布把叶子表面的水都吸干,然后用布包好。

但下一步要怎么做,她还不知道,上次只看到他是用水泡好端出来的。

第二条消息发过去,没过十秒,梁津轻的短信回过来了:给我挑礼物去了?

宋禧看着屏幕上的字,稍一琢磨,这么说——好像也没什么问题。

宋禧:你绝对喜欢!

后来梁津轻再问,到底选了个什么礼物,宋禧又不回消息了。

他一颗心像是悬在油锅上,进一寸热,退一寸凉。

梁津轻愤愤地把手机往边上一扔,他哥眼斜过来,凉凉地来了句:"跟女同学吵架了?"

快过年了,一年没见过几面的梁家人也终于着了家,这两天梁津轻的爸妈还有亲哥都住到了爷爷奶奶家。

这个时间正是等午饭开席的点,梁蔚清坐在单人沙发上翻着报纸,眼睛却时不时往梁津轻那儿瞟。

看他一会儿抿嘴强忍笑意,一会儿又皱眉深呼吸,全部心思都被那一方小小屏幕占据了。

这副模样,他倒是从来没见过。

"问功课。"

梁津轻语气镇定,脸上又恢复以往一贯的冷淡,连跟他哥说话都没太多情绪。

"噢——"

梁蔚清拉长声音:"是问那个骑你自行车的同学吧?"

梁津轻在他哥的目光中,表情僵了两秒,而后装作若无其事一般,反问他:"什么自行车?"

梁蔚清哈哈笑了两声,正好肖萍如在厨房喊吃饭,他顺势站起了身,完全忽视了梁津轻的问题。

宋禧会捡到梁津轻扔的自行车这事,刚开始连他都不敢相信。

梁津轻不会骑自行车,但他妈为了锻炼他,还是在他小学五年级时送了他一辆。

他学是学了,但技术也不怎么好,骑一次就要受点小伤,后来他嫌丢人就不骑了。

之所以会扔,一是他确实没准备再骑,看着碍眼;二是他妈给他挑的那辆——颜色实在不符合他的审美。

本来他是打算趁家里没人,偷偷扔掉的,哪知竟然会被宋禧又捡了回去。

那辆车连陆其扬都不记得了,他本来想着宋禧要是喜欢,这事他就烂肚子里了,但没想到——

被梁蔚清发现了。

梁家一向奉行的都是食不言寝不语,他们也都习惯了,除了之前宋禧来的那几次,饭桌上一般不会有人主动聊天。

"妈,我记得你之前是不是给阿轻买过一辆自行车?"

梁津轻本来在喝汤,闻言差点没把汤直接吐到梁蔚清的脸上。

他瞪了梁蔚清一眼,想让梁蔚清住嘴,但梁蔚清压根儿不看他。

"好像是有,怎么了?"

"我啊,看见——"

梁蔚清刚想说什么,就被梁津轻突然的起身强制性打断:"哥,一会儿跟你说点事。"

梁蔚清了然地点了点头,又扯了个话题把自行车那事绕过去了。

午饭后,梁蔚清到梁津轻的小书房,随手拉开他的椅子坐下,手没动,眼睛却一直在他桌上四处瞧。

梁津轻给宋禧画的画就在某本书中间插着。

梁蔚清不动,梁津轻也不敢动。

他哥打小就聪明,又长他几岁,心思那不是一点半点的细腻——特别是在这种挖他老底的事情上。

"说吧,想跟我说什么?"

梁津轻哪有什么事要跟他哥说,只是刚刚怕他哥真把自行车的事抖搂出来,他不仅要跟他妈解释为什么要扔车,还要解释宋禧到底是谁。

梁津轻借着整理桌上课本的动作,顺势把那本夹着叶脉画的书放远了一些。

"有道题不会,你帮忙看看。"

梁蔚清笑了一声,但到底没拆穿梁津轻。

一道题而已,梁蔚清两分钟讲完,也不管梁津轻懂没懂,就起身准备走人。

快走出书房时,他又突然杀了一个回马枪:"真不准备跟我聊聊那位女同学?"

梁津轻低头转着笔,假装沉浸在解题思路里,并不理会他的问题。

梁蔚清停顿了两秒,一伸手,把桌子边缘的一本书拿了起来。

梁津轻余光瞥见,惊得差点站起身。

梁蔚清好笑地观察着他的反应。难得啊难得,这个弟弟从小身体不好,一家人宠爱得不行,但他从懂事起就总是一副疏离冷漠的样子。

就算是面对家人,表情也总是淡淡的,没有太多喜怒哀乐和过多的情绪表达。

这么些年,这还是第一次在他脸上看到如此丰富的面部表情。

梁蔚清回想起前段时间在小区偶遇的那个女生,个子不算高,瘦瘦小小的,脖子上那条厚围巾几乎遮住了大半张脸,但那双澄澈的大眼睛就算在夜色中,也亮得很。

梁蔚清拍了拍书上并不存在的灰尘,下一秒,又把书放回原处:"注意点,别摔了。"

门一关,梁津轻赶紧把书拿过来,看了一眼里面的画,完好无损。

梁津轻掏出随身携带的手机,刚在吃饭时手机振动了一下,他就估摸是宋禧的消息。

一打开,果然。

宋禧:保密!等回去给你个惊喜!

梁津轻完全忘了她没及时回复消息的郁闷情绪。

L:那你的画,也保密。

L:等你回来看。

一晃就到了年三十。

那天一大早,宋禧就和许见川、方谊上了趟山。

半年没来,山上荒了不少,一路走过去荆棘丛生。许见川拿着镰刀在前面开路,宋禧走在中间,方谊护着她在后面压阵。

等到了方晋竹的墓碑前时,天色已经大亮,雾气也散了开来,半山腰能直接看到小镇全景,风景极好。

方谊和宋禧把带来的祭品一一摆上,许见川把坟墓周围的杂草又割了割,都弄完之后,他拿出一串鞭炮,在坟前围了一圈。

这些都是他们现学的。

方郁芇去世后,方晋竹就不怎么来祭拜,或许也来过,只是没有带上他们。

宋禧的印象中,她只跟着来过两次。

一次是方郁芇刚去世,另一次就是去年过年,那也是方晋竹最后一次来。

所以,到底人死后,纸钱要怎么烧、祭品要买些什么、祭拜时要注意些什么,这些都是方晋竹去世后,许见川去找人问然后学来的。

给方晋竹烧完,他们又往前走了五十米的距离,到了方郁芇的坟墓旁。

宋禧看着墓碑上陌生的年轻女子,有点难以和记忆里那个中年女人扯上联系。

方郁芃年轻的时候很美，有一种江南女子的温婉和娴静，她静静立在那儿，谁看过去她都俏生生地笑。

她去世太久了，久到宋禧几乎都快要忘了她的长相。

"想跟妈妈说会儿话吗？"方谊见宋禧站着发呆，小声询问她。

宋禧："不用了。"

下山后，宋禧在房间待了大半天。

她坐在床头望着窗外。今天天气很好，天蓝得澄澈透亮，几乎看不到一丝云的痕迹。

宋禧呆坐了一下午，突然就有些理解方晋竹了。

这么多年来，他很少带她去那里看她妈妈，或许就是知道，去过之后她的情绪可能得花很久才能缓解过来。

不去看那座墓碑，她还能在心里自欺欺人，也许他们只是暂时去了别处，不久之后就回来了。

失去亲人的那种伤痛，并不是一时阵痛就可以结束，而是那种细细绵绵的疼，总会在不经意间出现，时不时就会提醒你：

你最爱的亲人都已经不在了。

在你开心时，在你难过时，身边再也没有人陪着你。

天黑之前要贴对联，本来方谊还在和许见川商量是不是要敲门叫宋禧，没想到宋禧自己就出来了。

她扬着一脸笑，没事人一样指挥着许见川上上下下调整对联的高度，又和方谊一起给满屋的玻璃都贴上红色的窗花。

等天彻底黑下来，宋禧连春晚都顾不上看，非要拉着方谊和许见川去外面放烟花。

她用宋海东给的钱，买了好大一堆烟花，大的小的，冲天炮、仙女棒什么都有。

他们开始放之后，隔壁邻居家的小孩听到动静也都跑了出来。

宋禧非常大方，给他们发了一大把，一群人就围着空地噼里啪啦玩了起来。

接近零点，许见川点燃了最大的礼花，绚烂的烟花瞬间冲上天，在空中绽放出最亮眼的色彩，然后再坠落不见。

宋禧挥舞着手里的仙女棒，举着手机，在烟花最漂亮的瞬间拍下一张。

她点开梁津轻的对话框，把照片发给他。

刚显示发送成功，宋禧的手机就响了起来。

她这边烟花鞭炮声一阵接着一阵，几乎听不到电话那头的声音，但她毫不在意。

她的心情被这热闹的人间喧嚣点燃，她举着手机，将手机听筒对着烟花盛开的地方，大喊：

"新年快乐！"

等一轮烟花消尽，宋禧收回手机，发现通话还在进行中。

她对着听筒，轻轻低喃了一句：

"梁津轻，新年快乐。"

宋禧是在开学前两天回的南陵。

她把行李一扔就抱着那盆跟着她舟车劳顿的金钱橘去了梁家。

来开门的是梁家的保姆，见到她还很诧异："你来找老太太还是阿轻？老太太和先生去国外了，阿轻回他爸妈家了。"

那就是谁都不在。

宋禧看了眼被塑料袋包裹得严严实实的金钱橘，想了一会儿说道："那我自己和梁津轻联系吧，谢谢您。"

上次在集市上买的那盆金钱橘，宋禧没经验把它放在了院子里，结果一夜雪落，橘子和叶子就全落了。

现在这盆，是她早上临出发前，又专门去买的。

保姆请她先进去坐："外面冷，你进来喝口热水吧。"

宋禧边发着短信边跟着往里走，屁股还没沾上沙发，梁津轻的信息已经回过来了：你在家等我，我马上到。

宋禧手里的热茶才刚续上一杯，大门已经被梁津轻推开了。

他双手撑着膝盖大喘气，见宋禧探头出来看他，才终于舒了一口气。

宋禧："你从哪儿来的？不会是跑回来的吧？"

梁津轻接过她递来的纸巾，稍微按了按额头上的汗："离这儿不远。"

"大冬天你流这么多汗，小心感冒。"

宋禧给他倒了一杯热茶，又找保姆拿了一条干毛巾："背后要是湿了就拿毛巾隔一下，不然湿气会入体，一会儿风一吹真的会感冒。"

梁津轻望着她手里的毛巾，很是犹豫。这种隔汗巾的方法，他只在小朋友身上见到过。

"我没事，一会儿就干了。"

宋禧眼一瞪，还没张嘴说话，梁津轻瞬间气就短了半截。

他默默接过毛巾，进了洗手间。

三分钟后，梁津轻从里头出来。宋禧怕他阳奉阴违不听话，跳起来往他背上拍了拍，确定有一整块不平坦的触感后，才满意地点了点头。

"不错！"

梁津轻把手往她面前一伸："我的新年礼物呢？"

在梁津轻回来前，宋禧偷偷把那盆金钱橘藏在了沙发后面。

笑话，怎么着她也得先看看他画的画。

要是送她的这张画还不如"孙悟空"，她正好可以趁机把之前那张"孙悟空"要过来。

宋禧："我要先看我的。"

梁津轻才不听她的。

她人就在客厅坐着，那礼物肯定也就在这一片区域。

梁津轻眼睛扫了一圈，很快就锁定了唯一可以藏东西的沙发背后。

他脚往那个方向一迈，宋禧就暗叫不好，她一个箭步冲上去，双手一张，拦住了他。

宋禧："你怎么还耍赖呢，我说了，我要先看我的！"

梁津轻："我只是想坐这边而已。"

宋禧当然不信，他的手明明已经往沙发缝那里摸了。

宋禧索性整个人仰躺在沙发上，以人做盾挡在了前面。

梁津轻一见她往下倒，手就下意识地往回缩，但还是没有她惯性向下的速度快。

怕她的头磕到沙发边缘，梁津轻慌乱之中拿手心护了一下她的后脑勺。

确保她不会受伤后，他才把手拿了回来。

"我都看到了。"

她用红色的塑料袋包着，看看还挺大的样子。

送他新年礼物，竟然连包都不包一下。

那袋子像是去菜市场，随手被摊主扯来装菜的一样。

梁津轻："你的画在楼上，你先把我的给我，我马上带你上去看。"

"那先说好，如果你画的这张我不喜欢，你要把上回那张'孙悟空'给我！"

梁津轻很轻地笑了一声，眼里蓄了一层好看的光："可以。"

他突然变得这么好说话，宋禧还有点不太适应。在她还在纠结的时候，梁津轻一个俯身，单手把盆栽从后面掏了出来。

他们之间的距离，有一瞬间几乎只隔了几厘米，他比她高不少，弯下腰时能把她整个人都包裹在其中。

她又闻到了他身上的那股中药味。

若有似无，比第一次见他时要淡了一些，不知道是不是跟他最近喝药比较少有关。

宋禧脸颊上的红晕慢慢从耳朵尖弥漫到整个脖子。

她用双手捧住脸，想要试图给脸降温，闻到她自己指尖的味道时，脸上的温度不降反升。

她这近半年没用手碰过中药材，指尖的味道其实也已经闻不太到，但这次回去她又把医馆剩下的药材整理了一遍。

中药味估计就是那时沾上的。

"宋禧！"

宋禧还沉浸在自己不合时宜的遐想中，猛地，梁津轻出声吼了她一声，她吓得一"咯噔"，人立马坐起了身。

"干、干吗？"

梁津轻扯开袋子，一脸铁青，叫她名字时都咬着牙。

宋禧把腿一抬，横在身前，做出一副抵御的姿态。

"这就是你送我的新年礼物？"

金钱橘？

这玩意儿他家院子里就有一棵，比这个大十倍。

亏他还期待了这么久，日日夜夜都在猜她会送他什么礼物。

本来送她的画只是张画，后来他又怕她送的礼物太精美，于是又专门找时间去了一趟精品店。

现在那薄薄的一张叶片，正静静地躺在包装精美的礼盒里，盒子外面还系着他学了无数遍才学会的蝴蝶结。

结果她呢！

梁津轻扭头就走，气冲冲的。

等宋禧回过神来，他人已经消失在了楼梯间。

咋又突然生气了呢？

生气就生气吧，他礼物还没给她呢！

宋禧刚准备追上去，兜里的手机响了。

她拿出手机一看，是宋海东。

宋海东刚从外头回来，看到她房间的行李箱但是人没在，就打个电话来问她。

"哦哦，我刚出来有点事，现在回去。"

宋禧看了眼楼上。这人真是，送他的礼物不喜欢就不喜欢嘛，还生气，给她的礼物还不给她。

这不是白嫖她的礼物嘛！

一直到开学，梁津轻都没再主动找过她。宋禧因为之前寒假作业没做完，剩下的两天在拼命赶进度，礼物的事也就这么搁置了。

　　开学那天，天气有些阴沉。出门前，宋禧看天气不好也就放弃了骑车，在等公交车时意外碰到了梁津轻。

　　宋禧："你家司机今天不在啊？"

　　梁津轻连头都没转，过了老半天，宋禧还以为他耳朵被水泥封住了的时候，他才不情不愿地"嗯"了一声。

　　啧，这人，气性可真大！

　　礼物不喜欢她再选一份送他不就行了，不高兴了也不直说，那张嘴就跟个摆设一样。

　　这种嘴，她老家统称为"锯嘴葫芦"，嘴巴长了跟没长一样。

　　宋禧转了个他看不见的方向，龇牙咧嘴了一番，等脸上表情缓和了，她才又转了回来。

　　他不说话，宋禧也不说话。

　　寒风一阵又一阵，宋禧昨晚熬夜赶作业，早上起晚了，出门急围巾忘了戴，脚上也只随便套了双球鞋。

　　现在在风口站着，她整个人就像一块新鲜冷冻成形的冻肉。

　　还是可行走的那种。

　　宋禧边哈着气边跺脚，好像这样就能帮她取暖一样。

　　梁津轻把自己脖子上的围巾取下来，反手丢到她肩上。

　　他一副她欠了他八百万的表情，这围巾宋禧拿在手里像是烙铁一般，她接都不敢接，就更别说戴自己脖子上了。

　　"不了不了，多谢你的好意。"

　　不知道是不是天色暗，她没看清楚，在她这句话说完后，梁津轻的脸色似乎又暗沉了两分。

　　喜怒无常的男人啊！

　　下午最后一节课照例还是自习课。

　　陆其扬又抱着一堆作业来跟宋禧换座位，宋禧不愿意："你这不像是来请教作业，倒像是来抄作业的。"

　　"求求你了宋姐！禧姐！你就是我最亲的亲人！"

　　陆其扬个子高人又壮，突然在她面前这么一撒娇，宋禧直接被吓得鸡皮疙瘩直起。

　　"受不了你，让你让你！"

　　宋禧拿了本习题册起身，结果就看到他座位上已经坐了人。

.159.

坐的还是梁津轻的同桌。

"怎么回事？"

"哦，我刚有道题不会做，先和他换了一下。"

没等宋禧再开口，陆其扬直接往她和座位中间一插，成功把她顶了出去。

这个时候正是上课时间，宋禧也不好再跟他扯，只好硬着头皮往教室后排走。

"不是我要来的啊，是陆其扬非要跟我换……"

宋禧坐下的第一句话就是跟梁津轻解释，就怕他一会儿情绪不好再冲她甩脸色。

梁津轻不说话，宋禧就当他听完之后没意见了。

她埋下头开始认真做习题，过了好久好久，梁津轻突然开了口："你送我金钱橘做什么？"

这个问题其实他早就想问了，如果那天她跟在后面一块儿上来，他当下就会问清楚。

结果她一声不吭就走了，这几天也不理他，搞得他心里又开始七上八下，在想是不是那天发脾气吓到她了。

但他想了很久还是没搞清楚，她为什么会送他那个。

给他拜年？祝他发财，还是祝他大吉大利？

"橘子叶，桑叶，菩提叶。"

宋禧怕打扰前桌同学，说话的声音压得很低。

梁津轻还是没懂："什么意思？"

"你画叶脉画不是需要叶子吗？"

梁津轻唇抿得很紧，不知道接下来该说些什么。

"不是所有叶子都可以画画的。"

"我知道啊！"宋禧很是坦然，"要叶片大，没有伤痕没有虫眼没有麻点，那盆可是我精心挑选过的，每一片叶子都健康漂亮！"

梁津轻几不可闻地叹了口气。

过了一会儿，他把语文书翻开，从里面拿出一张薄如蝉翼的叶片，轻轻推到她手边。

和上次"孙悟空"那张不同，这次的叶片圆润又规整，光洁透明的叶面，似雾如纱，色彩浅淡。

"你的礼物。"

"原来在你眼里，我这么好看啊！"

菩提叶上画的是宋禧。

画中的她额前的碎发落了几缕在眼前,正低头搅动着火炉上的中药。

梁津轻被她看得脸热,说出口的话有些气急败坏的味道:"不想要就还我!"

宋禧侧身一挡:"送给我就是我的了,哪有还回去的道理!"

她用手指细细抚摸叶片上的纹路,越看越觉得自己怎么这么好看!

她之前照镜子也没觉得啊!

宋禧偷偷拿出手机,用低像素的手机相机给叶脉画正正反反拍了好几张照片。

拍完了还没完,宋禧挑了最清晰的一张,分别给方谊和许见川发了过去。

"老师来了。"

宋禧一慌神,赶紧把手机往兜里藏,藏完之后心虚地四处张望,哪里有老师的人影?

"喂!"

"好好写作业。"梁津轻帮她把叶片放进笔袋里,"又没人跟你抢,回家慢慢看。"

宋禧转着笔,看两眼题就看看笔袋,那么薄的一层,会不会笔尖一戳就碎了啊?

那放在笔袋里可太危险了。

她得找个时间把它给塑封上才行!

手机在兜里振动了一下,估计是他俩回消息了。

宋禧手偷摸着把手机拿出来,藏在课桌下面,假装撑着头思考问题,眼睛很快在屏幕上扫了一眼。

方谊:右下角写的什么?

宋禧疑惑,叶片上有字吗?

她拿起来又仔细看了一遍,眼睛都快看成对眼了,终于看清了。

在书签右下角,靠近叶蒂的位置,刻着三个小小的字。

"赠喜喜"。

宋禧的名字是她外公给取的。

禧,福也。

刚识字的时候,她总嫌自己的名字复杂、不好写,所以每次考试就只肯写"宋喜"。

慢慢地,"喜喜"就成了她的小名。

但除了她最亲近的人,基本上外人不会这么写她的名字。

"你怎么知道我的小名?"

梁津轻本来在看书,听到她的问题抬头看了她一眼,看到她手上捏着的位置，很快就明白了。

"上次看到了。"

见她还是一脸不解，梁津轻拿手比了比："那本《伤寒论》。"

宋禧愣了一下。

她唯一一次在他面前看《伤寒论》就是在这个位置，可她明明记得，当时他一来她就把书藏了起来，他什么时候看到的？

但后面任凭她再怎么问，他都不说了。宋禧没办法，也不能强硬动手把他的嘴撬开，只能作罢。

宋禧放学到家的第一件事就是把《伤寒论》又翻了出来。

连她自己都不记得，书上到底哪里有写过她的名字。

内页不可能，那就只能是封面或扉页。

扉页上有一行方晋竹的题字，但写的是书的购买日期和他的名字。

宋禧在封面上找了一圈，最后在书脊处看到了别别扭扭的两个字。

非常稚嫩的笔迹。

想来是她小的时候调皮，随手写上去的。

她心想，梁津轻的眼神会不会太好了一点！

开学后没多久，南陵就到了一年中最舒服但也短暂的季节。

春暖花开的四月，是梁津轻的生日。

他有意无意在宋禧面前提过了好几次，宋禧全都打哈哈带了过去，导致梁津轻脸沉了几日。

宋禧在心里暗自发笑。

他那个样子，真的很像嘴硬的小朋友，明明想要她的礼物但又不直说，非要摆脸色让别人来猜。

宋禧不惯他这个臭毛病。

所以就算她早就想好了要送他什么生日礼物，面上也完全没有显露出丝毫迹象。

进入四月后，梁津轻已经不搭理她了，连她主动找他聊天也是有一句没一句的。

宋禧表面上生气，暗地里却忍不住偷笑。

十号那天，陆其扬在课间时悄悄把她拉到楼梯间，小声提醒她：

"后天是阿轻生日。"

宋禧抠着手指头，敷衍地"哦"了一声。

"就'哦'？"陆其扬气她的反应迟钝，"你今天放学赶紧去给他买份生日礼物。你如果没钱可以买个便宜点的，如果手头实在是紧，我可以借点给你。"

"不用。"

宋禧藏了这么多天的惊喜，可不能在陆其扬这里露馅。她转身就要走，又被陆其扬一把拽了回来。

"不用是什么意思，是不用借钱还是怎么？"

其实陆其扬是真的不想掺和他们这些事，他俩一看就经常偷偷混在一起，不仅背着他联络感情还不带他玩儿！

然后在这种时候，又来找他当中间人帮忙。

今天这个口但凡不是梁津轻亲自开，他都不带搭理的。

宋禧："不用就是不用，你不用操心。"

陆其扬气得要死，这一个两个的，就没一个省心的。

"你要实在不知道买什么，我放学去帮你买一份，你后天找个时间送给他……"气完了，这事情还得解决啊！陆其扬提了个折中的办法，这样她省事他也省事。

"你真不用管！"宋禧都快被他逼笑了，"你怎么跟个老妈子一样！"

得，陆其扬更气了。

宋禧走后，他气到在楼梯间用手砸墙。

真是不省心的两个人。

四月十二日那天，正好是周五。

太阳还没出来，但已经能感受到热意。

那天梁津轻难得地没有迟到，早读课开始前就到了教室。

他的课桌上已经堆满了五颜六色的生日礼盒，路过的同学总会不自觉地往那里瞟。

梁津轻的生日并不是个秘密，初中的时候就传得全校皆知了，自那之后，每年他生日总会收到各种各样的礼物。

刚开始，礼物盒上还都会有署名，毕竟谁也不想扔颗石子一点水花都不起。

但梁津轻会按照班级名字，挨个把礼物退回到每个人手上。

第二年礼物就少了，但还是有，于是他再退。

弄了几次之后，就没什么人再送了，或者再送的就会像现在这样，索性不留名。

不留名的这些礼物，梁津轻也不会收，他会在生日之后找个时间以学校的名义把礼物全捐出去。

礼物不多，他就再自己掏点钱买一点，然后找奶奶赞助一些，一起捐给乡村希望小学。

感谢信和捐赠书,他还会拜托班主任帮忙贴在学校公告栏。

这么一来,给他送礼物的人又多了起来。

梁津轻踢了踢前面的凳子:"来搭把手。"

陆其扬很有经验,不用他多说就从书包里掏了个麻袋出来。

刚准备要把礼盒往里放的时候,梁津轻想到什么,又突然制止了他:"算了,你先放着吧,我一会儿来装。"

听梁津轻这么说,陆其扬也没多想,把麻袋给他放地上就转了回去。

等陆其扬再回头时,却惊奇地发现,梁津轻竟然在一个个地——拆礼物!

已经拆过了的都被他放进了麻袋,其他没拆的还堆在他手边。

陆其扬:"怎么今年想到要拆礼物了?"

前些年他看都不看,直接用麻袋一装就寄出去了。

今年不仅看,竟然还一个个拆?

梁津轻:"感受一下。"

陆其扬没懂:"感受什么?有很多人爱的感觉?"

梁津轻越拆情绪越差,仿佛手里拿的不是别人为他庆生的生日礼盒,而是剜他心脏的刀。

行。

她可真行。

梁津轻拆完最后一个礼物,终于死了心。

他的视线落到宋禧那个方向,她压根儿没察觉到他的眼神,还非常开心地跟江元在聊着什么。

比他这个寿星还要开心!

早上没收到宋禧的礼物,梁津轻安慰了自己一节课,想着她可能是钱不够,毕竟她也是挺穷的,没钱的话不给他买礼物也很正常。

给他说句生日快乐也可以。

礼轻情意重,他也不是那种虚荣的人,送他一句祝福就行了。

结果他从白天等到黑夜,从上学等到放学,本来他还想邀请她一起去家里吃饭,结果放学铃刚响,她人就跑没影了!

梁津轻快气死了!

他从没这么憋屈过!

礼物不送,祝福不说,他这个寿星倒请她吃饭——嘿,人家压根儿不给机会!

挺好。

梁津轻一路铁青着脸到家。

肖萍如特意买了澳龙和五层高的蛋糕，家里到处贴着生日气球，一看就是用心装饰了的。

他一进门，肖萍如就把买蛋糕送的皇冠强行给他戴在了头上，然后又塞了一把气球给他。在他还没来得及反应的时候，梁青山"咔咔咔"给他连拍了好几张照片。

"成了，十七岁的生日留影有了。"

梁津轻讨厌拍照，尤其是生日照。

但肖萍如一直坚持给他和他哥做生日照片合辑，每年怎么着都会给他拍几张。

但之前都是在切蛋糕的时候拍，没想到这次会在他刚进门的时候。

梁津轻脱手，氢气球瞬间就飞到了天花板上，他捋了把头发，皇冠也掉了下来。

梁津轻："切蛋糕吧，切完吃饭。"

肖萍如按住他的手："你等等，你怎么回事？急着走流程吗？"

可不就是走流程，每年都是这一套，毫无新意。

梁津轻："到底还等什么啊？不切我就上楼了。"

蛋糕也不让切，澳龙也不让吃，他们三个人就这么坐在客厅里，梁青山和肖萍如还有照片可以看，他就这么傻坐着。

无聊的生日。

门铃响起来的时候，肖萍如几乎是跳着起身，嘴里连连应道："来了，来了。"

"奶奶晚上好！"

梁津轻一听到声音，屁股上就跟安了根弹簧一样，立马站了起来。

宋禧捧着一只朴素的纸盒子，视线和梁津轻对上的第一秒，就朝他走了过来。

"生日快乐啊，梁津轻。"

她边说边把手上的盒子递给他。

梁津轻还有点没回过神，他愣愣地接过盒子，盒子很轻，几乎没什么重量。

但宋禧递给他时的动作小心翼翼的，搞得他也很紧张，轻手轻脚，生怕盒子摔了碰了。

梁津轻接过去就傻站着，宋禧在他眼前挥了挥："想什么呢，快拆礼物啊！"

有了上回金钱橘的前车之鉴，梁津轻在心里默念了二十遍：别期待！别期待！

不期待就不会失望!

这是他从上次新年礼物的反省中得出来的结论。

但拆盒子时,他还是止不住地暗暗激动,心率有点加快,连打开盒子的手都有些微微颤抖。

如果她送的礼物太贵重,那等她生日时,他可得精心挑选一份更好的。

不能输给她!

盒子打开,盒子内部一览无余。

梁津轻的心狠跳了一下。

"宋禧!"

"哎!"宋禧凑近他,脸上堆满了明媚的笑,"怎么样,我送的礼物喜欢吗?"

他到底是为什么,要对她的礼物抱有期待呢!

梁津轻闭了闭眼,再睁开,盒子里那只黄啾啾的小鸡崽歪着头看了他一眼:"叽叽叽——"

"怎么样,是不是很萌很可爱?"

宋禧在边上眉飞色舞,肖萍如在一旁连声附和她:"是是是,对对对,真可爱!我们禧禧真会选礼物!"

"我专门去农贸市场买的呢,逛遍了整个市场,才挑中了这一只。"宋禧絮絮叨叨地跟肖萍如说着买鸡的事,"……而且老板跟我保证过了,这鸡很好养活的,只要给它水和吃的,没两个月就从小鸡崽长成大公鸡了!"

肖萍如:"是吧,这鸡一看就健康,眼珠子又圆又亮的。"

说着,肖萍如拿起桌上的相机,冲着小鸡拍了一张,然后把屏幕递给宋禧看:"我们家鸡崽真上镜!"

梁津轻瞪着那只鸡,半天没出声。宋禧察觉之后悄悄靠过去,问他:"你不喜欢?"

他喜欢得起来吗?

刚才他眼睁睁看着,那只小鸡崽在盒子里,屁股一撅,旁若无人地拉了两坨粑粑。

那股子销魂的味道瞬间弥漫开来。

"我谢谢你。"

她的礼物,真的每次都能超出他的理解范畴。

正常人会送一个十七岁的少年,一只刚出生几天的……公鸡吗?

真的离谱。

"不用谢,不用谢。"宋禧非常大方地挥挥手,顺带提醒了他一句,"你给它取个名吧。"

一只小公鸡而已,大了就杀了煮汤,还取什么名!

"你送的,你取。"梁津轻赶紧把任务丢给她,他可不想花时间在这种无意义的事情上。

宋禧一听,很是慎重,转头就跟肖萍如商量起来:"它通体金黄,不然就叫'黄金矿工'吧。"

肖萍如一如既往地无条件附和宋禧,但最后可能是理智拉回了她,她委婉地表示:"但这名字会不会太长?不方便我们叫吧。"

"也是。"

宋禧又想了好几个,还是没想到满意的。

梁津轻趁机提议先吃饭,边吃饭边想。

晚饭吃到一半,宋禧的眉头还紧锁着,小鸡的名字不想好她根本没心思吃饭。

宋禧:"爷爷,您学问高,要不您给取一个?"

梁青山正在喝汤,闻言,一口汤差点没忍住喷出来。

他整理好自己,用非常平静的语气拒绝了:"毕竟是你买的,你就是它的再生父母,还是你来取吧。"

宋禧朝四周看了一眼,正好瞧见他们家里过年还没来得及拆的窗花和对联。

她眼睛一亮:"不如就叫'富贵儿'吧!"

又喜庆又吉利!

宋禧都忍不住为自己的妙想鼓起了掌。

肖萍如非常给面子,也跟着她一起拍起了手掌。

梁青山打定主意不掺和这事,所以他只低头喝汤不说话。

但梁津轻就不一样了,这是送他的鸡,最后拍板还得他来。

宋禧:"梁津轻,你觉得怎么样?"

梁津轻毫无想法,只要不叫梁津轻,叫什么都行。

"好!"宋禧一拍手,十分愉快地确定了小鸡的名字,"那它以后就叫'富贵儿'了!"

吃完饭又切完蛋糕,梁津轻送宋禧回家。

回去的路上,宋禧事无巨细地跟他交代要怎么给富贵儿喂食:"它现在还小,一顿不能喂太多,身上要保持干燥,所以,喂完水你记得把水碗拿走……"

梁津轻明显不太上心,"嗯嗯啊啊"地也不知道他到底听进去没有。

"以后它就是你的鸡儿子了,你记得对它好点!"

梁津轻直接被哽住,不愿意接受这个白送的儿子的心情到达了今晚的一个巅峰。

"让它跟你姓吧。"

宋禧故意板起脸,控诉他:"你不喜欢它是不是?"

"也不是……"梁津轻脑子快速转了起来,两秒之后,他给自己编了个完美的理由。

"宋富贵儿送富贵,多好听,而且是你送的,更有意义了!"

宋禧一听,也对哦。

"那行吧,那它跟我姓。"

说完,宋禧话头一转,再次叮嘱他道:"你好好对它,别虐待它,要用爱和耐心爱护它、照顾它!"

梁津轻表面应着:"好的。"

实际上:等它大了,就把它宰了。

宋富贵在三个月零八天的时候,发出了它的第一声鸣叫。

那时,是凌晨四点十三分。

再过五天就是宋禧的生日,虽然她一放暑假就回了老家,但该准备的礼物还是不能少。

这几天,梁津轻就在弄这个事,熬夜也是常有的事。那天,梁津轻近两点才上床,四点被鸡吵醒之后,他恨不得顺着电话线过去找宋禧。

宋禧迷迷瞪瞪地接起电话,声音带着不清醒时的沙哑和软糯:"梁津轻?这么晚,你找我有事?"

宋禧还有点迷糊,她嘴巴在说话但眼睛还闭着,仿佛下一秒就会马上昏睡过去。

突然,她耳边传来一阵嘹亮的公鸡打鸣——

宋禧惊得差点没把手机甩出去,瞬间,她从天灵盖到脚趾尖,全都清醒了。

她刚想开口骂人,电话那头的梁津轻怨气似乎比她还大:"你'儿子'打鸣了。"

儿子?

打鸣?

宋禧愣了两秒,很快反应过来,她心虚地哈哈笑了两声:"真棒啊,我们家富贵儿!"

把宋禧也吵醒之后,梁津轻心里的气才终于散了一点。

为了不享受宋富贵近距离 VIP 式的叫醒服务,梁津轻单手把它的一双翅膀拎起来,直接扔进了楼下院子里。

宋富贵还是小鸡崽的时候，几乎就是和梁津轻同吃同住。

也不是他自愿的。

刚开始梁津轻对它还没什么感情，一只注定要被他煮汤的鸡，也没必要投入太多的精力和心血。

但这只是梁津轻个人的想法，宋禧并不这样想。

她似乎真把宋富贵当成了自己毫无血缘关系的儿子，一天恨不得抓着梁津轻问一百遍它的健康状况。

一天吃多少颗米，喝多少毫升水，上了几次厕所……

事无巨细到只要梁津轻的眼睛稍微闪烁一下，她就立马指责他不爱护小动物。

后面养着养着，有了些微薄的感情，梁津轻就把宋富贵的窝安在了他卧室的飘窗上。

现在三个月过去了，他就后悔了。

本来天要下雨公鸡要打鸣，这都是不可违抗的自然规律，他也不能把它嘴封了不让它打。

但是他可以把鸡丢远一点——比如他家的院子。

反正只要不在他耳边打就行。

但他没想到，宋富贵会认门，不仅会认门还会找窝，晚上必须得在他房间睡，不开门就叫。

宋禧知道后，安慰他："这是真把你当爹了。你一定是非常用心地照顾着它吧！孩子大了，知道谁对它好。"

事后，梁津轻想起来，觉得宋禧是在故意给他戴高帽子。

先用甜言蜜语迷惑住他的理智，然后让他心甘情愿接受一只打鸣而且会一直打鸣下去的大公鸡！

从宋富贵开始打鸣之后，梁津轻上学再也没迟到过。

宋富贵一岁的时候，梁津轻也迎来了他的十八岁生日。

正值高三模拟考，在梁津轻的一再坚持和要求之下，肖萍如才终于肯让他的生日仪式一切从简。

但他和宋富贵的生日合影还是没逃掉。

梁津轻那段时间熬得人眼里都没了光，在肖萍如的指挥下，他生无可恋地抱着宋富贵拍了那天唯一的一张生日照。

宋禧的礼物梁津轻也没让她送。

为了让她相信真的不是他客气或者不好意思，梁津轻提前三个月就在她耳边念叨："不要礼物！不要礼物！"

宋禧根本不听他的："十八岁生日可是成人礼，这么重要的日子我肯定要给你一个难忘的惊喜。"

梁津轻一听,更怕了。

"如果你实在要送的话也可以。"梁津轻非常和谐地和她打着商量。

"你满足我一个愿望。但我现在没想好要什么,愿望我先存着,等我想好了跟你说。"

宋禧当然不肯。

这可比直接送他礼物代价大多了!

"我可不干杀人放火、偷鸡摸狗的事。违法的,犯罪的,都不行!"

梁津轻:"……我在你眼里就是这种人?"

"开玩笑,开玩笑。"

宋禧见他脸色不对,赶紧帮自己往回找补:"那行吧,那就帮你在我这儿存一个生日愿望。"

梁津轻眉头这才松快些。

紧接着,宋禧又故意道:"我可没钱,你不许找我要钱!"

梁津轻气死。

她以为谁都跟她似的,是掉钱眼里的财迷吗?

说到这个,梁津轻气又不打一处来。

去年宋禧生日的时候,梁津轻本来想送她一本叶脉画集,里面都是他亲手画的二十四节气图。

有的是他之前画了收藏的,也有的是认识她之后画的。

本来他是打算送她十二月份的,但怕她嫌少,后来就换成了二十四节气。

结果——最后礼物还是没送出去。

就怪他在她生日前两天,多嘴问了她一句:"你想要什么生日礼物?"

梁津轻想着她可能会不好意思,或者让他随便送,或者要个什么稀奇古怪的东西……

但他千算万算没算到,她最想要的生日礼物,竟然是——钱!

"你给我包个红包就行,至于金额你来定。"她话倒是说得好听,但在电话里也不忘反复敲打他。

"包多少都是你的心意。反正我是会根据你包的红包来判断你是不是真心拿我当朋友……"

第二天,梁津轻偶然得知,一模一样的说辞,宋禧对陆其扬也说了一遍……

陆其扬说要给她包 666 元,梁津轻刚开始本来只打算给她包 888 元,这一听,觉得不行——

他必须拉开和陆其扬的差别!

最后,他给她包了 8888 元。

至于那本他熬了大半个月做成的二十四节气叶脉画集,被扔在了书架吃灰。

第 九 章
喜欢你

六月的南陵已经开始热起来,窗外的蝉鸣一声高过一声。

高考那天,天热得透不过气。

考场教室里的风扇在"吱呀吱呀"一圈圈地转着。

宋禧被分在了外校考场,她的这间教室没有空调,只有头上那顶二十多人共享的吊扇。

上午考完之后,学校领导紧急联系送来了冰块,在教室前后门都放上了。但收效甚微。

这几天南陵太热,温度一下子升到三十多摄氏度,风扇裹挟着冰块的凉,但吹到他们每个人脸上时,也都还带着热气。

宋禧用手背摸了把额头,摸下来一手汗。

她在做题间隙望了一眼窗外,郁郁葱葱的香樟树和不知疲倦的蝉鸣,一下子让她想起,两年前她刚来南陵的那个时候。

时间过得真快,一转眼,她已经又快要离开了。

两天,四门考试。

最后一场考试结束,宋禧收拾好书包,在教室外的走廊上站了很久。

外面正下着暴雨,考完的学生被家长拥着送伞下,视线所及之处,花花绿绿的雨伞像是一曲雨中芭蕾,踮着脚尖在不停地旋转跳跃。

外校考试的学生,会由学校大巴统一把他们送回学校。

雨势丝毫不见小,教学楼到校门口还有段距离,宋禧没有多想,直接顶着书包冲了出去。

上了大巴,她随便找了个空位坐下,几乎湿透了的衣服很快把座位也打湿了。

"擦擦吧。"

邻座的女生递给她一包纸巾,宋禧道了好几声谢后,才接了过来。

"你是七班的吧,我好像见过你。"

女生戴着厚厚的近视眼镜,不知道是不是因为复习忙,她额前的刘海长得都快要遮住了眼睛。

在跟宋禧说话时,她总是时不时就要往旁边扒一扒。

"我是七班的宋禧,你好。"

"我是隔壁八班的余络。"

两人本身也不熟,干瘪的自我介绍后很快又一起陷入了沉默。

大巴启动后,余络看了她好几眼,又突然开口:"你跟梁津轻是男女朋友吗?"

车上前后左右都有其他班的同学,宋禧听到她的话,第一反应是朝四周看了看。

余络声音压得很低,而且还故意往宋禧这边靠了靠,所以旁边没人注意到这里的动静。

"不是。"

相比宋禧那一瞬间的紧张,余络表现得非常镇定,她说话时脸上很平静,眼里也没有流露出任何打听八卦时的那种好奇。

好像她对这个问题的结果并不好奇,而只是闲着无聊随便想了个话题而已。

余络"唔"了一声,缓慢地点了下头。

宋禧以为这个话题就算过去了,刚准备转头时,余络又说道:"他配不上你。"

宋禧诧异到忘了开口,擦脸的纸巾在手里快被她攥成了球。

而说完这句话的余络没有再开口,只是转过头安静地看着窗外一晃而过的雨景。

宋禧没想到竟然会有人说,梁津轻配不上她?

还是之前完全不认识的邻班同学。

宋禧问:"为什么这么说?"

余络的视线从窗外收回来,又抬手拨了拨自己的刘海:"嗯……就是直觉。"

宋禧哭笑不得,这简单到直白的理由,确实让人不得不信服。

"梁津轻那样的人,看似天之骄子,所有女生都对他趋之若鹜,但实际上灵魂孤独、情感贫瘠,不会说爱,也不懂表达爱。

"这辈子,他能碰到一个契合的灵魂都难。"

余络看着宋禧,她隔着厚厚镜片的那双眼睛,干净又澄澈。

"但你不一样,你还会遇到很多有趣的灵魂,只要你愿意,你都可以和

.173.

他们契合上。"

宋禧：……好高深。

余络看起来不像理科生，倒像是一个看破尘世的哲学家。

这番话，根本就不像是从一个十七八岁的高中生嘴里能说出来的。

话音刚落，大巴就稳稳停在了一中门口。

余络抱起书包先一步离开，走了两步之后，她又回头，说："我和江元是邻居。"

宋禧这才后知后觉，原来刚才那番话，是在夸她啊。

也太隐晦了。

差点没懂。

高考结束后的第二天，宋禧连懒觉都没睡，连夜收拾好行李，跟宋海东打好招呼后就独自坐上了北上的火车。

本来许见川要来南陵接她，但他实习单位临时有点事，方谊学校也走不开，他跟宋禧商量能不能晚几天再走。

但宋禧就像半只脚已经伸出笼子的鸟，是无论如何不愿意再退回去的。

她说自己可以一个人坐车。起先许见川不同意，后面实在经不住她的央求和方谊的劝说，只能松了口。

宋禧的火车快要抵达目的地时，梁津轻才知道她已经离开了南陵。

高考结束那天，梁津轻晚饭都没吃，回家就直接倒在床上昏睡了一天一夜。

第二天，他起床吃完晚饭，抱着宋富贵去宋禧家找她时，才被告知她已经连人带行李一早就离开了。

梁津轻打电话给宋禧时，方谊正接上宋禧。火车站吵闹得不行，宋禧"喂喂"了好几声都听不到他在说什么。

"听不到就挂了，一会儿回宾馆了再回过去。"

等回了宾馆，刚把东西放下，方谊又马不停蹄带她去跟许见川会合。宋禧一个人吃完半只烤鸭后，肚子撑了，人也困了。

宋禧疯玩了七天，等方谊放了假才一起回了镇上。

其间，她也有给梁津轻发过消息，但短信就像石沉大海一般，后来宋禧也就没再继续发了。

方谊在家里陪宋禧住了两周，后面学校有事就只能先走，她担心宋禧一个人，想带宋禧一起，但被宋禧拒绝了。

"医馆里还有很多药材，我趁着放假再整理整理，有些能用的我就送人，不能用的也要处理了。"

这间医馆方晋竹开了几十年，药材处理起来并非易事，而且医馆开门之后还不断地有病人上门。

这是宋禧没预想到的情况。

六月底，高考成绩出来，宋禧超常发挥，分数比之前模拟考时都要高。

许见川打来电话问她想报什么学校，有没有什么想学的专业，宋禧想都没想："N大吧，医学系。"

许见川听完好久都没说话。说实在的，他有些意外，但好像这个答案也在意料之中。

"挺好的，师父要是知道了肯定很开心。"

七月中旬，宋禧的大学录取通知书被村支书亲自送到了医馆门口。

那时候，宋禧还穿着长布衫在晒药材，鞭炮在门口响起时她差点以为是家里烟囱炸了。

这段时间，她在家学做饭，已经做出了心理阴影，什么响动她都以为是厨房什么东西炸了。

鞭炮放完了，村支书又给她戴了朵大红色的胸花，红灿灿喜洋洋。

"这家的孩子真不错。还是老方会养啊！你看他们三兄妹，个个都出息得呀！"

"我家要是出一个大学生，都是祖上冒青烟，他们家一出出仨！真的是人比人得死，货比货得扔啊！"

"还是家风好，宋禧是亲孙女吧，那你说那男娃和那女娃呢，都是老方捡来的……"

宋禧笑得嘴角直抽抽，她僵着嘴角和村里的领导合完影，一转头，就看到了人群中拿着手机偷拍她的梁津轻。

梁津轻隔着老远，挥着手机跟她打招呼，他屏幕里那个一脸傻相还戴着一顶大红花的人，不是宋禧又是谁。

宋禧："你怎么来了？"

梁津轻穿着一身白色的运动装，头发茂密蓬松，个高腿长，站在一众看热闹的村民中，耀眼又醒目。

他脚边扔着一只黑色行李袋，脚上黑白运动鞋上沾满了黄色泥点子。

宋禧："你掉坑里了？"

这几天也没下雨，不知道他的鞋上怎么会搞得这么脏。

梁津轻："路上碰到个老奶奶，她的牛掉坑里了。"

宋禧没太明白这和他的鞋有什么关系。

他们俩在这边偷偷说着话，村支书转头瞧见也跟了上来。

"这是喜喜的同学吧，中午来叔叔家吃饭啊！村里为了庆祝喜喜考上大学，特意摆一天流水席！"

说完，他又冲着围观的人群大声招呼道："都来啊大家，一起来热闹热闹。"

村支书普通话不太标准，梁津轻听得云里雾里，他拽了拽宋禧的衣服，问她刚刚村支书都说了些什么。

"你有口福了，一会儿跟我去蹭饭。"

梁津轻脸生，他跟在宋禧后面进祠堂的时候，在场所有人都转头盯着他俩看。

梁津轻什么样的大场面没见过？但刚踏进祠堂的门，他还是稍微有被震撼了一下。

宋禧："这里都是住了几十年的老街坊，之前没见过你，对你好奇很正常，你不用在意。"

怎么可能不在意。

他们说的地道方言，梁津轻一句都听不懂。刚开始宋禧还有耐心帮他翻译，后来烤猪上来，宋禧就埋头开始专心啃猪蹄去了。

她完全无视梁津轻的求助，任由他无助地被乡亲们热情的问候包围。

等她终于吃饱喝足，才扬声跟围着他的人说了句话，人群才慢慢散去。

"他们刚才都在说什么？"

"让你跟他们回家做上门女婿。"

梁津轻怀疑宋禧在故意揶揄他。

"你也不说帮帮我，我可是你带来的人！"

梁津轻说这句话时，和她挨得很近，她的脖子甚至可以清晰地感知到他鼻息的温度。

宋禧心漏跳一拍，但嘴上依然不客气："你自己来的。"

梁津轻吃了口菜，吞进去后才盯着她一字一句地说道："嗯，我自己找上门的。"

梁津轻带着行李袋，显然是有备而来。

宋禧："你家里人知道你来吗？"

梁津轻一秒都没犹豫："知道。"

但其实他跟家里说的是，他和陆其扬出去玩几天，具体玩几天到时候再说。

都已经是两个成年的大小伙子了，肖萍如也没有什么太多的担忧，只叮嘱了他几句，每天记得发信息报平安。

宋禧："那你晚上住哪儿？镇上的招待所？"

其实镇上并不大，但借了邻镇大力发展旅游业的光，这里周末和节假日偶尔也会有过来玩的人。

所以镇上小归小，生活设施还是一应俱全，招待所的条件算不上好，但总体也是干净整洁的。

宋禧领梁津轻去看了，他连招待所的门都不愿意进，看完扭头就要走。

"这是我们这儿条件最好的一家了！"宋禧拉住梁津轻，不让他继续往前走。

"我之前出去玩，最低住宿标准是五星级酒店。"

宋禧：……那，要不您走？

"那你不住这儿想住哪儿？"天快黑了，再晚他就真得露宿街头了。

"你家……不是还挺大的吗？"

说完，梁津轻一脸期待地望着她。

让他直接住她家，确实是宋禧一开始的想法。

但家里这些年一直都是他们爷孙四人住，家里也没亲戚，也根本不会有客人来，所以方晋竹一间客房都没留。

没有客房，那就只能住剩下的三个房间。

方谊的肯定不行，她的房间平日里就不喜欢人进去，光门上的锁就有两把。

方晋竹的房间也不行，他是在卧室闭眼的，让梁津轻去住还是不太好。

剩下的，就只有许见川的房间了。

宋禧找机会偷偷给许见川打了个电话，结果他一听她说完，温柔的声线陡然拔高了三度："不行！你让他住招待所去，钱我来出！"

…………

所以她家看着大是大，但没有能让他睡的地方。

"那我睡客厅沙发，或者在医馆打个地铺。"梁津轻说什么都不愿意住招待所。

"算命先生之前跟我说，我体质差，在一些陌生的地方容易招不干净的东西。"

"在这里我只跟你熟悉，除了你家其他地方我不敢住。"

梁津轻站在宋禧面前，宋禧必须仰头才能看清他的表情。

就这么一个比她高出不止一个头的少年，委屈着一张脸，示弱地跟她说他"不敢住"。

宋禧的心瞬间塌软了半边，最后还是带他回了家。

他大老远过来，她也不可能真的让他住客厅，或者医馆。

思来想去，宋禧决定把自己的卧室让给他，然后她去住方晋竹的房间。

宋禧把自己床上的被子搬走，又给他拿了套新的床上用品。

"我就住隔壁，有事你就喊一声。"

宋禧离开后，梁津轻才有空细细打量她的房间。

一墙到顶的书架，上面放满了各式各样古今中外的书籍，从中医到历史，从漫画到名著。原来她之前说的爱看杂书是真的。

除了书架，就是窗户前一张小书桌，抬头就能看见窗外的风景。她的桌上也都放满了东西，水杯、笔袋……甚至还有不知名的小石子。

梁津轻躺在她的床上，闭着眼深吸了一口气，空气中有若有似无的中药药材的味道，窗外的蛙声阵阵，还有树上不知名的鸟叫。

他平时对睡眠时的环境要求很高，床品必须松软贴肤，周围不能有声音，室内温度不能超过27℃……

她的房间没有空调，只有一只小电扇在床头悠悠送着风。

躺下时，梁津轻以为自己肯定又得失眠，结果再一睁眼，忘记拉窗帘的窗户透进来了第一缕晨光，直接落到了他的脸上。

他再一看时间，已经早上八点二十分了。

他竟然睡了这么久！

梁津轻出去时，刚好碰到宋禧从医馆过来放东西。

"井边有洗漱用品，洗完就到前面来，带你去吃早餐。"

梁津轻到医馆时，宋禧正在给乡亲抓药，他在门边默默地站了一会儿没有出声打扰。

她工作时很认真，已经长得有些长的头发柔顺地搭在一侧，她一手拿着称盘，一手开柜取药，动作娴熟又流畅。

梁津轻觉得，送给她的那张叶脉画有些过于肤浅了。

他之前没见过她煎中药时的样子，场景都是他在脑内幻想的，如今真的有机会见到了，他觉得——

比他想的那个她，还要迷人。

"洗完了？走，带你去吃好吃的。"

宋禧把药包好递给乡亲，一转头就看到了梁津轻，他眼神望着某处，似乎没有落点，不知道在想什么。

梁津轻："你也还没吃早饭吗？"

她忙活了这么久，他以为她早就吃过了。

"吃了隔壁阿娘送的豆腐脑，一会儿也带你尝尝，很好吃。"

宋禧锁了医馆的门，和他并着肩走在小巷街道上。

这里的早上很安静，医馆不在主镇街区，一路走过几乎看不到什么人。

"医馆你准备一直开着吗？开学了怎么办？"

"本来是准备收拾收拾就关了的,但有的乡亲们见门开着会来问诊拿药,索性就开着了。上学前也是要关的。"

"后悔吗?"梁津轻想到她大学要学的专业,突然对她的答案很好奇,"选西医。"

如果继续学中医,她应该能更游刃有余,毕竟底子在那里,上大学也不至于太累。

"为什么要后悔?"宋禧有些奇怪。

方晋竹从小就跟他们说,一旦做好了选择就不要再左顾右盼,别人的再好那是别人的选择。

自己选的路,跪着也要走完。

她选西医的理由其实一直没变过:"中医相比于西医,确实会让我更轻松一点。

"但我不想一辈子做轻松的事。"

宋禧的眼睛里有朝阳的光,梁津轻的心在那一刻似乎也被那缕光吸了进去。

"那你呢,你最后选的什么专业?"

之前填志愿的时候,梁津轻有问过她想报哪里的大学,宋禧提前和许见川还有方谊商量过,她准备留在南陵,读N大医学系。

他们都没有异议,南陵的N大是百年名校,教学资源非常不错。

"陵大金融。"

闻言,宋禧转头看了他一眼。

陵大和N大就隔着一条街,步行十分钟就能到。

在贴吧查学校背景的时候,宋禧看到了很多帖子,内容都大同小异:△×月×日,陵大××系和N大××系联谊,有兴趣的来。

…………

"为什么选陵大?"宋禧状似不经意地问。

其实这题的标准答案就摆在眼前——

离家近。

但宋禧心里莫名有一股冲动,想要问问他,他选陵大,跟她有那么一丝丝的联系没有。

"离家近吧。"

听到答案,宋禧说不上来是松了一口气,还是又再次打消了心里那点幻想。

"当然——"梁津轻双手插着兜,信步往前走,宋禧看不到他的表情,"离你也近。"

宋禧愣了两秒。

"陆其扬跑去参军了,我也没什么朋友,跟你近点,以后有事还可以互相照应照应——

"而且我看网上说,刚进大学事很多的,听说你们学校宿舍也没有电梯,万一你宿舍在楼上,我还能帮你搬搬行李不是……"

"哦。"宋禧嘴角的笑意快要藏不住,她偏过头,也故意不让他看见。

剩下的那段路,两个人突然就尴尬了起来。

前一个话题结束,就没人再开口说话,空气中飘散着一股无法言说的暧昧气息。

"咳——"

梁津轻清了清嗓子,等宋禧看过去后,他才继续道:

"你就好好为了你的理想学习奋斗,救死扶伤,为人民服务。

"以后缺钱了,记得来找我。"

宋禧在整理药材的时候,梁津轻就在一旁帮她打下手。

他写得一手好看的瘦金体,宋禧需要记录的时候,他就拿起毛笔沾沾墨,一气呵成记下。

剩下不需要帮忙的时间,他就在一旁安静地画叶脉画。

很快就到了宋禧的生日。

生日前两天,宋禧就察觉出梁津轻就些不同于以往的焦躁,不太明显,但是跟他一贯的气定神闲太不一样了。

宋禧也没问,就是偶尔他手机响背着她出去接电话时,她会偷偷把工作地点换到墙角处。

但他过于谨慎,听了两天,宋禧什么都没听到。

直到她生日前一天,陆其扬给她打了个电话。

"你什么时候走?"

陆其扬高考分数考得极低,但如果他想继续上学,他家也不是没有办法。所以他说自己要去参军时,所有人都惊呆了。

"快了,就这几天。"

两个人说了没几句,陆其扬就开始拐着弯来问她——

跟梁津轻相处得怎么样啊?

生日怎么过啊?

想要什么礼物啊?

喜欢惊喜吗?

喜欢什么样的惊喜?

宋禧一听，就觉得不对劲。

难道是梁津轻给她准备了什么惊喜？

她想起去年她生日，梁津轻给她包的8888元的大红包，甚得她心。

"我不喜欢惊喜，我就喜欢钱。"

那些花里胡哨的惊喜，怎么比得上金钱来得实在。

陆其扬顿时无言。

"那你觉得梁津轻怎么样？"

陆其扬见礼物这项实在是说不通，只好换了个方向来下手。

"挺好的啊，跟你一样，都是我的好朋友。"

陆其扬：怎么听起来还怪感动的。

"所以今年生日，你会给我包红包吗？"

"……我还有事，先挂了。"

挂了电话后，宋禧略一思索，决定再去找梁津轻试探试探。

有件事，她得再确认一下。

宋禧象征性地敲了敲门，没等里面的人说话，她已经推开了房间门。

梁津轻听到声音正在收拾东西，结果一回头就发现宋禧已经进来了。

他手忙脚乱地拿东西胡乱盖了一通，确保没有露出什么边边角角后，才站起了身。

"这么晚了，你找我有事？"

"也没事，明天不是我生日吗？想现在请你出去吃个夜宵。"

"啊？"

梁津轻不太明白，明天的生日，现在就要出去吃饭？

他还什么都没准备好。

"明天再吃吧？今晚就早点睡？"

"你不想第一个跟我说生日快乐吗？"

梁津轻最后还是没有拗得过宋禧，在晚上十一点的时候，两个人一起坐到了烧烤摊前。

镇上夜生活并不丰富，这家烧烤摊也是因为宋禧提前打过电话，老板给他们烤完就会先收摊回去睡觉了。

宋禧顺着菜单点了一大堆，边点边问梁津轻："有什么忌口的吗？"

"我不吃洋葱、葱、香菜、胡萝卜、皮蛋、火腿肠、蛙……"

宋禧无语。

她发现她钩选的每一个，都有他不吃的。

点完之后，宋禧又叫了六瓶啤酒。

"你明天才成年。"梁津轻把酒给她挪开，不让她开。

.181.

宋禧把手机屏幕递给他:"准确来说,是还有二十八分钟。

"我先开着,等零点之后再喝。"

他们的菜上齐之后,老板把摊子一收,丁零当啷推着烧烤车就走了。

车一走,整条巷子唯一的光源就只剩下远处那盏不太亮的路灯。

梁津轻心里想,这得亏是在夏天,不然在寒风肆虐的秋冬,他们眼下这番场景多少显得有点可怜。

梁津轻:"我们为什么不回家吃?"

宋禧正在吃烤串,一听,也愣了。

对哦,既然摊子都不在了,他们为什么不打包回家吃?

"你不觉得,这样很浪漫?"

这里远离城市高楼和喧嚣,连头顶的夜空都显得格外璀璨,星星和月亮安静地挂着,时不时跳跃眨个眼。

对面的宋禧趁他不注意,偷喝了两口酒,此刻正迷蒙着双眼,撑着头跟他一起看月亮。

确实浪漫。

屏蔽掉梁津轻那句"这酒你不能再喝了"就更完美了。

梁津轻吃得不多。

一来他本来就不太饿,二来他心里惦记着事,他一会儿看看手机,一会儿盯着及时把宋禧的酒拿走。

还有三分钟到十二点。

宋禧终于放下了筷子。她酒也喝了不少,口齿还算清晰,但眼睛起了一层雾,望着梁津轻就发起了呆。

她低头开始摆弄起手机,隔一会儿,梁津轻的手机振动了一下,他看了一眼,发信人是宋禧。

梁津轻疑惑地看着宋禧,宋禧敲了敲手机,提醒他先看。

宋禧:你为什么来这里,这么久也不回家?

过了三秒,宋禧收到信息。

L:明天是你生日,我陪你过完就走。

宋禧吸了吸鼻子,又继续问:为什么一定要陪我过完生日?

这次信息来得很快:因为你是宋禧。

宋禧很久没有抬起头,她头几乎要埋进手机屏幕里,她的拇指一直在键盘上敲敲打打。

过了很久,梁津轻终于又收到了她的信息。

那一秒,秒钟刚好跳到"60",十二点了。

七月二十四日,零点。

宋禧十八岁的生日。

其实在人生的大多数时刻，分界线或者说分界点都不会有一个明显清晰的标记。

没有说你十七岁是怎么样，到了十八岁又会变成另一个完全不一样的样子。

但十八岁，在世俗的观念中，却也是一个意味着成熟和独立的标准。

于是，在十七岁迈向十八岁的那个秒钟里，宋禧做了一件她一直想做，但一直没勇气做的事。

这是十八岁到来时，她送给自己的一件礼物。

一个她藏在心里很久的秘密。

宋禧：那你喜欢我吗？

梁津轻这下是完完全全愣住了。

他盯着屏幕上的六个字，来来回回反反复复看了好几遍。

那一瞬间，他的脑海里闪现了无数个念头。

她为什么突然问这个？

我还什么都没准备好。

我的惊喜怎么办？

我要怎么回答她？否定吗，还是肯定？

…………

在他还处于震惊中时，宋禧又发来了一条短信：如果你也喜欢我，可以吃一口豆腐；如果你不喜欢我……那就吃一口皮蛋。

也？

梁津轻一抬头，就看见她亮晶晶的双眸闪着明显的水光，脸颊还带着酒后氤氲的粉色，坐在小板凳上乖巧地等着他的答案。

她一副从容又镇定的样子，微笑着看看他，好像在说，你随便选选，什么我都接受。

不像梁津轻，他面上还只是稍起涟漪的水波纹而已，但其实风平浪静的水面下是呼啸翻涌、随时会掀翻船只的内里。

宋禧不自觉地抠着桌面突起的小木刺的手泄露了她的情绪。

"换一下吧。"梁津轻的嗓子有些干，说出口的话还带着微微不易被察觉的颤抖。

"问题换一下，如果我也喜欢你，我就吃一口皮蛋，如果我不喜欢你……我就吃一口豆腐，怎么样？"

其实发出那句话之前，宋禧是藏了自己的小心思在里面的。

梁津轻讨厌吃皮蛋，讨厌到那道皮蛋拌豆腐的凉菜上桌，他就挑了几块干净的豆腐吃了,那一圈沾了一点点皮蛋心的豆腐,他连碰都没碰过。

如果他只是对她有一点点好感,还没有到"喜欢"的程度,那他会不会因为不想吃皮蛋,而选择去吃豆腐?

在宋禧的注视下,梁津轻稳稳夹了块皮蛋,放进自己的嘴里。

他平静地和宋禧对视,脸上的表情似痛苦似解脱,他很快把嘴里的皮蛋咽了下去。

那速度快得,宋禧怀疑他根本就没嚼。

那一瞬间,不知是他的眼神太过温柔,还是酒劲突然就上了头,宋禧突然就很想哭。

她有点后悔了。

她不该在烧烤摊前问他这个问题的,就算有星星和月亮做证,但此刻,他们面前是一堆吃剩下的烤串和扦子,还有歪七扭八的空酒瓶子。

四周那么静,静得仿佛只剩下了他们俩,和他们胸腔里那两颗剧烈跳动的心脏。

两个人一起往家走,宋禧虽然算不上醉,但强行走直线的样子也显然是上了头。

梁津轻手护在她身后,随时准备着,一旦她歪倒,就能立马扶住她。

夜风也温柔,蛙声一路伴着他们。

这个点,镇上早已陷入了一片沉睡的寂静中,宇宙好像只剩下了他们两个人。

"那我们现在算男女朋友了吗?"

梁津轻一哽。

她是打算这一晚上,把他俩之间的这点主动权全给占干净了才算数吗?

"我们待会儿说。"

梁津轻看了眼手机的时间,就快到了。

"你不会反悔了吧?"宋禧不依,她伸开胳膊,固执地拦在梁津轻身前,他不给个说法就不让他走。

梁津轻被她这番行为弄得是无奈:"一会儿再说好不好,我想先给你看个东西。"

"不行!"宋禧的脑子跟不上嘴巴,"那你先给我看,现在就看!"

梁津轻又确定了一眼时间,距离他计算好的时间还差两分钟,拖一拖也可以拖到。

"我不后悔。"他把手心朝上,伸到她面前,"盖章生效。"

宋禧看着他瘦削修长的手掌,本就不太清明的脑子一热,捧起来"吧唧"

就是一口。

亲完,她愣了,梁津轻也愣了。

宋禧还捧着他的手,刚刚还不清醒的脑子瞬间像是被雷劈过一般,她内心在咆哮在怒吼。

天啊,她刚才做了什么?

她亲了梁津轻?

她竟然亲了梁津轻?

到底是谁给她的勇气啊!

在夜色的掩饰下,依然沉浸在懊恼和害羞情绪里的宋禧,根本没察觉到,梁津轻漂亮的脸上瞬间被红晕笼罩,而后很快蔓延至耳朵还有脖子。

"咳——"他假装看四周,掩饰性咳了一声,"盖章生效,不许反悔。"

时间正好跳到 01:30。

梁津轻数着秒针,心里不停地在默念,倒数到"10"的时候,他郑重地唤了她一声:"宋禧。"

宋禧整个人还处于刚才那个亲吻带来的刺激里,久久没回过神。

她听到梁津轻叫她,呆呆地抬头看他。

梁津轻把自己提前调好的手机屏幕举到她面前。

上面显示的是此刻的数字时钟。

宋禧看到的时候,分钟正好从"30"跳到了"31"。

01:31。

宋禧没明白这是什么意思。

这个时候,梁津轻空着的那只右手,默默地举了起来,举到和手机齐平的位置。

他弯着大拇指,比出了一个"4"。

连着手机上的时间,正好是——

一生一世?

"我也喜欢你,跟吃皮蛋还是吃豆腐都没关系。

"我喜欢的是你。"

他话音刚落,远处天空突然响起一声巨响,宋禧下意识看了过去——

下一秒,整个天空都似被绚丽的烟火包围,一声接着一声,一簇接着一簇。

这个时候,宋禧体内仅剩的那点酒精含量也因为她此刻的惊喜而变成汗水,瞬间蒸发殆尽。

她不可思议地转头,望着梁津轻,想要开口问他,这是你准备的吗?

但她嘴巴动了动,最终还是什么都没有问出来。

因为,梁津轻的笑已经回答了一切。
——"生日快乐,喜喜。"
欢迎来到大人的世界。

第十章
做大人

"那你们后来为什么会分手？"

下着雪的漉水镇像是冰雪世界里一块毫不起眼的角落，静谧又悄寂，除了雪落的声音，其他什么也听不到。

天寒地冻，山里的路早就结起了冰，宋禧出不了诊，每天只能在诊所待着。

闲暇的日子里连时间都变得格外缓慢。

午后，方谊在院里起了个火炉，两个人披着军大衣坐在雪里，边赏雪边喝茶烤红薯吃。

宋禧听完方谊的问题，陷入了沉思，直到手里的滚茶变温她都没再开口说话。

最近这几年，不知是上大学耗费了她太多的脑细胞，还是年纪大了之后记忆力确实在衰退——

过去很多事的细节，宋禧都已经快要想不起来了。

她和梁津轻，为什么会分手？

"大概还是不够爱吧。"

就在方谊以为宋禧不会回答的时候，宋禧一口喝完已经快凉透的茶，开口说道。

那时候，他们刚谈恋爱，刚转换的男女朋友身份也都不太熟悉。

两个人尴尴尬尬地在医馆相处了几日，等梁津轻家里人打电话来催他回家，最后分别时，两人才手足无措地拥抱了一下。

宋禧不太熟练，抱上之后，甚至还在梁津轻背上拍了两下。

非常"哥俩好"。

初抱之后，两个人连对方的脸都不敢看，最后大巴车司机按喇叭催促了，梁津轻才小声提醒她："下周陆其扬就要走了，你有时间的话要不要回南陵，我们请他吃顿饭？"

宋禧生日那天的烟火，是梁津轻拜托陆其扬帮的忙。

那天之后，陆其扬一天打八百个电话控诉梁津轻"重色轻友"。

说起来陆其扬就生气！

他那天在野外待了好几个小时，身上被蚊虫叮咬得全是包，晚饭还只啃了个面包……

结果事成之后，梁津轻连面都没跟他见，就把他打发回南陵了。

"我后面安排一下，到时候提前告诉你。"

宋禧被他炙热的眼神看得有点害羞，大巴车上连同司机全是从小看着她长大的乡亲，她实在是不好意思再跟他继续拉拉扯扯。

"你快走吧，司机在催了……"

梁津轻还想说什么，但人已经被她半推到了车边，他也只好一步三回头地上了车。

"记得按时吃饭，记得忙完了回我消息。"梁津轻找了个靠窗的位置，一坐下又把窗户扒开，低着头跟她叮嘱着，"你要来的话提前跟我说，我去接你。"

梁津轻在的时候还不觉得，他一走，宋禧忙起来甚至都会忘了自己还有个男朋友。

男朋友。

梁津轻竟然成了她的男朋友。

一想到这儿，宋禧嘴角的笑意又怎么都掩藏不住。

就算距离那晚已经过去了一段时间，每每想起来，宋禧还是觉得很奇妙。

赶在陆其扬离开的前一天，宋禧坐上了去南陵的车。

她没打算在那里久待，所以只背了个双肩包就去了，也没跟宋海东说。

到了火车站，她远远就看到梁津轻背着一双手，站在出站口的位置。

宋禧一走出来，梁津轻立马朝她挥手，等宋禧走近之后，他才把手从身后拿了出来。

他还带了一束花。

粉色的玫瑰搭配零星几枝尤加利，外面用浅灰色磨砂包装纸包着，下面系着粉色的蝴蝶结。

很简单的包装，但也看得出来是用了心的。

梁津轻把花递给她，顺手又把她的包接了过去。

这还是宋禧第一次收到花，她捧在怀里，时不时低头嗅一下，淡淡的玫瑰香味，还夹杂着露珠的清香，有一种刚被剪下来就被送到了她手里的新鲜。

宋禧脑子一闪，突然觉得有哪里不太对劲。

"这花，你从哪儿买的？"

出站口人来人往，她说话时不记得看路，梁津轻回答她的问题时，手也一直护着她往外走。

"在家摘的。"

宋禧一口气差点没提上来："你偷奶奶花房里的花？"

宋禧顿时觉得自己手上这束花像是个烫手的山芋，她恨不得直接扔回梁津轻的怀里。

"什么叫偷？"出了站，梁津轻抬手招了辆等在不远处的出租车，"我这叫借花献……"

梁津轻第一次当着她面说这个词，还有点不好意思。

"……女朋友。"

他闷着声音"嗯嗯"了两声，正好出租车过来按了声喇叭，宋禧完全没听到他刚刚说了什么。

"这花我不要！你拿回去跟奶奶承认错误。"

"你先收着，我回去会跟她说。"梁津轻软着声音，哄她，"再说，如果她知道我是拿来送给你的，她肯定也高兴。"

但宋禧说什么都不肯收，她坚持让梁津轻带回去。之前肖萍如是还挺喜欢她，但那个时候她只是梁津轻的同学和同桌。

现在她多了层女朋友的身份，她不想肖萍如因为这件事对她有什么不好的印象。

刚开始梁津轻还温言软语一直劝她收下，但在宋禧非常坚定地拒绝后，他也有些不太高兴。

两个人在出租车上沉默了半路，等车停在商场门口后，梁津轻先开门下了车。

宋禧下车时，看到他一手拿着花，另一只手还不忘帮她把着门，肩膀上还挂着她的小黄书包。

两人上楼时也都互相沉默着不说话。

其实宋禧知道他生气了，她也可以主动开口打破这个僵局，这对她来说也并不是什么难事。

但她就是开不了口。

好像和他确定了男女朋友关系之后，她就突然变得脆弱和矫情了很多。

这是宋禧第一次和人谈恋爱，她也不太确定恋爱到底是不是这样谈的。

隔了几天没见，她也很想他，见到他的那一刻和收到花的时候，她明明也很开心,但怎么就因为一束花开始闹别扭、不说话了呢?

"好了,我一会儿回去乖乖跟奶奶认错,你别生气了好不好?"

宋禧眼眶一热,眼泪几乎就要忍不住掉了下来。

他们此刻正在满员的商场电梯里,他个高,站在她身前用挺阔的肩背帮她遮挡着其他人的视线。

可能是不想被人听到,他说话时声音压得很低,腰弯着,头低到她的耳朵附近,连尾音都有很明显的委屈:"这么久没见,你不要不跟我说话……"

"是你先跟我发脾气的!"

梁津轻本来还想解释,但一想,这一解释起来万一说不好又不高兴了怎么办。

"那我跟你道歉。"

他这么痛快就承认了自己的错误,宋禧反倒开始自我反省起来,是不是自己的态度也不太好?

"我也有不对的地方……"

梁津轻扑哧一声,没忍住笑了出来。

他一笑,宋禧也跟着笑了起来。

到楼层后,电梯里的人陆续往外走,宋禧本来也准备随着人群出去,结果被梁津轻轻轻往后一拽。

宋禧不明所以地回头看他,只见他把左手摊开,掌心向上,递到她的面前。

就像生日那晚一样。

见宋禧迟迟没有动作,他又晃了晃手。

"牵。"

宋禧低着头,热气一下子涌上天灵盖。

她把右手慢慢抬起,然后和他的左手重叠,下一秒,梁津轻就把她的手牵了起来。

十指紧扣。

之前看到所有的电视剧和书里,都在说十指连心,当时的宋禧并不太懂这到底是一种什么样的感受。

但在这一刻,和他牵手的那一刻。

她体会到了。

细密的电流像是自动接通了她身体里的每一个器官和每一滴血液,电流每行过一处都带来一种陌生又充盈的酥麻。

陆其扬早到了,他在座位上看到梁津轻和宋禧手牵着手一起走进来时,脸都黑了半截。

"酸臭的小情侣！"

梁津轻照顾宋禧坐下，又拿了菜单跟她一起看，边看边问她想吃什么。从进来到坐下，他全程都没有看过陆其扬一眼。

"你们真的是太过分了！我喂蚊子喂到大半夜，结果你俩好上了就不带我玩儿了。我好赖也算是你们的半个媒人吧，不给我包媒人红包就算了，还故意在我面前秀恩爱！"

宋禧从自己的包里掏出来一个香包："这是我自己做的，防蚊虫的，你去野外训练时能用上。"

陆其扬很嫌弃地接过来，但拿在手上就爱不释手起来，他放在鼻子前闻了闻，有很浓的中药味道。

"我也想要。"梁津轻看着陆其扬一刻都不舍得放下的样子，突然就生出了一点点嫉妒。

陆其扬一听，乐了："连你也没有啊！那这个我可要好好收着了！"他跟藏宝贝似的，马上藏进自己T恤胸前的口袋里。

宋禧在桌子底下拍了拍梁津轻，用口型偷偷跟他说："以后给你做。"

隔壁再次响起的凿墙电钻声，让宋禧毫无防备地从过往回忆里迅速抽离出来。

自从上次和梁津轻重逢，她近来很容易想起过去，但想起了又必须花很久的时间让情绪剥离。

说起来，她还得感谢隔壁的装修。

"隔壁还要装修多久？"

这两天路不好走，来看病的人不多，等雪停了，如果还是这么吵肯定就会影响到她们工作了。

"前两天问说是快了。等墙凿完了，后面应该就会好很多了。"

说实话，宋禧不是很理解隔壁这种大动干戈的装修行为。

漉水镇小，本地乡亲们也不多，大家大概也对那些手工艺品没什么兴趣。

以后工作室赚不赚得到钱先另说，这前期装修投入这么多钱进去，可能前几年都回不了本。

这不是纯亏嘛。

"小唐说他们老板有钱。"

方谊嗑着瓜子，跟她说着之前打听来的八卦。

"富二代，家里做生意的，本身就是个大老板。这个工作室啊，就是玩玩票，当疏解日赚百万的工作压力了！"

宋禧：有钱人的世界，好难懂。

微信上收到一个陌生人的好友申请时，宋禧才想起来，自己还有个追尾事故没处理。

那天去同学会的路上，堵车加连日劳累，再加上空调的暖风一吹，她突然就犯了困。

和前面那辆车撞上的时候，宋禧从天灵盖到脚趾尖都清醒了。

宋禧对车的了解极为有限，在她有限的认知里，奔驰和宝马就是豪车了，好巧不巧——

她撞上的就是一辆奔驰。

她下车时，前车驾驶座也有人下了车。宋禧和他一打上照面，心里就稍微舒了口气，那个男人面相稳重老实，看着不像那种胡搅蛮缠难搞的人。

"实在不好意思，您看后面排了这么多车，要不我们互留个联系方式，到时候修理费用出来了您随时给我打电话？"

男人给车屁股拍了张照，跟她说了句稍等，就走向了车后座。

看样子是跟同伴商量去了。

正好红灯变绿灯，他们两辆车停着不动，后面走不了的车此起彼伏地按起喇叭。

宋禧脑仁一阵发麻。她焦灼地在原地走了两步，探头看了眼，前车后座伸出一双白到发亮的手。

骨节分明，手指修长。

对方两指间还夹了一张可以跟他肤色媲美的白色 A4 纸。

她再想看得仔细些，那手已经迅速收回，连带关上了车窗。

司机走回来，把那张白纸递给了她，又从自己胸口抽出一支笔："可以。那你留一下电话吧，到时候我这边处理好了联系你。"

宋禧连声感谢，她怕车身的水打湿纸张不好落笔，就用左手摊着，一笔一画留了自己的电话和名字。

她写字时，司机还用自己的伞帮她暂时遮了遮头顶的雨。

宋禧晃晃头，那天的回忆瞬间回到脑子里。

那边一共发过两次添加申请，一次是在下午，那时候宋禧正在忙没看到，第二次是在十分钟前。

可能是怕她不加陌生人，第二次他特别在备注上写了：1128 追尾事故。

宋禧不敢耽搁，赶紧同意了好友申请。

加上好友后，宋禧为表歉意主动发过去一个可爱的探头表情。

不过那边一直没有回复，宋禧看了眼时间已经晚上十一点多，这个点不回消息也正常。

不过看着外表那么朴素的司机大哥，微信昵称竟然是个非常时尚的英文名：F.g。

这反差感。

再一看，大哥的微信头像还是一只大黄鸡，大黄鸡站在一块半人高的石头上，昂着头面对镜头，表情神气又威风。

像成精了一般。

宋禧看着好笑。

她随手点开了大哥的朋友圈，这不看还好，一看她都恍然觉得自己是不是加上了养鸡场老板的微信。

他的朋友圈简直就是——

大型养鸡日记！

大哥的朋友圈仅半年可见，这半年的时间里，他每天都会发一张大黄鸡的照片。

有的照片里，鸡瘫在阳光下睡觉；有的照片里，它扑腾着翅膀在泳池上玩水；还有的，是它悠闲地在院子里逛，神态跟六七十岁的老大爷一样。

宋禧看到有意思的，就会随手给照片点个赞。

朋友圈没刷完，宋禧就昏睡了过去。

也不知道是不是因为睡前看了太多张鸡的照片，那天晚上，宋禧的梦里全是一些鸡飞狗跳的场面。

后来被公鸡的打鸣声吵醒的时候，她还有点没缓过神，以为自己还在做梦。

早上起床后，宋禧顶着一双大黑眼圈问方谊："你早上听到鸡叫了吗？"

漉水镇上也有村民会养鸡，但都离诊所不算近，所以来的这几年，她也并没有被公鸡打鸣声吵得睡不着过。

"鸡叫？我没听到啊，什么时候叫了？"

宋禧揉了揉自己胀疼的太阳穴："那估计是我在做梦吧。"

等忙到中午，宋禧想到追尾那事，赶紧拿手机看了一眼，竟然还没有回复。

宋禧怕自己一忙又会忘记，就给他留了个言：大哥，辛苦您忙完把账单发我哦，我好早点给您转账。

这次消息倒是回得很快。

对面直接发了一张图片过来。

宋禧看了一眼，修理费1250元，有点贵，但是一想人家的车可是奔驰。

这么一想，好像这个费用也还行。

宋禧很快把费用转了过去，然后又发了一句：大哥，修理费用麻烦查收，实在对不起那天不小心撞到了您。祝您工作生活顺心！

发完之后，宋禧又注意到那只威风凛凛的大黄鸡，没忍住又补了一句：也祝您的鸡健康长寿，下蛋多多。

这一次过了很久，宋禧都准备要放下手机时，大哥才回了她一个表情。

一个死亡微笑。

宋禧嘴一僵，但一想到司机大哥的年纪和养鸡当宠物的这个爱好，又瞬间觉得可以理解了。

哪想，发完微笑后，大哥还没完，他噼里啪啦一次性给她丢了好几句话过来。

看来真的被她那句话气得不轻。

F.g：它是公鸡。

F.g：不下蛋。

他还发了一个微笑表情包。

大哥一连发了三条消息来表示不满，宋禧一看，又是好一顿道歉。

方谊出来，看到她抱着手机边打字，边抿着唇乐得不行，很是好奇："跟哪个男人聊天聊得这么开心？"

宋禧把大哥的鸡头像点开给她看。

"一位养鸡的大哥。"

方谊看着那只鸡，歪头上上下下打量了一番："这只鸡，怎么看着有点眼熟？"

宋禧一点都不惊讶："鸡不都长得差不多吗？"

方谊一听："也是哦。"

雪停了之后，来诊所看病的人陆续多了起来，就算有方谊在旁边搭手帮忙，宋禧还是忙得够呛。

等人少点之后，宋禧趁喝水的工夫揉了揉腰，一看外面的天，已经完全黑了下来。

"陈老太，家里有人来接你吗？今天这路可不太好走。"宋禧回头一看，是刚结束理疗的陈老太。

陈老太腿脚不太好，还有风湿病，天气一变身上就疼得厉害，前两天雪实在是下得大，她便忍了几天没过来。

"不用他们来接，我自己能回去。"

今天诊所的病人实在太多，以至于她的理疗耽搁了一点时间。

地面有雪反射着，虽然不至于看不清路，但夜里气温低，没及时铲雪的路上结了冰，一不注意就很容易摔跤。

宋禧看了眼剩下的病人，基本上都是打吊瓶的，只要等打完拔个针就行。这个交给方谊没问题。

宋禧出声让陈老太等一等："您等我一下，我去换件衣服。"

经过方谊时，对上她询问的表情，宋禧拍了拍她："我去送送陈老太，这里你盯一下，一会儿给他们拔个针。"

宋禧把白大褂脱了，裹上自己快齐地的黑色长羽绒服，穿上还觉得不够，又围上了围巾。

"走吧，我送您两步。"

陈老太早年丧夫、中年丧子，后来就一直自己一个人住在镇子西边，她平日里靠给人修补东西生活，风湿就是原来落下的病根。

她比较亲近的就一个堂侄子，但住得也不算近，她又是个犟老太太，有什么不舒服从不主动说，能忍就忍了。

她理疗这事，还是宋禧坚持要给她做的。

两年前，宋禧刚来漉水镇时，还不太敢一个人走山路出诊，所以就挨家挨户给镇上的乡亲们检查身体、看病。

她学了八年临床，期间也没放弃之前的中医童子功，也正因为这样，她才能在没有器械设备的辅助时，还可以帮乡亲做基础的身体检查。

但也仅限于基础检查了。

她还记得陈老太是她走访的第三户人家，那一天她只走了三户。

但最后的结果让她当晚就失了眠。

漉水镇的医疗服务比她想象中的，还要落后得多。

大家没有体检意识，更加没有保健、保养的意识，很多人身上多多少少都有些不舒服，但他们大多数人的第一反应都是：忍一忍就过去了。

有的忍一忍确实过去了，但绝大多数都是小病拖大病，直到晚期再救无可治。

宋禧强行拉着陈老太，让她去诊所做理疗："您现在只是关节疼，再拖一段时间，您躺在床上动都动不了，您要指望谁来照顾您？"

那时候，宋禧这番话一出，就立马被陈老太用拐杖赶出了门，本来她以为还要花大力气才能劝得动陈老太，结果，陈老太第二天天没亮就等在了诊所门口。

"这几天天气不好，您要身上再疼就给我打电话，我去您家给您理疗。"宋禧搀扶着陈老太没拄拐的左胳膊，"我的电话您还有吧？"

陈老太嫌她啰唆："家里到处都是你的电话。"

之前陈老太不肯用手机，宋禧怕陈老太有事联系不上她，就给陈老太在家里的墙上、门上、床头上都贴上了自己的手机号。

"谁让你不肯用手机，拿着手机按一个数字就能给我打电话了。"

"我一个快死的老太婆子，用那玩意儿干什么！"

"镇东的刘阿爹，人家快九十了，还不是用手机用得挺好。"

"他眼睛都瞎三十年了。"

…………

宋禧把陈老太送到家，又帮她四处检查了门窗，确定家里不会灌风后，才从她家离开。

回去的路，宋禧走得很快。

镇上一到天黑就静得可怕，宋禧一边快步往诊所走，一边嘴里还大声唱着歌给自己壮胆。

在快到诊所时，宋禧一直提着的心才慢慢落了下来，精神不紧张后，她这才注意到，隔壁这么晚竟然还亮着灯。

算一算，他们装修的声音好像是有几天没听到了。

难道是装完了？

宋禧踮着脚往里看了看，当然什么也看不见。

她想着，既然隔壁都住进了人，那她是不是也要找机会过来拜访一下，毕竟以后都是邻居。

宋禧这么想着，视线刚从院墙上收回来时，无意间看到了不远处有一片什么东西。

墙角的雪没被踩过，还蓬松细软着，积雪上飘落了一片近乎透明的叶片。

如果是掉在地上，可能被无意踩碎都无人会发现，但此刻巧就巧在，它是落在了积雪上。

宋禧走近，慢慢弯腰，用快冻僵到伸不直的拇指和食指，捻起了它。

是叶脉画。

"脸色怎么不太好，撞见鬼了？"

宋禧从外面推门进来的时候，神情愣怔，一副魂不守舍的样子，她两只手也没戴手套，就那么露在外面被寒风吹得通红。

病人都已经走完了，宋禧进屋时顺手把院门落了锁。

"隔壁是住进去人了吗？"宋禧整理杂乱的桌面，低着头状似不经意地问方谊。

"已经住进去了吗？"方谊拿着扫帚，想了想，"前两天好像是看到在搬家来着。"

那张山水叶脉画，此刻正静静地躺在宋禧的羽绒服口袋里，她很想要止住自己胡思乱想的脑子，但又忍不住地想。

怎么可能呢？

梁津轻怎么会出现在漉水镇？

还是在她诊所隔壁。

其实再一想，也不是只有他会画叶脉画，可能真的是她想多了。

再说——

当年他们两个人的分手并不算和平，相反还闹得有点不太好看。

最后一次见面，是在宋禧学校的实验室楼下，八月时节，花坛里的桂花开得正好，一阵风吹过，桂花的香味几乎要把人淹没。

那是她提分手的第二天。

梁津轻挂了电话就飞了回来，连行李都没来得及回家放。他额前的头发有一些时日没剪了，有些长的碎发就那么潦草地搭在眉眼处。一双眼睛看向宋禧时，里面全是红血丝。

不知道是累的还是伤心的。

他们沉默了很久，直到他把手伸过来想要牵宋禧，但被她侧身一闪，躲开了。

离开前，他咬着牙对她说的那句话，她一辈子都忘不了。

"宋禧，你辜负了我的坚持！"

同学会那晚再见到梁津轻后，那些被她刻意遗忘的过去好像就如同电影重映一般，总会一遍遍地在她脑子里逐帧播放。

有时候是在梦里，有时候是在睡觉前，有时候又是在吃饭、走路时，就那么猝不及防地闪现。

等再回过神，甚至连她自己都说不清，到底是什么物件或情节才会让她如此突然地联想到过去。

就如此刻。

"怎么突然问起，你刚回来碰见啦？"

方谊察觉到宋禧神情有点不对，还想再仔细问问，结果宋禧以要消毒房间为由，把方谊赶回了房。

等收拾完所有的东西，宋禧洗完澡再躺下时，时间已经快到零点了。

她照例看了眼手机，发现有条未读信息。

再一点开，养鸡大哥竟然到晚上才想起来收她的转账。

看来是真的不差她这点钱了。

大哥又更新了朋友圈，今天的图片难得还配了句文案：凌晨打鸣，父子缘尽。

下面是一张一只手作势扼住鸡脖子的照片。

没想到大哥人长得粗犷，手指倒是骨节分明又修长。

宋禧看完，又给他那条朋友圈点了个赞。

第二天半夜，宋禧又一次被公鸡的打鸣声吵醒。
这次她确定自己不是在做梦。
因为她半梦半醒间，在床上躺着听完了鸡打鸣的整个过程。
总时长约四分钟。
好不容易等它结束，宋禧翻了个身刚要再次进入睡眠时，它又开始了。
二十多分钟一次，每次四五分钟，直到天亮。
早上，宋禧刚洗漱完，就在院子里碰到一脸没睡好的方谊。她举着镰刀，嚷嚷着要去把那只"死鸡"抓出来剁了！
宋禧看方谊生气的表情，觉得方谊不像是在开玩笑，她连拖鞋都没来得及换就赶紧上前抱住方谊。
宋禧："我去我去，你把镰刀给我，我去帮你出气！"
方谊不肯："你平时连只蚂蚁都不敢踩！你让开，我自己去！"
宋禧死死抱住方谊的腰不撒手："真的真的，我肯定替你剁了它，剁了它回来煮汤喝，你不是老早就喊着要喝老母鸡汤吗？"
方谊一大早被吵醒本来很生气，但被宋禧这么来回一打岔，她瞬间上头的愤怒稍微回落了一点点。
她把镰刀放到宋禧的手上："鸡就别剁了，知道你也不敢。你去给它主人好好讲讲道理，大家以后就是邻居了，邻里间最好还是友好和谐相处，让他的鸡以后注意点！"
方谊揉着太阳穴，朝宋禧挥了挥手："早去早回。"
等站在隔壁院门口时，宋禧才突然想起件事来——
公鸡打鸣这事，能讲得通吗？
而且她还穿着拖鞋，拿着镰刀，就算要讲道理也不该是一大早以如此这般装扮……吧？
趁着还没敲门，宋禧打算偷偷溜走，等晚一点各方面准备好了再来拜访也不迟。
宋禧刚转身准备走，老旧失修的木门发出沉重又长长的一声"吱呀——"。
门从里面被拉开。
宋禧顿时走也不是留也不是，她没有回头，站在原地一时不知道如何是好。
"你好？"
宋禧一愣，很快就转过身回了头。
不是梁津轻。

说不上来是失望还是终于松了一口气,宋禧扬起笑脸和门内坐着的男人热情地打了声招呼。

"你好,我是住在隔壁的邻居,听到这里有动静所以想过来拜访一下。"

男人有着一张精致到漂亮的脸,五官立体,脸部线条分明,但偏偏下颌线又柔和了起来。

那一道线,瞬间又弱化了他五官带来的疏离感。

只是,他是坐在轮椅上的。

"需要帮忙吗?"

男人摇摇头,轻轻一推就跨过了门槛:"你好,你就是隔壁诊所的小宋大夫是吧?我听人说起过你。"

宋禧突然跟这么好看的人说话,还有点不太好意思,她刚抬手想挠挠头,结果却举上来一把锈迹斑斑的镰刀。

"你这是?"

"啊……我去砍点柴,回来好烧火取取暖,哈哈哈……"

男人的眼睛往下移了移:"哦,这样啊——"

宋禧的视线跟着他往下,一看自己脚上,还穿着一双大红色的虎头拖鞋!

那是陈老太去年冬天给她做的,里面满满当当塞的全是棉花,已经穿了一个冬天,但还是很暖和。

暖和是暖和,就是不太适合去砍柴。

宋禧觉得有点丢脸!

真是没出息,都这么大年纪了,她竟然看到帅哥还是这么容易犯一些丢人现眼的蠢。

她冲回家时,方谊正在院子里练太极,听到声音她才缓缓睁开了眼。

方谊边抬腿做着动作,边吐着气一字一句慢慢地问她:"怎么样?跟对方讲得通吗?"

宋禧把镰刀往边上一扔,就地在台阶上坐了下来。

"师姐……"

方谊一听宋禧的声音,还以为出了什么事。她动作肉眼可见地慢了下来:"被欺负了?"

"不是不是。"宋禧怕方谊一上头,一会儿又操起镰刀去找人算账,"我发现,这么多年我好像一点都没长进。"

方谊有点拿不准她这突然的感慨是从何而来,也不敢贸然上去安慰。

"怎么?"

"我发现啊——"宋禧托着腮,眯起眼睛眺望着远方的天空,"男人,还是要看帅的。"

方谊脚上的劲没收好,差点一跟头摔到地上。

见方谊脸色不善,宋禧不敢再逗她,凑近她压低声音悄悄跟她讲:"隔壁新来的邻居,是个病娇大帅哥!"

方谊听了不以为意:"你的审美,我的审美,完全不一样。"

说着说着,到尾音她还唱了起来。

说到这儿,宋禧倒是想起来,方谊之前在得知她和梁津轻谈恋爱时,可是毫不客气地把梁津轻从头到尾狠批了一顿。

什么皮肤白得像没晒过几天太阳一样,不健康!

什么个子高但身上没一点肉,风一吹就倒!

什么不爱说话,不爱笑,整天板着个脸,跟别人欠了他上千万一样!

…………

狂喷了半天,最后得出的结论就是:

宋禧配他——亏了!

方谊这些评论里到底带了多少亲情的滤镜,宋禧不得而知,但那个时候她就知道——

方谊好像不怎么待见梁津轻。

所以连带着宋禧的审美,也一同遭受了她的质疑和不认同。

"你就喜欢那些弱不禁风、手不能提肩不能扛的……"方谊说着说着,才意识到自己似乎点到了某个不该说的人。

但她也不在意,继续说道:"你就是医生做久了,救死扶伤的本性都深入到骨髓里了。

"记住,你是找男人,不是找病人!"

宋禧没听完,便在方谊字字诛心的碎碎念里落荒而逃。

她当然不是对隔壁那个男人起了什么不该有的心思,但她确实在他身上,看到了梁津轻曾经的样子。

羸弱、苍白,但漂亮。

下午病人不多,在等他们输液的时候,宋禧回屋趴在桌上稍微打了个盹。

大院门前的门铃被拉响的时候,她从梦里突然惊醒,连神都没来得及缓就冲了出去。

她刚搬进来就在门口装了个门铃,是个子母铃。

门口那个是母铃,子铃在里屋,因为前后院隔着距离,她担心有时候晚上睡熟了有急诊会听不到前院的敲门声。

宋禧跑过去把门打开,竟然是早上遇到的那个男人。

这么冷的天,他只穿了一件单衣,早上见他时腿上还盖了毯子,但现在上面却什么都没有。

宋禧很轻易地就看到了他右边空荡荡的裤腿。

他推着轮椅的手在微微颤抖："能不能麻烦你，救救我弟弟——"

宋禧本身就站得比他高，加上他还坐着轮椅，所以在跟她说话时，他不得不仰起头看她。

有那么一秒，宋禧甚至以为他马上就会哭出来。

宋禧不敢多耽搁，她冲屋里的方谊喊了一声，就推着他去了隔壁。

路上，宋禧抓紧时间向他了解病人的情况。

"我弟弟在山上摔了一跤，昨天人还清醒着，今天早上也有意识，但到下午人就糊涂了，怎么叫都叫不醒……"

宋禧快速反应，根据他描述的情况，心里大概有了几种判断，一会儿具体见了人，再针对性做处理措施。

可是，她设想了各种有可能的情况，但唯独没有想到，那个需要她救的人——

竟然是梁津轻。

第十一章
新邻居

漉水镇的房子,从格局上来说其实都大差不差。

但他们这间屋子因为才装修过,所以要比宋禧那边亮堂很多。

房屋的风格还是一贯的古朴雅致,但在家具用品的选择上,又多了一丝现代感。

还有就是,残疾人设施做得很齐全,从门口进来几乎没有台阶或需要上上下下的坡度。

进来的这一路,宋禧也不太敢明目张胆地四处打量,只是余光扫到的地方,她会多停留两秒。

但都没有看到那只一大早打鸣的鸡。

宋禧甚至都开始怀疑,是不是她们搞错了,难道是附近别人家的鸡?

他们没有花多少工夫就到了里间的卧室门前。梁蔚清伸手开了门,然后把轮椅推开给她让开了进门的位置。

"麻烦你了,我去给你倒杯水。"

宋禧刚想说不用了,一转头,他的轮椅已经滑出去了好远。

没办法,房间里还躺了个病人,宋禧只好先进去。

可能是因为病人要休息,所以房间里门窗紧闭,连窗帘都拉得严严实实。

但屋里温度并不低,宋禧扫了一圈,看到墙角放了两台电取暖器。

她走到窗边,先把窗帘拉了开来,然后又给窗户开了一条小缝,确保屋内空气能流通。

做完这些,她卷了卷袖子,准备去看床上病人的情况。

宋禧进来后,开窗拉窗帘这么大的动静,硬是没吵到床上的人分毫,他脸埋在被子下,只留了一头茂盛又蓬松的头发在外面。

看不到他的脸,也感受不到他的呼吸。

宋禧担心他会因窒息导致昏迷,不敢多想,她快走几步上前,一把掀开了他身上的被子——

那人的脸被半隐在额前凌乱的碎发下，看不太真切他的面容。但就算如此，宋禧还是在掀开被子的那一瞬间，认出了他。

是梁津轻。

竟然是梁津轻。

他的身体呈不舒服的蜷缩姿势，左腿缩在胸前，那只受了伤的右腿被夹板固定，所以只能直挺挺地伸着。

不知道是不舒服还是做了不好的梦，梁津轻眉头紧皱，耷拉下来的长睫很轻地颤抖着，鬓角处全是细细密密的汗。

上次见他时，他疏离又冷漠，挺阔的肩线让他整个人看上去结实硬朗了很多，脸上也不再是病态的苍白。

只是，看她的眼神里也没有了多余的情绪，没有寒意也没有热烈，和看一个第一次见的陌生人、路边偶然碰到的流浪猫，都没有多大的区别。

但此时，因为生了病，他身上那股拒人于千里之外的锋芒和尖锐全都被掩藏在身体之下，展露在她眼前的，只有他在睡梦里都无法纾解的无助和难受。

这个时候的他，脆弱得像一个渴望母体保护的幼儿。

宋禧用手心摸了摸他的额头，接着又碰了下自己的。

他发烧了。

宋禧在脑子里快速回忆了一遍他的症状，同时把他身上的被子全都掀到一旁，先看了一眼他的腿伤。

受伤的位置包扎得很好，夹板也固定得很好，就是他睡觉时翻身碰到过，稍微有一点松动的迹象，但也不碍事。

宋禧过来得急，没带听诊器，她一时也管不了那么多，抓起他的手腕，就把手指贴了上去。

把完脉之后，她稍微松了一口气，应该就是风寒感冒入体，导致的发烧感冒。

至于为什么昏迷不醒，估计是烧的时间有些长了。

梁蔚清端着水进来时，宋禧又把情况跟他说了一遍。

梁蔚清："但他一直不醒，怎么叫都不行，这真的没问题吗？"

宋禧："他应该是劳累加上发烧，而且他应该烧了好几个小时了，昨天他没说自己不舒服吗？"

梁蔚清想了一下，昨晚半夜快凌晨的时候，他才被人送了回来，梁蔚清一见他腿受伤了，一下子就有点慌。

但梁津轻语气轻松，他一直反复说着自己真的没事，腿也只是骨折，休养一段时间就好了。

因为太晚,他又嚷着自己又累又困想先睡觉,梁蔚清看他脸色也不好就没有再多问。

今天早上碰到宋禧之前,梁蔚清还来房间找过他,但看他还在睡,知道他最近忙公司的事没怎么休息,便也没有叫醒他。

哪想到竟然是发烧烧到神志不清了!

"可以先拿湿毛巾给他全身降降温,还有汗湿的衣服也可以直接脱了,这个房间温度够高,被子先不用急着盖。"

毕竟男女有别,脱衣服这事还是得他亲哥来比较好。

"我现在先回去熬药,等药熬好了我再端过来。"

宋禧一回去就被方谊拉到了一旁:"是隔壁大病娇找你了?找你干吗,是不是找你帮忙了?"

宋禧出去了不到二十分钟,有些挂吊瓶的病人药水已经快见底:"先去把针拔了,我去后面煎服药。"

刚来漉水镇的时候,其实没人知道宋禧还擅中医,毕竟开的是诊所不是中医馆,宋禧担心会带来一些不必要的麻烦。

还是有一天,宋禧外出时偶然碰到有人晕厥,情急之下她抓起对方手腕给人把了个脉,确定只是普通的贫血加中暑。

再之后,乡亲们再来找她看病,总是先把手伸过来,想让她帮忙把一把。

方谊把针拔完,又见缝插针去后面堵她:"到底怎么回事,你不会是在给隔壁那人煎药吧?"

"人家都发烧到意识不清了,我也不能见死不救。"

宋禧尽量说得轻描淡写,但方谊太了解她了。

第一次见的陌生人,发个烧给他喂颗退烧药就行了,至于让她大动干戈花几个小时煎药吗?

方谊的直觉告诉她,这事不简单。

后来药煎好,宋禧又被急诊绊住了脚,她实在脱不开身,但隔壁显然也等不了。

所以在方谊主动提出要帮她送药时,宋禧虽然觉得其中可能有猫腻,但她也确实没有其他更好的办法,只能点头答应了。

方谊去送药,当然是有自己的考量。

她得去会会那个男人。

到底是个什么样的人,宋禧竟然才见了一面,就能让她心甘情愿花好几个小时帮他看病还亲自帮他煎药。

刚才提出说要帮忙送药时，她真想给宋禧举面镜子，让宋禧自己好好看看，当时那脸上瞬间变化的丰富表情。
　　犹豫，担心，不安……

　　方谊敲了门之后就站在门口等，等了五秒没人来开门她才想到，都发烧到神志不清了应该也没办法来给她开门吧。
　　她直接伸手推了推门，门没锁，一推就开了。
　　方谊探头先看了一圈，脚刚准备踏进去，里面传来了一道低沉的男声：
　　"你是谁？"
　　梁蔚清推着轮椅从里头出来，隔着一个院子的距离，和门口的方谊交换着视线。
　　"你是隔壁小宋大夫的……朋友？"梁蔚清注意到她手上的药罐，语气没有太大起伏，直接开口询问道。
　　方谊从见到梁蔚清的那一刻就有点愣神，还是梁蔚清再次开口，她才猛然回了神。
　　"啊，对……"
　　"麻烦你跟我进来吧。"
　　梁蔚清先去厨房拿了碗，再出来时看到方谊站在大厅门口，双手捧着药罐，跟在罚站一样。
　　"谢谢你和小宋大夫，改天我们专程登门道谢。"
　　方谊接过他递回来的罐子，一时也有点语塞。她没想到，宋禧口中所说的那个"病娇大帅哥"竟然会是他。
　　"没事，我就跑个腿，药是宋禧熬的。
　　"你快喝吧，凉了效果就不好了。"
　　梁蔚清听了点了下头，他端起碗，把轮椅转了个弯，进了另一个房间。
　　他操作轮椅的动作很娴熟，她甚至还在其中看出了几分潇洒和飘逸。
　　如果他穿的不是毛衣长裤，而是长衫马褂，那轮椅转动的时候，一定可以看到衣角翻飞时扬起的弧度。
　　方谊站的这个角度，正好对着那个房间摆放床的方位。
　　所以她连头都没转，就看到他进屋扶起了一位半裸美男。
　　他坐在轮椅上，高度比床还略低一点，所以他在喂药时，床上那人的脸有百分之八十的正脸暴露在了她的视线里。
　　之后，方谊一言不发就离开了，她在回去的路上掏出手机拨通了一个电话。
　　"喂，郑书记呀，我是小方啊，宋禧的师姐……"

"……就您上次说过的,镇上新考来一个小伙子,个子高人也聪明机灵,关键是还单身没有女朋友的,您还记得吗?"

"哎,好嘞,您问问看……就这个周末吧,怕宋禧不答应啊?没事有我在呢,我会跟她说的您放心……"

方谊回家时电话刚打完,宋禧过来接她手里的药罐子。

"在跟谁打电话,我怎么听到了我的名字?"

其实宋禧也想问问隔壁是个什么情况,但方谊没主动提,她也不好表现得过于急切。

方谊收了手机,语重心长地说道:"郑书记说给你介绍了一个办公室刚来的小伙子,让我劝你周末去见见。"

宋禧一听,眉头又快拧成了麻花:"怎么又来啊,我三个月前才去见过一个。"

方谊:"你也说是三个月前了,估计是来了个顶好的新鲜资源,郑书记惦记着你呢!"

这两年,大家似乎是看宋禧年纪上来了,每个人都开始琢磨着要给她解决婚姻大事,关键大家还都是尽心尽力的那种操心。

所以她根本没办法拒绝。

就算不喜欢,也得给这个面子,起码去见一见。

宋禧一下午都惦记着梁津轻的病,等诊所这边终于忙完,她趁方谊不注意,偷偷溜去了隔壁。

门半掩着,想着梁蔚清来开一次门也麻烦,宋禧敲了两声门后就直接推开了门。

屋子里很安静,一直走到大厅都没有看到梁蔚清的身影,宋禧试着叫了两声,还是没人应她。

难道不在家?

宋禧站在梁津轻的卧室门口,侧耳听了听,里面也完全听不到动静。

她敲了门,但也还是没有动静。她稍一犹豫后,还是推门走了进去。

床上拱起来一坨,枕头孤零零露在外面,本该枕在上面的头,又埋起来藏在了被子下。

如果有天他睡觉时因为呼吸不畅而窒息,她可能也一点都不会感觉到意外。

宋禧把手伸到被子下,摸索着触碰到他的脖颈,一手托着他的头,一手撑着他的肩,稍一用力——

就把他的头给拔出了被子。

四目相对。

那一瞬间，宋禧的脑子里只有一个念头——
他为什么没穿衣服？
"你怎么在这儿？"
宋禧站着，梁津轻半躺在她的怀里，上半身还没穿衣服……
他们俩现在这个姿势，属实有些暧昧了。
宋禧还没来得及回答，他又紧接着问道："我身上的衣服，是你脱的？"
宋禧从他的语气里听出了三分质问，一副被她占到了多大便宜的样子！
"谁脱你衣服！"宋禧手一松。
梁津轻没想到她会突然松手，毫无防备，咚的一声之后，摔回了枕头上。
"又瘦又干，有什么好看的……"
梁津轻身上的被子又挣开了一点，宋禧斜着扫了他一眼，轻飘飘地来了这么一句。
之前跟他相处了那么久，对于怎么戳梁津轻痛点这件事，宋禧多少还是总结了一些经验的。
果不其然，梁津轻一听，人都气哆嗦了。
"你、你——"
他现在躺在床上，就算再生气也无可奈何，宋禧就趁着这个机会，在他发怒的边缘疯狂试探。
"别你了，是你哥说你快不行了，特意请我来的。"
梁津轻刚准备开口，宋禧一抬手，又堵住了他的话："谢谢就不用了，医药费别忘了就行。"
宋禧看了眼外面的天色，她出来有些时间了，再不回去方谊又该要盘问她了。
"行了，我走了，你休息吧。"
走之前，宋禧又看了床上的梁津轻一眼。
尚在病中的身体本就虚弱，被她这么一气，他没什么力气的胳膊指着她直抖，胸膛上下起伏着，连呼吸都不太顺畅了。但脸上反而起了血色，看着比刚开始红润了一些，精神也好了很多。
宋禧怕他气上头，直接从床上跳起来打她，挑衅的话该说的不该说的她已经都说了，也就不敢再多待，赶紧溜了。
回去的路上，她在想，这么一折腾，他这感冒，应该是要大好了。
大夫，不光要会治标，还得要学会治本啊。
她心情甚佳，进屋时嘴里不仅哼着歌，连落脚都卡着点。
方谊叉着腰站在堂屋的中央等着她。
宋禧注意到方谊脸色不对，歌停了脚也不跳了，规规矩矩地走到她面前站好。

像个准备乖乖挨训的小朋友。

"你去哪儿了?"

"复诊去了。"

方谊刚想说宋禧骗人,但转念一想,好像"复诊"这个说法也没什么错。

"你见到他了?"

方谊也不想绕什么弯子,直截了当地把这事给她点破了。

"这么多年过去,他倒是还这么虚。"方谊冷笑了一声,话里的嫌弃满得都快扑到宋禧脸上了。

宋禧没接话,但其实梁津津现在硬朗多了。

他身上的体温和触感似乎还停留在她的掌心。

他肩宽背直,肌肉紧实有力,和之前瘦弱的小身板相比——

现在明显就是一副健康的成年男性的身体。

"发什么呆呢?"

方谊在那儿一通输出,结果一回头,发现宋禧正看着自己的手心,不知道想什么想得出神。

"啊?"宋禧拿冰凉的掌心盖住自己烫得快烧起来的脸,"没,就太冷了,冻僵了。"

宋禧每次一撒谎就不敢跟方谊有视线接触,她一边嚷着冷,一边埋头进了屋。

"你一天往隔壁跑几趟,有没有跟他们说,让他们管好自己的鸡?"这天又黑了,方谊一想到今早上那只挨千刀的鸡,心里就冒出一股无名火。

它要天天这么打鸣,她可能不出两天,人没缺觉猝死也要被气死了。

"呃……"宋禧是真的没想到这茬,而且来来去去这几次,她也确实没见到鸡。

如果没猜错的话,那只每天凌晨准点打鸣,打完一轮又一轮的"大祸害"——

应该就是宋富贵吧。

虽然不愿意承认,但顶着她的姓,也算是她半个儿。

之前不知道的时候还可以私底下咒骂两句,但现在既然知道了,再骂,多少就有些不合适了。

宋禧:"估计是听错了,说不定是别人家的鸡呢,毕竟这镇上养鸡也挺普遍的——"

方谊凑近她,盯着她的眼睛看:"要真是他家的呢,你帮不帮我?"

宋禧被方谊看得心虚,正想转开视线,但下一秒又被方谊拽了回来,一定要得到她的表态。

宋禧:"帮、帮什么？"

"帮我剁了它！"

这不是单纯的杀鸡！

这是食子啊！

"可能真是我们听错了，这无缘无故去杀鸡也不太好啊……"

方谊:"我不冤枉每一只无辜的鸡——"

宋禧刚松了一口气，方谊紧接着又说道:"但也绝不会放过任何一只打鸣的公鸡！"

宋禧越是不松口表态，方谊就表现得越是愤慨激昂，她就喜欢看宋禧纠结挣扎的小模样。

最后还是宋禧先撑不住，为了能早些回屋休息，她只能先点头答应下来。

意外的是，后面几天鸡都没有再叫。

刚开始宋禧还以为是自己没听到，或者是不是因为有了心理准备之后，对打鸣声也有了更多的包容和理解，所以才会一点动静都没听到。

结果一问，发现方谊竟然也睡得很好，一觉醒来，天都已经大亮了。

鸡没叫，方谊心情也好了很多。

"你一会儿收拾收拾，下午不是还要去相亲嘛。"

宋禧哀号，她实在是不想去。

两个从来没见过面的陌生男女，坐在同一张桌子上，紧张又局促地介绍自己的家庭、生活和工作，然后话题再生硬地转到对方身上。

再聊聊对方的家庭、生活和工作。

一个小时下来，把双方的生活背景、学习经历都扒拉一遍之后，再尴尬地聊聊天气和桌上的饭菜。

这种模式的相亲，宋禧觉得，就算让她再吃一百顿饭，她可能也接受不了。

"师姐——"

方谊听都不想听，直接叫停她:"你叫我师祖都没用。"

宋禧:"那你还比我大，你也没男朋友，你为什么不自己去相亲？"

"我随时都可以离开这里，你能离开吗？"

方谊一句话就把宋禧问熄了火。

她确实不能离开，也没打算离开。

"那我待在这里，也不一定非要找个人一起啊！"

宋禧还在继续挣扎:"我自己也可以，这两年我不是也好好过来了。"

方谊掰着手指头给她一件件数:"两年前刚来就水土不服拉肚子，自信自己身体好不吃药,结果拖到最后几乎拉虚脱。

"大夏天不做防晒出门给人看病,最后病给人看好了,自己也中暑了。

"一忙起来就忘记吃饭,饿了就随便吃点饼干方便面,三个月不到人都瘦脱了相,面黄肌瘦得像非洲的难民兄弟……"

方谊还要继续说,被宋禧赶紧拦住了:"我去,我去!"

相亲哪有反复"鞭尸"苦!

相亲还有吃的有喝的,还有人可以聊聊天,多好!

在方谊的心理和生理的双重胁迫下,宋禧终于脱下了已经穿了小半个冬天,宛如长在了她身上的黑色包身羽绒服。

她换上了一件已经压箱底多年的蓝色长款呢子大衣,快齐腰的长发被她松松挽了个低发髻,微微有些弧度的鬈发随意搭在两鬓。

慵懒又随性。

再搭配上她温婉的气质长相,不说话只看着人微笑时,就已经足够迷人。

"一会儿吃饭你少说话,多笑笑。"

这还没出门,宋禧已经开始觉得累了。

宋禧:"我不说话还怎么相亲?"

方谊被她的反将一军给问噎住:"那就尽量少说话。"

毕竟她不客气起来,说话真的能气死两个人。

漉水镇上也没几家适合相亲见面的店,环境稍微好一点的就是镇上刚修的图书室,和一家开了很多年的杂牌奶茶店。

图书室和奶茶店一比,显然还是奶茶店听起来要稍微好那么一点。

这里的乡亲大多都是勤恳的种地人,也不会愿意花个几块钱去喝一杯还没陈茶提神有滋味的奶茶,只有学生们存了点零花钱,偶尔会去店里点上一杯便宜的草莓奶茶。

或者说,是草莓粉味的奶茶。

店里人不多,座位也不多,一个吧台和四张单人桌就占满了所有的空间。

宋禧和杨正是前后脚到的。

杨正就如同他的名字一样,人板正又老实,跟她聊天说话时全程都不敢正眼瞧她。

偶尔宋禧看过去,正好碰到他抬头看她的视线,他便迅速转开了眼。

相亲对象这么害羞,搞得宋禧也紧张起来,主要这个话题都得她开启和引导,一来二去,人就开始疲惫了。

"我之前没谈过恋爱。"

"啊……"宋禧也并不意外,但就是不知道下一句应该接点什么话才好。

"你谈过吗?"

"未婚,已育,有一子。"一道男声响起。

奶茶店门口的风铃也被撞响,杨正抬头的瞬间,宋禧也同时转头看了过去。

梁津轻?

他怎么来了?

奶茶店就那么大,从门口到座位区,正常成年男性三四步就能跨到的距离,他一瘸一拐、磨磨蹭蹭走了两分钟都没走到,宋禧在一旁光看着都觉得费劲。

上次复诊之后,宋禧第二天在门外又遇到了梁蔚清,问起梁津轻的病情才知道他前一晚就离开了漉水镇。

快一周没见,看样子他的腿还没好利索。

话题被突然中断,本该就这么结束的,但杨正确实非常好奇,便又重复了一遍,再次问道:"所以你之前谈过恋爱吗?"

这个问题其实并没有那么难开口,而且也没什么好隐瞒的。

宋禧刚准备说话,旁边桌的男人对着电话,语气十分不耐烦:

"谈过,未婚,已育,有一孩!

"情况就是这么个情况,你爱信不信!"

宋禧闭了闭眼,再睁开时,已经把情绪很好地隐藏住了。

"谈过。"她言笑晏晏,再次开口。

杨正脸色有一点点不自然,但他并没有过多地表露出来,只是在聊了几句其他的之后,他又再次回到这个话题上。

"方便问一下,你之前的分手原因是什么吗?你别误会啊,因为我完全没有经验,所以也想知道之后……以后尽量避免——"杨正不好意思地摸摸头,眼睛还是不敢直视她。

这次,梁津轻没有再装作打电话来出声捣乱,他举着手机背对着他们这桌,没有说话也没有动作。

三个人都没讲话后,整个空间的空气似乎都凝滞了。

很久之后,宋禧才淡淡开口道:

"累了。"

和梁津轻的那段恋爱,谈到后期,宋禧只剩下一种感觉。

那就是,累。

她不知道别人谈恋爱是不是也是这样——

在最后快要走不下去的时候，疲惫和不舍总会在生活的间隙里轮番上演。

有时候明明是一个拥抱就能解决的小情绪，但因为隔着电话线，他越来越陌生的嗓音反而会无限放大她那一刻的孤寂和无奈。

每次通话时，宋禧甚至有那么一瞬间都在想，自己的男朋友长什么样子来着？

那个时候，她一边在日渐繁忙的学业里疲于奔命，一边又不自觉地期待他远隔重洋还隔着十三个小时时差的问候和关心。

但当他的电话真的打来了，宋禧看着自己面前不断振动的手机，突然又没了接起的欲望。

他们在一起五年，异地四年半。

有时候宋禧都忍不住想，他们这样真的是在谈恋爱吗？

但也不是只有她一个人会对这段感情有迟疑有犹豫，作为她情绪承接方的梁津轻又何尝不是呢？

他那么骄傲的一个人，放下身段来哄人已经算尽了他最大的努力。

所以，宋禧相信他是喜欢自己的。

但一段感情，真的有喜欢就够了吗？

在感情还不够坚定的时候，他们迅速脱离有对方存在的生活环境，再在最短时间内重建属于自己的生活方式和社交圈子。

那中间的陌生感和生疏感，不管再怎样用语言来给对方作介绍，都根本没办法让对方融进去分毫。

就是这些情绪，在两个人心里日积月累堆积，然后在一个无法忽视的节点猛然爆发。

"那一段感情里，你最接受不了什么？"杨正坐得端正，语气里的郑重其事让宋禧也不由得正式起来。

"异地。"

邻座男人的手机不慎掉落到桌底，发出很大的咚的一声，顿时吸引了杨正的视线。

梁津轻捡起屏幕破如蜘蛛网的手机，转头对着他们桌子的方向，扬声说了句"抱歉"。

宋禧低头喝了口柠檬水，心道：你的语气哪有半点抱歉的意思。

杨正赶紧向他点了下头，指了指他的手机问："还好吗？"

梁津轻很轻地耸了下肩："不太好。"

可能是杨正的问题让她不得不再次想起从前，也可能是梁津轻的突然闯入让她的回忆有了更多代入感。

总之，在那一刻，宋禧低落的情绪几乎一瞬间到达顶点。

"我们走吧。"宋禧不想再继续在这儿待着,再待下去,她怕自己情绪会失控。

她讨厌一切失控的感觉。

这会让她觉得自己很没用。

宋禧没等杨正应声,便率先一步出了门。杨正拿上自己的外套,临走之前还不忘对旁边的梁津轻点了下头:"这里没修手机的,如果你要修,得去市里。"

梁津轻眼睛本来望着窗外,听到杨正的话,视线才慢慢收回来。

"嗯,谢谢你。"他用下巴示意道,"她走远了。"

杨正这才赶紧追了出去。

两个人顶着寒风走了一小段路,宋禧提出要不今天就先散了。

毕竟她情绪不佳,后续估计也不会有什么进展了。

"快到晚饭时间了,我请你吃个饭吧。"

不知道是不是时间长了一点,杨正对着她时不再局促不安,跟她说话时,声音里明显的颤抖也少了很多。

宋禧还是想拒绝,她没有继续发展的心思,也不想再给他一些无谓的期待。

"你不是在联系公益募捐吗?"杨正见她拒绝的意味明显,情急之下就抛下一句,"我有资源!"

他话都说到这儿,这顿饭宋禧也没有任何理由再拒绝。

他确实抓准了宋禧的七寸。

在乡村医疗公益活动面前,宋禧自己的情绪又算得了什么?

镇上没有什么特别的餐厅,杨正最后选的是一家烧烤店。

和其他小店相比,烧烤店至少干净亮堂,而且两层的小楼,二楼靠窗的位置视线很好,一眼看过去,镇头到镇尾的景色几乎都能收入眼中。

杨正提前问了宋禧的口味后,细细点了很多符合她口味的菜品,最后把菜单还给店员时还不忘提醒店员:"不要太辣,葱姜蒜都不要。"

在等菜的时候,还不待宋禧先开口问,杨正就主动跟她提起刚才的事。

"不好意思,我是从书记那里知道你最近在忙募捐的事,也知道你推进得不太顺利……希望我这么做没有让你觉得不舒服。"

冬天的夜总是来得猝不及防,刚进店的时候还能看到镇上不太繁华的街景,现在再望过去,就只能看见氤氲在灯光下朦胧的夜色。

"没事,你能愿意帮这个忙,我感激都还来不及。"

宋禧想了一下,还是把疑问问出了口:"你说的资源?"

"哦哦——"杨正刚端起杯子准备喝水,听了她的问题,又连忙把杯子放下。

"是这样的,我有个姑父在一家医药公司做部门经理,上次见面的时候无意听他说了一嘴,他们公司有意向跟当地医院合作,举办一场'乡村医疗公益行'的活动。

"本来我没在意,但后来听书记提起你的事,我这才想起来。你说,如果将咱们镇定为他们公益行活动中的其中一站……"

那也就不需要四处联系募捐了!

宋禧一想到这里,眼睛一下子就亮了。

但很快,她又想到一个很重要的问题。

漉水镇凭什么能被选上呢?这里偏僻,山高路远,除了景色美一点、环境好一点,并没有太多宣传的亮点。

"我可以……见见你姑父吗?"

不管怎么样,她都想要试一试,哪怕成功的概率只有不到百分之一,她也得去试试。

毕竟连汪南和那条路她都试过了,她不信还有比他更难搞的人。

"我晚上回去就打个电话问问他。"杨正适时掏出手机,"问好之后,我给你发微信还是打电话?"

宋禧报了一串号码给他,随即又补充道:"手机号也是我的微信号。"

这顿饭吃完,宋禧的情绪好了很多。

可能是心里有了其他更重要的事,其他早已不相干的人和过去,也通通被她再次封在了某个不起眼的角落。

杨正跟在宋禧后面下楼,出门的时候,他特意快走两步,先帮她把用来隔风的门帘掀了起来。

宋禧道了声谢,微低了下头跨过了门槛,一出来,她抬眼又看到了梁津轻。

他站在风口,怀里抱着一坨什么东西,把他黑色的大衣撑得大大的,远看像只黑色的袋鼠。

"是你呀,你的手机修好了吗?"杨正出来,也看到了梁津轻。他想到梁津轻下午摔得稀碎的手机,随口问道。

"没有。"

杨正"哦"了一声,接下来也不知道要说什么话。

梁津轻:"你手机可以借我一下吗?我想打个电话。"

杨正很不好意思地把手机掏出来:"太冷了,手机电量一下子就掉光,刚自动关机了。"

梁津轻转转头，把目光转向在场的第三个人。

宋禧本来在按着手机给人回信息，一抬头看到他们俩都在看着她。

她平静地把手机屏幕按灭，非常自然地接道："不好意思，我手机也没电了。"

她的谎话太过拙劣，以至于梁津轻一时都找不出什么话来拆穿她。

"你是有什么急事吗？我认识这家店的老板，我帮你去借个电话？"宋禧本来都想走了，但杨正不知道为什么，偏偏对梁津轻这么热情主动。

明明他们也才第一次见啊！

梁津轻："那先谢谢你了，我确实有点急事。

"我要去送'鸡'。"

杨正"啊"了一声："几点的飞机啊？这里到机场还有点距离，会不会来不及？"

他赶紧又进了烧烤店，去帮梁津轻借手机去了。

剩下的两个人就站在青石板的路中间，一个望着天，一个望着人，谁都没有先开口说话。

"想看看你儿子吗？"

这条街上最热闹的就是这家烧烤店，但里面热闹的人声也被厚厚的隔风帘挡了大半。

天上又飘起了小雪花，气温又降低了一些，路上几乎看不到什么行人。

杨正还在店里没出来，街上空荡荡的，一眼望过去，似乎只有他们两个人还站在这天地间，感受着寒风和雪意。

宋禧大惊失色，闻言瞪了他一眼："我未婚未育，你说话注意一点。"

这里乡里乡亲大家互相都认识，万一这话被人听了去，不到明天早上，"小宋大夫有儿子"这事估计就会传遍整个漉水镇。

梁津轻把自己裹得严严实实的大衣打开，露出里面一个完整的鸡窝。

里头本来睡得正香的鸡被突然袭来的冷风惊扰，扬起头，不满地"嗷"了一声。

叫完之后，它慢悠悠站起身，抖了抖身上的毛发，刚才睡乱的鸡毛瞬间恢复了原状。

它似乎很满意，头上的鸡冠摇了两下，硕大的身躯又缓缓坐了下来。

宋禧一脸惊奇。

她实在是无法将面前这个壮实又傲娇的大公鸡和自己原先从农贸市场抱回去的那只小黄鸡联系到一起。

这么多年，梁津轻是给它喂的猪饲料吗？

这绝对不是她的宋富贵！

"不用怀疑，这就是宋富贵。"

梁津轻单手托着鸡窝,然后用剩下的右手强行把它藏在身上的脚趾掰开。

"你看，它脚底的痣还在。"

宋禧无语地笑笑。

确实。

这只鸡脚底也有一颗痣。

但算下来，宋富贵今年都……十二岁了!

鸡有这么长的寿命吗?

"你不准备抱抱它吗?"梁津轻单脚往前跳了一小步,那个鸡窝离宋禧也更近了一步。

她下意识地往后退了一步。

梁津轻眼一下子耷拉下来，他垂着头,嗓音又闷又低,似乎还带着一丝委屈。

他边摸宋富贵的鸡头，边小声安慰着它：

"没事富贵儿，你别怪你妈妈，她也不是故意的。

"她就是太久没见你，对你还不太熟悉。你要记住，她还是爱你的……"

宋禧：他是不是有毛病?

杨正出来时，没在原来的位置看到人。眼睛搜寻了一圈,他才在邻店屋檐的一角下发现了他们。

梁津轻往前走一步，宋禧就往后退一步半。

杨正紧跑两步过去，借着把手机递给梁津轻的工夫，正好横隔在两个人之间。

"你们这是?"

杨正回头看宋禧，她脸上的烦躁显而易见。从和她见面到现在，这还是他第一次看到，她脸上有这么丰富的表情。

和之前的礼貌客套完全不一样。

杨正又转头看了眼已经背过身去打电话的梁津轻。

确实，这个男人从外表上看，五官俊朗、身形潇洒，一举手一投足之间，贵气十足但又有一丝艺术家的气质。

这样的男人，应该没有女人不喜欢吧?

虽然表面上看，宋禧所有的姿态语言都在说"不喜欢他不待见他"，但这种情绪出现在宋禧身上，就已经是一个例外。

真要说起来，宋禧和那个男人在某些方面其实有些像。

那就是——

他们都不像这里的人。

梁津轻边打着电话边回身,把大衣敞开,让里面的宋富贵露出来,他先看了眼宋禧,她双手抱臂还是一副避之不及的样子。

没办法,梁津轻只能指着鸡用口型对杨正说:"不好意思,可以麻烦先帮我抱一下吗?"

杨正人都是傻的。

这人竟然把鸡藏在自己的怀里?

关键是,鸡竟然也不反抗?

杨正脑子还没清醒过来,但手已经先一步伸了过去。

他小心翼翼靠近,连鸡带窝刚接过来,还没等他站直身体,宋富贵突然偏头,一口啄在了他鼻头上。

杨正的眼泪瞬间就飙了出来。

但就算如此,他的双手还是很稳地端着鸡窝,没顺手把鸡丢到地上。

梁津轻在他接手后又举着电话走开了。

孩子爹不在,能管教孩子的就只有宋禧了。

她一把掐住宋富贵的鸡脖子,逼它的小豆眼看着自己。

"你有没有礼貌,是谁教你随便乱啄人的?你看你这个样子,你出去会被人打的你知道吗?"

她虽然手上没用劲,但傲气了小半辈子的宋富贵哪里能吃得了这种憋屈。

它犟着鸡头,在宋禧手里拼命挣扎,边挣扎还边叫,脖子没挣扎出去鸡毛倒飞落了一地。

"土豆烧鸡。"

宋富贵短暂愣了半秒,看了她一眼后,又倔强地扑腾起来。

"辣子鸡丁。"

"麻辣鸡丝。"

"可乐鸡翅。"

…………

在一声声突如其来的报菜名中,宋富贵逐渐认清现实,终于放弃了挣扎,也最终低下了它高傲的头颅。

"你好厉害啊,宋禧!

"你不仅擅长治病,你竟然还会'治鸡'耶!你好了不起!"

杨正看着被她治得服服帖帖的宋富贵,发出了由衷的感慨。

"它好聪明啊,还能听得懂人话。"

宋富贵是不蠢,真要说起来它脑子也还挺利索,尤其会看人下菜碟。

但那又怎么样呢，再聪明它也是个直肠子——

杨正夸它聪明的声还没落，宋禧就闻到了一股子臭味。

她熟练地把鸡屁股一掀，果然……

明明鸡窝里就有垫子，但它就好死不死拉在了杨正的手背上。

这下杨正的脸真的绿了。

虽然他还在尽力维持良好的教养和礼貌，但很明显，他举着鸡窝的手已经离自己越来越远了。

宋禧："给我吧，你先去处理一下。"

杨正当然想尽快处理，但他看了眼宋禧，又觉得就这样把这个大麻烦扔给她，显得他非常不绅士。

而且这鸡，说实话重量还并不轻。

"没事没事，他应该快打完电话了，我等一会儿……"

他话还没说完，宋禧已经直接上手把鸡翅膀拎了起来，然后在一人一鸡还没反应过来的时候，又随手把它扔到了地上。

"行了，你快进去处理吧。"

宋禧心里憋闷出了一股无名火，从刚才梁津轻抱着鸡出现跟她说那一堆叽叽歪歪的话开始。

这么冷的天，天上还飘着雪，她自己都想不明白，为什么明明该在家烤火取暖的她，非得要在这大街上挨冷受冻。

宋富贵也不傻，知道宋禧不太待见它，被扔出鸡窝后它半秒都没犹豫，直接扑腾到不远处还在打电话的梁津轻身边。

它叼住他的裤脚，想要吸引他的注意。

梁津轻低头一看，挂上电话的同时，也顺手捞起了它。

"它怎么跑出来了？"梁津轻弯腰把台阶上的鸡窝捡起来，又把冻成狗的宋富贵塞了进去。

"梁津轻。"宋禧突然出声叫住他。

"你是不是故意的？"

搬到泷水镇、做她的邻居、出现在她的相亲局上、让宋富贵捣乱……

这一桩桩一件件，要说他一点心思都没起，她压根儿就不相信！

梁津轻突然很轻地笑了一声。

"你不会觉得，我还对你……旧情难忘吧？"

说实话，他没点破之前，宋禧确实是这么想的。

要不然她找不到他为什么这么做的理由。

难不成都是巧合？

可这世界上哪有那么多的巧合。

"我正好住你隔壁，正好出现在奶茶店，正好撞见你相亲。然后过了一下午之后，我又正好经过找你的相亲对象借手机，又正好他手机没电你手机也没电，又正好你相亲对象人热情又善良愿意帮我借手机。

"一两个正好还能用巧合来解释，这一下这么多正好，你就觉得我是故意的？

"我故意接近你，故意搅黄你的相亲，还故意命令富贵跟着捣乱？"

宋禧无法辩驳。

因为他说的，的的确确就是她心里最真实的想法。

但他说得如此坦荡，面不改色，声声句句掷地有声。

宋禧被他说得脸开始发热。

难道真的是她想多了？

梁津轻摸着宋富贵，给它顺毛安抚，明明手里的动作那么温柔，但说出口的话却句句不留情，甚至比这十二月的寒风还要冷。

"宋禧，你会不会想得有点多？

"你别忘了，是你甩的我。

"我还没那么没脸没皮到，非要追着一个甩过我的前女友跑。"

话刚说完，杨正也刚好处理完从店里出来。

梁津轻上前把手机还给他："谢谢你，你真是个好人。"

杨正被梁津轻这突如其来的夸奖砸得人有些蒙，不仅忘了刚才的拉臭之味，还有来有往地夸起了他怀里的鸡。

"它真的好聪明，是你养的宠物吗？叫什么名字啊？"杨正看梁津轻摸得顺手，也很想感受一下它软软鸡冠的手感。

梁津轻把鸡头的位置让出来给他："叫富贵儿，别人送的，但是我一把屎一把尿拉扯大的，它妈根本不管它。"

他语气很淡，也并没有透露出任何有关宋禧的信息，但她听着就是忍不住一阵头皮发麻。

宋禧："走不走？我要回家了。"

在逗鸡和宋禧之间，杨正只犹豫了一秒，就选择了宋禧。

"那我们就先走了，你不是还要去'送机'吗，天黑了路不好走，注意安全。"

临走前，梁津轻主动伸手跟杨正道谢："你们是在相亲吧，挺般配的，如果有机会喜酒一定记得叫我。"

宋禧一听，脸都黑了。

但杨正显然非常开心，就那种想要拼命掩藏但根本掩藏不住的开心。

宋禧到家之后，不顾方谊的连番追问，回了房之后连衣服都没脱，直接倒在了床上。

"怎么样你们今天？刚在门口看了眼那小伙子，感觉人还不错啊，个高脸正还挺有礼貌的。"

宋禧用枕头把自己的头捂住，不接话。

"问你话呢，这么晚才回来，吃过饭了吧？"

——你会不会想得有点多？

——是你先甩的我。

——我不会没脸没皮到追着你跑。

宋禧脑子里一直不停地在回想刚刚梁津轻跟她说的那番话。

他话里的嘲弄和讥讽，不客气到就差把"自作多情"四个字扔她脑门儿上了。

宋禧捂着头，放声大叫了一声，身子在床上都快扭成了蚕蛹。

方谊被她这一出吓得差点没从床上摔下去。

"怎么了这是？"方谊怕她是受到了刺激，万一再想不开就糟糕了，连忙安抚道，"你要不喜欢就算了，我就是问一嘴，没有要逼你的意思！"

"我不问了不问了，你晚上吃饱了没有，还饿不饿，我去给你煮泡面要不要？"

过了好一会儿，宋禧的声音才从枕头下闷闷地传出来："卧个蛋，再打个蛋花。"

方谊还想说什么，但看她那样，也只能先算了。

半夜睡不着觉时，宋禧在心里暗暗骂梁津轻。

真的，在硌硬她这一块，梁津轻也是有点本领在身上的。

宋禧并不算是个心思重的人，不然这些年她头发早就脱光了。但今天这个事，她首先放不下的，就是觉得自己丢脸了！

再次重逢，她见梁津轻的第一面也维持了非常好的形象和态度，有礼有节，进退有度。

后来在隔壁偶然见到生病的他，她也凭着主场作战优势，在气势上将生病的他全程拿捏得死死的。

本来到今天之前，她都是略胜一筹的那一方。

但就是晚上她那句沉不住气的话，搞得她现在脸面丢尽，气势全输。

显得她多么放不下一般！

凌晨四点多时，宋禧跑了一天的脑子终于忍受不住困意，堪堪要进入到睡梦中时——

一声响彻天际的打鸣声，彻底把她的困意全打走了。

在一声声公鸡打鸣里，宋禧开始回忆：

当年的自己，是为什么非要送梁津轻这份生日礼物呢？

哦对，是为了监督他早起学习，顺便捉弄捉弄他来着。

那时候的她，应该永远也不会想到，有朝一日，她竟也会被那只自己送出去的鸡，给顺便"监督"到。

这难道就是所谓的——

一报还一报？

宋禧一夜都没怎么睡着，早上起来人蔫蔫的，边走路边打哈欠，眼睛下面的黑眼圈跟洗过笔的墨池一样。

方谊精神也不太好，但也不像她那么夸张。

"你要不要回房再睡一觉？"方谊想着，还是得找机会跟隔壁谈谈，不然总这样，谁能受得了。

早上不太忙，宋禧实在太困便准备听她的建议，再去睡个回笼觉。

人还没走开，门口却突然响起了门铃声。

方谊去开门的时候，宋禧又往回走了几步，她担心是有人来看病。

昨晚下了雪，今早天还沉着，七八点钟的光景，眼前的一切都看得不太真切。

方谊早上起来连脸都还没来得及洗，当然，如果她知道一早就要见人，还是两个帅哥的话，她多少会把眼角的眼屎擦一擦。

门口，梁津轻和梁蔚清两个人都穿着黑色大衣，一站一坐，站在清晨的寒风里，像极了一大早来索命的黑煞。

帅倒是帅，就是不够热情友好。

"有事？"

宋禧踮着脚看了一眼，没看清人，就又往前走了两步。

梁蔚清敲了敲轮椅，示意梁津轻把东西拿出来。

梁蔚清："前两天的事谢谢你们了，这是我们的一点小心意，还希望你们别拒绝。"

梁津轻适时把手里的东西递过来，方谊快速扫了一眼。

人参、燕窝、虫草……

这是要给她们往死里补啊！

"不用了，本来就是举手之劳，是谁我们都不会见死不救。"

宋禧听到声音走了出来，把方谊快要伸出去的手往回拽了拽。

"心意我们收到，但东西太贵重了，我们就不收了。"

宋禧的脸有一些僵，虽然她面上表现得一切如常，但方谊一下子就察觉出了她的不对劲。

她在说话的时候，眼睛始终没抬起来过，视线就一直对着轮椅上的梁蔚清。

"是啊，以后大家都是邻居，街里街坊的，顺便搭把手都是应该的。"

见她们不收东西，梁蔚清似乎一点都不觉得意外，也没坚持，反而话头一转，向她们提出别的邀请："东西你们嫌贵重不肯收，那晚上我们想请你们吃顿便饭，可以吗？"

宋禧和方谊对视了一眼。

"真的是便饭，就在家里，我们简单吃一点。"

见她们还没松口，梁蔚清笑了一下，方谊只觉得面前的天好像都亮了一些。

"总得给我们一个感谢的机会，不然我们心里也过意不去……"

梁津轻在一旁，全程一言不发，站着不说话的样子，更像个门神了。

宋禧还想再说什么，方谊把她一拉，开口应了邀请："好呀，那晚点忙完我们提前过去。"

门关上之后，方谊不等宋禧开口问，就直接把她赶回了房："你赶紧回去睡觉，睡醒了再敷个面膜，你看看你脸最近干成什么样了。"

宋禧实在是太困，也顾不上再多说什么，既然话已经说出了口，现在反悔也没用了。

还不如好好睡一觉。

一觉睡醒后，天色已经暗了下来，宋禧起床洗漱时突然想起个问题。

上门做客，她们是不是要准备礼物？

但家里什么值钱的东西都没有，宋禧头都快抠破了也找不出两样拿得出手的。

"行了，人家都说了是吃个便饭，随便拿点意思意思就行了。"

方谊走到中药区，打开小匣子，随手抓了把陈皮，又抓了把山楂，最后走都走了又回去抓了两大把干菊花。

她将它们用牛皮纸一包，麻绳一系："走吧。"

这——会不会有点过于寒碜？

"送礼物要送到点上，我抓的这几味药，绝对大有用处！"

宋禧在后面关门，晚了方谊几步出门，一出来，她就看到方谊正在门口和杨正说着话。

"你怎么来了，是找我有事吗？"宋禧问道。

杨正还没开口，方谊就帮他解释了起来："他说有点事要跟你聊聊，顺便约你吃个晚饭，你说这也不太巧了——"

"我晚上有事，要不……"宋禧略一想，就知道他应该是要说公益行那事。

她本来想说明天中午她请他吃饭，结果话没说完，就被方谊顺口接了过去："要不你跟我们一起去吧！"方谊很热情地邀请杨正一起，"反正都是邻居，他们肯定也不会介意。"

宋禧一听，头皮顿时一麻。

本来答应跟前男友还有前男友他哥同桌吃饭这事，就已经够超出她的理解范畴了。

现在这桌上，再加上个杨正——她的相亲对象。

方谊是想硌硬死谁？

宋禧死劲咳了两声，想提醒提醒方谊，但她假装没听见。杨正也面露尴尬，一直摆手拒绝，但也完全抵挡不住方谊的坚持和热情。

梁津轻听到动静把门打开，杨正一看到他，面上是掩饰不住的惊讶。

"是你呀，原来你住这隔壁啊。"

方谊看看梁津轻，又看看杨正，怎么这两人之间的氛围，比她想象中的，要和谐啊！

在她的剧本里，不该是这样啊！

"好巧。"梁津轻走近跟他握手，"既然来了就一起吧，也谢谢你昨天的帮忙。"

既然主人都邀请了，那杨正也没有了再拒绝的理由。

他们一行四人一起进屋时，梁蔚清还有些没反应过来。

梁津轻三两句解释了一下昨天的事，梁蔚清也推着轮椅上前跟他握手。

"你们随便坐，还有最后两道菜。"

梁蔚清招呼他们坐，但一时之间，没有一个人先动。

一张四人桌，如今要坐五个人。

怎么坐？

"你们仨一人一边，我跟阿轻坐一边。"

所有人都站着不动，梁蔚清只好再次出来打破这个僵局。

"那多不好。"方谊伸手，一只手拉住一个人，"我们一人一边，让他们俩坐一起吧。"

宋禧看了看自己，又看了眼同样一脸蒙的杨正。

她赶紧拽了拽方谊。

方谊没理她，看着梁津轻不太好看的脸色，又继续往上添了一把火。

"这两个小年轻在接触了解中呢，我们体谅体谅，给他们多一点相处机会。"

她话都这么说了，其他人也没法再拒绝。

最后坐下来，宋禧左手边是方谊，右手边是杨正，再过去分别是梁蔚清和梁津轻。

饭桌上相当安静。

没人说话，只有筷子碰到时的声响，以及偶尔杨正小声询问宋禧的声音。

宋禧本身就不是一个挑食的人，加上今天的这一桌菜，基本都是宋禧的口味。

所以杨正问她要不要这个要不要那个时，宋禧几乎没有不吃的。

几次后，她的碗里都堆成了小菜堆。

"小杨真会照顾人！"方谊在一旁偷笑着故意揶揄他，"而且这才刚认识，已经把咱们喜喜的口味都摸清楚了。"

杨正被她说得不好意思，闹了个大红脸，但就算如此，他还是给宋禧又夹了一筷子。

"来，我先举个杯，谢谢你们的照顾和帮助，也感谢你们今天来。我不能喝酒就以茶代酒了。"说完，梁蔚清就先仰头干了。

"阿轻，你也敬大家一杯。"

从上了桌就开始沉默的梁津轻，被他哥点了一句后，他才端起酒杯，先朝向方谊的方向。

"师姐……"

"哎！"

梁津轻话刚一出口，就被方谊抬手打断："梁总，咱可不兴这么叫！"

她同样举起酒杯，含笑着但语气却不容拒绝："您还是叫我方小姐，方谊或……小谊都行！"

梁津轻抿唇沉默了两秒，再开口时，嗓子明显有些发紧："方小姐，我敬你。"

接着，轮到杨正和宋禧了，方谊看梁津轻越皱越紧的眉头，心里一合计，给他提了句建议："你也少喝点……"

闻言，梁津轻很是意外。

她这突如其来的关心，让他有点受宠若惊。

"……他们俩，你就一起敬了算了。"

梁津轻不应话。

他俩并排坐一起，他孤零零一个人坐对面。

还一起给他们敬酒，这算什么？给一对新人祝酒吗？

场面一时又僵在了那里。

宋禧在那里坐着,脚底都快抠破了。

到这里她算是看明白了,今天从早上到现在的这一出,方谊明显是有备而来。

至于针对的人是谁,现场有眼睛的人应该都看出来了。

不知道梁蔚清知不知道她和梁津轻之间的那段过往,就算他之前不知道,这会儿他应该也明白了。

毕竟都不是傻子。

"不用不用,你就喝一口吧,我们意思到了就行。"

杨正主动站起来,举着酒杯跟他碰杯,梁津轻没有听他的,头一扬还是把整杯酒都喝了。

这顿饭到后半段,梁津轻一直低着头,也不说话,不知道是醉了还是累了。

本该要敬宋禧的那杯酒,被他一直拿手指摩挲着,到最后快结束时,他才端起酒杯,起身。

他站着,给了宋禧很大的压迫感,没办法,她也只能站了起来。

梁津轻眼睛望着酒,等她杯子都碰完了他也没开口说话,不说欢迎也不说感谢。

在其他人的注视下,宋禧脸上有点挂不住,只能率先开口:"谢谢招待。"

说完,她刚准备把酒杯收回来喝掉,突然前方伸出一只手,一把将她的杯子夺了过去。

梁津轻先喝了她的那杯,转头一秒都没停顿,马上又喝了自己手里那杯。

酒喝完,他依然没说话,径直坐了下来。

宋禧手还举在半空,一时尴尬得不知道该做什么动作。

"没想到梁总这么绅士呢!"方谊点了下宋禧,"喜喜,还不快谢谢梁总。"

这顿饭吃到这里,杨正就是再迟钝,也感觉到了一丝不对劲。

他看了看梁津轻,又转头看了看宋禧,心里突然冒出了一个大胆的想法,但很快,他又否决了那个想法。

应该不会!

应该……不会吧?

饭吃完,梁蔚清喊梁津轻去送送他们。

梁津轻一晚上没怎么吃东西,在敬完他们之后,他酒倒是一杯接着一杯,又喝了不少。

他面上不显，走路姿势也极稳，但他眼睛里氲着一层水光，在暗夜的灯光下，好看得紧。

说是送，他就远远跟在他们后面，出来也没有穿外套，身上就一件高领毛衣，在寒风里走着，也没见他缩一点脖子。

出了他家的门，宋禧往左，杨正往右。

方谊刚才那杯酒喝得有点急，见风之后酒劲上来，就一直趴在宋禧的肩膀上。

宋禧跟他说了声再见，刚准备扶着方谊进屋，沉默了一晚上的梁津轻终于开了口。

不知道是酒气熏的还是因为吹了风感冒又复发了，他嗓音有些哑，还有些小鼻音，夹杂着一丝不易察觉的撒娇和委屈。

"你家有醒酒茶吗？"

最后，梁津轻还是没喝到那杯醒酒茶。

因为从出门就醉得不省人事的方谊，在听到他的话后，她猛地一抬头，指着他的手晃了好一会儿都没对准人："没有！你回你家喝去！你休想再占我们喜喜的便宜！"

宋禧担心她再说出什么离谱的话，赶紧一把捂住了她的嘴。

"蜂蜜水可以解酒，你回家自己冲点喝。"

他还站在原地，一动不动。

入了夜的寒风就算是穿了羽绒服的她站久了都有些扛不住，何况是穿着单衣的梁津轻。

"进去吧，别又冻感冒了。"说完，宋禧也不再看他，拖着还在挣扎着想说话的方谊进了屋。

安顿好方谊睡下之后，宋禧揉了揉腰，刚准备坐下休息会儿，突然想到什么，又拔脚往外跑。

一出去，果然看到梁津轻还在外面。

只是没再站着，他找了块石头坐下来，一双无处安放的大长腿横着。

宋禧走近了他都没什么反应，头都快埋进了胸里，从她的角度只能看到他茂密的发顶。

"梁津轻。"

宋禧踢了踢他的脚尖，唤了他一声。

过了大概三秒，他才抬头，眼里是酒后不甚清明的迷茫和困惑。

"嗯？"

他歪着头，还惺忪着的双眼含着水汽，很轻地应了她一声。

像是怕打碎这无边夜色一般。

"外面不冷吗？要睡就回家睡……"

梁津轻突然把手伸向她。

宋禧不太懂他的意思，就止了音静静地看着他。

"你是来接我回家的吗？"

其实和十七八岁的时候比，现在的梁津轻五官相貌并没有什么太大变化。

唯独让人陌生的，就是那双眼。

之前他看人时，眼里也总是会带着一层看不清的陌生和疏离，对待不熟的人，他视线都不会多停留一秒，就像初次见面时对她那样。

她曾经以为，那就是他最难接近的时候了。

直到上次同学会上的偶然重逢。

他看所有人包括看宋禧时，眼里无波无澜像是泛不起任何涟漪的水面。

冷漠，疏远，再加上成年后他身上自带的矜贵气场，更加让人轻易不敢靠近。

可就是这样的一个人，在这逼近零下的夜里，耳朵尖尖都是粉色——也不知是酒气染的还是风吹的，突然就朝她伸出了手。

好像他们之间，没有分手的那六年，没有争吵，没有删除联系方式，也没有分手。

他只是出国了一段时间，回来后找到她家，就在她家门口乖乖等着，看到她出现，才终于咧开嘴角，笑得很开心。

宋禧眼睛很胀，她出来得急没有戴围巾，刺骨的风吹得她鼻子直发酸。

"你喝醉了。"

可事实就是——

他们早就分手了。

甚至在今天之前，他们之间的每次见面和相处也都不太愉快，他心里对她当年执意要分手这件事依然耿耿于怀。

虽然表面上大家都一副时过境迁的样子，但宋禧很清楚，她从来没真正走出来过。

如果她完全放下了，她是可以坦然地和他做邻居做朋友，甚至还会大方地把自己的相亲对象和未来老公介绍给他认识，再调侃两句：你也抓紧吧，再不抓紧我孩子都可以做你的花童了。

但她做不到。

从一开始就知道自己做不到的事，不如趁早亲手掐灭心里的那点小火苗。

宋禧强迫自己不看他难掩失望的那双眼，径直敲响了他家的门铃。

梁蔚清把梁津轻带了进去，临走之前他又对她道了声谢谢。

"年底了，我们过两天也要先回去了。小宋大夫，我们年后见。"

隔壁的热闹和动静就像是突然刮起的一阵风，风一停世界又安静了。

每天清早不再担心被公鸡的打鸣声吵醒，不用再担心没洗脸出门会碰上他，也不用再担心偶遇没话找话说时的尴尬……

自从宋禧到漉水镇后，每年都是方谊来这儿跟她一起过年。

之前的老宅太久没人住，回去住两天起码要打扫三天，来来去去也就是他们仨，在哪儿过年其实都一样。

"许见川有说他什么时候回吗？"

方谊从老乡家借了糨糊，学着样拿刷子蘸了往门上招呼，等估摸着刷出了对联的长度后，又爬上梯子把对联"啪"地贴在门框上。

宋禧站在下面帮方谊扯对联角："要初四之后了。

"我初三要去一趟南陵，正好到时候去机场接师兄回来。"

初三那天一早，方谊帮宋禧把礼品放进车后备厢，反复叮嘱她小心开车后，才挥挥手让她抓紧出发。

宋禧先去了一趟宋海东家，结果按了半天门铃都没有人应。她掏出手机给他拨了个电话，又等了好一会儿，才终于接通了。

"喜喜啊，你怎么今天想起给我打电话了？"

宋禧听到他那边很热闹："你在外面啊？"

"对啊，我们今年带着小晨他姥姥姥爷到海边过年来了。你怎么样啊最近，学习工作都还好吗？"

挺好。

"行了，我没什么事，你去玩儿吧，我挂了。"宋禧看了眼自己手上拎的拜年礼品。

得，又给她省了一笔钱。

离开的时候，宋禧开着车经过了梁家，她故意放慢了车速，往外打量了一番。

门上依然挂着锁，几年没住人的房屋也渐渐有了衰败的感觉，虽然外观看起来变化不太大，但就是没了人气。

肖萍如他们几年前就搬走了，具体搬到哪儿去了宋禧不知道也没问，每年她经过这里时都会忍不住望上几眼，但想见的人也从没见到过。

宋禧把车停到N大家属楼的停车场，拎着东西轻车熟路地进了其中一栋。

家属楼都是老房子，六层楼高的楼梯房，楼道虽然老旧但整洁干净。

宋禧爬到三楼，敲了敲左侧那扇门。听到里面的声音后，她深呼一口气后，垂手站在一旁，等着门开。

"喜喜来啦！我刚还在跟你魏老师说，这个时间你也该到了。"

"师母好。"

许韶敏接过她手里的东西，又是一顿埋怨："家里什么都不缺，每年都跟你说让你不要带，你每年都不听！"

"都是些不值钱的，我自己晒了些草药，给老师和师母都做了一个枕头，安神的。"

许韶敏迫不及待地打开礼物，看了之后连连称赞："你有心了，每年都想着法地给我们送东西……老魏，宋禧来了！你别总待在书房里看你那堆破书——"

宋禧拉住许韶敏："师母，我进去看看吧。"

宋禧敲了几下门，里面传来一声低沉有力的"进来"。

魏孰言戴着老花镜慢慢翻着手里的医书，宋禧进来他头都没抬，手往对面一指，让她自己坐。

等看完了两页书，魏孰言把老花镜摘了放在一旁，双手交叉，如炬般的眼神盯得宋禧很快就垂下了头。

都毕业几年了，她还是一见老师就怕，像是做了什么亏心事，连对视的勇气都没有。

"今年工作情况怎么样？有没有遇到什么困难？"

这几乎就是每年魏孰言见到她的固定开场白。

第一年宋禧还不太懂流程，被突然的提问弄慌了手脚，问题答得磕磕巴巴，过程中她不小心看了一眼魏孰言，他的眉头皱得都快能夹死一只苍蝇。

宋禧简要介绍了一遍今年的主要工作之后，照例拿了几个提前准备好的病例，又向魏孰言好好请教了一番。

到这里，两个人勉强还算得上是相谈甚欢。

"你想清楚了没有，要不要回来读个博？"

这个问题，他也基本是一年一问，到现在宋禧的回答依然没变过："不了老师，我很满意现在的工作，也想继续把它好好做下去……"

"好什么好！"魏孰言眼一瞪，屈起的手指恨不得要把面前的书桌敲碎。

"你那个地方，鸡不生蛋鸟不拉屎，一天天不是风寒感冒就是跌打损伤！再在那里待两年，你人就要废了你知不知道！"

可是，她本来就已经废了啊。

"宋禧，遇到事情不要逃避，你天赋那么高就算上不了手术台你也可以做研究，到时候去医院去学校去哪里都好。

"但你不该窝在那个小山村里，那里不是你应该待的地方。"

沉默，无尽的沉默。

宋禧知道魏孰言说的这些都是为了她好，也知道，他指出这条路是目前为止她可以选的最好的那一条。

"老师——"

宋禧刚去漉水镇的时候，过年过节再来家里拜访，魏孰言连书房门都没出，更别说跟她聊天说话。

后来她来得多了，他气也就慢慢消了。

但他还是坚持劝她回来读研读博，她一争辩，他就吹胡子瞪眼地生气，再下次宋禧就不说了。

"我在那里挺开心的。

"我知道您是为了我好，但我不准备继续读书了。

"我想留在那里，用我的所学帮乡亲们看病治病，我想让山里的人都能看得起病也不怕看病。

"医院里有其他更优秀的医生，学校也会有比我更厉害的学生，但现在的漉水镇——

"只有我。"

魏孰言沉默良久，在书房坐到宋禧离开都没再出来。

正是午饭的点，许韶敏要留宋禧吃饭，宋禧的视线在书房的方向停了两秒，觉得魏孰言今天应该是不想再看到她了。

"我一会儿还要去一趟我爸家，今天就不留下来吃饭了。等我下次来南陵，我再来看您和老师。"

宋禧临走时，许韶敏给她塞了一堆牛奶和水果："我们两个老人也吃不了这么多，你太瘦了，拿回去多吃点补一补。"

送宋禧出门的时候，许韶敏在她耳边悄悄跟她说："你老师就是嘴巴硬，其实他就是心疼你，你不知道平时在学校说起你，他可骄傲了！

"他以你为荣，一直都是。"

宋禧在楼下的石凳上坐了好久，久到脚冻到没有知觉，脸也被风吹得生疼。

瘦弱的、风一吹就能吹跑的身子，裹在大大的羽绒服里，小小的一团，不仔细看还以为是哪家生气了正闹离家出走的小孩子。

梁津轻隔着老远的距离，看到的就是这样一幅景象。

梁津轻:"你哭了?"

宋禧趁着弯腰提东西,顺势擦了把眼角的泪痕。

"没有,风大,迷眼了。"

梁津轻盯着她通红的眼,沉默着不说话。

"你还有事吧?那我也先走了。"

宋禧情绪还没完全缓和,但她也不想当着前男友的面再暴露自己的脆弱。

宋禧拎上东西准备走,梁津轻一言不发,也跟上一起走。

宋禧:"你的车也停那边?"

"我没开车,你顺路带我一程。"他说得一脸自然,完全没有一点是要麻烦她的意思。

"我不顺路。"

宋禧现在没心情跟人交流,更没有做好人好事的想法。

她现在就想自己一个人待着。

"那你去哪儿我就去哪儿。"

宋禧的话都说到这个份上了,但梁津轻就像是突然听不懂话了一样,就赖上了她的车。

他跟着宋禧一路到了停车场。

宋禧没理他,把后备厢打开放东西,再回车上时,梁津轻已经坐上了副驾驶座,连安全带都系好了。

宋禧自己也不知道要去哪儿,只能先把车开出停车场。

"你到底要去哪儿?"

梁津轻想都没想,脱口而出:"南枝巷。"

说实话,宋禧有点意外。

但她也没多问。

从N大去南枝巷的路,她并不陌生,方向盘一转就正式上了大路。

南枝巷前些年拆迁改造,原来住在那里的一批居民也早就搬走了。

梁津轻离开的那年,南枝巷正式动工拆迁,他临走之前,宋禧和他又去过一次。

那一次,他们牵着手在巷弄里穿梭,走过那棵大桑树,最后在河边等太阳落下。

或许是两个人内心有很快就能重逢的笃定,所以离别的心绪在那一刻并没有影响到他们。

那时候,桑树下。

宋禧坚持要摘一片桑叶留作纪念,但周围的房子早已被搬空,梁津轻没有办法,没作他想,直接从背后把她抱了起来。

宋禧突然腾空的那一秒,脑子唰的一下,顿时一片空白。

"你、你做什么?"

他的双手在她的腰上环成圈,两只手腕交叠在她的腹部,不会过紧,但也足够让她感受到那不容忽视的力量。

不知从什么时候起,他的细胳膊都已经这么有力了?

"你不是要摘桑叶吗?"

宋禧回头看他,他唇抿得死死的,虽然他面上尽力在忍耐,但从他微微颤抖的双臂还有浮了薄薄一层汗的额头上,还是能看出来——

他在装。

宋禧起初还有些害羞,后来见他这副样子后,便起了逗弄他的心思。

她一会儿要去左边,一会儿要去右边,摘完了前面的,又觉得后面的要更好。

一通指挥下来,梁津轻被她折腾得不轻。

等宋禧终于提出要下来时,梁津轻几乎半秒都没有犹豫,立马就松开了手。

他转过身,大喘了几口气,又拿手往脸上扇了扇,但效果约等于无。

他热得不行。

"你头低一下。"

宋禧拿着纸巾,招呼他蹲低一点。

梁津轻长腿往两边张开,双手撑着膝盖,把脸凑到她的面前。

宋禧给他擦汗的时候,他舒服地闭着眼,浓密的长睫在眼睑下形成一道很浅的阴影。

宋禧看着看着就动起了坏心思,直接上手去扯了扯他的睫毛,也没用力就轻轻往外拽了拽。

梁津轻察觉到指腹温热的触感,缓缓睁开了双眼。

"你在做什么?"

他们的距离本来不算近,但为了方便给他擦汗,宋禧只能又靠近了两步,刚刚为了好玩儿去摸他的睫毛,她又近了两寸。

近到,梁津轻一睁开眼,宋禧就能在他干净的眼瞳里,看到两个清晰的自己。

"睫、睫毛……"他一错不错地盯着她,宋禧被看得莫名气虚,说起话来也开始磕磕巴巴。

"喜欢吗?"

喜欢当然是喜欢,但睫毛长在他眼睛上,就是再喜欢她也得不到啊。

宋禧心里的台词跑马一样闪过无数句吐槽,但实际说出口的却是——

"……喜、喜欢。"

"那你把眼睛闭上。"

宋禧不太懂为什么要她闭上眼,但她还没来得及再问,梁津轻突然伸过来一只手,轻轻盖在了她的眼睛上。

他的手掌厚实干燥,靠近她时几乎帮她挡住了眼前所有刺眼的强光。

他的手腕就在她的鼻尖处。

宋禧浅吸了一口,不知道是不是近来经常和她一起待在医馆,他身上又沾染了一些中药味。

本来是让她安心的味道,但在那一刻,却让她越发紧张和兴奋。

还有一丝丝的期待。

宋禧的心,怦怦直跳,好像下一秒就要急不可耐地跳出胸腔一样。

温软的触感落在她的唇上,像小孩嘴边的果冻,也像最后一片即将融化的雪花。

战栗,又小心翼翼。

宋禧睁开眼,夕阳的余晖打在他右侧半边脸上,光影之下,他五官轮廓被照耀得愈加清晰分明。

这一眼,感觉像是过了很久很久。

但其实从她闭眼到睁开,整个过程也就大概三秒。

可宋禧再看他时,却有了一种恍如隔世的错觉。

车行往故地,身旁坐着故人。

宋禧的脑子里像是装着一台自动调频播放的 DVD,放的全是和他有关的过去。

红灯间隙,宋禧的脸微侧,看到旁边的梁津轻单手撑着头,手指轻压着自己的嘴角,可能是余光瞥见她的视线,他转头过来也看着她。

两个人都没开口,密闭的车厢里,车载暖气在呼呼往外送着风,吹得人口干面热。

"绿灯了。"

宋禧很快回过神,假装无事发生一样,启动车继续上路。

等到了南枝巷附近,宋禧把车门锁打开,手给他指了个方向:"前面不好停车,你自己走两步。"

梁津轻坐着没动,宋禧很客气地又催促了一遍:"你要去的地方,就在那边。"

"这里变化真大。"梁津轻手摩挲着安全带,一副故人偶遇随意叙旧的样子。

"刚看你开车过来也没看导航,常来啊?"

宋禧一点都不想跟他聊这个:"车费就不用了,慢走。"

他要是再不起身,宋禧都打算过去直接开门请他了。

好在他自己动了,宋禧那口吊在嗓子口的气还没呼出去,梁津轻已经绕过车头,在她落锁之前一把拉开了驾驶座的车门。

他一手把着车窗,一手扶着车门边,一米八多的个子在她身旁一站,宋禧觉得眼前的光都暗了好几度。

"你,干吗?"

宋禧下意识地往后一缩,靠近门边的左腿抬起,横在自己的胸前,一副抵御的状态。

"我请你吃个饭。"

梁津轻看她那避之不及的模样,眉头狠狠一皱,说话时语气依然硬邦邦的。

"我不饿,不吃。"

车门被他拉到最开,宋禧伸手试图去拽,但试了一下,如果想拉到门把手,她几乎整个人都要扑进他的怀里。

梁津轻人又矮了几分,和她之间的距离也再近了几分。

宋禧看着和她越来越近的长睫、挺鼻,还有……薄唇,不自觉屏住了呼吸。

他把手伸到她面前,宋禧的视线从他好看的五官移到他骨节分明的手腕上。

宋禧吞了口口水,才让自己的语调稍微正常了一些。

"干、干吗?"

梁津轻用手轻轻敲了敲表盘,清脆的敲击声让宋禧的注意力再次集中了上去。

"十二点二十了。"梁津轻的声音很轻,几乎是在对她耳语一般,轻柔低沉的嗓音,在嘈杂的大马路旁,像一阵清音,瞬间蛊惑了她的耳朵。

等宋禧再回过神时,她已经站在了南枝巷的巷口。

巷口竖着一块很高很大的石牌匾,虽然尽力做旧了,但从外观颜色上依然可以看出年岁不久的痕迹。

上面用行楷写的"南枝巷"三个字,古朴自然,又透着一股现代气息,和南枝巷如今的商业属性倒也还算契合。

梁津轻像是第一次来,他一路走走停停,时不时还掏出手机拍几张照,完全一副外地人来旅游的架势。

梁津轻说了请吃饭,但一路都快走到底了,他还没开口说要请她吃哪一家。

宋禧走在他旁边,觉得自己就像是个陪游。

天还阴着,虽然没下雪,但气温还有些低,在室外时间长了,她没戴手套的手被吹得有些僵。

这里她常来,也根本没什么心思赏景。

"啊……原来它还在。"

宋禧顺着他看的方向看过去,是那棵桑树。

当年南枝巷改造完,刚对外开放宋禧就抽时间来过一趟。

那棵老桑树能被保留下来,她非常意外,也很开心。

她悄悄把这个小秘密藏了起来,没在电话里告诉梁津轻,就是打算在下次见面时直接带他来看——

那天,桑树下的那个吻过后,他们两个人都有些不好意思,别别扭扭地也不敢看对方的眼睛,连再牵手都是勾着对方的小指头。

生怕再多一点亲密接触。

夏日的晚霞总是格外迷人,片片粉色的光洒向水面,目之所及的眼前,全是让人心醉的难忘。

宋禧趴在河栏上,眼睛望着慢慢往下坠的夕阳,左手轻轻晃着,和他的小指头一起。

"拉钩上吊一百年不许变。"

宋禧嘴里无意识地小声哼哼着,起初梁津轻没听清,后来听清之后,他嘴角翘了翘,笑意止都止不住:

"想要我答应你什么?"

宋禧先是一愣,在看到他脸上的笑之后,脑子里突然冒出一个很大胆的想法。

"你刚才占我便宜了!"

宋禧佯装生气,脸颊鼓着,控诉他。

梁津轻咳了一声,刚才好不容易消下去的热度又有再次席卷的趋势。

还没等他开口,宋禧扬着头,眼睛明明都不敢看他了,但脸上还强装着镇定。

"我要亲回来——"

宋禧脚尖踮起来依然碰不到梁津轻的嘴角,和他相牵的小指轻轻往下一拽,梁津轻的腰弯下来,嘴角也送到了她嘴边。

在她毫无章法亲下来的那一刻,梁津轻的脑子里只有一个想法。
她果真不服输。
但幸好,这次是他先主动。

第十二章
游故地

"河也在。"

在说出这句话的时候,梁津轻在想什么她不知道,但宋禧很清楚,那一刻她又无法抑制地想到了过去。

初见时那个病弱的冷漠少年,后来那个满眼都是她的男孩,再到眼前这个矜贵疏离的男人。

都怪回忆太黏稠,才让她这么多年还念念不忘。

"还吃饭吗,不吃我走了。"

但人哪能一直活在过去,一切都变了,包括眼前的人。

宋禧抬脚就要走,梁津轻没有多言,也跟了上去。

起初还是宋禧在前面引路,后来经过一条支巷时,梁津轻扯了一下她的袖子,带她拐了进去。

如果不是梁津轻引路,宋禧根本想不到那扇简单到朴素的院门推开,里面竟然还藏着一处庭院。

这是家私房餐厅。

清幽雅致,古朴自然,和原本的南枝巷融合得很好。

"你怎么会知道这儿?"

他这般轻车熟路,完全不像在国外多年才回来的人。

"朋友的店,来捧捧场。"

宋禧点点头,难怪了。

在等菜的间隙,他们包厢的门被突然敲响,宋禧本来以为是来上菜的服务员,"请进"的话音刚落,她一转头,看到了一个"白毛怪"。

"白毛怪"连正眼都没给她,进门后半低着头径直就朝梁津轻的方向走去:"回来这么久才来看我,果然重色轻友。"

梁津轻起身,拍了拍他的肩又顺势抱了一下。

"这里不错。"

宋禧从他进来开始视线就没从他的那头耀眼的白头发上移开过。

这头发，白得真实诚，镇上九十多岁高寿的老人头上的都没他的白。

宋禧还想看看他的脸，但他像是后脑勺上长了眼，她的视线到哪儿他都能灵敏地侧脸。

他越是躲，宋禧越觉得不对劲。

但凡是个正常人，在跟朋友见面打招呼时都不会完全忽视朋友的同伴吧？何况他还是一家这么大私房餐厅的老板。

如果他有正常的情商，那他这番行为只有一个解释——

他是故意的。

宋禧从对面站起身，走到他们身边，她歪着头，想从他垂落的发丝间看他的脸。

一个想看，一个拼命躲。

梁津轻在一旁站着无奈："行了，她认出来了。"

他这么一说，宋禧更加确信了自己的猜想。

"你好啊，宋禧。"

"白毛怪"一转头，宋禧就看到他明显清晰的下颌线，一时有点没办法把眼前这个从头精致到脚的男人，跟记忆里那个憨愣的大高个联系到一起。

宋禧吞了口口水，半晌才开口道："你去军队整容了？"

陆其扬的脸肉眼可见地黑了。

旁边的梁津轻还非常没有眼色地扑哧了一声。

"你俩又合伙虐我是吧。"

陆其扬怒视着他俩，像是一只气鼓了的河豚。其实他现在这个样子跟青蛙更像，但谁让他顶着一头白发。

想到这儿，宋禧也忍不住笑出了声。

她的笑不像梁津轻刚才的那般见好就收，而是越笑越起劲，每次一快要消停，再抬眼对上他的眼，她的笑穴又像是被人轮番击中。

到最后，陆其扬都无语了。

他就叉着腰，在那儿看着她笑。

梁津轻怕她再把自己笑过气去，把她拉到自己旁边，拍了拍她的背，帮她顺好气后又顺手给她递了张纸巾。

宋禧自然地接过纸巾，刚碰到自己的眼角，她才后知后觉刚才发生了什么。

她侧身一让，和梁津轻之间的距离彻底拉开。

"我现在长得有那么好笑吗？"陆其扬把梁津轻往边上一推，自己抢先一步坐到了他的位置。

宋禧擦着眼角沁出的泪，也坐回到自己的位置上。

"不是，是你刚才生气时的样子，真的很像青蛙……"

一听这话，陆其扬的脸又黑了下来。

恰好这时真正上菜的服务员敲门进来，乍一看到自家老板时，她还愣了半秒，但很快反应过来，把菜稳稳端上了桌。

宋禧见陆其扬脸色不好看，马上就住了嘴。

上大学那年，陆其扬就去了军队，直到宋禧和梁津轻分手，他都没回来。

再后来，他们慢慢断了联系。

在气氛安静下来之后，那种熟悉又陌生的生疏感终于又慢慢笼罩回来。

毕竟那么多年没见。

"吃饭吧。"

梁津轻推推陆其扬，让他往里挪个座位。

陆其扬拿起筷子，点了点对面："你去那儿坐。"

或许是怕显得自己太过霸道，他旋即又补了一句："我孤寡惯了，不喜欢跟人挨着坐。"

说完，他自顾自吃起了菜，就留梁津轻站在一旁。

一张双人桌就只有面对面的四个座位，陆其扬不让，梁津轻就只能把目光投向宋禧。

宋禧本来也不想让，因为陆其扬说的那话让她觉得他意有所指，但不让，梁津轻又一直站在那儿。

他眼神倒也不可怜，脸上也没有半分窘迫的表情，反而十分闲适。

第二道菜上来的时候，宋禧见他挡着上菜的位置，只能往里挪了挪，把靠外边的地方让给了他。

"我们有多久没见了？"陆其扬没吃几口就放了筷子，等服务员再进来的时候，他招手要了瓶红酒。

"好多年。"

宋禧不想细数，随口答了一句。

酒来了，陆其扬给自己倒了一杯，才问他俩要不要喝。

宋禧要开车肯定不喝，梁津轻看了眼酒，也摇了摇头。

"这几天喝多了。"

陆其扬也不在意，端起酒杯边喝边随意扯了话头。

"你在哪儿上班，不在南陵？"

宋禧看了眼梁津轻，他在低头认真地剔着鱼骨头，根本没注意到她的视线。

"不在,在漉水镇。"

陆其扬一听,在脑子里搜寻了很久,最后他确认是一点印象都没有:"镇?在镇医院做医生?"

"差不多吧,乡村医生。"

这四个字一出来,陆其扬怔了好几秒,他掏出手机按了一会儿,等再抬起头时,他不可思议地看着宋禧:"在村里?"

陆其扬似乎很惊讶,虽然后来他们没有再继续联系,但他走的时候也是知道,宋禧读的是 N 大医学系。

不说事业蒸蒸日上,起码当一个三甲医院的普通医生是肯定没问题的。

"你中途辍学了?还是被学校开除没拿到毕业证?"要不然他想不到,为什么她会去做乡村医生。

"你能不能盼我点好?"宋禧都快要忍不住对他翻白眼了。

"我就不能是为了理想为了抱负吗?"

"你的理想和抱负在医院不能实现吗?在大城市不能实现吗?非得在一个破山村里才能实现?"

宋禧一时没了反驳的话。

因为他说的确实是实话。

至少在一开始,她也是这么想的。

"但大城市的医院里,有无数个优秀的医生,他们都可以治病救人——"

宋禧顿了顿,声音很平稳,像是完全没有情绪波动一般:"但山村里,他们只有我。"

这话,她今天上午刚对魏孰言说过,此时再说出口时似乎也没那么难。

"地球离了谁,都照样转。"

梁津轻在桌下踢了一脚对面的人,等陆其扬看过来时,梁津轻瞪了他一眼,让他闭嘴。

从他那句话之后,宋禧脸上的情绪陡然少了很多,她眼里的笑意也藏了进去,聊天的积极性也变低了很多。

这个时候,陆其扬要是还不明白自己闯了祸,那他真的就是情商有问题了。

"对不起,我话说重了。"

宋禧戳着碗里没吃几口的白米饭,苦笑了一声:"不,你说得一点儿没错。"

她的嘴里像是被小刀子刺了一下一样,一字一句都说得缓慢:"我就是为了逃避。"

陆其扬手里的酒都忘了喝,他看着她眼里突然上涌的悲伤,有些不知所措。

他不自觉地把目光投向梁津轻,但梁津轻在忙着给宋禧倒水,根本没空搭理他。

最后饭毕,宋禧提出要先走,陆其扬给了她一张自己的名片。

"既然知道店在哪儿了,以后来南陵随时过来。"

宋禧接过来,点了点头。

宋禧推门出去的时候,陆其扬又叫住了她。

"刚才我说的那话,你别往心里去。"陆其扬往后撸了把自己的白毛,"我一喝上酒脑子就犯浑。"

宋禧笑了笑:"我真没生气,也没放在心上。"

都走出去了,宋禧又回头跟陆其扬说:"我刚才笑,不是因为别的,就觉得你头发可爱——

"还有,你现在帅了很多。"

天开始下起密密的雨丝,不太大,但落在呢子大衣上,很快也起了小水珠。

梁津轻撑着一把黑伞追了出来,把半边伞移到她的头顶,和她一起往停车场走。

"没事,你伞给我,你先回去吧。"

一下雨,街上的行人也在慢慢往屋檐下跑,很快整条路上就只剩下他们两个和头顶那把黑伞。

"伞是店里的,只借不卖。"

她转了好几道弯,才想明白他说这话是什么意思。

雨伞只借不卖,那就只能他送她了。

"我明天可以送过来。"

梁津轻立马不搭腔了。

"你知道陆其扬家里是做什么的吗?"

宋禧心道,她上哪儿知道去。

上高中的时候,她只知道他家很有钱,今天这处庭院式的私房菜馆,她也看得出来。

"医药产业。"

说完这句之后,梁津轻就闭了嘴。

宋禧一路在琢磨,最后快到停车场时,她才恍然明白过来。

梁津轻这是,在给她找资源路子!

梁津轻再回去的时候，陆其扬正倚在门边，双手抱肩看着他。

等他走近，陆其扬哼笑了一声，右边的眉头挑起，凉凉地揭穿他："拿我当冤大头呢？"

梁津轻绕过陆其扬，径直往里走。

"我不懂你在说什么。"

陆其扬跟在他身后，也不跟他争，踢着腿悠悠地继续说："你就在那儿装吧。

"反正这么大的人情，我都是看你的面子，你既然说不懂——"

梁津轻转身，看他。

陆其扬耸耸肩，摊手随意道："那就算了吧。"

陆其扬没停，经过他时，还搞怪地皱了皱鼻子，一脸的得意。

陆其扬在已经收拾好的包厢坐下，没等多久，门又从外面被推开了。

梁津轻坐到宋禧之前坐的位置上，和陆其扬相对而坐。

陆其扬给他也倒了杯酒，才再次开口："说说吧，想让我怎么帮。"

"你肯帮？"

梁津轻转着高脚杯，玻璃杯里的红色酒液顺着他转动的方向，绕着杯壁一圈圈晃。

"你说了能帮的我肯定帮——"陆其扬话一顿，继续给他施压，"但你不说，我肯定不帮。"

梁津轻低头，轻笑了一下。

"就是你想的那样。"

陆其扬眉一挑，有点意外梁津轻的坦诚，但话里话外依然没有想要轻易放过他的意思。

"那我想的可有点多。"

此刻的现场但凡有一个多余的外人，肯定都会疑惑他们的对话。

因为，他们根本不像是在聊天，一来一往间完全是在打哑谜。

"老规矩，我的东西你随便挑。"

陆其扬内心暗喜，时隔多年竟然还能再从梁津轻口中听到这么悦耳的话，实属他的荣幸。

他想了好一会儿，最后才勉为其难地开口："不然就东边那栋房子吧。"

说完，他又反省自己是不是表现得过于急切了："我也不是太想要，就是看你也不住，这房子啊一段时间不住它也荒废了……"

梁津轻眼睛看着他，一脸看透他小心思的了然："改天去办过户。"

陆其扬握手挥了空气一拳，嘴角的笑意都快咧到太阳穴："太好了！"

陆其扬把酒杯伸过去跟梁津轻碰杯："行了，兄弟的命都给她。"

梁津轻抬手,和他的轻轻一碰:"那倒也不必。"

许见川是初四下午的飞机。

所以当杨正提出,初四要不要和他一起去拜访他姑父时,宋禧没多想就答应下来了。

虽然还在年上,但杨正的姑父平常工作繁忙,正好能凑到这个时间也不容易。

加上杨正还说,他姑父为人严肃正直,若是约在办公室,这话谈起来就是公对公完全不看情面了。

可漉水镇这事,不看情面,几乎一点希望都没有。

初四一早,宋禧拎着提前准备好的礼品,站在酒店门口等杨正。

他车一停好,还没等宋禧动脚,他便从车上下来,一把接过她手上的东西,放进了后备厢。

"你怎么还拿了这么多东西?我已经都提前准备好了。"

"那怎么能一样,我初次去拜访这是礼节。"宋禧边系安全带边回道。

杨正听完默默发动了车子,没再说什么。

本来宋禧以为这会是一次简单的公事拜访,之所以约到家里,也是因为杨正说,他姑父近来肠胃不好所以建议就去家里。而且家里气氛轻松,聊起事来更方便。

但在一进屋看到杨正的父母兄妹三姑六婆之后,宋禧的头皮顿时就发麻了。

在七嘴八舌的招呼声中,宋禧看了杨正一眼,他眼里有慌张和无奈,但唯独没有意外。

那个时候她便明白,这事他应该是早就知道了,却瞒着她。

他家所有的亲戚都围在门口,招手让他们赶紧进去。宋禧心里还记挂着今天过来的目的,面上也没有过多显露情绪,视线从杨正身上挪走时,脸上瞬间挂上了和气的笑容。

"各位叔叔阿姨伯伯婶婶,过年好!"

杨正的妈妈非常热情地拉着宋禧,挨个给她介绍在场的亲戚,宋禧心里不痛快,但面上功夫依然做得很足。

让叫姨叫姨,让叫姑叫姑。

一圈下来,所有人都当着杨正妈妈的面夸她:"这姑娘真大方,个子高挑长得也漂亮,你家阿正不仅人能干优秀,这看人的眼光也真的一等一的好!"

杨正妈妈被夸得眼都笑开了花,这期间,宋禧就跟个人形挂件一样,被杨妈妈拎着到处走。

最后还是杨正看不下去，在众人的揶揄声中把宋禧带离了客厅。

"对不起。"

宋禧拿消毒纸巾擦了擦自己手心的汗："没事。我们什么时候去见你姑父？"

刚才一圈亲戚认下来，宋禧发现他姑父今天根本就没来。

"他临时有点事，可能会晚一点。"

他们此时在杨正家楼下的院子里，宋禧坐着，杨正站着。

宋禧眼睛直视的地方正好是杨正的手掌，她注意到他双手交叠，手指搓了又搓。

"我真的不知道……家里会来这么多人。"杨正根本不敢看她的眼睛，说话的声音也越来越低。

"我以为你说拜访，是去你姑父家。"宋禧把擦脏的纸巾扔进垃圾桶，"不知道家里会来这么多人，那就是——一开始你打算带我来的，就是你家。"

宋禧脸上的和气消失得干干净净，她盯着杨正的眼睛不让他有机会逃避："你觉得我们现在是什么关系？"

杨正眼皮微敛，避免和她直接对视："是我的错，我们之前相亲的时候我妈就一直在追问我，她得知我们今天要去拜访姑父才建议说可以约到家里。

"但你放心，我姑父今天肯定会来，所以如果你不愿意，也可以只当这是一次公事拜访……"

在宋禧越来越冷漠的眼神里，杨正不敢再继续说下去了。

宋禧简直要被他的避重就轻给气笑了。

前段时间的相处，宋禧以为杨正是个热心内敛的实诚男人，他或许不够波澜起伏但起码安稳有心。

如果可以的话，再和他进一步相处看看，她应该也是乐意的。

但一直到今天，她才发觉，好像她真的完全不了解他。

"我有个电话要打，你先上去吧。"

宋禧一个人在冷风中坐了好久，楼上暖和热闹，但她一点都不想上去。

陌生电话进来的时候，宋禧以为是骚扰电话，随手就摁了拒接。

但很快，同样的号码又打了进来。

这次宋禧接了。

"你在干吗，为什么不接我电话？"

宋禧把手机拿开，又确认了一遍那个陌生号码："见父母。"

电话那头的人一愣，有点没反应过来："见谁的父母？"

"相亲对象的。"

.244.

宋禧也不知道自己为什么会闲来无事跟一个陌生人在那儿闲扯。

但她实在无聊,加上电话里的人张嘴就是话家常,完全一副自来熟的样子。

那一刻,宋禧的倾诉欲就像是终于找到了一个发泄口。

宋禧说完那句话,电话那头的人半天没出声,她看了眼还在通话中的手机,又"喂"了两声。

"你要跟他结婚?"

这都什么跟什么。

"我骗你的。"宋禧挂断电话前又忍不住说了一句,"大过年的别想着诈骗,好好陪家里人过个年。"

说完,她就挂了电话。

没等她把手机收好,那个号码又打过来了。

宋禧没了聊天的欲望,直接拒接了。

没一会儿,手机又响了。

这次的号码她记得,十一位数字,她曾经倒背如流。

后来她删了他所有的联系方式,但唯独这串数字,她怎么也删不掉。

电话再次接通,宋禧嗓子有些干,隔了好一会儿才说了声"喂"。

那头突然惊现一个非常暴躁的怒音:"好啊宋禧,你是故意不接我电话的是吧!我连打几个你都不接,梁津轻一打你就接,你说你是不是还生我气,所以才对我有意见!"

"陆……陆其扬?"

其实真的不怪宋禧没听出陆其扬的声音,一是她确实没把那声音往他身上贴过,二是他正常时说话的样子和他怒吼时真的一点都不像。

"刚给我打电话的是你啊?"

陆其扬提醒她:"我昨天给过你名片。"

那张名片上,就留了他的私人手机号,也就是刚给她打了好几个都被拒接的手机号。

"啊——"

宋禧这才想起来,那张名片还在她车上,昨天她忘了带上楼以至于也没来得及存上他的号码。

"你在杨正家?"

电话那头不知什么时候突然换了人,梁津轻应该往边上走了一段,因为那头陆其扬的声音变得越来越远。

"来见他姑父,想聊一下乡村公益行的事。"

"见到了吗?"

宋禧苦笑："还没有。"

"你把位置发我。"梁津轻顿了顿，又说，"陆其扬说他想跟你聊一下，以他们家公司的名义。"

宋禧想到昨天他提到的，陆其扬家是开医药公司的。

"现在吗？"

对于杨正这边，如果这个合作的基础在于她和杨正的关系，那她其实已经不抱希望了。

"半个小时。"梁津轻又问了她一遍地址，"陆其扬现在还在气头上，说半个小时，如果你不来那就不谈了。"

宋禧没犹豫太久，在挂电话前她报了个小区名："我上去打声招呼，很快下来。"

听说宋禧要走，一屋的人轮番劝她吃了饭再走，宋禧还是不想让场面太过难看，只是说自己临时有点事。

杨正一脸沉郁地跟在她后面下了楼。

在快到小区门口时，他一抬眼，非常轻易地就看到了不远处那个站在车前的男人。

他一身挺括手工黑大衣，站在黑色的车身前，和身后那条马路上的雪景形成了极为鲜明的色彩对比。

"你今天之所以这么生气，是气我没提前告诉你，还是说——"杨正扬手一指，不偏不倚，正好指向梁津轻的脸。

"是因为他？"

两人一路无话。

在车开出去一段后，宋禧在座位上左右晃了晃："你这车不错。"

梁津轻一下想到，那次在酒店送喝醉的她回家时，她也这么夸过他的车。

一看就是没话找话，不走心的夸奖。

"好在哪儿？"

宋禧眼睛转了一圈，最后憋出了一句："牌子不错。"

奔驰，大品牌。

值得信赖。

扯了几句无关的话后，宋禧假装不经意地问出了那个她想问的问题："陆其扬那边，是你跟他说的吧？"

虽说她很想要把公益活动这事做成，但她也不需要朋友牺牲自己的利益来帮她。

"我没参与。"

梁津轻话说得半点不带犹豫,可越是这样,宋禧越觉得有鬼。

"真的?"

宋禧索性侧过身,被安全带绑着的身子别扭地转向梁津轻的方向,盯着看他的脸部表情。

"那他怎么会知道公益活动这事,还主动提出要合作赞助?以他们家公司的实力,应该也不需要用公益活动来帮助提升品牌影响力吧?"

"上次见完面,他问我你最近在忙什么,之前吃饭时听你的相亲对象说过,我就随口提了一句。"说完,梁津轻清了清嗓子,"你如果不想跟他合作,也可以拒绝。"

宋禧也不是傻子。

如果陆其扬是正好需要这次合作,那他们这就是皆大欢喜、两全其美,前提是他真的需要。

而不是因为梁津轻的牵线搭桥。

他们和陆其扬还是约在南枝巷。

正是过年期间,他店里不仅没什么客人,连服务员都没几个。

梁津轻直接领她到昨天那个包厢,陆其扬自己一个人坐在那里,桌上摊了一堆文件资料。

听到开门的声音,陆其扬抬头跟他们打了声招呼,又继续埋头看起文件。

宋禧坐在昨天那个位置,手边散落的全是陆其扬的东西,她不看也不碰,缩着个身子眼睛望着窗外的庭院风景。

梁津轻踢了陆其扬一脚:"收一收。"

陆其扬正头疼那一堆数据报表,见梁津轻在催他,他脑瓜子一闪,想到一个绝妙的主意。

他把所有资料一归拢,也没整理就全扔在梁津轻面前:"正好你也没事,帮我看两眼。"

梁津轻双手抱臂,看着他,闲闲地丢下一句:"我时薪上百万。"

"那也行。"陆其扬也不怵梁津轻,转头他就对宋禧说,"你等一下,这些文件我得先看完。"

毕竟他极有可能是自己未来的"金主爸爸",就算一会儿还得去机场,宋禧也只能看完手表再含笑点头。

不仅梁津轻注意到了她看手表的动作,陆其扬也注意到了。

这下陆其扬更是胜券在握。

果不其然,下一秒,梁津轻已经伸手过来,一把夺过他手里的文件。

"喝点什么？酒、咖啡、茶，还是果汁、牛奶？"陆其扬得意地问道。这些文件就是再给他三天他都不一定能看完，但梁津轻就不一样了——专业对口，能力过硬。

他相信，在今天这场谈话结束之前，这些文件梁津轻能帮他处理掉。

毕竟有人一会儿还有事。

等茶水上上来之后，陆其扬喝了一口才开口问道："你不是乡村医生吗，怎么拉赞助搞公益活动这事你也管？"

聊起正事，宋禧还是不自觉地严肃起来。

"其实也不算是我管，村干部也都在积极推进，但苦于没有资源和消息，现在这个活动也基本停滞了。"

托今天去见杨正姑父的福，宋禧将相关资料都提前准备好放在了包里。她把资料拿出来推到陆其扬手边："这是资料你可以看看。如果觉得可行的话，后续我可以让村干部跟你们公司联系。"

陆其扬看都没看一眼，直接把手放在上面，当垫手的。

"如果这事成了，你可以得到什么？"

"啊？"他问得突然，宋禧的注意力本来都在活动资料上，他不看但有些事项她却不能不说，所以他这话一出，宋禧一时愣了好几秒。

"什么意思？"

"你也知道，我这人吧，有点爱心但也不多，每年公司都有固定的一些爱心捐款金额，就当是做慈善了。现在突然又多出一笔慈善支出，不仅我老头子会管，公司那帮人也会挨个来问……"

"我需要有个理由去说服他们。"

陆其扬用下巴点了点她："比如说事成之后，你可以升官或是能调回南陵之类。"

他越说越没边，一直在一心二用的梁津轻闻言看了他一眼，用眼神警告他，让他差不多就行了。

"那可能真不行。"

虽说这段时间以来，宋禧一直在为这事奔走找关系，但说白了这事跟她的关系并不算太大。

她因为接触到医疗条件落后的澧水镇，这两年也看多了那里的人小病拖成大病、大病无药可治的案例，所以才想为澧水镇做一点事。

虽然她对魏孰言对陆其扬，都一脸信誓旦旦说澧水镇需要她，但真实的情况只有她自己清楚，那就是——

她也需要澧水镇。

所以她迫切地需要做出点什么，来向不理解她做这个选择的人证明一件事，她所做的这一切，是有价值的。

陆其扬面露难色，还想再铺垫铺垫自己的难处，话没出口宋禧就立马接了过去。

"没事，你不需要因为考虑到我的关系而为难自己。这是公事，咱们该怎么做就怎么做。"

"我的电话你存上了没有？"陆其扬的思维跳跃太快。

宋禧愣了愣，又点了下头。

下一秒，她手机响起。

宋禧一看，恨不得直接把屏幕上闪烁的"陆其扬来电"撑到对面人的脸上。

"行了，这些资料我先带回公司，后面成不成也要看公司管理层的决策。

"你懂的，我就是个闲散又没什么实力的超级富二代。但是，因为家里还有一堆私生子等着跟我抢家产，我还是不能显得太过于草包！"

陆其扬的眼睛从梁津轻那边扫向宋禧这边："你多谅解啊。"

他这话说得如此真诚，宋禧必须得理解。

陆其扬："不过我还有一事不明白——"

宋禧正襟危坐，以为他还有什么疑问没搞清楚。

"你怎么想到要去相亲的？

"还跑去见相亲对象的家长。

"怎么，决定定下来了？"

死亡连环追问。

梁津轻快速翻看着文件，听到这儿，抬头白了陆其扬一眼。

陆其扬接收到了，但他根本不在意，宋禧不说话，他就继续托着腮望着她。

宋禧嘴角一扯，端起茶杯抿了口水："毕竟年纪到了。"

在场年纪都比她大的两人顿时无语。

见他不说话，宋禧持续输出："怎么，你家里没催吗？"

怎么没催，要不然他至于大年初四还缩在店里假装努力工作吗？

许见川是下午三点的飞机，宋禧见谈得差不多了就提出要先走。

梁津轻坐在外边，他不让，宋禧也走不了。

"你等等，十分钟——不，五分钟就好。"

说完之后，他翻看的速度明显快了起来。

如果说之前的是两倍速，现在简直就是六倍速了。

五分钟差二十秒的时候，梁津轻把文件一合，边起身穿衣服，边跟对面跷着脚喝茶的陆其扬说："这个项目还行，但也仅仅是还行，各方面都是，剩下的你自己评估。"

说完，他让开位置，让宋禧出来。

他们一起往外走的时候，宋禧奇怪地问："你一会儿也有事？"

梁津轻本来好好在走路，听到这话，偏头看了她一眼："嗯，有事。"

梁津轻问她一会儿要去哪儿，他可以顺路捎她一程。

宋禧看了眼时间，这个时候如果先去酒店取车再去机场怕是来不及："我要去机场接人，你把我带出去就行。"

"一起吧。"

他说一起，宋禧以为他也要接人，也就没多问。

等到了机场，宋禧进去接到许见川后，再出来看到梁津轻的车还停在原地。

宋禧带着许见川走过去："刚在谈事情，我朋友顺便带我来的。"

许见川走近驾驶座，礼貌地敲了敲车玻璃。

车窗降下来，许见川一挑眉，和举着电话看过来的梁津轻对上视线："麻烦开下后备厢——师傅。"

梁津轻眉头狠狠一皱，电话那头的人还在等他回复，他伸手按了个按钮，后备厢打开了。

等许见川走开，梁津轻才揉着太阳穴简单说了几句后就挂断电话。

来的时候宋禧坐的副驾驶座，放好行李后，宋禧自然地走到前边，还没等她拉开车门，许见川就已经拉过她半强迫地把她塞进了后座。

许见川跟着进去的时候，在后视镜里和梁津轻的视线再次对视上。

宋禧撞了撞许见川的腿，给了他一个表情：这样不太好吧。

许见川看明白了但他没理，他直接对前面的人说了句："开车吧师傅，辛苦了。"

宋禧有点后悔坐梁津轻的车了。

许见川问："我们是直接回漉水镇？"

宋禧："我的车还停在酒店，要先去酒店开车。"

许见川："师傅方便送我们去漉水镇吗？听说你也住那里，应该也顺路吧？"

宋禧感觉从后脑勺都能看出梁津轻颅内的怒火。

本来以为梁津轻不会答应，结果车开出一段到分岔路口时，梁津轻的方向盘一拐，上了去漉水镇方向的高速。

许见川知道宋禧去相亲的事，挑起个话头就想再问问清楚。宋禧无奈，今天这个话题算是过不去了。

她看了眼前面，小声跟许见川说："回去再说吧……"

许见川点头明白，敲了敲前面的座位："师傅，隔音板麻烦降一下。"

短短的二十分钟，宋禧屁股上像是长满了刺，怎么坐都难受。

好不容易到了服务区，许见川下去上洗手间，宋禧立马跑到副驾驶座："不好意思啊，我师兄刚才说的话有点过分了……"

"也不算过分——"

梁津轻拧开一瓶矿泉水，仰头喝了大半，圆润的喉结就在她面前随着他的吞咽上下滚动。

宋禧的口也有些干了。

"我可不就是司机吗？"

他这话说得委屈，听到宋禧耳朵里就更不好意思了。

"我替他向你道歉。"

过了很久，梁津轻很轻地叹了口气："这也就是他。"

许见川回来时，宋禧还没来得及从副驾驶座下来，他瞥了一眼，自己上了后座。

"你就坐前面吧，我累了想睡会儿。"

车子启动，满是歉意的宋禧自是尽力满足梁津轻的要求。

他说要喝水，她就拧开水送到他嘴边；他说要擦嘴，她就拿纸巾帮他擦干嘴角的水渍……

许见川中途睁了下眼，发现前后座之间的隔音板不知道什么时候又降了下来。

初五一早，宋禧接到了一个急诊电话。

邻乡有一个病人，夜里突然呼吸困难还咯血痰，但因为怕打扰她休息，他家里人硬生生拖到快天亮才给她打电话。

宋禧一听症状，蒙胧的睡意瞬间被吓飞，她把手机开了外放，边听电话边快速穿好衣服。

从接到电话到收拾好药箱出门，她只用了不到十分钟。

等出了门她才想起来，她忘了给许见川和方谊说一声了，但也来不及了。

她行色匆匆，孤身在晨雾中疾走。经过镇头那座桥时，突然有一个声音叫住了她。

早上起了很大的雾，宋禧眯着眼看到一个黑色人影慢慢走近，才认出来是一早出来散步的梁津轻。

"这么早，你这是要去哪儿？"梁津轻停下说话的瞬间，注意到她肩膀上的药箱。

"有个急诊，我得去看看。"宋禧没时间跟他细说，说话的时候她人已经又往前走了两三米。

"哦，对。"宋禧回头叫住他，"一会儿如果碰到我师兄师姐，麻烦你跟他们说一声，我刚出门急忘记告诉他们了。"

梁津轻本来还想问她需不需要人帮忙的，但是话没说出口，宋禧已经走远了。

梁津轻绕着镇子又走了一圈才回家，进屋之前他看了眼隔壁，门还关着，估计他们还没起来。

冲完澡还没来得及换衣服，梁津轻就接到了他哥的电话。

"你人呢，昨天没回来？"

梁津轻举着手机，单手用毛巾擦着头发："有点事，今天晚点回去。"

"晚上还有个饭局，你别迟到了。"

梁津轻说知道了，正要挂电话时，梁蔚清突然又问："你在南陵吗？"

梁津轻只沉默了两秒，那边又接着用非常确定的语气说道："你在漉水镇。"

"昨天临时有点事。"梁津轻不想他多问，赶紧出声截住他的话头，"下午就回去，你跟家里说声。"

梁津轻收拾妥当，看时间还早，又去附近的一家包子铺买了两份早餐，才去敲响了隔壁家的门。

是方谊来开的门。

见到他，方谊先是打了个哈欠，然后边拭着眼角沁出来的泪，边问他："有事吗？"

"早上碰到宋禧了，她有个急诊急着出门忘记跟你们说了，让我来跟你们说一声。"

方谊回头看了眼宋禧房间的方向："行，我知道了，谢谢你。"

在方谊关门之前，梁津轻及时把手里的包子递了过去："刚刚顺便买了点。"

方谊似乎有些意外，愣了会儿才接了过来："谢了啊。"

中午时分，天上又突然飘起了雪花，间或还伴随着几粒细冰雹。

梁津轻见天色不好，担心一会儿雪下大了不好走，决定提前返程。

他拎着车钥匙往外走的时候，门一开，看到了刚好准备来敲门的许见川。

许见川一脸焦急，身上的外套连拉链都没拉好，见了他就问："你早上见到喜喜了？她是往哪个方向去了？她有跟你说，是去哪里出诊吗？"

梁津轻指了指镇头的方向："她没说，她就让我跟你们说一声——"

许见川没等他说完就要走。

梁津轻看许见川脸色不对，也忙追了上去："是她怎么了吗？"

许见川眉头皱得很紧，嘴唇不知是被冻的还是着急的，说话的时候微微发着抖："她电话打不通，雪下大了山里的路只会更难走……要是天黑了……"

许见川话没说完，但梁津轻也懂了他的意思。

要是天黑了她还没回来，天寒地冻的，她在野外会有多危险，不用明说他们都清楚。

梁津轻："我跟你一起去找。"

许见川闻言顿了顿脚。

他是想拒绝的，毕竟现在宋禧和梁津轻没有半毛钱关系，平白承了他的情以后还得惦记着还。

但他现在的确需要人帮忙。

家里必须留一个人守着，以防宋禧回来没人知道，但凭他自己一个人去山里找，说实话，他心里根本没底。

"你手机带好，先在镇子周边问一问！"许见川看了眼手表，定了个时间，"两点之前如果还没找到……"

许见川鼻子一酸，有点不敢想那个后果："……我就去联系村干部，拜托他们帮忙一起去找。"

"你千万记得，先别进山！"

许见川一再跟梁津轻强调，虽然他担心宋禧，但他也不希望看到梁津轻因此出事。

漉水镇下面的村庄零零散散，分布在各个大小不同的山头。

出了镇就是荒野，再往深了走就是山。

宋禧早上出门早，除了梁津轻几乎没人见过她。他们两个绕着镇子问了一圈，什么有效的信息都没有得到。

快接近两点的时候，雪越下越大，天也越来越沉。

西边裹了一团乌云，像是能随时把天地笼罩住一样。

不能再等下去了。

许见川出发去镇政府找干部之前，梁津轻和他商量了一番，确定了一下找人的区域。

"她早上是往镇东的方向走，出了镇之后，东、北、南三个方向，我们兵分三路去找。你现在先去找人帮忙，时间紧急我先往东边去，一会儿你让人往东去找我。

"手机我保持畅通，信号如果稳定的话我会五分钟给你发一次定位，到时候你直接按定位走。"

梁津轻面上一派沉静，跟许见川说安排的时候也是条理清晰，但只有他自己知道——他插在口袋里的双手，掌心全是冷汗，心里更是想不了一点点关于意外的可能。

他只能让自己先冷静下来。

说完之后，梁津轻的手机在口袋里响起，他掏出来的时候手没拿稳，手机差点摔到地上。

还是梁蔚清。

"你出发了没有？你那边下雪了没有？路上开车小心点，时间还早你慢慢开。"

"哥——"梁津轻背过身，不让许见川看到他的表情，"我临时有点事，估计回不去了，你帮我跟爸说声，晚上的局我就不去了……"

梁蔚清沉默了一会儿，再次开口时语气不由得严肃起来："出了什么事，需要我帮忙吗？"

"宋禧她——"梁津轻顿了顿，强忍住鼻尖的酸意，"可能出了点事，我得去找她。"

越往山里走，风雪越大。

梁津轻之前出门是准备去车里，所以手套和围巾都没戴，他把羽绒服的帽子兜在头上，但没走两步，帽子就被风掀开了。

他边走边喊着宋禧的名字，但呼啸的风声一阵又一阵，几乎要把他的声音吞噬掉。

时间一分一秒地往前走，天色一点点地沉下去，梁津轻的心也跟着一点点地往下沉。

又过了五分钟，梁津轻给许见川发定位，看到两分钟前许见川也给自己留了言，说有村民往这个方向来找他了。

梁津轻之前不敢走太快，怕到时候宋禧没找到，自己又失了联，眼下见有人在后面跟上来了，他便敛了口气，决定再继续往里走。

等到梁津轻发现自己的手机发不出消息也收不到消息的时候，他开始有点慌了。

山里的路上已经积了雪，靴子踩在上面发出"吱呀吱呀"的声音，松软得很，一不小心没踩实就很容易摔跤。

梁津轻走得很小心，但踩上一根掩在雪地里的枯木枝时，他一个没注意，一下子摔进了雪坑里。

结结实实的。

前段时间，他的脚受过一次伤，那次梁蔚清非常夸张地让人给他打上了夹板，后来他嫌走路不方便第二天就擅自拆了它。后来恢复得不算差，除了用脚过度时偶尔会有一丝酸痛，但好在这种情况并不多。

所以他以为他的脚伤早就好了，但摔了一跤趴在地上一时动弹不得的时候，他才意识到，原来他的伤一直都没好。

就像那年和宋禧分手，他以为他早就走出来了，也在慢慢放下执念。

可直到和她重逢，直到见不到她的此刻，他才明白，他的伤从来就没好过。

梁津轻将脸埋进雪里，试图用这短暂的寒意逼退自己内心的害怕和不安。

梁津轻实在是不敢想，万一宋禧——

他要怎么办。

"救命……"

梁津轻抬头抹了把脸，看来真的是冷出错觉了，竟然听到了宋禧喊救命的声音。

他嘲弄地笑了笑。

梁津轻试着动了动腿，应该勉强还可以走，天越发黑了，气温还在往下降，他得赶紧离开这里。

"有人吗？"

梁津轻起身的动作一顿，他揉了揉耳朵，有点怀疑是不是自己冷到产生了错觉。

他试探性地回了一句："谁啊？"

他等了很久，也没听到声音再回应他。

梁津轻失望地转身，刚抬脚，风声里裹着一道不太清晰的喊叫，又再一次传到了他的耳朵里。

"救命——有没有人啊——"

那一瞬间，梁津轻眼里的泪终于忍不住，唰地落到被风吹得通红的脸上。

"宋禧！是宋禧吗？"

梁津轻趴着身子往下看，他刚才摔跤的不远处，有一道山沟，看着不太深，但往下喊话时能听到非常明显的回声。

宋禧虚弱的声音隔着距离和高度，不甚清晰地传了上来，梁津轻跟她喊了好久才确定了她大概的位置。

她应该是下山时，不小心摔到了下面。

如果梁津轻脚没受伤，他还可以借着树枝慢慢爬下去，但怎么上来仍然是个问题。

只是他现在旧伤复发，连下去都成了一个问题。

他不确定宋禧有没有受伤，但长时间待在野外雪地里，就算不受伤也会失温。

梁津轻没有想太久，他看准山沟下一处相对平稳的空地，单脚用力，抱着头直接跳了下去。

落地的那一瞬间，还未结成冰碴的雪花被那扑通一声惊扰，纷纷扬起飘在半空中。

像是又一场密集又盛大的降雪过程。

宋禧靠在山腰的避风处，脸色苍白，捂着腰像是忍着极大的疼痛，嘴唇也几乎没了血色，见他看过来，她虚弱地扯了扯嘴角：

"你来了啊。"

第十三章
故人来

梁津轻缓了好一会儿才踉跄着挪到宋禧身边。

地上除了他这条印迹,还有一道已经被雪掩盖得差不多的,延伸到的地方正好是宋禧此刻靠着的位置。

山体有一处凹陷的地方,遮挡不了风雪,但也比完全暴露在雪地里稍微好一些。

但凹陷处太小,之前容纳宋禧一人还勉强可以,现在又多了个梁津轻,宋禧往旁边一动,半边身子就出去了。

"你别动了。"梁津轻蹲下来,眼睛盯着她手一直捂住的地方,"受伤了吗?有没有哪里不舒服?"

宋禧摆了摆头,身上的力气像是被抽干了一般:"刚摔下来的时候,不小心戳到树枝上了,只是一点皮外伤。"

梁津轻不放心,坚持检查了一番。

确实如她所说,她腰部的伤倒是不重,只是不巧,摔下来的时候,尖头的树枝刚好戳进羽绒服里,将那一块皮肤划得见了血肉。

她用手里的工具简单处理了一下,血暂时是止住了。

但她整个人缩成一团,还在不停地发抖。梁津轻注意到,她裸露在外的皮肤,冻得几乎成了青紫色。

梁津轻把外套脱了给她裹上。

"你快穿上!"宋禧因为没什么力气,往后躲的时候幅度也很小,"你是想我们俩都一起冻死在这里吗?"

梁津轻一把将她拉进怀里,用自己的衣服把她裹得严严实实。

她全身上下除了一双眼,其他的地方全被他连人带衣服箍在了怀里。

宋禧没有挣脱的力气,只能仰着头,好言跟他打着商量:"要不还是你穿着吧,你出去了才能救我出去,你出不去我岂不是也要死——"

她的"在这儿"几个字没说完，就被梁津轻喝止住："你别说了！"

虽然宋禧不愿意穿他的衣服，但不得不说，这么一弄，她身上确实暖和了很多，说话也有劲儿了。

宋禧缩在他的衣服里戳了戳他的胳膊。

梁津轻假装在看外头的雪，根本不想理她。

"你要不要先想想办法，看看怎么上去？"她不想殉情，两个人就这么抱着待在这儿也不是回事啊！

刚听到她在下面呼救的时候，梁津轻就已经快速观察过一番这里的地势。如果有能步行上下的方法，他也就不用着急往下跳了。

"有村民正在往这个方向来，我刚下来的时候在上面放了求救信号。"

梁津轻说话的时候，没忍住磕巴了一下，嘴巴抖得宋禧都注意到了。

"你先松开。"宋禧挣了挣，示意他先松手。

"我好多了。"宋禧把他的羽绒服披在肩上，然后拉开给他让出了一半位置。

"你进来。"

梁津轻愣愣地蹲在原地，没有动作。

宋禧："一会儿要是你再倒下了，我可背不动你。"

一件 XL 的男士羽绒服，穿在梁津轻身上，刚刚好；如果只套在宋禧一个人身上，那绝对能把她从头到脚包得密不透风。

可现在它要护住的是两个人，就显得非常勉强了。

"你过来点。"宋禧叫他，"再过来点！"

最后，两个人终于找到了一种奇异的平衡点，就是宋禧觉得他应该不会太冷，他也觉得不至于靠她太近。

宋禧在心里嘀咕着，他这副模样，搞得好像刚才把她快勒得闭过气的人不是他一般。

天地一片寂静，目光所及之处，除了漫天的风雪就是余光里那个互相分享同一件外套的人。

夜色慢慢笼罩下来，很快，伸出手指也几乎看不清是几根了。

宋禧抱着自己的身子，不由得担忧起来："你确定他们会找得到我们？"

其实梁津轻不确定。

虽然他在路边用石子摆了"SOS"，也在旁边的树枝上挂了他随身带的手帕。

但万一石子被雪覆盖，手帕被风吹走……

这些话，他都不想跟她说。

"嗯。我手机也给许见川发了定位，有信号了就会第一时间发出去。"

可一直在这里待着，怎么可能会有信号。

宋禧今天一早就出了门，回去的路上又意外摔下来，后来身上又是伤又是痛的，也不觉得困。

现在人一暖和起来，身体也跟着放松下来，睡意毫无商量余地地迅速蔓延开来。

"宋禧！"

宋禧半眯着眼，小声回应着他。

"别睡，你醒醒！"

宋禧头往他肩上一歪，找到个支撑点后，又拿脑袋蹭了蹭，换了个更舒服的姿势。

"别吵，我好困……"

"你别睡。"梁津轻推了推她，起先推她的时候她还会不耐烦地躲开，后面就只是皱着眉小声哼哼。

"阿轻你别弄，我好困……"

她应该是困到快失去了意识，不然她不会再喊他"阿轻"。

其实就算是当年在一起的时候，她也很少这么喊他，每次总是"梁津轻""梁津轻"地叫他的全名。只有在求他做什么事、撒娇或者故意逗他的时候，她才会这么叫他"阿轻"。

梁津轻陷入回忆里。

等他再回过神来的时候，发现宋禧眼睛已经闭上，但在睡梦里她也睡得不太安稳，盖下来的眼睫毛还在轻轻颤抖。

他帮她把额前滑落的碎发拨开，好像从再遇的那天起，她就总是素净着一张脸。

她的脸色不算太好，泛着不健康的白，对比之下，眼圈周围的青色就显得更加明显。

不知道这些年，她都是怎么照顾自己的。

"你别睡，快醒醒。"虽然很不忍，但梁津轻还是捏着她的鼻子强行叫醒了她。

宋禧呼吸不畅，生生在睡梦中被憋醒，稍微清醒点就开始找他的不痛快："你干什么？你是不是故意的，你是不是见不得我好！"

梁津轻见她还有力气骂人，就知道她体力应该恢复了一些。

"休息好了我们就走吧。"

宋禧其实还困着，意识并没有完全清醒过来："走？走去哪儿？"

"回家。"

梁津轻拉着她起身，又扶着她走了两步，看她捂住伤口每走一步都很难受的样子，只能停了下来。

他把外套穿上，拉链拉好，趁宋禧没注意的时候动了动脚踝——还是很疼，但走慢点应该还可以撑一段路。

现在天太黑了，就算村民找到了这里也不一定能发现他放的手帕和石子。

他们不能再等下去了。

不然等到半夜，降雪加上气温骤降，他们在这里坐着干等，只会越来越危险。

只要能走出去，就算只有一段都好，就算碰不到来找他们的村民，等手机有了信号，许见川应该也能找到他们。

他走到宋禧前面，弯下腰。

宋禧不解："你做什么？"

"上来，我背你。"

宋禧往边上挪了一步："你别开玩笑了，雪这么大，你怎么背？"

再说，他的腿也才恢复没多久。

梁津轻担心再晚路会更不好走，索性也不跟她多说，直接把人一揽，站起身颠了颠，就锁在了自己的背上。

"别别别，你把我放下来，我好多了，完全可以自己走……"

梁津轻的耳朵像是屏蔽了外界所有的声音一样，根本不理会她的挣扎和拒绝。

"你还是省省力气吧，还不知道我们什么时候能走出去。"

梁津轻单手把口袋里的手机递给她："帮我把手电筒打开。"

入了夜的雪地，并不好走，加上他还执意要背着宋禧。

冬天身上的衣物厚重，宋禧趴在他的肩上时，仍然可以隐隐约约感受到他身上透出羽绒服的体温热度。

如果把鼻子凑近他的脖颈处，再深吸一口气，还能闻到他身上好闻的似青苔又似露珠的那种雨后草地湿润的味道。

他早就不是原来那个身上还带着若有似无中药味的苍白少年了。

如今他还能背着她，步履稳健地在雪地上行走，宋禧朝后望一眼，明明都走出了很长的一段距离，但他气息依然平稳有余。

"你现在身体挺好的。"

看样子国外的这几年，倒是把他的身体养好了。

"如果你坚持泡在健身房，你身体也会好。"

梁津轻气息有些急，他暂时停下来，将宋禧又往上颠了颠，顺便调整了一下呼吸。

"所以早起的习惯，也是在健身房养成的？"

宋禧想到今天出门时遇到的他，没想到曾经那个为了不早起宁愿旷两节课的人，如今竟然还会在冬天天不亮时就起床晨练。

"不是。"梁津轻又颠了颠她，"你抓稳点。"

宋禧收到指示，赶紧把刚刚逐渐松开的手又环了上去。

"刚去的那段时间，早起了一段时间，后面慢慢也就习惯了。"

美国和中国隔着近十三个小时的时差，每天宋禧这边吃晚饭的时间正好是他那里的清晨五六点。

那个时间，是他们约好每天电话联系的时间。

宋禧知道他赖床有起床气，有提议过要不要换个时间，但她那时入学不久正是学业压力大的时候，试过几次别的时间不是她有事被打断就是他有事。

后来这个固定的联系时间，也就这么定了下来。

"会比高三起早床痛苦吗？"

大片的雪花簌簌往下落，可能是夜色太静，也可能是他们呼吸太近，总之，突然在那么一瞬间，宋禧想跟他好好说说话。

"不会。"

风一吹，梁津轻说出口的话也似随着风散了开来，宋禧听到耳朵里，有点不太真切的空间感。

"高三是痛苦，但那时候不是。"

不是痛苦，那是什么呢？

梁津轻只说了一半，宋禧也没继续往下问，有些话他们自己心里明白就行了。

"你恨过我吗？"宋禧问。

分手闹得最僵的那个时候，他也只是红着眼盯着她，表情哀伤但不说话，最后那次见面，他才咬着牙说出那句：宋禧，你辜负了我的坚持。

之后无数个午夜梦回之际，这句话都不断侵扰着宋禧的心绪。

这个问题她曾经无数次问过自己，恨他吗？他会恨她吗？

恨他吗？

宋禧的答案从一开始到现在，都没变过。

她不恨。

虽然他们并没有如刚开始在一起时承诺的那般，会永远永远在一起，但和梁津轻在一起过的这件事，是她从不后悔的决定。

那他会恨她吗？

或许吧。

那时候她心里藏着无数个秘密，就算是对他，她也没办法坦然地向他言说倾诉,那等于是把自己好不容易腐烂愈合的伤口再次血淋淋地扒开。

她不需要任何人同情,尤其是梁津轻。

有时候,她会回过头去想一种可能性,如果那时候他们不是异国,如果那时候他一直陪在她身边,如果在她最难过的时候他可以及时给她一个拥抱……

那他们应该不会走到分手这一步。

至少不会那么快。

梁津轻脚步微顿,但很快,他又重新抬起脚往前迈了出去。

"没有。"

过了好一会儿,他又继续道:"我怨过你,但没恨过。"

宋禧眼睛里的酸涩几乎就要喷涌而出,她轻轻吸了口鼻子,努力用一种自然又轻松的语气说着:"有爱才会有恨,你看我,问的什么问题。"

梁津轻说道:"答应会和你一起留在南陵的人是我,后来因为家里又临时决定出国的也是我。这段感情你坚持了四年多,已经做得很好了。所以,该有恨意的人是你,不是我。"

宋禧的眼泪终于忍不住,啪嗒一声,打在梁津轻肩膀处的羽绒服上。

他看不见,但那一瞬间,他的肩上像是突然加了一百多斤的重担,压得他心头憋闷得快要喘不过气。

后面很长一段时间,他们两个人都没再开启一轮新的话题来打破沉寂。

走的时间越来越长,但回过头去看,他们也没有走多远。

天地一片雪色,宋禧手上的手电筒也几乎只能照亮他脚下的这一方路。

夜越来越深,宋禧的伤口隐隐作痛,新一轮的困意又试图在慢慢侵蚀她的大脑。

"他们真的能找到我们吗?"

他们会不会冻死在这雪地里啊?

宋禧说话的声音越来越低,梁津轻看不到她的脸,但能察觉到她状态不太对。

他使劲颠了下宋禧:"喜喜别睡!你还想跟我聊什么,或者有什么想问我的,想知道什么我都告诉你!"

宋禧双手死死地环住梁津轻的脖子,把头轻轻歪靠在他的肩上。

从背后看,两个人的动作亲昵又密切。

"你不该来的——"

"别人还以为我们俩是殉情了呢!"

梁津轻脸色不太好看,都这种时候了,她还在那儿胡说八道来气他。

"你担心谁会误会?"

宋禧人都快困蒙了过去："谁啊？挺多人的啊！"

"我师兄、我师姐，还有你爷爷奶奶、爸爸妈妈，哦，对，还有你哥——"

宋禧嘴巴里嘟囔着，说着说着，她的声音又低了下去。

梁津轻："我拖也会拖你出去，不会让你和我殉情的……"

一个不察，他的左脚陷进了雪坑，他的手一松，背上的宋禧直直地摔了下来。

梁津轻脚疼，加上走得太久身上都被冻僵了，在宋禧摔下来的那一瞬间，他脑子里想要去接她，但等手伸过去的时候，只听到咚的一声，她已经掉进了雪里。

宋禧完全没觉得疼，她的意识像是飘在了半空中，正冷静地旁观着梁津轻拼命地呼喊、呼救。

但这里，除了雪就是山，他的呼声喊出去，碰到山体又荡了回来。

一声接着一声，像是寂静山林里无尽的呜咽和怒吼。

但无人知晓。

宋禧醒来的时候，已经是第二天的傍晚。

她盯着天花板上的一处青灰色的霉块，眼睛一眨不眨。许见川进来时以为她还没醒，一转头看到她静悄悄地瞪着双大眼睛，差点没把手里的药碗扔出去。

"你醒了？有没有哪里不舒服？头还疼吗？肚子呢？饿不饿，要不要喝点水……"

宋禧慢慢把视线收回来，看向一脸焦急的许见川："他还好吗？"

许见川剩下的话全被堵在嗓子眼里，上不来下不去。

"他没事。"许见川低头拖了把旁边的凳子过来，坐在床边，准备给她喂药，"你先好好养伤。"

宋禧没说话，看到许见川手足无措地拿纸巾往她脸上放，她才后知后觉到，自己竟然哭了。

其实她内心一点情绪都没有，连她自己都说不上来为什么会哭，好像就是泪腺开关突然被拨开，完全不受她的意志控制。

"你还病着，别哭了。"

许见川似乎是暗叹了一口气，帮她擦拭干脸上的泪后，手指无意识地摆弄着那团纸巾，很快纸巾就越捏越小、越捏越紧。

"他真的没事。现在在隔壁养伤，估计跟你差不多，也快醒了。"

梁津轻的情况比宋禧要严重得多。

前天晚上找到他们时，他们两个人都躺在雪地里，只不过，梁津轻是半个身子都被雪掩着。

而宋禧,是被梁津轻用羽绒服包着,紧紧地抱在怀里。

漉水镇医疗条件非常有限,唯一一家诊所的医生如今自己还是患者,许见川找到他们后第一时间就打了120。

但最近的救护车过来也要将近半个小时,他们两个人在雪地里待了太久,身体失温得严重,情况都非常不好。

许见川还在琢磨是不是要自己开车去医院时,多亏了梁津轻的哥哥带了一支医疗队及时赶到。

也是托了他们的福,宋禧才得到了及时的救治。

医生帮她包扎好伤口,就跟他们说,她的情况已经基本稳定,至于腰上的伤再养个几日就没什么太大问题。

但梁津轻就没那么好的运气了。

"他脚伤很严重,加上受冻失温,昨天回来就反反复复一直在发烧,医生都在那边守着……"

"脚伤?"宋禧听到这儿,挣扎着要从床上起来,"他的脚受伤了?"

她回想了一下,他昨天从上面摔下来时好像是在地上趴了一会儿,但他后来起身走到她身边,他脸上完全没有任何不适和难受的表情。

昨天天气暗是真的,但他演技好也是真的。

梁津轻那样的人,如果想瞒着什么事,应该没有他瞒不过去的。

如果她早点发现,她是不可能让他背她的……还走了那么远。

"我想去看看他。"宋禧被许见川扶着,半躺在床上,她仰着头一脸恳切地望着许见川。

"你才刚醒……"她的眼神让许见川无法正视,他重新端起药碗,把药送到宋禧嘴边,"至少先把药喝了。"

宋禧大口喝着药,等碗见了底,她再次抬头,期待地盯着许见川。

"你再躺一会儿,我先去把碗放了。"

宋禧拥着被子,边发呆边等着许见川回来,只是过了好一会儿,许见川都没有再回来。

闭上眼睛前,宋禧心里还想着,是不是要喊他一声提醒提醒他,但她现在有点气虚,估计喊的话声音也不会太大。

应该用手机的。

但她手机现在在哪儿来着?不会是掉雪里了吧?

等宋禧再次醒来的时候,四周所有的一切,都静得像是不存在一般。

她屏气凝神地听了好一会儿,确定是一点声音都听不到。

宋禧掀开被子。

她身上穿着秋天的长袖款睡衣，屋里虽然开着取暖器，但刚从被窝里出来她还是狠狠地抖了一下。

出了房间到院门口的那段路，宋禧走得非常小心。

一是她体力并没有完全恢复，躺在床上时还不觉得，一动了身走两步就有点喘。

二是，她怕吵醒了许见川和方谊，如果他们真醒过来，应该也不会愿意让她出门去看梁津轻。

要不然傍晚那会儿，许见川就不会送个碗送到人不见了。

宋禧猫着腰钻出了门，回头确定一眼屋里依然没有动静后，她才合上门松了一口气。

她腰上的伤让她没办法走得太快，这短短的一段路，她几乎就是一步挪一步。

为了节省时间，出门时她直接在睡衣外面裹了件羽绒服，现在几步走下来，她背上都出了薄薄的一层汗。

走到隔壁门前，宋禧才意识到，这已经是深夜了。

这个点大家都睡了，没人给她开门的话，她也还是进不去。

宋禧没准备敲门，就在门口站了会儿，刚要走，门突然从里头被打开了。

她和门里站着的陌生男人面面相觑。

"你找谁？"

宋禧指了指隔壁诊所，又指了指他身后："我来看看病人。"

"哦——"男人单手插着兜，另一只手上还夹着一根没点燃的烟。

男人的眼睛在宋禧身上快速地扫了一眼，故意拖长的语气让她有些不太自在。

"他在里面，你进去吧。"随即，他侧身，把进门的位置让给了她。

宋禧拖着腿往里挪的时候，听到背后传来"呲"的一声，她回头去看，正好看到那个男人倚靠着墙，把猩红的烟往嘴里递。

梁津轻的房间门虚掩着，宋禧在上手推门之前，突然就生出了一种莫名的情怯之意。

她进去的时候，梁津轻正躺在床上，闭着眼睛睡得很安静。

太安静了，以至于宋禧有点担心他是不是有点不对劲。

宋禧走到床边，半弯下腰，伸出右手的食指，探到他高挺的鼻梁下。

鼻息均匀、温热。

还活着。

宋禧终于松了口气。

他身上的被子盖得严实，让人看不到他身上的伤，但他睡得一脸沉静，给了她一种他只是在睡觉并随时都有可能会醒的感觉。

床边有凳子，宋禧站得有些累了，就拉过来坐了下来。

她的手伸进被窝里，几乎没费什么劲就握到了梁津轻的手腕。

宋禧把手指搭了上去，闭了闭眼，又很快睁开。

他的烧退了，病情也基本稳定下来了。

就是不知道他的腿伤是什么情况。

这边屋子里也同样静悄悄的，明明刚才进来时还碰见了人，现在她在屋里坐着，也仍然一点多余的声音都听不到。

梁津轻的房间里开了很足的暖气，宋禧坐了一会儿，身体很快就热了起来。

她起身把羽绒服拉链拉开后，人也没急着坐下，直接伸手抓住床尾的被子，掀开了其中一个角。

他整个人以一种非常规矩的姿势，直挺挺地躺在床上，受了伤的右脚打上了厚厚的石膏和夹板。

宋禧觉得眼前这一幕，好像并不陌生，或者说似曾相识。

她的记性不算差，稍微一回想就可以想起来，她第一次在漉水镇见到他，他也是这样人昏迷着躺在这里。

也是这间房。

再见后，她一直觉得他身体好了很多，至少不再是高中那个病恹恹走三步都喘的人，但如今再细细一想——

他好像也时常出一些状况。

大毛病没有，但小毛病一堆。

像现在这种躺着不能动的情况，不到三个月她就碰到了两次。

"凉——"

大半夜，空荡荡的屋子，突然出现的男声，让还沉浸在自己世界里的宋禧猛然一惊。

她手里的被子没攥紧，轻飘飘地落了回去，没盖好，梁津轻的伤脚有一大半还露在外面。

宋禧抬眼看过去，刚好就对上了梁津轻虚弱又苍白的笑。

宋禧很快转开了头，空气里莫名弥漫上来一股淡淡的尴尬，具体是因为什么，她自己也说不上来。

为了掩饰自己的不自在，宋禧眼睛一转，给自己的手找了点活。

盖好被子需要用多久呢？

其他人宋禧不知道，但此刻在她手里，她恨不得把这个动作掰开揉碎，再以无限慢倍速来完成它。

不想面对梁津轻，其实有个最简单粗暴的选项——

那就是转身离开。

但当下的宋禧，完全没有这个意识。

"你要给我的脚绣花吗？"最后还是梁津轻忍不住，开口问道。

他平躺在床上，枕头的高度微微高过一点他的身体，但这么一点点高度，也根本不足以让他看清床尾宋禧的动作。

"你可以坐过来吗？"

宋禧头始终低着，即便从站姿换到坐姿，她的眼睛也一直没抬起来过。

梁津轻无奈地笑了一声，他的手从被子里伸出来，想去抓她的，结果被她灵巧一避，躲开了。

梁津轻脸上的笑突然就僵在了脸上，但他也没坚持，很快又当无事发生一样，把手又缩进了被窝。

"你腰上的伤严重吗？这么晚了，是谁带你过来的……"

梁津轻的话还没说完，一转头，就看到一直埋着头不看他的宋禧突然簌簌落起了泪。

他话音戛然而止。

宋禧察觉到他的视线，赶紧拿手背去抹泪，但根本就抹不尽，甚至还越来越多。

梁津轻挣扎着试图从床上起身，但虚弱的身体和还打着石膏的脚让他几次都以失败收场。

"宋禧。"

宋禧被他突然的严肃吓得收了泪，抬头看向他时，眼角还挂着两滴没流下的泪花。

"你不要哭。"刚折腾了那一通，梁津轻歪在床上有些气短，胸膛剧烈起伏着，说出的话也断断续续不太连贯。

但宋禧还是听清了，听得很清楚。

像击穿耳膜一般，字字入心。

"你不要哭，我现在抱不了你。"

宋禧随手抹了把泪，埋着头嘟嘟囔囔说了一句："谁要你抱。"

她吸了吸鼻子，还准备再拿手背擦泪的时候，眼前伸过来一只手。

手背青筋微鼓，骨节分明。

宋禧盯着看了一会儿，等他手抖了抖，她才慌乱地接过他两指间夹着的纸巾。

她把纸巾胡乱盖在脸上擦了擦。擦完后，她有点局促，眼睛也不敢看梁津轻。

因为她能察觉到,他的目光一直落在她身上。

那眼神炙热得,就像夏天拿来胡闹的放大镜,随便放点什么过去,就一触即燃。

"既然你没什么事,我就先走了……"

宋禧忘了腰上的伤,这一下起身起得有点猛,拉扯到伤口,她闭着眼狠狠地"嘶"了一声。

梁津轻:"你没事吧?"

宋禧一边捂着伤口,一边抬手制止梁津轻准备掀被子的手:"你别动,你别动。我没事,就刚一下起猛了,我缓缓就行。"

看她眉头舒展了一些,梁津轻才又慢慢躺了回去。

他拍了拍床沿:"你来坐。"

宋禧当下也没多想,捂住伤口顺势坐了下来。

之前伤口疼,她的注意力都集中在了腰上,等那阵劲缓过去,她才后知后觉地发现,她和梁津轻的这个距离——

有一点近。

为了不影响他休息,房间没有开头顶的大灯,只开了一盏小小的暖黄色床头灯,不够亮,但也不影响视物。

此刻那盏小灯依然在他们身侧幽幽散着光,宋禧一抬眼,正好撞入梁津轻深邃而专注的目光里。

他一直在看着她。

"还很疼?"

或许是注意到她脸上不自然的表情,又或许是在她急忙低头的那一瞬间,他恰好捕捉到她突然泛红的眼眶。

梁津轻想伸手,但想到什么又缩了回来。

"我叫医生来给你看看……"

宋禧一听,赶紧拦住他要去拿手机的手:"这么晚大家都睡了,别折腾了。"

梁津轻的动作并没有停,拿到手机后他反而还抬高了手,想要躲开宋禧的阻拦。

但他显然忘了,他才是那个躺在床上行动不便的人。

见他已经解了锁在准备拨通电话,情急之下,宋禧直接起身扑了上去。

手机被她抢到,但等她要从床上爬起来的时候,她才反应过来,刚才她扑上的——

是梁津轻的身体。

硬邦邦的。

看样子他确实没说假话，这些年的健身房他确实没白去。

宋禧不确定她有没有什么多余的动作，比如摁在他胸膛的手，在借力起身的时候，顺便拿指尖触了触他饱满紧实的胸肌。

她只听到头顶一道莫名清嗓子的声音，再看过去时，梁津轻眼神闪躲，耳尖都开始冒着热气。

他这副样子很难见到，在宋禧的记忆里，也只有他们刚在一起的时候，他偶尔会出现这样的表情。

纯情得让人忍不住想要欺负他。

这么多年，他变了那么多，没想到这一点竟然还难得地被保留了下来。

"看看腹肌？"

宋禧说这话时的眼神，该怎么说？那一瞬间，梁津轻还以为自己碰到了馋他身子的女流氓。

梁津轻瞪她，劝她收敛点。

原来在一起的时候，梁津轻就给过宋禧一个非常中肯的评价：你这人就是一只小弹簧，别人一强你就弱，别人一软你就蹬鼻子上脸。

"伤口不疼了？"

还有这心思来调戏他。

"不……"宋禧话刚一出口，眼珠子一转，又皱着眉叹气，"疼死了，要看看腹肌才能好。"

她边说边拿余光偷偷瞥他的反应。

梁津轻一脸的无奈，他故意拿两只手臂在胸前一横，半推半就的，也不知道他是想让她摸还是不想让她摸。

"真的要看？"他那双好看的黑眸里，映着两盏小夜灯，正中间的位置是小小的宋禧。

宋禧被他眼里的笑意蛊惑，傻傻地点了一下头。可能是怕点头的幅度太小，他没看到，宋禧又点了好几下。

梁津轻似乎被她的反应取悦了，说话时嘴角还含着明显的笑意："看了可要对我负责。"

四下无人的夜里，昏暗的房间，若有似无的亲密暧昧，他身上好闻的苔原冷香……

这所有的一切都让宋禧迷醉。

当然，这都是在他说出这句话之前。

宋禧像是突然被强行拽出了梦境，神思归位，连天灵盖都瞬间清醒了。

"算了。"

她双手在他身体两侧打直,小声嘀咕了一句:"不看也罢。"

梁津轻应该是没想到她会这么容易放弃,表情有些意外,嘴皮子抽了抽,想说什么但最后也没说出口。

宋禧手撑在床板上借力,刚准备起身,房间门突然被人从外面推开。

"我是不是来得不是时候?"

刚进来时碰到的那个男人倚靠在门边,他双手抱肩,嘴里在说着问句,实际上脸上全是看好戏的表情。

宋禧赶紧从床上连滚带爬地起身站好,站好后她还装模作样地拍了拍身上的褶子:"那什么,太晚了我就先回去睡觉了。"

梁津轻伸手,想拉住宋禧给她介绍一下,结果手还没伸出去,宋禧脚一迈很快就走了。

那背影,怎么看都有一股子落荒而逃的感觉。

盛祺的视线一直跟着宋禧,直到她拐了个弯出了院门,他才扭过头,问床上假寐的男人:"你女朋友啊?"

梁津轻愿意强撑着精神跟宋禧说话,不代表他大半夜也愿意跟一个想要打听他八卦的人聊天。

他不说话,盛祺也并不介意:"有点眼熟,是N大的医学生?"

梁津轻眼睛睁开,目光和盛祺的对上。

盛祺连门都没进,从刚刚到现在就一直靠在门边,因为站姿的优势,他几乎没费什么力气就能将梁津轻眼底的情绪捕捉得一清二楚。

"你听陆其扬说过?"

梁津轻之前交过一个女朋友,女方在N大学医这事并不是什么秘密,只是盛祺初中之后就出了国,后来梁津轻出国他又回国,那几年两个人的联络始终断断续续。

是以,当年的很多事,盛祺都是后来从陆其扬那里听说的。

盛祺:"真是你那个小女朋友?"

梁津轻眉紧蹙,他这话听着不怎么让人开心:"我跟她同年,是同级的同学。"

盛祺长长地"哦"了一声,毫不客气地戳破他:"但我记得,你们不是分手了吗,五六年还是七八年来着?"

盛祺的话句句都跟刀子似的,净往一个身体虚弱、才刚刚醒来的人心口上捅。

"盛医生,你的病人需要休息。"

梁津轻把被子拉高,重新闭上眼睛。

那晚的最后，盛祺临走前，还状似无意地对梁津轻说了一句："我应该见过她。"

这话他不像是在骗人，但如果真的见过梁津轻也一点都不意外——

盛祺从国外回南陵就进了市一医院，宋禧学医实习的话，有极大可能和他在医院碰到过。

所以他这句话，梁津轻并没有放在心里。

梁津轻醒了之后，盛祺确定他身体情况在慢慢转好之后，就开始计划着离开事宜。

梁津轻："我现在还卧床，你这么快就要走？"

盛祺给他检查脚上的伤口，闻言冷哼了一声："我这还不是为了给你们腾位置。"

宋禧从那晚偷偷来过之后，后面几天时不时就会端一碗补品或药膳过来，也不会久待，等梁津轻喝完她就会走。

偶尔碰到盛祺，宋禧也会礼貌地跟他打招呼，还会顺便请教一些医学上的专业问题。

每次一到这种时候，梁津轻看盛祺就总鼻子不是鼻子眼不是眼的。

盛祺："我怕再待下去，你前女友被我精湛的专业能力所折服，彻底把你踹了。"

梁津轻当下鄙夷一笑，嘲他真的是自作多情了。

但后来他俩再凑一起说话时，梁津轻就总感觉宋禧的眼睛里都冒着光，是那种崇拜、敬慕和赞扬的光。

当天晚上，梁津轻就以自己快好了为由，让盛祺不要再继续耽误本职工作，劝他赶紧回医院上班。

盛祺一副看破不说破的表情："那我可真是要谢谢你。"

盛祺重新整理了一份梁津轻的病情记录，准备在离开前交给宋禧。

"说真的，你知道她为什么会来这儿做乡村医生吗？"盛祺整理完后，很突然地来了这么一句。

梁津轻一时有些发愣，这个问题，他确实没有好好想过。

宋禧其实骨子里是一个做事很随心所欲的人，这可能和她从小的生长环境有关。

她外公带着三个小孩，平时的养育原则就是放养——你们想做什么我都不拦着你们，做完你们自己不后悔就好。

所以她其实是一个非常独立的人，在任何事情上面。

这也是为什么，在得知她毕业后跑到一个偏僻的山村来做乡村医生后，他丝毫不惊讶也不好奇的原因。

因为这就是宋禧能做出来的事。

"大概是因为……喜欢？"

这话说出来，梁津轻连自己也有些不确定。

盛祺摇了摇头。他敛了笑意，表情看起来竟难得有些严肃："看来你也不知道。"

梁津轻看盛祺这副模样，心莫名地狠狠一跳："什么意思？"

"上次我说我好像见过她，这话不是我胡说的。我之前确实见过她。

"五年前还是六年前吧，那时候我刚回国入职，医院就曾发生过一起大型医疗纠纷。"

梁津轻的声音好像不是从自己嘴里发出的一样："那跟她有什么关系？"

盛祺："她也参与了那次手术。"

盛祺是什么时候离开的房间，梁津轻一点印象都没有。

等他回过神来，才意识到自己竟然半坐在床上，只穿着单薄睡衣的身体冻得血液似乎都凝固了。

那晚，梁津轻几乎是睁着眼等到了天际发白。

盛祺一早要走，许见川带着方谊和宋禧来送他，为了表示对他的感谢，他们准备了一些中药补品和年货。宋禧胳膊上还挂着一兜子连夜从老乡那里收来的土鸡蛋。

"我孤家寡人一个，家里的厨房还没开过火，这些东西给我——全浪费了。"盛祺只拎了一只简便的行李袋，看着眼前这满满的诚意，他连连摆手拒绝。

梁津轻本来也是要出来送盛祺的，但他的腿还没好利索，盛祺让他好好躺着，免得腿伤加重。

盛祺："倒是宋禧，我有一事想要麻烦你。"

宋禧当然不会拒绝。

盛祺下巴轻点了一下屋里，故意小声跟她说道："他哥有事先走了，现在我也要走，他在这里一个人无依无靠，腿还受着伤，你看——"

没等他话说完，宋禧就明白了，她一拍胸脯，很爽快地就应了下来："放心，我会照顾他的。"

其实就算盛祺不拜托，她也不可能不管梁津轻。

梁津轻也算是她半个救命恩人，她怎么可能不管他。

她说这话的时候，许见川和方谊在旁边非常默契地转头望着天空，根本不想搭话。

把盛祺送走后,他们俩眼一对上,自觉先回了家,留下宋禧一个人站在原地。

宋禧看了眼手上的病历本,还是决定去慰问慰问连门都不能出的病人。

宋禧进去时,梁津轻正靠在床头闭着双眼。起初她以为他只是在闭目养神,但直到她进去都坐了好几分钟,他依然保持着那个姿势,根本没察觉屋里进了人。

宋禧跷着二郎腿,单手撑在膝盖上,就那么静静地看着他。

明明每天都躺在床上养伤的人,竟然眼下还青了一大圈,嘴唇也干得起了皮,脸色看起来不太好,人也有些憔悴。

看着看着,宋禧是什么时候睡过去的,连她自己都说不清楚。

她只知道,等她扭着脖子一睁眼,正好撞进了梁津轻那双幽潭一样的黑眸里。

可能是屋里光线暗,那一出神的工夫,宋禧莫名地觉得,他眼里有一团无法言说的哀伤。

"你怎么了?身体不舒服吗?"

下一秒,梁津轻像无事发生一样,脸色稍霁,还冲她挤了个勉强的笑。

"真不舒服啊?还是在床上憋着了,要不——我扶你出去走走?"

本来梁津轻是没有这个想法的,但她既然都提了,他也正好顺势应了下来。

"好啊。"

他把双手递给她:"那就麻烦你了。"

宋禧是打算陪他在院子里走一圈的,稍微活动活动透透气就行了,毕竟他的腿还没好全。

结果,梁津轻刚走两步就不乐意了,非要去外面逛一逛。

今天难得出了点太阳,虽然照在身上跟冰箱里的灯没什么两样,但天一放晴,连人的心情都不自觉地好了很多。

"说好了,就在门口走两步。"

他家之前装修,有很多设施是为了方便轮椅经过而有特别设计过的。

也是多亏了这个,要不然如果屋前是像隔壁她家一样几级台阶一横,就算宋禧同意他出去,他估计也只能用单脚跳的。

因为腿伤得突然,他家也没备拐杖,现在梁津轻手里撑着的还是宋禧临时给他找的一把长柄伞。

宋禧搀扶着他的左胳膊,起先只是稍微借了点力给他,后来不知不觉中宋禧觉得自己腰越弯越低,走路越走越累,她就觉察到似乎有哪里不太对劲。

她暂时停下脚步，叉着腰瞪着一旁装无辜的梁津轻。

"你的拐杖呢？"

梁津轻听话地举了举右手。

"原来还没扔呢。"宋禧冷哼了一声，"我给你是让你当走秀道具的？"

他虽然伤了一条腿，但穿着黑大衣单脚站立的姿势依然气质如松。

反观她，走两步路就气喘吁吁的，在他旁边一衬，狼狈得像淋了雨的小狗。

"我之前也没跛过，走路没经验……"

他本来就比她高那么多，现在就算在她面前低着头，视线也比她高出了一大截，嗓音再一压低，向她认错的姿态倒是摆足了。

"你生气了啊？"

宋禧这哪是生气，她是累到了！

她这人，有些事记性不太好，但有些事又记得无比牢。

比如说她曾经笑他身体虚这件事。

如果当下她真的承认她不是因为生气而是太累了导致的老羞成怒，梁津轻会不会反过来嘲笑她身子弱……

她死要面子，所以打死都不会承认。

"知道就好！"宋禧一把拽过他的胳膊，又重新挽好，"要是你不想走，我就送你回床上！"

后面梁津轻累了，走两步就喘两口，宋禧心里终于舒坦了。

他们竟慢慢地走到了镇东的桥头。

见快到吃午饭的点，宋禧戳了戳梁津轻："回去吧。"

话音刚落，宋禧一转身看到了许多天没见的杨正。

"在散步啊？"不知道他在身后跟了多久。和宋禧脸上的些许尴尬不同，杨正倒是面色如常，见他们看了过来，他还笑着上前和他们打招呼。

"听说你受伤了，现在好点了吗？"

他前一句话明明还是对着两个人在说，下一句眼睛却独独盯向宋禧，完全当旁边的梁津轻不存在。

"不太好。"梁津轻伸了伸自己的右脚，故意横插到他们两个人中间，"你看，散步还要拄人形拐杖呢。"

梁津轻心思有些过于明显，引得宋禧也忍不住看了他好几眼。

"那梁先生可得好好养病，腿伤了还是要少走些路。"说完，杨正又把目光转向宋禧，"你说是吧，小宋大夫？"

梁津轻感觉后槽牙突然有些酸，这小子眼神不太对！

"没事，喜喜是大夫，她会用心照顾我的。"梁津轻边说边轻轻撞了下宋禧，"对吧？"

宋禧当下只有一个感受：这两人是不是有病？

杨正还想说什么，梁津轻突然往宋禧的方向一歪："脚疼。"

宋禧一听，果然紧张了，她立马撑住他靠过来的身体："我都说了让你别走这么久！"

梁津轻："下次一定听你的。"

梁津轻惯常那么冷的性子，突然给她来伏低做小的这一套，宋禧顿时就没了脾气。

"那我们就先走了。"

这话是宋禧对杨正说的。后者张了张嘴，结果没等出声，梁津轻避开宋禧的视线，给了他一个毫不掩饰的挑衅眼神。

同为男人的杨正哪里不懂梁津轻这是什么意思："你……"

他刚开口，梁津轻也正好抬起手来，朝他挥了挥："下次再见。"

而宋禧，压根儿就没注意到他们之间的暗潮汹涌。

回去的路上，时不时飘出几缕饭菜的香味，有刚开始起锅时柴火的味道，也有菜炒好出锅时的独特菜味儿。

"嗯，这道是香辣鸡丁。"

宋禧深吸了一鼻子，突然兴起，随口开始闻香报菜名。

又路过一户人家，梁津轻学她的样子，闻了闻，开口道："那这道是辣椒炒肉……咳咳——"

他一下子吸得太用力，被飘出来的辣味呛到，逗得宋禧没忍住，直接笑喷。

宋禧："土豆丝，土豆丝——这我肯定不会闻错！"

梁津轻看着她的笑颜，又想起昨天盛祺跟他说的话。

从昨天到现在，他的心里始终像是堵了一块大石头一样。

他其实有很多话想问问她，但说到底那事已经过去了，在她最难过最无助的时候他不在，现在就算他再心疼，也都于事无补。

这时候再提，除了满足了他的好奇心以及弥补一下他自己的愧疚之外，对她真的好吗？

梁津轻："你想回去吗？"

宋禧脸上的笑还溢在脸上，连看过来的眼睛里都亮得像是小灯泡一样："啊，回去哪儿？"

但梁津轻还是想问问她。

不是问她的过去，而是问她的以后。

"南陵或者……大医院什么的。"梁津轻神态一派轻松自然,就好像这个话题只是他突然兴起想到了,而不是他自己琢磨了一整个晚上才终于问出口的。

宋禧:"这里挺好的。"

梁津轻点点头。

过了半晌,他才又接口道:"我也觉得。"

宋禧偏头看了他一眼。他们现在这个距离,其实非常非常亲密,至少在外人眼里是这样。

她搀扶着他,一步步走过还落着未化完雪的青石板路,鼻尖弥漫的是家家户户厨房里飘出的味道,眼睛可见之处是漉水镇的水、漉水镇的山……

在一个月前甚至是半个月前,就算打死宋禧她都不可能在脑子里幻想出这幅画面。

那一瞬间,宋禧很容易就想到了一个早已经被用烂大街但却是此刻唯一可以描绘她心境的词:

岁月静好。

梁津轻:"你还记得我之前说的话吗?"

宋禧假装非常努力地想了想,他说过的话不少,他指的到底是那句话,她真的完全没有头绪。

"什么话?"

梁津轻望着远处薄雾里的山峰边缘,嘴巴一张,记忆里的那句话像是演练过无数次一般,脱口而出:

"你就好好为了你的理想学习奋斗,救死扶伤,为人民服务。"

他第一句话刚出口,宋禧便想起来了。

这是那年高考后,他偷偷去医馆找她时跟她说过的话。

后面还有一句——

"以后缺钱了,记得来找我。"

他们相邻的家,就在五米开外的前方,虽然是走过无数次的路,但是很突然地,宋禧的脚步有些沉,那几步怎么迈也迈不开。

"我现在有钱了,你有什么想做的,我可以和你一起。"

不管你是想回南陵再去大医院,还是想留在这儿继续做乡村医生,不管你是想做乡村公益行还是想振兴乡村医疗——

我现在有钱了,我都可以帮你实现。

剩下的五米路程,两个人走得很安静,谁都没有再主动开口说一句话。

偶尔碰到松动的青石板，宋禧会轻拽一下梁津轻的胳膊，梁津轻也就默契地顺着她的方向一起绕过去。

宋禧："你中午想吃什么？"

盛祺走的时候拜托她多照看一下梁津轻，她理所当然地觉得也应该负责他的一日三餐。

"家里有人做饭。"

宋禧也没太意外："你请做饭阿姨了吗？"

梁津轻闻言长长"嗯"了一声，似是而非地来了一句："算吧。"

他这句话倒是把宋禧弄得一头雾水，但院子门一开，宋禧瞬间就明白了他那话是什么意思。

听到开门的声音，陆其扬一脸哀怨地扭头过来瞪着他俩："你们去哪儿了？"

他们俩一直在路边走，这一路上竟然都没有碰上他。

宋禧扶着梁津轻走到石凳旁坐下："你什么时候到的？"

"我都到大半天了！"

陆其扬把一直抱在怀里的那包东西直接扔给了梁津轻："我饿了，中午吃什么？"

梁津轻低头打开，细细检查了一番。宋禧没想要偷看，只不过他动作太坦荡完全没有遮掩的意思，她几乎随意一瞥就看到了。

是他画叶脉画的工具。

没想到这么多年了，他竟然还在继续画。

她还以为他现在管理公司之后，应该不会再有闲情和时间继续画了的。

"你看我做什么？"梁津轻抬头，和陆其扬的眼神对上，"在场三个人，你觉得还有谁会做饭？"

只有陆其扬。

其实陆其扬刚开始也不会，十指不沾阳春水的大少爷，一直到高考前，连厨房调料罐里的盐和糖都分不清，更别提做饭了。

但那是从前。

他退伍回来，跟家里说要开个私房餐厅。几代人都卖医疗用品的家族，突然出了一个说要卖菜的，想一想他家里肯定不会同意。

后来陆其扬找上梁津轻，想说服梁津轻给自己投资，梁津轻当场就点了头，但有一个条件——

开私房菜可以，但他必须自己得会做。

店开起来之后，他做不做菜无所谓，但他得要会。

他什么时候学会，钱什么时候到位。

九个月后，陆其扬手握一本蓝带厨师证，在朋友圈一阵炫耀之后，拿着梁津轻的投资，热火朝天开起了私房餐厅。

陆其扬指着自己，一脸震惊地控诉道："我是客人！"

梁津轻脸上并无半分羞愧，语气淡定且从容："你是我的家人。"

陆其扬指着梁津轻，想骂梁津轻，但梁津轻这句话又说得过于真诚，真诚到陆其扬根本想不到理由来反驳。

他憋了半天，最后无奈地放下手，又问了一句："厨房在哪儿？"

陆其扬脸上不乐意，但他转身去厨房的步伐明显轻快又得意，乐颠颠的。

宋禧在一旁看完了全程，简直叹为观止。

"他一定很爱你。"

她摇摇头，半天发了这么一句感慨，引得梁津轻转头看了她好几眼。

"我爱的可不是他。"

说完这句话，他的眼神很快又从她脸上转开，最后只留下宋禧一个人站在原地，满脸红晕。

吃饭的时候，陆其扬又宣布了一个让人震惊的消息。

"我老头公司的副总一会儿到，你要是有时间的话，帮忙找个镇上能说得上话的领导，介绍他们见见。"

陆其扬是边嚼着饭边说的这话，吐出来的字都含含糊糊的。宋禧等他说完反应了半天，等回过神后，筷子一扔起身就要走。

梁津轻一把拉住她："吃饭呢，干什么去？"

这个时候了，宋禧哪里还能安心吃完这顿饭。

"这个时间镇办公室不一定有人，我先去打个电话，不行的话我一会儿再出去找找。"

"先吃完饭，不急在这一时。"

梁津轻给对面的陆其扬递了个眼神。

陆其扬很快领会到，接口道："也没这么快。你先吃饭，吃完我跟你一起去。"

陆其扬都这么说了，宋禧只能坐下来，但最后那半碗饭她吃得没滋没味，用筷子戳着米饭一粒粒数着，心里想的全是陆其扬刚才说的那事。

成不成就看这次了。

虽然有陆其扬的面子，但这事对整个潋水镇来说是头一次，大家都没经验。宋禧担心承了陆其扬的这份情，到时候却因为他们准备不充分而致使合作失败，那她肯定不能原谅自己。

"你们先吃吧，我还是先去打个电话。"说完，宋禧也不等他们说话，放下筷子就跑了出去。

陆其扬端着碗还在往嘴里扒饭,一抬头,正好对上梁津轻看过来的目光。

陆其扬:"你快吃啊,你也吃不进去?"

梁津轻见他看不懂,直接跟他挑明:"你应该吃饱了吧。"

陆其扬忙前忙后做了三菜一汤,结果他们两个根本没怎么吃,桌上还剩了不少菜,而且这一碗饭都还没见底,他怎么可能吃饱了。

陆其扬:"我还可以再吃两碗。"

梁津轻伸手,用自己的筷子夹住他想要继续夹菜的筷子,意有所指地道:"跟人吃饭,不宜吃太饱。"

陆其扬饭吃到一半,被他俩这么反复打断,心里开始有了情绪:"我就是个介绍人,我又不谈事。"

宋禧要是打电话联系不到人,是真的会孤身一人出去找,梁津轻担心她又像上次那样。

要不是他腿脚不方便,他也不至于在这儿跟陆其扬费这么多口舌:"投资我再加一倍。"

陆其扬眼睛一下子就亮了,饭都忘记了嚼:"说话算数?"

"事办完就打款。"

说实在的,跟钱跟生意一比,这饭他吃不吃都无所谓了。陆其扬把嘴一抹:"小的绝对鞍前马后把嫂子照顾得妥妥帖帖!"

屋里再次安静下来,梁津轻一个人坐在桌前,筷子也没再动,他盯着桌上那半碗饭,嘴里突然喃喃念了一句:"嫂子……"

过了一会儿,他又轻笑了一下。

又过了一会儿,他眉眼舒展连眉梢处都是笑意,可能是觉得自己这副样子有点傻又有点愣头青,他用手捂住了脸,将无尽的笑意全藏在了自己的掌心下。

陆其扬追上宋禧的时候,宋禧打完电话找不到人正准备去镇政府的办公室。

"你吃完了?你其实不用跟来的,我自己去就行了。"

陆其扬心里想的是,有人利诱他来他可不得跟来吗,嘴上却道:"吃完了吃完了。我也没什么事,正好跟着去打发打发时间。"

宋禧给书记打电话没人接,她决定先去办公室看看,实在找不到人她再想别的办法。

万幸的是,办公室还有人在值班。

"书记在吗?"

宋禧还没伸手敲门,杨正就立马起身迎了上去:"书记下乡去了。年后工作刚刚启动,他带着人走访去了。"

杨正见她眉头锁着,忙又问道:"怎么了,你找他有事?"

宋禧把身后的陆其扬给他介绍了一下,然后简要说明了来意:"那边的负责人估计快到了。你能想办法联系到书记吗,我刚给他打电话他没接。"

"估计是山里没信号。"杨正让他们先进来坐,"我给其他同事打打电话。"

在打电话联系人之前,杨正还特意给他们俩都倒了一杯水。

陆其扬端着一次性的纸杯,边喝着水,边装着不经意地跟宋禧打探八卦:"这人,你挺熟啊?"

宋禧觉得这事也没什么好隐瞒的:"我们之前相过亲。"

杨正还在打电话,宋禧不想打扰他,所以说话声都压得很低,音量小到只有旁边的陆其扬听得到。

"哟!"陆其扬惊叹了一声,"这小缘分!"

他声音一下没控制住,引得还在打电话的杨正连连看了他们好几眼。

"我怎么感觉他对你还有点意思。"这话陆其扬说得很轻,几乎就是跟宋禧耳语说悄悄话的程度了。

"你感觉不准。"

陆其扬还想再说,宋禧直接一句话给他绝杀:"你谈过恋爱?"

陆其扬瞬间偃旗息鼓。

他确实没谈过,所以他找不到理由反驳。

陆其扬:"又是梁津轻告诉你的,对不对?"

其实梁津轻没这么大嘴巴,但这事也不难猜。

陆其扬高考后就去了部队,后来回来又开了餐厅,前几天还因为不想相亲大年初四就躲在餐厅里不回家。现在听说梁津轻受伤,他说来就来了这里,行李还带了不少,一看就是准备长住的。

"我有眼睛,我会看。"

"现在的女生,都不太可爱。"陆其扬喝了口水,又叹了口气,"我想跟她们谈恋爱,她们只想跟我谈钱。"

"那你得反省反省自己。"

这话陆其扬就不爱听了:"怎么又成了我该反省了?"

"要是除了钱,你还有其他能够吸引到她们的东西,她们就不会只盯着你的钱喜欢了。"

"那你喜欢梁津轻什么?"

杨正一通电话刚打完,要挂断的时候正好听到了陆其扬冷不丁说的这句话。

陆其扬看着宋禧，杨正挂了电话也看着宋禧。

这个问题的答案，其实宋禧无须多想，因为这么多年答案一直在她心里，也始终没有变过。

但她知道答案和她并不打算回答这二者之间，并不冲突。

"电话里怎么说，书记能赶得回来吗？"

刚和陆其扬有一搭没一搭聊天的时候，宋禧的注意力也一直在杨正拨的电话上。

对面怎么说她没听到，但从杨正说的话可以猜到，应该是联系上书记了。

"说现在就出发，尽量往回赶。"

这一打岔，刚才陆其扬的那个问题也没有人再次提起。

后来，陆氏的陈副总和镇政府的领导们在办公室洽谈具体方案和合同的时候，无事可做的宋禧和陆其扬就蹲在办公室门口的台阶上。

一人捏了罐啤酒，在那儿边喝啤酒，边晒着冬天不太暖和的太阳。

陆其扬："你还没回答我的问题。"

宋禧已经喝完了一罐，紧接着手里又被陆其扬递上了一罐。

她脑子有些晕，还不到醉的程度，但也绝不算清明。

不然她是不可能会回答陆其扬的。

"不喜欢一个人或许需要很多理由，但喜欢一个人不需要——

"是他就行。"

梁津轻赶来的时候，看到的就是这样一幅景象。

他们两个人哥俩好地勾肩搭背，地上散落了一地的空啤酒易拉罐，陆其扬的一只鞋甚至都被踢出去了好远。

梁津轻的腿走路还不太利索，走向他们时不小心踢到地上的啤酒罐，"铛"的一声，飞到陆其扬脚边时，吓得他一哆嗦。

但就算是这样，他眼睛看过来时的动作依然迟钝又缓慢，一看就是喝得不太清醒了。

"哎，你看那儿，怎么有点眼熟啊……"

宋禧被陆其扬一推，也瞪着双眼睛朝梁津轻看过来，她拼命眨了眨眼睛，晃晃头，又揉了揉眼。

"你是不是傻啊，哈哈哈……"宋禧边拍着陆其扬的肩，边嘲笑道，"他你都不认识了，他是我们的高中同学啊！"

梁津轻脸色本来就很难看了，宋禧这话一出，他的脸唰的一下就黑了。

"啊，对对，我想起来了！什么高中同学，那是我兄弟，我的家人！"说着，陆其扬颤颤巍巍地起身，对着梁津轻张开双臂想往他身上扑。

梁津轻伸了根手指，朝陆其扬胸口一戳，侧身避开了他。

陆其扬被梁津轻戳得连连后退，等他再一回头，发现梁津轻已经坐到了宋禧身边，还手疾眼快地用手托住了她晃来晃去的小脑袋。

喝酒上头的宋禧两边脸颊通红，梁津轻小心地把她的头放在自己的肩膀上，又用手背轻轻碰了碰她发烫的小脸。

"怎么喝了这么多，难受吗？"

宋禧喝多了酒，脑子有点发蒙，反应不自觉也有些慢，她愣愣地望着梁津轻好看的脸，好半天忘了要回答他的问题。

就在这时，一旁受到冷落的陆其扬突然冲了过来，硬生生地挤到两个人中间。

他皱着眉，冲梁津轻哀叹道："我喝多了，我好难受。"

梁津轻知道自己不应该跟一个醉鬼生气，但他一看到陆其扬就气不打一处来："难受你就去水龙头那儿冲冲水。"

陆其扬无言。

他是喝多了一点，但还没喝傻。

他抱着自己的头，边跺脚边指着梁津轻控诉："你怎么对我如此狠心，你不是说我是你的兄弟是你的家人吗？你没有心！"

梁津轻看陆其扬骂起人来一套一套的，根本不像喝醉了酒神志不清的样子，说："你看好她，我进去打声招呼。"

梁津轻示意陆其扬靠过来，在他起身的瞬间，他小心翼翼地把宋禧的脑袋转移到了陆其扬的掌心里。

里面的交谈还在继续，估摸着一时半会儿不会结束，梁津轻跟他们打了声招呼，准备先带那两个醉鬼回家。

梁津轻走出去时，身后一阵脚步声迫近，他回头一看，是杨正也跟了出来。

"他……俩没事吧，需要我帮忙吗？"说着，杨正的眼睛不自觉往梁津轻的脚上扫了一眼。

梁津轻察觉到了，扯起嘴角一笑："不用，这里更需要你。"

他说这话时没什么情绪，仿佛对面只是个压根儿不熟的陌生人一样。

和几个小时前的阴阳怪气、争风吃醋的表现简直天壤之别。

看着梁津轻离开的背影，杨正的心不自觉地揪了一下，不是因为梁津轻刚才的那句话，而是他明白了——自己根本不是梁津轻的对手。

从来就不是。

梁津轻出来后，先俯身把宋禧搀扶了起来，她浑身没劲还有点犯迷糊，睡眼惺忪的。

怕她摔跤，梁津轻几乎是把她半抱在自己怀里，但这样一来，他还受着伤的脚要走动起来也就更难了。

看陆其扬还站着没动，梁津轻把一旁的鞋子踢到他脚下："去把垃圾捡了。"

梁津轻抱着宋禧先出发，很快就被陆其扬追上。

本来走得好好的，陆其扬不知道发什么疯，突然大声唱起了军歌。

陆其扬的大嗓门这么一吼，直接把已经快要睡着的宋禧给喊醒了。

她一醒就闹着要自己走，梁津轻步伐本就不太稳，被她左右这么扭两下，很快就要支撑不住她。

又怕两个人一起摔倒，他只能先放开她。

"你小心点，注意脚下。"

"没问题！我又没醉！"宋禧说着转了个身，面对着他倒退着往后走，"你看，我给你表演一个走直线。"

她歪七扭八地走着S线，边走还边跟他炫耀："我走得直吧，我就说我没醉！"

梁津轻一双手完全不敢放下来，她往哪儿歪，他的手就往哪儿接着，生怕她一个不注意摔下去。

"什么啊，你那根本就不是直线！"陆其扬在旁边看着她笨拙的步子，捂着嘴哈哈大笑。

"你看我，我这个才叫直线。"他自信满满，然后走出了比宋禧还离谱的曲线。

宋禧看得有些呆。

她很想大声反驳陆其扬，但因为眼睛看什么都像有层虚影，她一时也没办法确定自己是不是对的，只得求助："梁津轻，你来评评理，我和他谁走得更直！"

梁津轻实在是不想掺和他们两个醉鬼的争论。

宋禧见梁津轻不说话，一个跃步跳到他身旁，挽着他的手臂，亲昵地抓住还晃了晃。

"你说你说说嘛！"

梁津轻被她无意识的动作摇得心神一荡，她脸颊红晕薄薄，双目似含水，正一眨不眨地抬头盯着他的眼睛瞧。

梁津轻这个角度，能清晰地看见她瞳孔里的自己。

他刚要开口，一旁的陆其扬也跑了过来，抓住他的另一只胳膊，也跟着宋禧有样学样地晃了晃。

"梁津轻，我有个秘密要告诉你！"

陆其扬突然喊出了这么一句，语气严肃又认真，倒是把梁津轻喊得原地一愣。

梁津轻问："什么秘密？"

陆其扬挑衅的小眼神射向还没回过味的宋禧："你快认输，不然我就把你的秘密告诉他！"

宋禧看看陆其扬，又看了看明显有些不明所以的梁津轻，突然一下子就想起来了。

她像一只矫捷的兔子，跳起来就要去捂陆其扬的嘴。

陆其扬见她上钩了，哪还会站在原地等她扑过来。

"略略略，抓不到，小短手！"

梁津轻简直头大。

好在镇子就这么大，任凭他们再怎么闹，也有终于到家的一刻。

梁津轻把陆其扬赶到之前盛祺住的那间屋。

至于宋禧——

是把她送回家还是让她睡他家？

梁津轻还是秉持着自由民主的原则，多问了她一句："要进去睡一会儿吗？"

宋禧见陆其扬已经睡下，她也没多想，就点了点头。

梁津轻趁宋禧不注意，在她看不见的地方，悄悄露出了一个毫不收敛的笑。

他把宋禧带到了自己的卧室。

下午出门去找他们前，梁津轻在床上短暂地躺过一会儿，因为出门急，被子被随意地铺在床上。

宋禧盯着床铺看了一会儿，没动作。

梁津轻还以为她是嫌床上太乱了，正想说让她等一会儿，他再换一床干净的被子。虽然现在的被子，也是昨天才换的。

但没等他说话，宋禧就面朝床，人呈"大"字直直地扑了上去。

梁津轻不喜欢太软的床，所以她人在和床接触的一刹那，发出了又闷又响的冲撞声。

梁津轻闭着眼，几乎是同时替她感受了那种直接的疼痛感。

他赶紧上前，想把她翻过来看看情况，就怕把她撞出个好歹来。

梁津轻在这头紧张，结果她倒好，跟刚才撞床的人不是自己一般，眼睛闭得紧紧的，呼吸明显已经平缓下来。

她已经睡着了。

屋里的窗帘拉上了,窗外不太明亮的光线被挡得死死的,只有一些能见度很低的余光透过没拉好的边缘照了进来。

梁津轻为了看清她的情况,不得不和她靠得极近。

她额头红了一小块,鼻尖也有些不太明显的红。

梁津轻把手放在她的额头上,用四指轻轻碰了碰,温热的指腹比她喝了酒后的皮肤温度要低。

触上去的那一刻,宋禧在睡梦中哼唧了一声。

梁津轻很紧张,刚要把手收回,她咂巴了两下嘴,歪头又睡了过去。

指腹和她额头上的温度相融,之后任他怎么动,宋禧都没有了不适的动作。

好在她的额头上没有起包。

被子一半被她压在身下,梁津轻只能扯了扯剩下的那一半被子,帮她盖好。

做好一切后,梁津轻就撑着头,在一旁听着她均匀的呼吸声,一动不动地望着她。

她此刻的模样,有些滑稽,还有点可爱。

一下午的时间过得飞快,外间手机铃声响起来的时候,宋禧在睡梦中不耐烦地翻了个身。

梁津轻本来也在浅眠中,但为了不吵醒她,他一个翻身就爬了起来。

他刚出去,就撞上陆其扬揉着头发从一侧房间出来。

因为是陆其扬的手机铃声,所以他是最快反应过来的。

接起电话,他边按着太阳穴边"嗯嗯"了两句,没几句就挂了电话。

"他们谈完了,说晚上书记请吃饭,让我们一起过去。"陆其扬说着,左右环顾了一圈,又哑着嗓子问,"宋禧回家了?"

梁津轻顿了两秒,说了句:"没有。"

陆其扬本来还在按着太阳穴,按着按着,才意识到不对劲。

梁津轻的脸色不太自然,一看就是做了什么心虚的事。

虽然他在商场浸淫多年,遇事面上早已八风不动,但此时不知是刚睡醒还是因为面对的是多年挚友,总之他那一瞬间的表情出卖了他。

陆其扬盯着梁津轻脸上明显的睡痕看了好几眼,再一张口时,话里带着一丝震惊:"不要告诉我——

"你们一下午都睡在一起?"

梁津轻听了陆其扬的话,眉头一锁:"没有。"

但再多的话也说不出了,说只有她在睡,他只在旁边的凳子上打盹儿?

.285.

说了陆其扬也不会信。

果然，陆其扬狐疑地盯着他，好半晌才冒出一句："也好。"

这下轮到梁津轻不明白了。

"过了这么多年，你们还互相喜欢，挺好。"

宋禧醒来时已经是晚上七点，外面的天已经黑透。

她睁着眼望着屋顶一团黑的天花板发呆，门从外面被推开，她转头过去一看，人顿时就清醒了。

"你——"

她本想问"你怎么在这儿"，但她看了看梁津轻，又环顾了一圈房间里陌生又熟悉的摆设，最后问了一句："我怎么会在这儿？"

梁津轻怕房间的大灯会刺眼，所以走进来的时候只顺手帮她拧开了床头柜上的小台灯。

见梁津轻没说话，宋禧拥着被子起身，又问了一句："我怎么会睡在你床上？"

梁津轻像是没感受到她的震惊一般，自顾自绕过床尾，走到窗边唰地拉开窗帘。

外头皎洁的月色透过玻璃窗打进来，照亮了一方天地。

梁津轻面容平静，语气也几乎听不出什么情绪："你喝醉了。"

宋禧当然知道自己喝醉了，要不然她怎么会对睡在他床上这件事，一无所知！

她拍了拍自己还有些肿痛的太阳穴，心里直呼喝酒误事。

都怪陆其扬那小子，非要拉着她大白天喝酒，还是在镇政府的门口。

"陆其扬人呢？"

梁津轻把床头柜上的水递给她："书记组了个饭局，本来想让你们俩都去的，你没醒他就自己去了。"

宋禧端着水，仰头一饮而尽。

是甜的。

"他们谈得怎么样，定了吗？"

宋禧弯着腰到处找自己的鞋，不一会儿眼前出现一双手，手上拎的正是她那双已经洗到发白的雪地靴。

"差不多了。后续可能还有一些小细节，陈总说需要回公司再商量讨论下。"

宋禧顾不上不好意思，把鞋接过来边穿边急切地问道："不会有什么意外吧？"

宋禧穿鞋也不好好穿，明明床就在屁股旁她也懒得坐，就一只脚踮着，弯着身子去够脚。

梁津轻伸手，非常自然地托着她的一边手肘，在她穿好鞋之后还没等她反应过来，他的手已经撤走了。

"放心，有陆其扬呢。"

其实到了这一步，放不放心宋禧能做的也不多了。

"你晚饭吃什么？"

中午是陆其扬做的饭，现在他不在，估计梁津轻也还饿着肚子。

果然，梁津轻抿着唇，小幅度地摇了摇头。

"算了，你跟我回——"话没说完，宋禧就把嘴给闭上了。

"你先等等我，我回家看看有没有做饭，一会儿给你送过来。"

没有经过许见川和方谊的允许，宋禧也不敢擅自把他带回去吃饭。

她怕到时候饭桌上再起战火。

她喝了酒才刚醒，实在是经受不了折腾了。

到家后，宋禧尽量装作若无其事地开门进屋，看到坐在饭桌上的两人，她也一脸镇定地跟他们打了招呼。

方谊："刚从隔壁回来？"

"有个朋友来了，就我之前那个高中同学，叫陆其扬的——"宋禧搓搓衣角，无处安放的手又指了指隔壁，"……所以待久了一些。"

"先坐下吃饭。"

许见川给她拿了碗筷。

宋禧一想到隔壁还有个嗷嗷待哺的大人在等她，她就根本咽不下去饭。

"怎么，饭里有刺？"许见川吃了一口饭，不经意看了她一眼，开玩笑似的问。

宋禧哪敢回答，赶紧吃了一大口饭，边嚼边摇头。

许见川："你下午去找书记了？"

经他这么一提醒，宋禧才想起来还没来得及跟他们说今天这件大事。

"陆其扬，就我那同学，他家就是做医疗相关的。之前他听说我们这儿想做公益活动就从中牵了下线，今天他们公司那边来了人……听说，谈得还不错。"

"那很好啊，值得庆祝！"方谊在一旁听着，冷不丁冒出这么一句，"我去开瓶酒，就喝去年夏天我跟喜喜酿的青梅酒，正好我们仨也很多年没一起喝过了！"

宋禧上一顿酒刚醒，可经不住再喝一遭了。

可她不敢拒绝。

如果让他俩知道，她不仅在外面喝了酒，还住到了别人家、睡在了男人的床上，他们肯定能念到她原地升天。

方谊把酒罐子搬来，给每人倒了一大杯。

"来，干杯。"

方谊说完这句，仰头就干了一杯。

接着是许见川。

许见川性子稳，不像方谊那么大大咧咧的，但他也非常利落地一口喝完了杯里的酒。

就剩下宋禧了。

本来她还想故意磨一磨，随便糊弄糊弄的，但现在他们俩盯紧她，让她根本没办法作弊。

"慢慢喝，我慢慢喝。"宋禧浅抿了一口，主动认了输，"我酒量差，你们酒量好的多喝一点。"

方谊在一旁看着，突然哼笑了一声。

这一声笑，短促又嘲讽味十足，听得宋禧本就没底的心更虚了。

后来就变成了他们俩在那儿对酌，饭席一直不散，宋禧拿着筷子没办法离席。

到了后面，宋禧开始思考，一会儿如果从家里给梁津轻送两包方便面过去，他应该不会气到骂人吧。

"我这两天就要走了。"

许见川喝了好几杯，但脸上几乎是没有变化，连眼睛都清明得很。如果不是眼看着他把酒喝了下去，宋禧甚至都在怀疑，他是不是偷偷背着她们把酒倒了。

"怎么这么快，先前怎么没听你说过？"

也许是这几天的生活太过舒服和安逸，宋禧好像突然之间忘记了，许见川只是工作闲暇过来住几天而已。

假期结束了，他也要走了。

许见川："我本来也没打算这么快，但公司那边在催。"

"我也跟他一起走。"

方谊这句话一出，宋禧的鼻尖一下子就酸了。

"我也休息得够久了，B市有家公司去年就在联系我，正好这次跟他一起北上，去看看。"方谊喝了口酒，说到这儿的时候，伸下巴点了点对面的许见川。

宋禧一下子有些蒙。

虽然她之前也一直在劝方谊，不要总窝在她这个小诊所里，方谊又不是学医的，在这里平白浪费时间。

但现在方谊真的开口说要走，她才觉得，好像这些日子都是她从时光里偷来的一样。

虽然长到这么大，她已明白成年人的分别就是生活的常态。

他们各自有各自的生活，就算再不舍再难过，也终究还是要自己一个人去面对。

"怎么了这是，你可没喝酒不许耍酒疯啊！"方谊用手指粗鲁地帮宋禧抹了把眼泪，"长这么大还是小孩子。"

"我们又不是不回来了，现在你这边的工作也步入了正轨，公益行开展起来了你好好做，我们出去好好工作赚钱，到时候如果你有需要，随时找我们要。"

宋禧眼里的泪终于憋不住，她一把抱住方谊伸过来的胳膊，哇的一声哭了出来。

"行了，行了，别哭了。我们只是出去工作，怎么搞得我们像是不在了一样……"

方谊话没说完，就被许见川和宋禧同时瞪了一眼。方谊会过意，又赶紧"呸呸呸"了几句。

"你俩还是一样的迷信！"

这个插曲一过，宋禧也没那么难受了，她用许见川递来的纸擦了擦泪眼，瓢着嗓音说道："到时候我去送你们。"

短时间内情绪一起一落，再加上后面喝酒喝上了头，等宋禧想起还有个人在等着吃她送的饭时，已经是后半夜了。

春天来时，陆氏组建的一支公益医疗队正式抵达漉水镇，开启了为期三个月的乡村公益行的第一站。

那段时间宋禧特别忙，忙到她已经忘记要照顾梁津轻的承诺，也忙到经常忘记吃饭。

陆其扬走后，梁津轻在镇上请了个做饭阿姨，帮他做饭的同时也顺便解决了宋禧的吃饭问题。

气温渐渐回升，走在街上连风都开始暖了起来。

宋禧把身上的厚棉衣脱下，换了一件粗布蓝棉麻的小袄。

这是陈老太前些日子来理疗的时候，顺便带给她的。陈老太把布包裹丢给她时什么话都没说，后来宋禧再问起时，陈老太一脸的不耐烦，非说就是前些天在家无事可做随手缝的。

公益医疗队选了四个大村转了一圈后，最后三天又回到了溧水镇上。

他们在镇政府门口摆了长长的桌子，红色的棚子下是分区悬挂的看病指示牌。

内科、外科、妇科，甚至儿科都有。

看到宋禧过来，有熟识的工作人员跟她打招呼开玩笑："小宋大夫，今天可是有电视台过来采访拍摄，你倒好，怎么穿得比前些天还要素啊！"

宋禧在一旁搭把手搬东西，随口笑道："你们才是最大的功臣和今天的主角，我可不凑这个热闹。"

"小宋大夫这么漂亮，怕是到时候你不想拍，摄影机都不会干哟！"

其他人纷纷笑了起来，宋禧也跟着一起在笑。

后来记者来了，机器一架起来，先前还满场飞四处帮忙的宋禧突然就不见了人影。

拍摄现场人多，宋禧躲在靠山坡的一处简易棚背后，望着远处一团团鲜艳绽放的不知名野花，掏出手机随手拍了一张。

她打开微信，给有方谊和许见川在的三人小群发了一张，后来要退出微信时，想了想，又给梁津轻也发了一张。

梁津轻是前几天离开的，他的腿伤还没好利索，他家里就轮番打电话来催他回去。后来甚至给他下了死命令，如果再不回家，就让他爸来接他。

梁津轻离开前，把做饭阿姨留给了她。虽然宋禧一再表示，她跟着公益队吃盒饭就行，但梁津轻没有答应。

群内没有任何回应。

梁津轻那边倒是回得挺快，在宋禧准备锁手机时，他的对话框跳出来一条消息：很好看。

宋禧努了下嘴，觉得他真的挺擅长话题终结的。

他这句不知是点评花还是点评拍照技术的话一说，宋禧根本想不到可以接的话了。

梁津轻：现在休息了吗？

宋禧给他回：我休息。

过了两分钟，宋禧以为他不会再回复的时候，他又发过来一句：吃饭了吗？

宋禧看了眼聊天框上方的时间，十点十八分。

这个点，是吃早饭还是午饭？

宋禧给他截了张此刻的时间，发了过去。

这次又过了很久很久，被放在身侧锁了屏的手机一振。

梁津轻：十八号我回去。

今天十六号。

还有两天。

宋禧把手机捂在胸口,闭着眼深呼吸了一口春天温柔的山风。

这一刻,真好。

第十四章
春天到

"……小宋大夫才是真正的人美心善,她是 N 大医学系毕业,真正的高才生,但她毕业之后却选择来了这儿……"

"说起来这次乡村公益行能真正组织起来,她在其中起了相当重要的作用……"

"你问她在哪儿?我找找看啊,刚刚她还在这附近忙呢……"

宋禧听到声音想溜时已经迟了,大摄影机精准无误地对上了她的正脸,此时她再想用手遮住脸,也是无济于事。

宋禧:"可以先不拍吗?"

带记者过来的小护士以为宋禧是害羞,还在一旁笑着劝解她:"小宋大夫,你今天超级美的,不用不好意思。"

宋禧不知该如何解释。

摄影机离她越来越近,当下她脑子一片空白,记者还想开口问她问题,宋禧用衣袖勉强遮住自己的脸后,匆匆留下一句"不好意思,我不接受采访"就走了。

之后,宋禧一直心神不宁,一向细致的她出现了好几次别人问她要纱布她却给了别人剪刀的情况。

书记见她状态不好,还以为她是被连日高强度工作给累到了,就劝她下午先回去休息。

现在所有的工作陆续进入尾声,工作节奏和强度都慢慢缓了下来,她这时候休息并不会有太大影响。

而且,她现在这副状态,也实在是不适合继续工作。

她根本没办法全身心投入到工作中。

宋禧想了想,点了下头,接受了书记的建议。

宋禧回家先蒙头睡了一觉，醒来后手机上多了很多消息。

她害怕是不好的消息，一直没敢点开。

她就像是一只恐惧外界侵扰的蜗牛，唯一能做的就是把自己缩进壳里，短暂让自己躲避起来。

梁津轻的电话打进来时，宋禧其实听到了也看到了，但她没接。

手机屏幕亮了又暗，她在黑暗的房间里，睁着眼睛看着它发呆。

手机第三次响起时，宋禧似乎能感受到那头的焦急，她深吸一口气后，按下了接通键。

电话刚接通时，梁津轻也没说话，过了五秒左右，他才柔声地询问："刚才睡着了？"

宋禧侧躺在床上，眼泪不知不觉顺着太阳穴落到枕头上，很快浅紫色的枕头就湿了一大片。

"嗯。"

她怕自己鼻音太明显，也不敢多说话。但她简短的回应并没有打消梁津轻的聊天欲。

他又问道："那是不是晚饭也没有吃？"

宋禧又很轻很快地"嗯"了一声，这次梁津轻察觉到不对劲了。

"今天遇到什么事了吗？还是工作太累了？"明明上午给他发照片那会儿，还是好好的。

宋禧不知道要如何开口。

"没事，就是睡久了头有点不舒服。"

梁津轻在那边顿了两秒，再开口时语气也很轻："那快起床吃点东西吧，厨房里阿姨给你熬了粥也炖着汤，你稍微吃一点。"

宋禧本来想问他怎么知道阿姨做了什么，但一想到第二通和第三通电话之间间隔的三分多钟，也就想到他估计是给阿姨打电话了。

"好。"

宋禧说完之后就打算道再见，可他一直没说话，她也只能继续举着电话。

"你先起床，我陪你吃晚饭。"

"你不忙吗？"宋禧明明听到电话那头，时不时就有人敲门说话的声音。

"也不急这一下。"梁津轻很了解她，"不然等挂了电话，你肯定又继续睡过去了。"

宋禧前一秒确实是这么打算的。

宋禧不想耽搁他工作，所以吃得很快。最后，她催着梁津轻挂电话时，梁津轻的语气突然多了一丝不满。

"你下次吃饭，吃慢一点。"

.293.

挂断电话后，再看到满屏的消息提醒，宋禧好像也没那么害怕了。

她点进微信页面，看到半数的消息都是来自群聊后，才稍微舒了口气。

公益队的微信群里一直有人在转发今天的直播片段，宋禧出镜的那一段，甚至被专门截成了动图，并贴心地反复艾特她。

宋禧没有点开视频，但几乎每张图和视频下都有人在讨论。跟宋禧的有关视频下面，大家都在打哈哈地问：怎么小宋大夫人长得这么好看还这么害怕镜头啊？

宋禧一直没出现，这个问题自然也就被其他话题岔过去了。

剩下的消息是下午许见川和方谊在群里的回复。

两个人非常敷衍地夸了几句她的摄影技术，并叮嘱她要好好吃饭，她没说话后群内又迅速陷入沉寂。

看完了微信消息，宋禧终于长舒了一口气。

看样子是她多虑了。

虽然今天的采访是现场直播，但因为本身观看人数有限，大家估计压根儿就没注意到她。

就在宋禧终于放下心，再次进入梦乡时，事情突然开始在网上发酵。

半夜网上流量并不高，但横空突降的一个"最美乡村医生"的微博话题，还是引起了一些网友的关注。

倒也不是这个乡村医生有多美，而是几十转发和点赞的微博空降热搜榜这件事，本身就透露着怪异。

刚开始没睡的网友们还只是在嘲笑，如今这平台是越来越不做人，竟然什么便宜钱都赚，这买热搜就买热搜，大半夜买到底是图便宜呢，还是担心强捧遭反噬呢。

没有人能回答。

如果事情到这里就结束了，那这个热搜的寿命也不过一晚，但这个热搜空降不到半个小时，一个自称是宋禧大学同学的网友开始在网上大规模爆料。

一开始爆料者说跟她本人接触过，根本不像视频里别人说过的那样，其实她很难相处，非常不好沟通，上学时大家就很不喜欢跟她一起组队做小组作业。后来又说她是一个精致的利己主义者，从大学一进校就跟在导师屁股后面，导师上哪儿她都跟着，就为了毕业想保研进三甲医院。

到这里，网友大多还比较理智，觉得这是个人的性格问题，可能不太适合做朋友，但也还不到值得在网上遭爆料的程度。

但后来那个网友又继续发文，说宋禧根本不像直播中介绍的那样，什么为了理想为了振兴乡村医疗才做的乡村医生，她是实习时犯了非常严重的原则性错误，因为毕业没有医院敢要她，她才不得不去做的乡村医生。

△……听说这次乡村公益行的赞助商,背后的大佬跟她有一点关系,具体什么关系你们可以自己想。而且这对她也不是什么新鲜操作了,她大学就搞过这一套,后来实习时为什么翻车,多少跟男人也扯了点关系。所以我合理怀疑,这次什么所谓的公益直播,就是她背后的人帮她立人设搞的……

这下,义愤填膺的网友们都坐不住了。

事情经过一晚上的发酵,等宋禧第二天一早再醒来时,天都变了。

明明她就是一个可有可无的、无关紧要的人,但网上针对她的热度和流量,好像她是一个多么了不起的业界顶流一样。

所有人都跟疯了一样,顺着"宋禧"这个名字扒到了她的生活甚至是她的过往。

她从小学的中医知识,她一起长大的哥哥姐姐,她的外公,她高中和梁津轻那段似是而非的"绯闻",全都成了大家攻击和吐槽的焦点。

当然,值得庆幸的是,梁津轻的名字全程没有出现过,而她的角色也只是癞蛤蟆想吃天鹅肉中的那只"蛤蟆"。

在三月渐暖的春天,宋禧坐在庭院灿烂的阳光下,手脚冰凉。

她是怎样关的手机,是怎样回的房间,是怎样锁的门,她通通都不记得。

她只记得,最后起身离开的那一刻,向来宁静平和的漉水镇突然多了很多嘈杂的人声,网上那些本来隔着屏幕叫嚣的污言秽语,一瞬间像是通过网线,直接跳到了她的面前。

她眼前一片发黑。

应该要跟书记请个假的,不不不,得先跟乡亲们还有陆其扬道个歉,本来是好好的一个直播宣传视频,最后却因为她,搞得一团糟一团乱。

所有人都跟着遭了一次无妄之灾。

漉水镇的村民、陆其扬、许见川、方谊、魏埶言,还有……梁津轻。

都是因为她。

或许她就不应该逞这个能,非要坚持办什么乡村医疗公益活动,一个人有多大的能力就干多少事,方晋竹从小就教他们的话,她早就忘得一干二净。

又或许,她根本就不应该来这里。

她把自己看得太重,以为自己真的能帮漉水镇做些什么,可到头来呢,不仅事没做成,反倒还扰了这里的一方平静。

宋禧拖着毫无知觉的四肢,走进那间阴冷的杂物房,锁上门,顺着墙壁慢慢滑坐下去。

她双手环抱住自己的膝盖,却还是止不住地浑身发抖。

梁津轻赶到漉水镇的时候，镇头的桥上挤满了密密麻麻的人。

以桥为界，路边只要是能走人的地方全都围起了高高的木板墙。

木板前，是一群群拿着铁锹拖把的村民。

被拦在桥外围的，是拿着拍摄设备在说话没人理之后恼羞成怒试图用身体强闯的"记者们"。

村民们都认识梁津轻，也知道他是宋禧的邻居兼朋友。他一靠近还没等说话，一个村民立即把自己负责的那块木板移了条小缝。

梁津轻快速通过后，人群又是一阵骚动和争吵。

但他也顾不上那些了。

他朝着诊所的方向一路狂奔。

到了她门前，他敲了半天门也没人来开门。

梁津轻心里突然有种不太好的预感。

他先进了自己家，然后搬了个梯子，直接从他们两家相连的那个院墙翻了过去。

落地的时候，他着急了一些，着力点没掌握好，之前受伤的右脚又扭了一下，本来就没有完全恢复好的脚，顿时新伤引旧伤，难忍的疼痛让他的五官都皱了起来。

他拖着腿，一间屋一间屋地找，但都没见到宋禧。

只剩下最后一间。

梁津轻试着拧了下门锁，没拧动，他一路提到嗓子眼的心终于落了地。

只要在家就还好。

他敲了敲门，不出意外没人应。

"喜喜，我来了……"

梁津轻一开口，连他自己都没意识到，声音里带着一丝不易察觉的颤抖。这个时候，他才发现，他握着门把手的右手，也抖得厉害。

说完这句之后，梁津轻没有再继续敲门，他提起裤子在门外坐下来。

里头的宋禧待了多久，他就坐了多久。

很久之后，久到他口干腿也麻的时候，门锁终于咔嚓一声，门把手从里面被压下。

宋禧沙哑到不成调的声音从黑暗阴冷的角落里传出来：

"梁津轻……

"你抱抱我。"

梁津轻的眼泪一下子就出来了。

他上前紧紧地把她抱在怀里，像是要把她揉进自己的身体里一般，死死地抱住她。

宋禧刚开始还只是趴在他的胸口默默落泪，后来在梁津轻一下一下的轻柔拍打下，她终于忍不住，哇的一声，放声痛哭起来。

像是要把这些年的所有难过和委屈全都释放出来。

后来她哭累了，就缩在梁津轻的胸前，一抽一抽地小声啜泣。

"渴不渴，我们出去喝点水好不好？"

梁津轻低头，用指腹轻轻拭去她脸上的泪痕。她哭得太久，眼睛鼻子全红成了一团。

"腿麻了……"

她在阴冷的房间地上坐了太久，腿先冻僵了，后来像被人强行打了一万根针，双腿都密密麻麻地酸软着。

梁津轻一手托着她的背，一手从她的腿弯穿过，一把将她从地上抱起。

稳稳当当的。

宋禧吸了口鼻子，带着明显哭过后的鼻音，关注点有点偏："我重吗？"

梁津轻听了，抬手颠了颠她。

这个动作太过突然，宋禧毫无心理准备，当下就惊得立马抱住了他的脖子。

"你再少吃两顿饭，人都没了。"

梁津轻毫不费力地抱着她，走到外间，把她放在椅子上，然后人顺势在她面前蹲了下来。

"桥头那边围了很多人，现在是村民们自发地在那里守着，但是他们也没办法二十四小时没日没夜地在那里……"

梁津轻在想要怎么跟她说接下来的话，顿了顿再要开口时，和宋禧茫然的眼神对上，心头又无法抑制地涌起一阵酸意。

"……你要不要暂时先跟我回南陵？"

"那诊所怎么办？"宋禧抬头环顾了一圈四周。

这么些年她搬过很多次家，从之前有妈妈的家搬到方晋竹的医馆，后来又去南陵宋海东家，再后来上大学，毕业后再到这里。

如果说之前那些地方都是其他人的家，那这里才算是真正意义上属于她的地方。

只要她一直留在这儿，那它就会一直属于她。

她没想过要离开，起码在这之前，从没想过。

"……可是方谊这段时间在出差，我没她家的钥匙……"

梁津轻："跟我回家好不好？"

宋禧愣愣地看着他，眼睛里还有之前哭过未消的红血丝，像只即将离开森林老家要出门探险的小兔子。

"我家房间很多……"

说完,像是怕她误会,梁津轻清了清嗓子又继续道:"最近公司忙,我不常回家住,你可以安心住在那儿。"

"我把富贵也接回去。"梁津轻用手指帮她擦了擦眼泪,"让它陪你好不好?"

宋禧吸了口鼻子:"不会麻烦你吗?"

梁津轻扯起嘴角,扬起耀眼的笑:"我愿意被麻烦。"

宋禧坐在桌边一口一口喝着温水的时候,梁津轻就站在门口打电话。

屋外的光打在他的身上,在背后形成了一道阴影。从宋禧的角度看过去,他头顶似乎有一圈光晕。

他打完电话,转身回来的时候,看到宋禧在看他,本来皱着眉严肃的五官立马柔和起来。

他走到她身边,非常自然地蹲下来帮她按小腿肚:"怎么样,还麻吗?"

本来不麻了,但被他一碰,好像又有了那种被蚂蚁啃食的酥麻。

和之前被万针齐扎的麻感完全不一样。

但具体是哪里不一样,宋禧一时之间也分辨不出来。

所以她只能点点头。

梁津轻见了,又稍微加了点力。

宋禧:"书记怎么说?"

梁津轻边帮她按,边和她说刚才打完电话的结果。

"书记让我们晚点走,等天黑气温再降一些,那群人没地方住肯定会离开或者去车里,到时候他想办法带我们走小道离开。"

现在离天黑也不远了。

宋禧进屋收拾行李时,梁津轻一直在外面打电话,断断续续的声音隔着距离传进她的耳朵,听不太真切,但好像是在处理她的事。

宋禧坐在床上叠衣服,叠着叠着,又开始坐着发呆。其实她脑子里乱乱的,想的东西也没有逻辑,但片段里都有梁津轻的身影。

她必须得承认,在事情发生的时候,她第一个想到的人确实是他。

就像当年那件事发生时,她也幻想过,他会突然回来,出现在她身边然后一把抱住她。

世人大多义愤填膺又忘性大,她也并非什么了不得的公众人物,多则一周短则三天,这件事就会被人遗忘。

之后,再记得这件事的也无非就她一个人而已。

所以她只需要熬过这一周,周围的世界就会重新恢复平静。这一周她把自己关进房间,再看看好几个月都没看完的书,很快也就过去了。

但这次,他来了。

他来了她才发觉,有他在真好。

这就是有人可以依赖的感觉吗?不需要想下一步该往哪儿迈,只需要信任他,静静地跟着他就好。

敲门声响起,宋禧抬头看到梁津轻靠在门框上。

他问她:"需要帮忙吗?"

宋禧快速把手上这件快叠了五分钟的衣服放进行李箱:"不用,都收好了。"

梁津轻扫了一眼她几乎没怎么装东西的箱子,提醒道:"要不要再多带几件,或者带几本书?"

宋禧低着头关箱子,随口回他:"不用,也不会待太久,这些就够了。"

听了这话,梁津轻的心里头有一种说不出来的失落感。

那天直到晚上八九点,梁津轻才带着宋禧坐上了车。

他们发动车准备走的时候,本来在一旁给他们指方向的书记突然过来敲了敲副驾驶座的窗户。

宋禧把车窗按下,书记锃亮的脑门马上凑了过来。

"小宋大夫,这些日子你辛苦了,这几天你就好好休息,其他的事都不用操心。网上的事过段时间大家就忘了,我们漉水镇的所有人都知道你是什么样的人,也明白你的付出和辛劳……"

书记说着说着有点哽咽:"要不是因为我们,你也……"可能是意识到自己失态了,书记抹了把眼,又赶紧催他们离开,"我多言了。你们快走吧,还有好长一段车程呢!路上慢点开,注意安全!"

他后面这句话是对梁津轻说的。

梁津轻点了点头,说了一句:"那我们就先走了。"

一直到车子上了大路,宋禧还保持着刚才那个看窗外的姿势。梁津轻不放心,余光一直往她那边瞧。

"别看了我没事,你好好开车。"宋禧低着头,理了理安全带,整个人情绪都有点低落。

梁津轻:"后座有毛毯,你要是累了可以躺下来休息一会儿。"

宋禧摇摇头,想着他在开车可能没看到,又说了一句:"没事,我陪你。"

车里很安静,梁津轻抬手开了车载音响,轻柔的钢琴曲瞬间包裹住整个车厢。

起初宋禧还拼命坚持着跟他说话,后来就睡了,再醒来时,她身上盖着毛毯，车外还是一片漆黑。

宋禧开门下车的声音惊到梁津轻，他很快摁灭指尖的烟，转头没事人一样，问："醒了？"

宋禧看了看周围，除了不远处泛着月色的湖面外，其他什么都看不清。

"到了？"

梁津轻指了指她的身后："嗯，看你睡得正香，就没叫你。"

毛毯还披在宋禧的身上，夜风吹过，她觉得有点凉意，但梁津轻身上连外套都没穿。

宋禧伸手想要拉梁津轻，梁津轻以为她是想抽走他指尖的烟，略有些慌乱地把手往背后一躲，避开了她的手。

宋禧抿了下唇，没多说。

她把身上的毯子取下来，递给他："穿这么点，站在外面不冷吗？"

梁津轻这才意识到，刚才她伸手的动作，应该是想……拉他的手？

"不用，我不冷，你穿着吧。"

宋禧没有听他的，自己转身朝车后备厢走去。

梁津轻赶紧跟了上去。

他从宋禧手上接过行李箱，又把搭在自己手臂上的毛毯递了回去："我真的不冷，不信你摸摸？"

梁津轻主动把自己的手伸了过去。

宋禧看了他两秒，伸手打了一下他的手掌心，没好气地说："赶紧进去吧。"

梁津轻闻言只笑。他顺势握住她的手，轻轻捏了捏，然后一手牵着她，一手拎着行李箱，带她进了屋。

看得出来梁津轻这里不常住人，一打开门，家里有种只供人参观不供人住的样板间的既视感。

冷冷清清的。

"你家里人不跟你一块儿住吗？"

宋禧站在门口，眼神朝里张望打量。

梁津轻把鞋柜里一双还没剪标的白色毛绒拖鞋摆在她脚边。

"跟我一起住，你还愿意来吗？"

这个问题她确实有想过。所以她假装没听到，换了鞋跟在他屁股后面进了屋。

"房间在二楼，床品都是阿姨今天新换的，现在带你去看看？"

宋禧背着手，点了点头。

上上下下转了一圈后，梁津轻在楼梯口问她："不早了，要不要洗澡了先睡？"

刚才在车上睡了一路，其实现在宋禧还毫无睡意，但现在已经半夜一点了，他今天肯定也累了。

所以，宋禧"嗯"了一声，站在房间门口目送他下楼。

洗完澡再躺在床上，已经接近半夜两点。

宋禧在床上翻来覆去，跟烙饼似的，侧耳想听外面的声音，但这房间隔音实在太好了，什么都听不见。

宋禧下楼时声音很轻，但还是被梁津轻听到了。

他迅速把自己的脚用毯子盖好，在宋禧走过来时，他装作无事一样把桌上的跌打药塞进了抽屉里。

客厅的主灯全关了，只留了一盏地灯，电视上光影交错，里面的人物像是在演哑剧。

宋禧走近，径直拉开抽屉，拿出了里面的药油。

"脚伤又复发了？"

"一点点，不碍事。"

宋禧直接把他腿上的毯子掀开，语气不容拒绝："把腿给我。"

梁津轻不愿意。

宋禧盯着他，电视里的电影正好经过一处灯红酒绿的场景，里头的色彩在她眼睛里溢满，不由分说的坚定也异常清晰。

梁津轻只好把腿伸了过去，边伸还边为自己找补："真的没事，可能是不小心在哪儿碰了一下，啊——"

宋禧对着他的脚踝骨猛地按了下，毫无准备的梁津轻突然就痛呼了一声。

喊完之后，梁津轻似乎也觉得自己有点丢脸："没事没事，刚才那一下太突然——"

宋禧又按了一处，这次梁津轻有了心理准备，但也不多，好在他的惊叫被及时锁在了嗓子口。

后面梁津轻不敢开口说话了。

他死死地咬着唇，手指揪着沙发沿，生怕哪一下没注意，又丢脸地在她面前叫了出来。

宋禧突然出声："什么时候学会的？"

梁津轻一头的汗，宋禧手上涂满了药油，他被那冲人的药味熏得有些神志不清了。

见他不理解的样子，宋禧又补了一句："抽烟。"

过了好久，久到宋禧的按摩都快接近尾声，梁津轻缓了一口气，才道："想你的时候。"

梁津轻果然如他所说，第二天就把宋富贵接了回来。

它回来时屁股那撮毛掉了快一半，梁津轻看她盯着那儿看了好几眼才说："是跟别家的狗打架打的。那只狗也没占到什么便宜，脑门儿都被啄破了皮……"

梁津轻上次从漉水镇离开，就暂时把宋富贵送到了肖萍如乡下老家。

之前他出国离开南陵，肖萍如老两口也搬到了乡下老家，每天早起遛遛弯种种菜，生活简单又规律。

但这些都是在宋富贵去之前。

"刚撒的菜籽连芽都还没冒就被它全祸祸了，奶奶他们早就想让我把它接回来，正好你在，好好给它立立规矩。"

肖萍如的原话是：

"子不教父之过，你要是连只鸡都教不好，以后还怎么教孩子！"

这帽子扣得实在有些大，他头轻承受不住，必须得拉个人来一起承担。

之后他每天早出晚归，家里多数时候只有宋禧和宋富贵娘俩儿待着，宋禧没事做、鸡也没事做，所以他们每天做得最多的就是大眼瞪小眼。

后来，宋禧实在是受不了随时随地要帮宋富贵擦屎擦尿，她就开始带着鸡满山溜达。

没来梁津轻家之前，宋禧也没想过竟然在南陵市内还有这么一块僻静的住宅区，山清水秀的，每栋房子之间都隔着一段距离，在家门口闲逛也不用担心会和邻居遇到。除了那晚刚到时看到的一片湖，在房子的背后还有一座小山包，宋禧背着手在前面走，宋富贵就跟在她身后啄啄野草叨叨土。

这天，梁津轻提前回家，看到家里没人后，连衣服都没换就直接去了后院。

果然，在不远处的树下，一人一鸡都非常惬意地躺在那里。

树上的秋千是梁津轻帮忙系的，此时宋禧正躺在上面，脸上盖着一本看了一半的书，秋千下宋富贵也蹲在那里打盹儿。

最先发现梁津轻的是宋富贵，他刚给它比了个"嘘"的手势，下一秒，宋富贵就非常反骨地"咯咯哒"了两声。

宋禧听到动静掀开书，见是他，忙揉着眼睛要起来。

秋千一动就开始晃荡，梁津轻扯着绳子帮她固定："吵醒你了？"

宋禧翻身下来："没有，也没睡着。"

太阳落山之后气温下降，一阵风吹过，宋禧下意识地抖了一下。

梁津轻把身上的西装外套脱下来，怕她又拒绝就直接给她披到了肩上。

宋禧像是瞬间被温暖包裹了。

他的西装对她来说有点大，走起路来有些不太利索，但她没提出要把衣服还给他，肩膀拱了拱，又把自己往衣服里缩了缩。

"回家吧。"

说完，她唤了一声鸡。宋富贵起身跟了上来。可能是玩累了，它没精打采地跟在最后，连鸡冠都有点耷拉下来了。

梁津轻："它怎么了？感觉精神不太好，会不会是生病了？"

宋禧连头都没回，非常冷酷地回他："你别管，教孩子呢！"

梁津轻有些没反应过来，等他回过神后，嘴角的笑都快咧到耳根了。

宋禧走了几步发现梁津轻还站在原地，喊了他一声："不走吗？"

他赶紧小跑几步追上来，和她一起并肩往家走。

到家正好是晚饭时间，宋禧洗过手后就径直去了厨房。

梁津轻忙上前制止她："不用你做，你先去休息吧。"

宋禧住在他家，在做家务这块还是非常主动且自觉的。

"不用，我都休息一天了。"

宋禧拿了围裙就要给自己戴上："你去客厅休息吧，给我半小时，做好了叫你。"

梁津轻的表情非常复杂。

他想阻止宋禧做饭，不是因为别的，是因为她真的没有做饭天赋，不然也不会工作这些年一年比一年瘦。

但是她做饭的热情近日空前高涨，从她住进来算起，他已经吃了三天肠胃药了。

"难道说——"宋禧斜着眼瞪他，"你觉得我做饭难吃？"

这话梁津轻能答吗？

显然不能。

"我就是突然想起来，你师姐白天给我打了个电话。"梁津轻灵机一动，想起了这件差点被他忘到脑后的事。

"给你打电话？"

梁津轻："你手机是不是一直没开机？她没联系上你，就把电话打到我这儿来了。"

从漉水镇走的那天，宋禧有在三个人的小群里跟他们说自己要离开几天，让他们别担心。

这几天手机放在包里她也没管，估计是没电自动关机了。

"我上去看看。"

宋禧临走前还叮嘱梁津轻："你别动啊，我一会儿下来了再继续做。"

梁津轻听话地点点头，并催促她赶紧去给方谊回个电话。

等手机充上足以开机的电,宋禧立马给方谊拨了个电话。

电话一接通,方谊就是一顿劈头盖脸的教育:"你干什么去了?电话电话不接,微信微信不回,我都差点要报警了你知不知道!

"你现在在哪儿,南陵?这梁津轻也真是的,你不懂事他也不懂事吗?把人接走了连句话都不带留的!要是再找不到你,我真的要连夜飞回南陵了!"

等方谊一口气把话说完,宋禧才慢慢地开口跟她解释:"是我这几天没看手机,所以没电关机了也不知道。我真没事,这几天吃吃喝喝还长胖了一点呢,没什么事,我明后天就准备回漉水镇了,你别担心。"

方谊叹了口气:"也是,事情既然已经解决了,那你也不好再继续住在别人家,没关没系的,像什么样子!"

宋禧:"事情……解决了?"

方谊这才想到这几天宋禧都没看手机,如果梁津轻不说,那宋禧可能确实不知道。

"梁津轻没跟你说?"

他跟她说了很多,但关于网上那件事,他提都没有提过。宋禧摇摇头,过了会儿才想到方谊根本看不见,又说了句:"没有。"

"不知道他用了什么方法,找到了一段关于当年那件事的监控视频,那人如今都做到了医院的领导层,但视频他说爆就爆,这几天我打听到,那人已经被解除聘用合同了……

"他还联系了很多人。先是杨正用自己官方认证过的账号发布了对乡亲们的采访,后来你的高中同学还有大学老师、同学们也纷纷在网上帮你说话,现在舆论一下子就变了。

"这件事,我们该好好谢谢他。"

宋禧还沉浸在方谊的那番话里,思绪久久不能平静。

方谊见她不说话,怕她过于感动做出点什么不太理智的事来,毕竟他们这孤男寡女共处一室,又是大晚上的,万一肾上腺素飙升,发生点啥……

"我给你把钥匙寄回去吧,这几天麻烦他的地方已经够多了,等下次我和许见川回去,再好好感谢一下他。"

宋禧:"没事不用,既然事情已经解决了,那我明天就回去了。"

宋禧下楼时,脸色不太好,刚已经偷偷把晚饭做好了的梁津轻第一时间就注意到了。

他擦了擦手上的水,急忙跟她解释:"我看你一直没下来,就先随便做了几道菜……"

黑椒牛排、白灼虾、素炒西兰花,还有一道豆腐鱼汤。

看着简单,但显然不算是"随便"做的。

宋禧:"有酒吗?"

她酒量不好,梁津轻不敢给她喝别的,就去酒柜拿了瓶红酒,给她倒了一小杯。

宋禧:"你也喝点吧,陪我。"

梁津轻不知道她刚才上去发生了什么,但她脸上突然又没了之前好不容易养回来的舒展,眉眼间像藏了什么事一般。

他边给自己倒酒,边回忆这几天发生的事。如果不是因为他擅自做了晚饭这点,那应该就是网上的事了。

等他也坐下,宋禧先提杯敬他:"这一杯,谢谢你。"

说完,她不等梁津轻反应,直接一口气喝完了杯里的酒。

梁津轻拦都没来得及拦。

喝完,她又要去拿酒瓶,梁津轻离得更近一点,直接把酒瓶拿了过去。

"慢慢喝,先吃点菜。"

宋禧心里头扯着一根筋,她想把它解开,但左右不得法,所以她想喝酒,喝了酒麻痹了就不会觉得难受,有些话也就好张口了。

"再给我倒一点。"

宋禧往嘴里塞了块西兰花,还没等嚼碎,就又把酒杯往他面前伸。梁津轻没有办法,又给她倒了一点点,比第一次的还要少。

宋禧不太满意,她晃了晃酒杯表示不满,但梁津轻迅速收了酒瓶,任她再怎么晃也不给她再倒。

这一杯宋禧没急着再喝,她静静地吃着菜。

过了一会儿,她的碗里突然多了一只被剥好的虾。

她抬头,梁津轻继续手里剥虾的动作没停,跟她说:"多吃点。"

宋禧把虾放进嘴里,慢慢咀嚼着。

"梁津轻,我明天回去了。"

梁津轻的手一顿。

过了好几秒,他才没事人一样把一只虾放进她的碗里:"等周末吧,我休息正好送你过去。"

今天是周三,离这周的周末还有两天。

"不了。"宋禧低头吃虾,"既然事情解决了,诊所那边也不能离人。"

梁津轻想说,这几天诊所离了人,不也一样好好地没发生任何事吗?

这世界离了谁都一样转。

但他不行。

她心意已决,梁津轻有再多挽留的话也没法再说出口。

"先吃饭吧。"

宋禧的第二杯酒一直没喝,倒是梁津轻,趁着酒瓶被他自己拿在手里的便利,一杯一杯地给自己续着。

等宋禧终于把酒瓶抢了过来时,他坐在那儿眼睛已经有点发愣了。

他们俩这到底是在干什么?

饭吃完,宋禧把桌子收拾干净,等注意到时,那瓶酒已经被梁津轻一个人喝完了。

宋禧哄着他,要扶他上楼休息。

好不容易半抱半扯把他弄到房间门口,宋禧刚把门推开,一转身,面前的人影很快就压了上来。

他像一堵墙,把她困在这一方暗影里。

房间里没开灯,眼前一片黑暗,眼睛看不清时便会无限放大听觉、嗅觉。

他湿热的、带着红葡萄酒气息的呼吸在她耳边吐纳,起伏的胸膛连带着她的节奏也不由得急促了起来。

梁津轻的头发蓬松又柔软,此刻正压在宋禧的颈动脉处,挠得她心尖像是被羽毛划过一般,酥麻异常。

"梁津轻……"

宋禧刚要上手推他,结果被他一把抓住,牢牢锁在了左胸口。

"不要走……"

她的手腕纤细到,他单手就能握住。梁津轻学着她给人把脉时的样子,食指和中指轻搭在她的手腕动脉处。

一阵酥麻霎时从手腕蔓延至四肢百骸。

宋禧的腿有点软,呼吸也变得急促起来,连带着他手指下动脉跳动的频率也快了起来。

明明他还醉着也根本不会把脉和看脉象,但宋禧还是心虚地怕被他发现,她刚想挣脱,下一秒他的手指悄然下移——

等宋禧回过神时,她的右手和他的左手,已经十指相扣了。

梁津轻身子又矮了半分,头搁在她的肩膀上,整张脸都埋进了她的脖颈里。

他的声音闷闷沉沉,像是隔着遥远的时间和空间,跌跌撞撞了好久才传进了她的耳朵里。

"好不好?"

梁津轻执意要送宋禧回去，宋禧试着叫了下车结果等了好久都没等到有司机接单，所以她只能接受这个安排。

他一早就出了门，说要先去公司处理点事情，下午会回来送她。

昨晚那件事，两个人都没机会再聊，不过也是，一个喝醉了的人说的话，确实也没什么好聊的。

说不定他一觉醒来，连昨晚发生了什么都已经不记得了。

宋禧早早收拾好行李，又把家里里外收拾了一番，做完这些看时间还早就带着宋富贵出去遛了一圈。

等从外边回来，她惊讶地发现梁津轻的车已经停在了门口。

宋禧看了眼时间，才十点半不到。

不是说要下午才能回来吗？

宋禧推门进屋，梁津轻正好从楼上下来，边走边扣袖扣。

看到她一身运动装扮，他了然地问："又出去遛富贵了？"

宋禧点了点头："有东西忘拿了吗？"

梁津轻的手微顿，很快又点了点头。等走到宋禧身边，他自然地把右手递给她："帮个忙。"

宋禧低头一看，他弄了半天的袖扣还没扣上。

她刚才出去走了一圈，手上出了些汗，在上手之前她先在衣服上蹭了蹭。

他身上这副袖扣应该是手工定制的，表面立体突起的图案精致非常，在右下角还有一个小小的字母"Q"。

宋禧手指上还有汗，黏腻得很，袖扣也不大，碰上去就很容易打滑。

一着急，就更难了。

梁津轻像是完全不赶时间一样，见她半天扣不上，还无比闲适地安慰了她一句："不急，你慢慢来。"

在她额头上的汗都快滴下来时，她终于帮他扣上了。

宋禧偷偷地长舒了一口气。

刚才两个人，隔得也太近了。

跟昨晚差不多。

但那时候是在没开灯的黑暗里，现在窗外可是阳光明媚，落地窗采光极佳，她几乎连他手上的几根血管都能看得一清二楚。

宋禧："你忙去吧，如果下午来不及我就自己去坐大巴。"

梁津轻："我有点事需要你帮忙。"

宋禧没太明白，抬眼望着他。

梁津轻被宋禧看得有点心虚，拿手蹭了蹭鼻尖，顺势就把目光转开到了别处。

"我现在要去个地方,一会儿你帮我带个文件回来。"

宋禧心里头有一百个疑问,譬如为什么这事需要她帮忙?他的助理秘书之类应该都可以做吧。

但这种忙说来也简单,简单到甚至都不能称之为一个忙。

反正她闲着也是闲着,这个忙帮一帮倒也无妨。

梁津轻:"那你要不要先去冲个澡?"

宋禧看了一眼自己,也是,她现在这个装扮再加上一身的汗,可能只有去健身房才没有违和感。

"那你等我五分钟!"

梁津轻想跟她说,慢慢来久点也无所谓,但他还没张嘴说话,宋禧已经冲上了楼。

她说的五分钟,实际上只用了四分四十三秒。

梁津轻也不是闲来无事会掐着表数着时间玩,他就是一想到接下来的事,有点紧张。

宋禧换了身大衣,白色的呢子大衣里面穿着一件同色高领薄毛衣,下面是一条深蓝色的阔腿牛仔裤。

为了节省时间,她下楼的时候,边走边编辫子。

"走啊。"宋禧都走到门口了,回头才发现梁津轻还坐在沙发上,一动不动的。

"哦,来了。"

宋禧也没问要去哪儿,上车之后就乖乖坐在副驾驶座上。

旁边的梁津轻偶尔有电话进来,他戴着蓝牙耳机,电话接通之后也只时不时"嗯嗯"两句。

车一路往市中心开,开着开着,宋禧觉得街景似乎有些熟悉。

等她意识到不太对的时候,车子已经稳稳停了下来。

宋禧:"N大?"

梁津轻点了点头,先解了安全带下车。

等他走到副驾驶座来帮她开车门时,宋禧还紧紧捏着安全带,不准备下车。

宋禧:"我就在这儿等你,一会儿你把文件拿出来或者找个人送出来也行……"

梁津轻:"我今天没带助理。"

那总有其他人吧,或者找个同学也行啊。

但如果她这么说,梁津轻要是回一句"是机密文件不能假以他人之手",那她依然无话可说。

这事她应都应了，现在反悔确实有些不地道，现在网上的事虽然已经得以澄清，但她还是没做好见到熟人的准备。

宋禧不下车，梁津轻就一直把着车门等着她。

"你跟人约的几点，要不你先进去？"

"没事不急，我等你一起。"

再等下去，万一耽误了他的事……

反正她只是进去拿个东西，拿了东西她就走，应该用不了十分钟。

坚持坚持就过去了。

心理准备是做足了，宋禧临下车时，还是把那天忘在他车上的羊绒围巾戴上了。

梁津轻："很冷吗？"

一点都不冷。

现在已经入了春，天气一天比一天暖和，现在穿着大衣走在大街上甚至不再需要扣扣子。

"有点。"宋禧拿围巾把自己整张脸都包住，只留下一双眼睛来看路。

梁津轻想说，她这样其实更引人注目。

果然不一会儿，她自己也发现了，他们从进校门开始，一路上不停地有同学对着他们打量，有的甚至还掏出了手机对着他们拍照。

宋禧赶紧把头埋进围巾，然后边走边感慨，幸好自己下车时机智，把围巾戴上了。

走了一会儿，她余光瞥到一旁插着兜身高腿长的男人，突然就醒悟了。

梁津轻注意到她越走越偏。

等她和他之间的距离都可以毫无阻碍地穿过一辆自行车的时候，他顿下脚，问她："你干什么呢？"

宋禧假装不懂："干什么干什么，我在走路啊。"

梁津轻往宋禧那边走近了两步，宋禧跟怕染上病毒似的，跳起来后退了三步。

这下梁津轻算是看明白了。

这是在躲着他呢。

她避得远，梁津轻就索性不走了。

他不走，宋禧不知道要去哪儿，想走也走不了。

两个人一停下后，四周看他们的学生就更多了。

宋禧："快走啊，你站着干什么？"

梁津轻："你过来一点。"

宋禧像是被掐着七寸的蛇。

没办法,她只能往他那边挪了一小步。

显然,梁津轻并不太满意:"再过来一点。"

宋禧又挪了一小步。

梁津轻看她这一步两步的小碎步,要是等她走到他身边,估计她可以磨到天黑。

梁津轻大步一跨,直接拉着她的胳膊,一把将她拽到了自己身边。

宋禧还想扭身挣扎,梁津轻早有准备,索性用手臂把她锁进了怀里。

不远处的人群突然发出了几声"哇——"的小声惊叫。

宋禧听得很清楚,这下她不敢再停留,表面上看是梁津轻在揽着她,实际上是她拽着梁津轻一顿跑。

等终于进了楼,还没等宋禧挣扎,梁津轻立马就放开了手。

这一下,倒是把宋禧的一颗心搞得七上八下的。

宋禧:"要去哪里?"

他们进的这栋楼,宋禧很熟悉。

这是N大最大的一个展览厅,平日里不对外展出,除非是有非常重要的名家或者大师的展。

梁津轻随手指了指她身后——

那里正是展览厅的入口。

"今天有展吗?"

刚才进来时,好像没看到宣传海报,而且门口也没人,冷冷清清的,不像是有展出的样子。

梁津轻没多说,径直往里走去。

宋禧有疑问但也只能跟着往里走。

门打开,里面果然空无一人。

梁津轻本来在她前面,门开后,他身子往旁边一侧,把进门的位置让给了她。

宋禧非常震惊。

她进门的那一刻,脑瓜子就嗡嗡作响,心脏也提到了嗓子眼,每一次胸腔起伏都像是早已被设定好的程序,根本不受她控制。

如果受她控制,那她可能早就因为忘记呼吸而窒息身亡。

面前全都是她。

那一张张薄薄的叶片上,画的全是她。

从高中时候的她,到大学时候的她,再到现在工作时候的她。

有些场景甚至她自己都有点想不起来,到底是什么时候发生的。

但全都被他画了下来。

宋禧一路走一路停。

终于在看到其中一张时，她的眼泪几乎就要忍不住了。

是那张孙悟空。

那是她第一次见他画叶脉画，但因为前期过程太烦琐自己又缺乏耐性，所以没有看到他完整的作画过程。

后来她找他要那张画，他没给，说如果她要可以另外再送她一张。

也就是那枚书签，她的生日礼物。

画展的时间线是从他们认识的那一年开始。

有十七岁她生日时，他没送出去的那份二十四节气礼物。

二十四张，一行六张，一共四行。

下面的名字写的是"十七岁生日快乐"。

还有她十八岁那天，他站在烟花下和她表白。

有两人的第一次牵手。

有两人的第一次拥抱。

有两人的第一次亲吻。

再之后，他出国，他们异地。

画中的女孩，穿着实验室的白大褂，在认真解剖着桌上的小白鼠。

还有她站在栏杆前，隔着月色打电话……

他们之间空白了很多年，所以有很长一段路，空空如也。

宋禧像是又重走了一回记忆里那条一个人的路。

再然后，是他们重逢。

路灯下的女孩，闭眼仰着头，天上的雪花一簇簇落到她的脸上。不远处的地方，一个举着黑伞的黑衣男人，正一眨不眨地看着她。

宋禧再也忍不住，眼泪簌簌往下落。

梁津轻一直静静地跟在她身后，她一张张看过去，他便也跟着一张张看过去。

有很多画，他画完之后便再也没打开过。

但有些，他不用看也早已深深印在了脑海里。

很快，这段路就走到了最后。

最后那张画，宋禧一眼就认了出来。

是她那天给他拍的山野春花。

和照片不同的是，他把看花的人也画了上去。

"宋禧。"

宋禧含着眼泪，缓慢转身。

"分手之后我总在想，当年我们在一起的决定是不是过于仓促，导致我们没有好好在一起便匆匆分离，一别就是这么多年。

"后来我又庆幸，幸好当时你勇敢地推了我一把，让我们一天时间都没有浪费，不然我不知道有没有力气可以撑过那些一个人的日子。

"重逢之后，我又一次问自己，这次是不是真的准备好了？如果你家里人不同意，怎么办？如果你不想再赌一次，怎么办？如果你不想离开漉水镇，那再次异地怎么办？

"这些问题，一直到刚才进来的时候我都一直在想，一直到现在说出来，我都依然没有一个确切的答案。

"但是我知道，不管这些问题的答案是什么，有句话我都一定要对你说——"

宋禧的心几乎就在嗓子眼跳动，好像一个不注意，它就会不由分说地跳出来，上面写满了问题的答案。

她迫不及待地想要回答他。

"你还欠我一个愿望，你记得吗？"

见她不说话，梁津轻以为她真忘了。

"十八岁的生日，我没要你的礼物，你答应要送我一个愿望，你……不记得了？"

宋禧当然记得。

但她现在不想回答他这个问题。

"不记得也没关系……"梁津轻也不多纠缠，本来保险起见他还想做一下小抄，现在小抄抄不到，他只好快速把节奏再拉回来。

"我不怕你家里人不同意，我会努力做到让他们满意；我也不怕异地，既然你有想追求的理想和事业，那你就放心去追，我会一直在你身后陪着你……"

宋禧看着他，等着他说出最重要的那句话。

梁津轻被她看得有点紧张，张了张嘴，但嗓子跟突然失声了一般，就是说不出来声音。

宋禧："我愿意！"

梁津轻："你……愿意和我在一起吗？"

两个人几乎是同时张的嘴。

等听清楚宋禧的话，梁津轻后半句更像是机器人毫无感情地吐出的话一样。

因为他全部的注意力和思考能力都被她的那句话给带飞了。

"真、真的吗？"

宋禧不想再重复一遍，她冲着他，张开双臂。

梁津轻沉默了两秒,走上前,死死地把她抱进了怀里。
"你的愿望浪费了。"
宋禧在他怀里蹭了蹭,双手把他的腰又抱紧了一些。
你十八岁的愿望浪费了。
其实你本不必许愿,因为这也是我的愿望。

两个人从展览厅出来,中午的阳光正好,打在他们俩身上,非常暖和。
宋禧仰着头,深吸了一口气:"春天真好。"
梁津轻学她,也闭着眼仰头深呼吸了一口:"嗯,真好。"
因为有你,春天真好。

番外一
好日子

宋禧和梁津轻在一起后，肖萍如给梁津轻打电话的频率都高了起来。

每次电话一响，一看来电显示是肖萍如，梁津轻就头皮发麻。

"怎么样，你问过喜喜没有，打算什么时候结婚？"

"我们才在一起，结婚这事不急。"

"不急什么不急，我告诉你梁津轻，你给我玩花心渣男那一套，好人家的男孩子哪有跟人姑娘谈恋爱不想结婚的！你如果不想结婚，就趁早分手别耽误人家喜喜！"

梁津轻揉着太阳穴，心里直呼冤枉。

这婚，是他不想结吗？是宋禧压根儿就没有这方面的想法。

其实之前，梁津轻也故意开玩笑地在宋禧面前提过一次，说他现在每次回家都会被家里人逼问，什么时候结婚。

那时，宋禧正在院子里翻晒竹筐里的中草药，闻言连头也没抬，就非常不走心地回了他一句："这样啊。"

就这样？

梁津轻本来以为她后面还有别的话要说，可等了好一会儿，她都转头去做别的事了，他才不得不接受，这短短三个字就是她的回答。

之后两个人没有再讨论过这件事，结婚的话题也就不了了之。

但很久以后再聊起这事，宋禧一点都想不起来中间还有过这档子事。

"那时候你要是直接跪在我面前，跟我说嫁给我吧，我肯定当场就拉着你去领证。"

梁津轻根本不信她的话。

他算是琢磨过来了，宋禧近来越来越会哄他，特别是想要求他做什么事的时候，就各种甜言蜜语攻势。

可明白的人是他，被迷魂汤一灌就晕的人也是他。

"那我们明天就去领证。"梁津轻说这话的时候,心里也没什么期待,只是话赶话说到这儿了。

因为在他的计划里,他原本是打算在她生日那天求婚的。

游艇,漫天繁星,海风习习,他单膝跪地向她述说爱意和承诺。

在她点头答应的一瞬间,藏在游艇各处的朋友们突然出现,鲜花、烟花和头纱,还有她惊讶感动的泪眼。

多美好!

"等什么明天,现在就去呗。"

梁津轻呆了五秒,他望着宋禧平静的脸,一时没有琢磨透,她到底是认真的还是只是顺着他的话开了个玩笑。

"你说真的?"

问出这句话的时候,梁津轻的嗓子有点发干。他也不确定当下的自己是想听到一个什么样的答案。

如果她说是真的,那他的游艇求婚怎么办?

如果是开玩笑,那换个地点的求婚不会也要被拒吧……

"真的啊。"

宋禧回了屋,再出来时梁津轻还愣愣地坐在那儿。

她晃了晃手里的户口本,歪着头问他:"走吗?"

当然要走!

其实那天并不是一个适合领证的好日子。

阴雨天,周三,快下班的点。

皇历上也说不宜嫁娶。

梁津轻晕晕乎乎地进去,再晕晕乎乎拿着两本证出来。在车上,宋禧拿着红彤彤的结婚证摆弄了一通,下一秒梁津轻就收到了一张照片。

"给奶奶他们发过去吧。"宋禧拍完照后随手把结婚证扔进副驾驶前的储物盒里,"这下你不用被催婚了。"

照片发完,毫不意外地,梁津轻又被骂了。

肖萍如打来电话:"你们要去领证怎么不提前说?这两年的好日子我都给你们算出来了,结果你倒好,选了个最不适合结婚的日子!"

肖萍如在那头一通说,这边梁津轻举着电话,面上一点表情都没有,宋禧在一旁听着怕他难受,赶紧示意他把电话给她。

宋禧接过电话,小心地把责任都揽了过来,让肖萍如不要责怪梁津轻:"奶奶您别说他,这事怪我,都是我一时兴起……"

"喜喜啊,哎呀,没事,奶奶从来都不信那些吉日什么的,那都是封建迷信！你别多想啊！"

肖萍如又问她最近怎么样，什么时候回家吃饭。

梁津轻在旁边坐着，耳朵里没有错过一句她们的聊天内容，但心里想的却是刚才肖萍如对他说的话。

——"领证怎么不提前说……"

虽然他也想做好万全准备之后，他穿西装白衬衣，她着白色连衣裙，在阳光明媚的早晨，两个人隆重且愉快地牵手走进民政局的大门，再在祝福声中将提前准备好的喜糖分发给民政局的工作人员。

那样很好，是他幻想过很多次的领证场景。

但像今天这样，兴之所求，焦急又慌乱，无措又茫然，好像感受也不错。

重要的是，身边的这个人，就是他想了很久，想要娶回家的女人。

宋禧正好挂了电话，见他眼睛直勾勾看着自己，下意识地摸了摸自己的脸："我脸上有饭粒？"

梁津轻的手自然地也跟了过去，用掌心触了触她软滑的小脸蛋，扯开嘴角笑了笑："有美貌。"

宋禧被他这句略显轻浮的话惊得下巴都快掉腿上了。

"你没事吧？"她用手背去碰他的额头，表情夸张地叫，"也没发烧啊。"

梁津轻把她的手抓住，用手心包住，包住之后又忍不住捏捏揉揉。

宋禧催他开车他也不动，就在那儿玩她的手指。宋禧甚至都怀疑，他再这么玩下去她的手指骨有多少节都要被他数清了。

"好了，再不走天都要黑了。"

梁津轻这两天休息，就在漉水镇小住，今天是为了领证临时来的南陵。

"今天先住这里，明天上午我们再回去。"说完，他最后亲了一下她的手，才回正了身子去握方向盘。

车子刚起步不久，梁津轻的手机又响了起来。

他看了眼手机屏幕，直接对宋禧说："是陆其扬，你接吧。"

宋禧按了接通，然后开了免提。

还没等说话，那头陆其扬上来就吱哇乱叫了半分钟。

"你们真的结婚了？可别是什么愚人节恶作剧！"

宋禧："结婚证还热乎着呢，你要看吗？"

陆其扬沉默了两秒，再开口时音调降了不少："你俩在一起啊？"

旁边的梁津轻听到这里，忍不住了，他悠悠地来了句："新婚夫妻，在一起不是自然的？"

陆其扬沉默了好几秒："挂了吧，哥也要去找老婆了。"

想到什么,梁津轻又叫住他:"等等,你帮我准备一桌菜,今天太突然我没来得及订餐厅。"

见陆其扬没接话,他也不在意:"我们大概还有二十分钟到,你让厨房先准备起来。"

"我这里爆满!来吃饭要提前订位的好吗!"

梁津轻:"就这么说定了,信号不好先挂了……"说完,他直接按了挂断,电话那头的怒气被瞬间截断,没有波及过来。

宋禧:"回家吃也是一样,他那里还要做生意。"

梁津轻把手机抽走的时候,趁机又把她的手抓过来握住。

"没事,他那里没什么生意。再说了——"等红灯间隙,梁津轻转头看着她,"新婚之夜,怎么也得庆祝一下。"

宋禧不知道他这话里有没有什么其他特别的含义,总之听到她耳朵里,她却是听到了一些意有所指。

但看他面色如常,宋禧赶紧晃了晃脑袋,想把自己脑子里那点不健康的废料赶紧腾出去。

等到南枝巷的时候,那个嘴上说着不欢迎的人早就等在了店门口。

看他俩十指紧扣走过来,陆其扬鼻子不是鼻子眼不是眼的,双手抱臂冷哼了一声:"怎么,二位亲自来找'狗'虐啊?"

梁津轻:"这话怎么说的,你还算是我俩的半个红娘吧,一会儿我们俩敬你一杯?"

"红娘"陆其扬头一昂,对梁津轻这份迟来的尊敬也是受用:"怎么不算,这杯酒必须喝!"

说着,他就急匆匆带头往里走。

落在后面的宋禧对着梁津轻"啧啧"了两声。

梁津轻"嗯"了一声,问:"怎么了?"

"给他介绍个女朋友吧。"宋禧下巴朝前一点,"话不多,强势,能镇住他拿捏他……哦,对,还要适当虐虐他。"

梁津轻听懂了她的意思。

他还真认真地想了一想,在进包间前他脑子里突然冒出个人选。

"方谊?"

宋禧刚想反驳,但转念一想,对哦,刚才说的那几点,可不就是方谊嘛!

但是——

"我怕你哥不让我进家门……"

梁津轻摸摸她的头,很认真地纠正她:

"是咱哥。"

陆其扬果真是一个靠谱的朋友,这短短二十多分钟的时间里,他不仅安排厨师做了一整桌的丰盛晚餐,还在包间给他们准备了一屋子的玫瑰花。

"时间太赶没来得及做花墙,这些你们就先将就着看看。"

宋禧站在门口,震惊得说不出话来。

宋禧:"陆其扬,你以后可一定要做我孩子的干爹!"

梁津轻在一旁适时补充:"我们的孩子。"

"那是肯定的啊,这还需要说?"说完,陆其扬觉得不太对,对着梁津轻动了动嘴皮子,无声地问他,"怀了?"

梁津轻上前拍了拍他的肩:"放心,会等等你的进度的。"

"那我不要做干爹,我要当爹……"

话没说完,梁津轻的眼神立马像刀子一样朝陆其扬射过来。

"亲家!亲家的那个爹!"

"干爹可以,亲家就算了。"

梁津轻拉开椅子,让宋禧先入座。

"怎么,你瞧不上我们老陆家?"

梁津轻一挑眉,非常含蓄地来了一句:"倒不是瞧不上,就怕两个孩子年龄差太大,不好。"

陆其扬一时没理解梁津轻这话里的意思,在一旁的宋禧可是很快就领会了。但她实在没搞懂,几个小时前他们才领证结婚,这晚饭也是他们婚后第一餐,面前这两人,到底是怎么聊到了以后要定娃娃亲这事上去的?

番外二
我爱你

领证之后，大家见到宋禧的第一句话总是问：什么时候办婚礼呀？

对于婚礼这件事的规划，宋禧完全没有规划。

她自己私心来说，是压根儿不想办。

她并不是一个有很强仪式感的人，对她来说，小红本本到手，那个人就已经是她的丈夫，是她的家人了，不需要再用一场众人围观的婚礼来证明这件事。

显然梁津轻不是这么想的。

"复古的城堡，漫天的鲜花，长长的拖尾婚纱……你不觉得很浪漫吗？"

宋禧代入自己想了三分钟，然后坚决地摇摇头："好麻烦。"

"那海边婚礼、邮轮婚礼、森林婚礼？"

宋禧还是摇头，并贴心地提醒他一个现实问题："我们还要上班。"

并且一直到过年，都没有超过三天的假期。

梁津轻一脸受伤的表情，宋禧觉得他偶尔露出的这个情绪相当可爱，看了两眼，实在忍不住——抱着他的头，冲着他脑门儿猛啄了一口。

这动作，直接把梁津轻弄蒙了。

他摸了摸自己的额头，嘴巴微张着，一副傻愣愣的模样。

看他脸上出现一些平时难得一见的丰富表情，宋禧站在他的两腿间，叉着腰，笑得又开心又得意。

梁津轻伸手要拉宋禧，宋禧故意不让，想要后撤的时候被他拿腿一圈，直接拽进了怀里。

"亲额头玩过家家呢？"

宋禧整个人被他圈在怀里。梁津轻的嘴唇贴着宋禧的左耳，说话的时候他的呼吸顺着她的耳道钻进四肢百骸，惹得她半截身子都酥软下来。

宋禧想躲，扭着头想要离他远一点。梁津轻察觉到她的心思，把她揽得越发紧了一些。

"我错了，我错了……"

"认错要有认错的态度。"梁津轻这次没那么容易被糊弄，他努了努嘴，心思不言而喻。

宋禧本来只是想捉弄一下他，并没有真的想惹火上身。

"晚上再亲……"

"晚上有晚上的事——"

说完，他也不等宋禧反应，单手扣住她的后脑勺，直接亲了上去。

方谊本来就对他们这想一出是一出的领证颇有微词，在得知宋禧还不想办婚礼时，立马坐不住了。

她赶到漤水镇时，是周日的下午，梁津轻来过周末还没走。

方谊想跟宋禧说点悄悄话就打发他回隔壁自己家。

宋禧也在一旁冲他使眼色，他虽然不乐意但也只能照做："那晚上我再来找你。"

梁津轻一走，方谊就拉着宋禧问："你们不办婚礼？"

"也不是不办，就是不太想。"

"为什么不想？你见过哪家嫁女儿是悄无声息就嫁了的，且不说这个，就说梁津轻那招人的脸和他那家世，你不办婚礼是等着外面那些女人往他身上飞吗？"

宋禧倒是没想过这一点："但就算是办了婚礼，人家该飞不还得飞吗？"

方谊被她这话堵住，一时也找不出话来反驳她。

"他们家里人没意见？"

"梁津轻说如果我实在不想办，他会回去说。"宋禧顿了顿，又道，"不过这事我也没跟你们说过，师姐，你是从哪儿听说的？"

宋禧盯着方谊的眼睛，这次不准备让她再轻易躲过去。

"我……我还能从哪儿知道，不是你说的那就是梁津轻说的呗……"方谊不敢跟宋禧对视，眼睛一直往旁边瞟。

"不是从梁大哥那里听说的？"

"哦，对对，是他说的。你也知道他现在是我老板，老板吩咐下属做事，总得说清楚前因后果吧。"

"是吗？"

宋禧看着方谊笑。

方谊被看得不好意思，最后连想问的话也没有继续问下去。

临睡前，梁津轻给宋禧发了好几条消息，她都没有回，后来他索性拨了个电话过来，被宋禧直接挂断了。

宋禧：师姐在，你早点睡。

梁津轻气到无语，他噼里啪啦连发了好几条消息。

梁津轻：我明天就走了，我们要有一个星期见不到。

梁津轻：你让她回自己房间睡！

梁津轻：有什么话非得大晚上说，你跟她说我让我哥给她放一天假，你们明天白天再好好聊！

后来过了起码半个小时，宋禧才终于给他回了一条消息：早点睡，晚安。

梁津轻满怀期待地打开，结果看完气得更睡不着了。

第二天天没亮，宋禧就悄悄跑到梁津轻的房间，轻手轻脚地钻进他的被窝，抱着他的腰缩到他的怀里。

梁津轻被这动静惊醒，看到是她，瞬间松了口气，手臂用力把她又抱紧了一些。

"舍得来看我了？"

宋禧抱着他，埋在他的胸膛上狠闻了两口他身上的味道："梁津轻，我们办婚礼吧。"

梁津轻有些意外。

他稍微隔开了一点两人之间的距离，看着她的眼睛又问了一遍："真的？怎么突然又想办了？"

宋禧拿脸蹭蹭他下巴上刚冒出来的胡楂："师姐说了，我们如果办婚礼，份子钱至少能收六七位数！"

梁津轻不说话。

宋禧见他没反应，又继续说道："我这辈子还没见过这么多钱，这个世面，我必须得见！"

梁津轻屈起手指敲她的脑门："你再说你没见过，上次刘律师让你签的那一堆协议你忘记了？"

宋禧回忆了一下，才长长地"哦"了一声。

"可那又不是现金，我没有实感。"

"行吧。"梁津轻又重新把她抱在怀里，"你想办那我们就办。"

婚礼的事梁津轻全程一手操办，宋禧除了去试妆和试婚纱，其他的事一点都没有操心。

方谊在电话里吐槽她，没见过哪个新娘比她还轻松的，然后又说这两天在公司碰到梁津轻，他眼圈都黑了三成。

宋禧挂了电话，立马给梁津轻拨了个视频电话："你在哪儿呀，还在加班吗？"

梁津轻举着手机原地绕了一圈，给她看旁边的环境："和几个重要的合作商吃个饭，快吃完了，一会儿就回家。"

宋禧看他一脸掩饰不住的疲惫，心疼死了："你喝酒了？有司机跟着吗？没有的话记得叫代驾。"

宋禧看了眼手表，晚上七点二十分。

梁津轻笑了笑："知道的。你吃过晚饭了吗？吃的什么？"

宋禧晚上不想吃饭，就给自己煮了碗泡面，现在泡面锅还在一旁没来得及收。

"吃的牛排。"

"自己煎的？"

宋禧随意"啊"了声，觉得这个话题不能再继续聊下去了，不然她肯定会露馅。

"你又骗我！你是不是又吃泡面了？"

宋禧刚想反驳，梁津轻指着镜头的一角："你刚才晃动，我都看到了。而且，冰箱里我带过去的牛排我上次都做完了。"

宋禧赶紧敷衍道："哎呀，好啦好啦，你快进去吧，别让人等你。"

吃饭这个问题，梁津轻跟她说过无数次了，她每次当面都答应得好好的，非常配合，但只要他一不在，她就开始糊弄。

"那你早点睡，晚上别熬夜。"

电话一挂，宋禧拿了车钥匙就出了门。

到南陵时已经晚上九点多了，估计是饭局结束了，梁津轻的电话又打了过来。

宋禧怕一接就露馅，只能看着手机响然后再自动挂断。

等到家时，宋禧看到停在门口的车有点意外，梁津轻的车一般都是停在车库的。

下了车后，她走近，猫在驾驶座的窗户边看了一会儿，只是车窗上贴了膜什么都看不清。

她正准备进屋时，后座的车窗突然降了下来。

"你怎么回来了？"

梁津轻半歪在后座，脖子上的领带已经被扯松，本来应该规规矩矩系着的扣子也被解开，露出下面冷白的皮肤。

宋禧凑过去，动了动鼻子使劲嗅了嗅："怎么喝了这么多酒？"

梁津轻帮她把门打开，然后就要拉她进来。

他喝了酒，手上用力没有分寸，一下就把她拽趴到了自己身上。

宋禧再想要爬起来，他却不让了。

他四肢并用，像是螃蟹一样把她锁在怀里。

"发酒疯呢？"

梁津轻："你怎么来了，你怎么知道我想你了？"

宋禧摸了摸他的眼周："筹备婚礼是不是很累？你会不会怪我，什么忙都没有帮上。"

梁津轻闭着眼，呼吸里还带着明显的酒气，他轻轻吻了一下她的额头："不累，我很开心。"

"但你都快变成大熊猫了，要再这么下去，你婚礼上就该不帅了。"

梁津轻听了这话，眼睛睁开，定定地看着她："不帅了你还喜欢吗？"

宋禧本来还想跟他开开玩笑，但看他满是红血丝的眼，又突然不忍心了。

"喜欢啊，你怎么样我都喜欢。"

梁津轻很轻快地笑了起来，他把车顶的窗户打开，抱着宋禧一起躺着看满是星星的夜空。

他捏着宋禧的手，不一会儿，宋禧察觉到无名指上一阵凉意。

她低头一看，上面已经套上了一枚指环。

她举着左手，在月色的映照下，指环闪着盈盈的光，像切割过的星河，每一面都很好看。

上次领了证，第二天宋禧起床时就发现自己的无名指上被戴上了一枚戒指。

素净的款式，很低调，适合日常戴。

戒指的内圈还有两个人名字的缩写，"X&Q"。

那枚戒指，宋禧戴了不到一周，因为下乡出诊不太方便她就摘下来放了自己的口袋里，回来就找不到了。

宋禧自责了好久，后来梁津轻知道后也没说什么，只是默默把自己的那枚也收了起来。

"可是这个看起来好贵，我工作不方便戴吧……"

"给你做了条项链，你可以戴在脖子上。"

宋禧"吧唧"亲了他一口，捧着自己的手，跟他道谢："谢谢老公。"

梁津轻对这个称谓很是受用。

他把她重新拉到自己的怀里，闭着眼，亲了亲她的头发。

梁津轻看起来很疲惫，闭着眼像是下一秒就会睡着的样子。

他一直没说话，宋禧也没有再开口打扰他，她就举着自己的手，不停地在看自己手上的戒指。

这颗钻,估计得值不少钱吧。

梁津轻伸手,把她的手拉下来和自己十指相扣。

"再叫我一声。"

"梁津轻。"

宋禧知道他想听什么,但偏偏故意捉弄他。

梁津轻手放在她的腰上,作势就要挠她。

下一秒,宋禧果然求饶:

"老公,老公——"

梁津轻这才满意地放过她。

等宋禧也躺着迷迷糊糊快要睡着的时候,梁津轻又突然在她耳边开口:

"老婆,我爱你。"

番外三
婚礼日

宋禧和梁津轻的婚礼定在了四月的某个周末。

不节不气,不热不冷,只是个再平常不过的春日。

婚礼是晚宴,但是没有接亲环节,他们两个人在酒店不同楼层各自订了间房,婚礼当天睡到自然醒后,正好化妆师上门来化妆。

其实照理说,梁津轻不该住酒店的,他在南陵不止一套房子,住哪儿都成。不过因为宋禧要住酒店,他索性也跟着一起了。

住是住在了同一家酒店,但按照习俗,婚礼前的新人是不允许见面的。

婚礼前的那天晚上,陆其扬呼朋唤友给梁津轻办了个聚会,说是为了庆祝他即将步入婚姻的坟墓。

梁津轻把自己的手机相册点开,把屏幕直接戳到他眼前:"我早就为人夫了,谢谢。"

自从领完证,梁津轻隔三岔五就把自己的结婚证拿出来显摆,陆其扬实在看不下去就给宋禧告了几次状,后来梁津轻炫耀显摆的东西就从实物变成了照片。

"你是会恶心人的。"

快零点的时候,梁津轻借口上厕所从局上下来,站在小阳台的窗边给宋禧拨电话。

拨了一个没人接后,他又拨了一个。

这次是被直接挂断了。

梁津轻一看,急了。

那一瞬间,他脑子里想的全是,完了完了我老婆生气了!她肯定生气我婚礼前还跑出来喝酒,还一喝这么久不回去……

一想到这儿,梁津轻彻底待不住了。

他进屋拿了外套就要走,陆其扬他们拉都没拉住。

梁津轻紧赶慢赶跑回酒店，结果敲宋禧的房门时，门不仅没开，他还被方谊臭骂了一顿。

无非就是说什么，婚礼前不让见面。

梁津轻很想反驳她，时间已经过了零点，准确地来说，现在已经是他们婚礼当天了。

但他最后还是没有说，因为隔着门说了她们也听不清，再者，方谊发起飙来骂人的样子真的挺可怕的。

梁津轻一直在外面不出声，等到里面没有骂声后，他又悄悄给宋禧拨了个电话。

"老婆，她好凶哦……"

他话没说完，电话那头突然出现了一道阴恻恻的声音："你说谁凶？"

梁津轻差点被方谊吓死。

宋禧无奈地接起电话，一听梁津轻的声音就知道他喝了不少，而旁边刚发完脾气的方谊也是非常明显地喝大了。

宋禧："你赶紧回房间，洗洗早点休息了。"

两个人，一个人在门内，一个人在门外。

还有个方谊，抱着肩坐在床上，明明一副困得要死的表情，却还没忘了盯着宋禧，生怕一个不注意，就让她开门和梁津轻碰上了面。

梁津轻："可我想见你……"

"明天就可以见到了。"

宋禧不太习惯当着别人的面说这些黏糊话，虽然现在方谊神志不太清醒，但她眼睛实在太亮，跟两只会发光的灯泡一样。

宋禧心里怵得慌。

这跟在家长面前秀恩爱没什么两样。

梁津轻一直不愿意挂电话，也不走。

门里门外两个酒鬼守着，宋禧也并不好过。

后来还是方谊先撑不住，她直接一个电话打到了自己的顶头上司梁蔚清那里，语气非常不耐烦，就丢下一句"赶紧让人把你弟搬走"。

如果不是因为这句话，宋禧还以为她是在跟哪个手下吩咐事情。

门外很快就有了动静，是梁蔚清亲自来接人的。

临走前，他礼貌性地敲了敲房门，然后接过梁津轻的手机跟她们说，让她们早点休息。

宋禧挂了电话，走到方谊旁边坐下，依然觉得刚才那一幕有些许魔幻。

"师姐，你跟梁大哥……"

宋禧话没说完，床明显一陷，再转头看时方谊已经仰躺在床上，睡得人事不知了。

不知道她明天一觉醒来，还会不会记得自己今晚的"壮举"。

前一晚闹得太晚，导致第二天早上化妆师来时，敲门敲了十多分钟都没人应。

后来还是许见川过来，去找酒店要了房卡才把她们俩给叫了起来。

许见川："你们昨天怎么答应我的？不是说好吃完饭就回酒店休息的吗？"

方谊宿醉的脸出肿着，她拿着化妆师给她包的冰块敷着眼睛，根本不敢跟许见川对视。

许见川："还有你也是，你不知道今天是喜喜结婚的日子吗，你还带着她出去喝酒？"

"她又没喝……"

这话方谊说着心虚，前半场时她确实非常清醒地记得不许宋禧碰酒……但后面她喝高了之后，连自己喝了多少都不记得，就更别说拦着宋禧了。

许见川气死，但他又不能生气。

宋禧的娘家人不多，满打满算也就他、方谊，还有宋禧那个一年联系不上几回的爸，所以他今天还有一个非常重要的任务，就是帮宋禧照顾她这边的客人。

许见川在前厅迎客的时候，换了伴娘服的方谊拿了瓶水走到他身边："不是晚宴吗，怎么客人都来这么早？"

许见川不知道怎么回答她这个问题，他拧开瓶盖喝了一口水，反问了她一句："喜喜那边怎么样？"

"还在化妆呢。"方谊跟他站在一起，时不时对来的客人点头微笑一下，"哦，对了，他们一会儿有一个 First look（初见）的环节，你要去看吗？"

许见川摇了摇头："算了，看了难受。"

方谊见状，忍不住打趣他："跟我说说，怎么个难受法？是送妹妹出嫁还是送女儿出嫁？"

许见川沉默了一会儿，才开口道："说不清。

"要是师父还在的话，他此刻的心情应该跟我一样。"

在方谊的印象里，好像自从方晋竹去世，许见川就再也没提起过他。

但她知道，每年师父的忌日，只要许见川在国内，他都会一个人偷偷回去一趟。

只是在她和宋禧的面前，许见川总是劝她们，人要往前走不能回头看。

"告诉你一个秘密吧。"

方谊眼睛望着花团锦簇的婚礼迎宾区域，不知道为什么，就是突然想跟他坦白那件事。

她一开口，声音像是隔着很远的距离传来，听起来很不真切："其实我不姓方。"

方谊其实本名并不叫"方谊"。

她姓赵，单名一个"一"。

她是个孤儿，六岁那年的大洪水带走了她所有的家人，在野外遇到方晋竹时，她已经饿了三天没吃东西，身上的衣服也破烂得不成样子。

方晋竹问她愿不愿意跟他回家，她想都没想就答应了，因为那时候他手里拿了一个大白馒头。

后来，方晋竹问她叫什么，她撒了个谎，说不记得了，说只记得别人叫她"一一"。

方谊这个名字，是方晋竹给她取的。

承了他的姓，这样她以后就会是方家人了，她也有家了。

她是这么想的。

后来她才知道，就算她不跟他姓方，她也会是方家的人。

因为许见川就是这样。

"我早就知道了。"

方谊一脸震惊，转头看他。

许见川扯了下嘴角："师父也早就知道。"

方谊想再问，但正好有客人来问路，许见川便走开了。

方谊一直愣在原地，连梁蔚清是什么时候到的都没发觉。

"羡慕了？"

方谊被旁边突然响起的说话声惊到，转头一看是他，刚想翻白眼，但下一秒又想到他的身份，立马低头恭敬地叫了一声："梁总好。"

梁蔚清觉得方谊这人，属实有趣。

刚开始想要招她进公司的时候，是因为朋友举荐以及对她专业能力的认可，当然，他也承认，其中有一些宋禧的因素在。

弟弟女朋友的家人，这个工作机会给出去，他也没什么损失。

"如果我没记错，你昨晚可不是这个态度。"梁蔚清说这话的时候，脸上没有表情，就跟平时安排她工作时的表情一样。

方谊当下心里就一"咯噔"。

她一边拼命回忆昨晚发生了什么，一边还秉持着恭敬的态度，嘴硬地辩解："梁总是不是误会了什么？"

"是吗？"他也不继续往下说，到这儿就结束了。

方谊接连被两个人的半截话这么堵着，那口气上不上下不下的，更心梗了。

他不说，方谊也懒得问。

她看时间差不多了，就趁有人跟梁蔚清打招呼的时候，偷偷溜了。

等她再回到新娘房时，宋禧刚刚换完婚纱从里间走了出来。

在看到宋禧的那一眼，方谊一下子就理解了许见川说的那句"看了难受"。

原来这就是办婚礼的意义。

所有美好的事物全在这一天送到她的面前，所有人都是为了祝福他们俩的爱情而来。

洁白、圣洁的婚纱，还有鲜艳欲滴的手捧花，一切都很美，一切都很完美。

而她，值得这样的美好。

方谊："可真是便宜梁津轻那小子了。"

伴娘之一的余络在一旁帮宋禧整理裙摆，听了这话，立马起身和她握手。

"这话，在高中那会儿，他们还没在一起的时候，我就说过。"

方谊马上用力和余络回握："有眼光。"

宋禧站在旁边，笑得一脸的无奈。

她们扶着宋禧出去的时候，方谊突然想到一件事："你穿婚纱的样子，他还没见过吧？"

宋禧笑着摇头。

梁津轻确实没看过。

刚开始是因为她约好试婚纱的时间，他临时有事出差了，等他回来时她已经非常快速地定好了要穿的婚纱款式。

加上，他们并没有拍婚纱照。

所以梁津轻一直到现在，都没有见过宋禧穿婚纱时的样子。

方谊一看，赶紧掏出手机拿在手上。

她很期待一会儿梁津轻的表现。

First look 的地点在酒店旁的草坪上，草坪过去就是一处天然的湖泊，不大，但是在蓝天下，湖面会呈现出非常漂亮的浅蓝色。

宋禧到那里时，梁津轻正背对着她的方向，先一步站在了湖边。

其他人都留在了原地。

宋禧穿着一件小拖尾抹胸缎面婚纱，一手随意地拎着裙子，一手拿着郁金香手捧，一步一步，慢慢朝着梁津轻走去。

方谊早就将手机准备好，她挤在一众摄影摄像师中间，一边举着手机，一边看着镜头里的宋禧，忍不住又擦了擦眼泪。

终于，镜头里，宋禧走到了梁津轻身后。

两人之间还隔着两三步的距离，宋禧停了下来，她放下手里的裙子又理了理裙面。

深吸一口气后，她把拿花的那只手藏在背后，然后伸长手臂，轻轻拍了拍梁津轻的右肩。

梁津轻像是背后长了眼一般，直接就从左边转了身，正好和宋禧的笑眼撞到了一起。

"来了来了……"

摄影师们非常兴奋地小声惊呼。

下一秒，方谊就从自己的手机镜头里，看到那个气质疏离的男人，穿着笔挺有型的西装，捂着自己的嘴哭得满脸都是泪。

宋禧看他哭，笑得更开心了，但手上还是着急地想找东西给他擦，找了一圈也没找到，情急之下，她直接拿着手捧花的缎带帮他胡乱擦了一把。

"我是不是很美？"

梁津轻完全说不出话来，他狠狠地点了下头，又紧紧把宋禧抱进怀里。

宋禧怕妆被他的西装蹭花，只能拼命后仰着身子，尽量把脸拉得远一点，再远一点。

两个人在湖边抱了好久。

刚开始大家都觉得氛围很好很美舍不得打扰，但过了好一会儿还不见他们分开后，围观的人里不知道谁说了一句："再抱下去，婚礼该来不及了吧。"

然后旁边候着的工作人员就适时上前催促了一番。

宋禧和梁津轻一起牵着手出现在迎宾区，之后的环节宋禧就有些蒙了。

从像个吉祥物一样不停地跟人合影到换主婚纱进行婚礼仪式，从方谊和许见川陪着她站在门外候场到大门打开她一个人缓缓朝前走，再到梁津轻牵起她的手两人一起走向舞台正中央。

宋禧感觉自己一半的灵魂都飘浮在半空中，像一个第三视角一样，看着他们说誓言、交换戒指，看着自己把捧花送给方谊，然后和方谊拥抱。

这是一种从来不曾有过的感受。

直到婚礼结束，宾客散去，宋禧坐在家里铺满了桂花红枣的喜床上，人还有些恍惚。

原来结婚就是这种感觉啊！

很奇妙。

梁津轻洗完澡从洗手间出来，看到宋禧还傻傻地坐在床边，就走过去摸了摸她的脸。

"你晚上都没有吃什么东西，饿不饿？"

宋禧摇了摇头，她把自己的手往他面前一摊，掌心里还有几颗没来得及扔的枣核。

梁津轻被她逗笑："你怎么把它吃了？"

"放床上不是给我们吃的吗？"

宋禧往自己嘴里又扔了一颗，然后又塞了一颗到梁津轻的嘴里："一起吃。"

梁津轻："甜，晚上别吃太多。"

宋禧随意点了下头，她眼睛一瞥突然想到什么。

"老公，我听别人说，新婚之夜的夫妻一般都会做一件有意思的事，你知道是什么吗？"

梁津轻一激动，差点被嘴里还没来得及吐的枣核呛住。

开什么玩笑！

这他还能不知道吗？

新婚之夜啊！

他可是从准备婚礼时就在期待了。

"咳咳——你说的不会是……"

宋禧听他这么说，以为两个人这么默契，竟然真的想到了一起。

她立马翻身跳下床，这么一来，她也正好完美错过了梁津轻伸过去想要拉她的手。

他提醒她穿拖鞋的话还没来得及说，宋禧已经冲出了房间，但很快又回来直接跳上了床。

她兴冲冲地站在床中央，一下子把手里的包包倒了个底朝天，里面瞬间抖搂出一沓沓厚度极其可观的红包。

"我们一起来数份子钱吧！

"不数完不许睡觉哦！"

番外四
宜开心

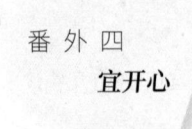

方谊其实很早之前，就见过梁蔚清。

但他不知道。

那时候的梁蔚清，是意气风发的少年，是真正的天之骄子。

他成绩优异，家境优渥，是学校里的风云人物，长得帅又会踢足球，球服一穿，操场上就全是围着看他的女同学……

那时方谊大一刚进校，在学校里过的基本就是食堂、教学楼和图书馆三点一线的生活。

许见川约了她好几次，终于在一个晴朗的周末把她叫了出去。

两个人约在了许见川的学校，他说要带她逛一逛，顺便给宋禧拍一些学校的照片。

宋禧之前一直说想看，但因为许见川之前的手机拍不了照，就一直没给宋禧拍过。

方谊到B大后，就顺着许见川电话里告诉她的路线，进了校门之后一直直走，然后路过足球场，看到一栋尖塔的图书馆后，在门口等他就行。

路过足球场的时候，应该是球赛正进行到白热化的阶段，场边的啦啦队穿着短上衣和百褶短裙，叫喊的声音一声高过一声，其中"梁蔚清"这个名字最为响亮和频繁。

方谊在原地看了一会儿，但她不懂足球，加上足球场又大，从她这个位置看过去，只能看到几个黑色的人头在不停地跑动。

耽搁了一会儿，等她走到图书馆的时候，许见川已经提前等在门口。

"怎么这么久，还以为你找不到地方迷路了？"许见川把手里提前买好的西瓜汁递给她，"热吧，快喝一点。"

九月的北方，太阳依然能把人轻易烤晕。

也不知道那些踢球的人，怎么还能满场跑的。

方谊边喝着西瓜汁,脑子里边窜出这个莫名其妙的问题。

刚好到了午饭的点,许见川带她去东食堂吃饭,两个人各要了一份最普通的盒饭,只不过方谊的那份许见川又偷偷给她加了鸡腿。

方谊要把鸡腿给许见川,许见川用筷子拦着不让,两个人拉扯的时候,食堂门口突然响起一阵喧闹。

方谊顺着动静看过去,原来是刚才足球场上的那些人。

男生穿着球衣,大汗淋漓地推搡着走进食堂,还有几个啦啦队的女生跟在他们旁边。

方谊看了一眼,没什么太多兴趣,视线正准备收回来时,正正巧巧,和刚掀帘子进来的梁蔚清对视上了。

其实,后来方谊也想过,可能那一眼只是她无数次在梦里和幻想里加工过的。

或许在梁蔚清那里,那根本都算不上对视,只是眼睛不小心瞥到了,而瞥到的人正好是她而已。

"你们学校帅哥美女挺多的。"

许见川顺着她看的方向,回头瞧了一眼,"嗯"一声后,又继续埋头吃自己碗里的饭。

找许见川打听八卦实属下下之策,首先他就不是一个多嘴好事之人,再者他跟她不一样。

许见川是一个目标感很强的人,只要是他决定要做的事情,那任何与目标无关的人或事都影响不了他。

方谊不行。

她玩心重,而且三心二意,很容易就被过路的风景吸引,然后甘愿暂停脚步。

此刻的梁蔚清对她,就是如此。

之后方谊往B大来的次数变得多了起来,几次之后连许见川都发觉了。

他问她:"你最近在学校怎么样?学习跟得上吗,跟舍友相处得怎么样?"

方谊脾气不算好,所以许见川看她时不时地就跑过来找他吃饭,他的第一反应就是,她是不是在学校和同学吵架,被孤立了。

方谊并没有坚持多久,因为梁蔚清很快就毕业出国了,那时候她除了知道他的名字,两人连一句最普通不过的问候都不曾有过。

毕业后,每次再回家,宋禧就总是有意无意地想要撮合她和许见川。

方谊也不是没谈过,大学时她松口答应了对她穷追不舍很久的一个学长,在一起不到半年就分手了，因为他劈腿了大一刚进校的学妹。

后来工作了，她又谈了一次，但同样索然无味，交往不到一个月，方谊就主动提了分手。

宋禧以为她是受了初恋的影响，不再相信男人，所以非常热衷地给她各种拉郎配。

作为她们身边唯一的异性，许见川当然没有逃过。

宋禧特意在情人节那天给他们安排了一场烛光晚餐。

许见川无奈地笑笑，把自己盘子里已经切好的牛排先递给了她。那一晚的某个瞬间，方谊甚至真的觉得，如果真要找一个人结婚的话，许见川好像也是个不错的选择。

她问："你为什么不找女朋友？"

闻言，许见川切牛排的手微微一顿，但很快又继续动作。

"没碰到喜欢的。"

方谊不相信。

这么多年，他一个有好感的人都没有碰上？

"那你喜欢什么样的，我帮你留意。"

许见川低头，声音还是一贯的温柔和煦："你先帮自己找到吧。"

其实方谊也不是没有怀疑过，许见川会不会喜欢她或者是喜欢宋禧，因为顾及他们之间的关系，所以才把心思默默藏在心里，不敢表露分毫。

也不怪方谊会多想，是许见川闲聊时跟她说过，以后他的钱都给她和宋禧。

他也会帮她们存嫁妆。

很久很久之后，方谊无意间在他的旧书里看到一张照片，上面两个穿着校服的学生站在起了风的樟树下，边笑边看着对方。

认识许见川这么多年，方谊还从来没见过他笑得这么疏朗开怀。

原来这才是真正的许见川，她们都不曾见过的许见川吗？

方谊突然就有些难过。

看照片右下角的时间，那时应该是他大学毕业前夕。

难怪刚毕业那两年，他会反复纠结要不要出国留学。

明明他不是一个拿不定主意的人。

后来，宋禧和梁津轻分手，方谊辞掉工作回南陵，然后许见川也放弃了出国，直接签了国内一家薪资待遇更好的公司。

一直到宋禧结婚。

方谊恋爱。

方谊之所以会看到那张照片是因为许见川要搬家，她来帮他收拾。

他终于还是决定要出国了，在她们的生活都迈进另一个阶段，逐步稳定下来之后。

许见川临走前，约方谊在咖啡馆见了一面。在最后分别的时候，他给了方谊两本存折。

一本是给宋禧的，一本是给她的。

两个人存折上的数字一模一样。

他一碗水端得相当平。

"我不要，你先帮我们保管。"方谊眼眶有点泛红，把存折又顺着桌子推回给他，"你只是出国又不是出地球了，难道你准备以后都不跟我们见面了吗？再说了，我还没结婚，你答应给我的嫁妆还没给我呢……"

她话没说完，就眼见许见川又掏出一个存折。

"这里面是嫁妆。"

那个时候，方谊也才刚谈恋爱不到一个月而已。

他像是交代后事一般，把她和宋禧后半生可能会用到的钱一次性全给她们准备好了。

方谊甚至都不敢问，他给他自己留了多少。

其实方晋竹去世，最难过的人应该是许见川。

他和方谊一样，也是洪水后被方晋竹捡回家的孩子。

只不过他比方谊还要晚好几天。

方晋竹带他回家的那天，方谊正在医馆里帮忙，听到动静跑出来一看，那个脏兮兮瘦得像细竹竿一样的许见川怯怯地根本不敢抬眼看她。

许见川比她大两岁，所以方晋竹让她喊他师兄，但方谊从来不喊，偶尔只在方晋竹在的时候小声嘀咕着叫上一声。

只是他从来都不介意。

他早早就学会了做饭做家务，连医馆里的活他都几乎不让方谊做。

方谊刚开始觉得他很烂好人，直到有一次上学时她被欺负，许见川二话不说扔了书包就扑上去跟人干架，她又觉得他人似乎也还不错。

方晋竹收养了他们，但是只肯让他们叫他"师父"，后来方晋竹去世了，许见川就挑起了大家长的担子。

那时候他的心里是什么想法，没有人知道。

从咖啡馆出来，梁蔚清的车早就在外面等着了。

方谊拉开后座的车门，径直坐了上去。

"阿轻刚打电话来说，让我们去他家吃饭。"

方谊"嗯"了一声，也不知道她到底听没听到。

"你怎么了？刚才见面不太开心？"梁蔚清知道她今天是来见许见川，也知道许见川马上就要出国了。

过了好一会儿，方谊才开口："你……为什么会突然跟我表白？"

这个问题，梁蔚清本来以为她在一开始时就会问，但那晚她并没有多说。

自从坐上轮椅后，梁蔚清就很少参加晚宴，那天恰巧方谊有事请了假，所以陪他一同出席的是另一位助理。

"难得一次有梁总在的场合，方谊没有一起。"

许见川的开场白，说实话，让梁蔚清有些莫名，但鉴于他是宋禧的兄长，又是自己的合作方，梁蔚清还是礼貌回应了。

"许总说笑了。"

说完，两个人碰了碰杯，默契地略过了这个话题。

两人聊了几句，许见川看到梁蔚清的助理围着他忙前忙后时，无意间感慨了一句："如果这就是方谊每天的日常的话，那我倒是希望她今天能相亲成功……"

后面许见川还说了什么，梁蔚清一个字都没有听清，他脑子里就剩下了"相亲""成功"这些零散的字句。

原来她说的有事得请一天假，是要去相亲啊！

要知道，她做他秘书一年多，还一次假都没有请过。但现在，她却因为相亲，第一次请了全天的假。

梁蔚清的思绪被扯了回来，一旁的方谊还在等着他的答案。

他伸手握住她大夏天还有些凉的手，轻叹了一口气。

"听说你会离开，就迫不及待想把你留在身边。"

车子启动，窗外的街景缓慢朝后移动。

旁边的咖啡馆一晃而过，方谊看到刚才她离开的那个靠窗位置上，许见川的对面又坐了一个人。

她趴在车窗玻璃上，努力睁大眼睛，不想让眼泪流下来。

曾经很长一段时间，方谊都觉得自己不幸福。

她出生在一个重男轻女很严重的家庭。

洪水来的时候村里半夜通知转移，爸妈带着她弟弟先离开，说晚一点再回来接她，她在家等了很久，直到洪水把家淹了，他们也没有回来。

后来她爬上了树，等了很多天，才等到了来救援的人。

再后来她遇到方晋竹，遇到许见川。

还有，尚年幼的宋禧。

当时的宋禧头顶扎一双冲天的小辫子，上面绑着漂亮的粉色蝴蝶结，小脸软糯糯的，见到陌生人一点都不认生，俏生生地叫着"哥哥姐姐好"。

　　那时候方谊才被方晋竹捡到医馆没几日，吃了几顿热饭饱食之后，每到夜晚她就开始害怕会被再次赶走。

　　她想要留下来，非常非常想。

　　知道宋禧是方晋竹的亲外孙女后，方谊再和她说话都不自觉地带了些讨好和卑微。

　　那一次宋禧没有在医馆待多久，临走之前她把自己粉色的头绳和发卡全都留给了方谊："我讨厌粉色，但我妈非要让我戴。姐姐你帮帮我……"

　　那些好看的头绳和发卡，除了在房间里自己偷偷别上看几眼外，方谊一次都没有戴出门过。

　　刚开始是怕宋禧再回来时会找她要，后来是觉得不需要了——

　　因为之后宋禧每次来，都会给她带很多小女孩的玩具和饰品，直到抽屉满到再也装不下。

　　宋禧结婚那晚，她们俩一起躺在喜被上。方谊看着宋禧，感慨了一句："师父要是知道，肯定很开心。"

　　宋禧用手指轻轻拭了拭她眼角的水光："如果今天结婚的是你，外公一样会很开心。"

　　那时候方谊没有接话。

　　但现在，方谊毫不怀疑。

　　原来她也被很多人爱着，一直。

番外五
好春光

婚后，宋禧和梁津轻还是一直异地。

乡村医疗公益活动已经做了两年，这两年间也有越来越多的企业和志愿者加入进来，公益队伍慢慢壮大。宋禧是这场活动的发起人之一，她身上的担子可想而知就更重了。

清明节后，梁津轻有近一个月没见到宋禧。

刚开始是他有个紧急事务需要出国处理，等他出差回来的时候，宋禧又已经随公益队去了山里。

那里交通不便，连信号也不太好，梁津轻想要去看看她，结果还没等他说完就被宋禧一口拒绝了。

"这里太远了，而且山路又不好走……这几天还下了几场暴雨……还有山体滑坡的危险……你在家等等，我忙完就回去了。"

一段话，穿过山顶呼啸的风声传到他的耳朵里，让他的心顿时拔凉拔凉的。

梁津轻不太高兴，但她都这样说了，他就算再不高兴也只能应下。

这一等，又是半个多月。

宋禧终于回到漷水镇的那天，梁津轻早早就等在了诊所里，但她回来后连家都没回就去了村里开会。

那天是周五，第二天一早他还有个会要开，本来他是打算来接她然后两个人一起回南陵的。

这样明天等他忙完，两个人还可以一起过个周末。

梁津轻一直等到夜里十二点。

她一直没回来，给她发的消息她也只匆忙回了个"稍等"。

之后再没有音信。

梁津轻最后落锁离开的时候，天空开始飘起了小雨丝，他回头望了眼留着一盏夜灯的诊所，心里有些不是滋味。

宋禧凌晨才到家。

她推开门，看见屋内亮着灯，心里一喜，她忙掏出手机，微信置顶的对话框打开，最后一条消息是她发的。

这个点了还没和她说晚安，那他肯定就是来了！

宋禧怕吵到他，开门时都不自觉放轻了动作，她放下行李，蹑手蹑脚往卧室走。

卧室里一片漆黑，她悄悄走到床边，想给他一个惊喜，结果往枕头上一扑——

是空的。

宋禧伸手摁开墙上的开关，灯光瞬间盈满整个房间。

哪里有他的影子。

甚至，床上还保持着她走之前的状态，被子上还铺着白布，是她用来挡灰的。

宋禧回到客厅，坐在沙发上撑着头疼欲裂的太阳穴，给梁津轻发消息：你来过了吗？

其实答案几乎是肯定的，除了他应该没有人会特意帮她留一盏夜灯。

但既然都来了，他为什么又会突然离开？

是因为她太久没回来，还是因为她回复的微信太过于敷衍？

是她这段时间冷落他了吗？

过了很久，梁津轻都没有回消息。

宋禧一路舟车劳顿，身上除了汗就是土，她坐了会儿实在受不了身上这味，决定还是先去洗个澡。

等快速冲完澡出来，梁津轻终于回复了。

梁津轻：嗯。今天太晚了明天一早我还有个会，就先走了。

梁津轻：你好好休息，晚安。

宋禧看着这两行没什么温度的文字，一时心里五味杂陈。

在他们两人之间，每晚睡觉前道晚安几乎已经成了一个约定俗成的事儿，而一旦说了晚安，也代表今天的一切都告一段落。

是甜蜜也好，是争执也罢，说了这句就代表今天要结束了。

宋禧想了很久，最终也只回了他"晚安"两个字。

躺到自己熟悉又柔软的床上，宋禧难得没有倒头就睡着，她睁着眼睛，开始细数两个人自结婚以来的种种。

她不算一个合格的妻子。

结婚后,她一直留在漉水镇。她平时工作忙,梁津轻知道也很体谅,所以从来都是他周五下班后开车两三个小时过来,周日再开车两三个小时回去。

其实,他的工作并不会比她的轻松。

宋禧觉得这样太辛苦,就劝他不用每个周末都来,等空闲再来。

但他会说:"一周见一次我都觉得不够,你还想一个月见一次?这样我可不答应啊!

"我不累!一想到要来见你,我从周三就开始高兴。见一面开心一周,怎么算我都不亏。"

后来宋禧也就不劝他了。

就这样持续了近两年的婚姻生活。

他们这个状态,和婚前谈恋爱时并没有什么两样,以至于宋禧有时候突然看到自己无名指上的戒指时,都会有一瞬间的恍惚。

哦,原来我已经结婚了。

她想到这次活动时,有队里相熟的大姐和她聊天,得知她已经结婚两年时会问她,准备什么时候要孩子。

宋禧才想到,好像从来没有人催过她生孩子这个事。

她这边,方谊和许见川不催她再正常不过,怪就怪在,梁津轻他们家也从来没有人催过。

宋禧一觉睡到中午。

醒来时,她拿起手机看了眼,除了有几条工作微信,置顶对话框那里依旧空空如也。

宋禧在床上想了两秒,没有半分犹豫便翻身起了床。

收拾好走到前厅时,诊所已经开了门,在值班坐诊的是去年来的一位实习生。

小姑娘年纪不大,但人机灵,做事也很用心,平时宋禧需要出远门的时候都是她独自在这里守着。

"小宋姐,你起来啦?"

宋禧笑着和她点头打招呼:"没事,你坐吧。"

宋禧随手拿起桌上的就诊记录,翻着看了看。

注意到小姑娘正巴巴地望着自己,宋禧又笑了笑:"怎么,是不想让我看吗?"

"不不不——"

宋禧把册子一合:"你做得很好,不用怕。"

说完,宋禧又照例询问了一番诊所的情况。确认一切都在正常运行中,宋禧那颗始终悬在半空中的心才稍微落了落。

没有她,这里似乎也并没什么影响。

她苦笑了一下,有点挫败地想,到底是她作用不大还是后浪推前浪呢。

好像不管是哪个,她心里都没有太好受。

"我一会儿要出门一趟,到了下班的点你就关门回去吧。"

宋禧从漉水镇出发的时候,天色已经不早,这两天天气不太好,雨一直要落不落,天也阴沉得很。

车快进南陵市区的时候,宋禧拨通了梁津轻的电话。

他接得还算快,只是他应该是在外面,听筒里的环境音很嘈杂。

宋禧用的是蓝牙耳机,一接通,车厢里瞬间充斥着喧闹的声音。

人声、音乐声,还有喧闹声。

"你在外面?"

"嗯,有个朋友生日。"

他应该是走到了外面,喧闹声消失,便显得他的声线越发冷和低。

宋禧一时无言。她不确定自己今天过来的这个决定到底算不算正确,如果不是车正在高架上,她甚至想立马掉头回镇上。

"……那你好好玩。"

说完,宋禧就准备挂电话。

"等等——"梁津轻也不知为何,突然脑子里就冒出一个猜测,"你现在在哪儿?"

宋禧并不想骗他,而且她既然都来了,也没有就这么走的打算,怎么着也得先把他哄好了再走。

"马上进城了。"

梁津轻沉默了两秒,然后立马着急地道:"那我马上回家!"

宋禧一下子就笑了:"没事不急,你玩吧,我自己先回家。"

梁津轻哪里还待得下去。

这台阶,她都快搭到他脚边了,他断没有再继续拿乔的道理:"我不玩,反正就是喝喝酒吹吹牛,没意思。"

"你喝酒了吗?司机在不在?"宋禧说,"要我去接你吗?"

陆其扬就没见过像梁津轻这般喜怒无常的男人。

出去接电话前,他那脸色就跟在场所有人都欠了他二百万一样,结果接了个电话回来,那骚包劲,放一株桃枝他恨不得都能吹出桃花来。

"咋，谁的电话？"

梁津轻给宋禧发了定位，还不忘提醒她：慢慢开，不着急。

"我老婆。"

陆其扬快吐了："……那现在是怎么，你要走了？"

"不走。"梁津轻冲他晃了晃手机，"我老婆来接我。"

陆其扬直接翻了个白眼。

有老婆了不起吗？还"我老婆来接我"，德行！

"滚吧滚吧，赶紧滚！"

陆其扬看他就觉得碍眼。

宋禧到的时候，梁津轻已经等在了会所外面。

"怎么不在里面等？"

这几天开始热了起来，她刚把车窗摇下来，就有一股热浪涌来。

"里面吵。"

梁津轻站在驾驶座外面和她说话："晚上吃过饭了吗？"

宋禧摇摇头："还没来得及。"

梁津轻看了眼手表，心里在想从这里回家再做饭，也不知道来不来得及："想吃点什么？"

宋禧趴在车窗上，仰头望着他。

梁津轻注意到她的视线，但故意左看右看，就是不看她。

"这里有个夜市，你陪我一起去吧。"

闻言，梁津轻微微皱了皱眉，他刚想提醒她夜市小吃摊的东西不干净，但想了下，又觉得自己这样很扫兴。

"那走吧。"

宋禧确认了，梁津轻是真的在生她的气，虽然他面上不显，但她还是察觉到了。

正常情况下，他才不会这么好说话。

宋禧推门下车，和他站在一起："离这里不远，我们走着过去吧。"

两人并排走了两步，宋禧趁他不注意，悄悄把右手塞进了他的左手里。

几乎是立刻，手就被他握紧了。

宋禧偷偷笑了笑，还挺好哄的。

宋禧是典型的眼大胃口小，她已经很久没吃过小吃摊了，看到什么都想要尝一尝。

她左手拿着臭豆腐，右手举着烤鱿鱼，剩下的炒粉和绿豆汤都在梁津轻的手上。

"这个很好吃,你尝尝。"宋禧把咬了一口的臭豆腐递给他。

他连退几步避开了:"我不饿。我不吃。"

"这个不撑肚子,你尝尝嘛!"

宋禧故意举着臭豆腐,不停地朝他靠近试探。

"宋禧!"

见他脸色不太好,宋禧见好就收,别人还没哄好又添一把火。

"好嘛好嘛,我自己吃。"

一条夜市街走完,宋禧终于不再继续买了,她倒是吃饱了,就是东西还剩了一半在梁津轻手里。

"这些,我可不帮你吃。"

宋禧撇撇嘴:"不帮就不帮,小气鬼。"

路边有空着的木头椅子,宋禧拉着梁津轻坐下,五月末的天,夜风都带着热气。

宋禧手撑在椅子上,抬头望着不远处灯火通明的大楼,有一种恍若隔世的错觉。

"那里,是我毕业那会儿实习的医院。"

梁津轻顺着她指的方向看过去,从他们这个角度,并不能看到大楼的全貌。

"我是不是没跟你说过这件事?"

"没有。"

梁津轻大概能猜得到,在去漉水镇之前,她应该是有过一段很不愉快的工作经历,但具体是什么事,他刻意没去打听。

他想等她自己开口,如果那段经历真的太过痛苦,她不愿意回忆那他也不会强求。

"刚开始实习那会儿,真的是累啊,上班一个月鞋就穿坏了三双,每天睁眼就是消毒水、白大褂,有一次我出去接急诊车,不小心抬头看了眼太阳,我直接就哭了,我甚至都想不起来上一次站在太阳底下是什么时候了。

"但那会儿也没想过放弃。每次病人见了我总会'小宋医生''小宋医生'地叫我,我戴着口罩看着很冷静,其实心里早就乐开花了。"

刚进医院实习时,宋禧确实踌躇满志,她对自己的未来充满期待,她渴望成为一名合格且优秀的医生,就像她在毕业典礼上宣誓的那样——为人民的健康事业奋斗终生。

她赤手空拳,却试图拯救这个凡人世界。

可是她忘了,她也不过是一个普通人而已。

"在医院时间长了,生离死别每天都在上演,今天还笑着跟你打招呼的人可能明天呼吸就停了，而我作为可以挽救他们生命的医生，却什么都做不了。"

宋禧吸了口鼻子，眼睛有点发酸："那个时候我就知道了，我是可以救人，但我救不了所有人。"

"医生不是神，医生也只是人。"

宋禧笑着看着梁津轻："你看，你一下子就明白的事，我花了好多年才想明白。"

再后来，宋禧亲身经历了一场医闹，她为了救一个小护士，手腕因此受了伤。那次的事件被人拍成视频发到网上，起初他们同情她，后来他们诋毁她。

但自始至终，她连一句话都没有说过。

医院为了平息这场闹剧，主动和病人家属谈妥了解决方案，而对于她，除了慰问和未来的职称，她连一句对不起都没有收到。

她从小在医馆里长大，见惯了病人对方晋竹的尊敬和信任，她便以为所有的病人都会是那般善良和淳朴。

她心里的坚持和信念，一夜崩塌。

"我救不了所有人，所以我只能尽我所能救那些最需要我救的人。"

宋禧转头，明明她的嘴角笑着，眼神里却有一股莫名的悲伤："你说，我这样是不是还挺自私的？"

梁津轻伸手，擦了擦她眼角的泪："不，你很伟大。"

宋禧扑哧一声笑了，拍落他的手："你可真会给我戴高帽子！"

"不管你是想做医生，还是做乡村医生，又或者是投身于乡村公益事业中，只要是你想做的，我都会无条件支持你。"

宋禧有小心思被他一眼看透的尴尬："你不生气了？"

"我本来就没有生气。"

"真的？"

"我就是这几天比较忙而已……"

宋禧往梁津轻那边挪了挪，整个人几乎都要窝进他的怀里："那你抱抱我。"

梁津轻张开双臂，把她紧紧抱在怀中，他的下巴在她头顶蹭了蹭，语气里满是无奈和疼惜："下次不用再自揭伤疤来哄我。"

"嗯，都过去了。"

夏夜的晚风很温柔，就像初遇梁津轻时的那样。

那时的宋禧还年少，不知未来他们会爱了再分离，久别后又再重逢；更不知她会在一个普通得不能再普通的夜晚，于人声鼎沸的城市街头，想起始终挣也挣不脱的过往种种,在爱人的拥抱中就此释怀。
过去的终将过去,而属于他们的未来,正在到来。
她很期待。

—全文完—

喜春光